AF077096

DIE WITWE

WEITERE TITEL VON K.L. SLATER

In Deutscher Sprache

Verschwunden

Die Hochzeit

Die Witwe

In Englischer Sprache

The Bedroom Window

The Narrator

The Girlfriend

Missing

The Widow

The Evidence

The Marriage

The Girl She Wanted

Little Whispers

Single

The Silent Ones

Finding Grace

Closer

The Secret

The Visitor

The Mistake

Liar

Blink

Safe With Me

K.L. SLATER
DIE WITWE

Übersetzt von Katharina Eddins

bookouture

Die Originalausgabe erschien 2021 unter dem Titel
„The Widow"
bei Storyfire Ltd. trading as Bookouture.

Deutsche Erstausgabe herausgegeben von Bookouture, 2023
1. Auflage Juni 2023

Ein Imprint von Storyfire Ltd.
Carmelite House
50 Victoria Embankment
London EC4Y 0DZ

deutschland.bookouture.com

Copyright der Originalausgabe © K.L. Slater, 2021
Copyright der deutschsprachigen Ausgabe © Katharina Eddins, 2023

K.L. Slater hat ihr Recht geltend gemacht, als Autorin dieses Buches genannt
zu werden.

Alle Rechte vorbehalten. Diese Veröffentlichung darf ohne vorherige
schriftliche Genehmigung der Herausgeber weder ganz noch auszugsweise in
irgendeiner Form oder mit irgendwelchen Mitteln (elektronisch, mechanisch,
durch Fotokopie oder Aufzeichnung oder auf andere Weise) reproduziert, in
einem Datenabrufsystem gespeichert oder weitergegeben werden.

ISBN: 978-1-83790-553-9
eBook ISBN: 978-1-83790-552-2

Dieses Buch ist ein belletristisches Werk. Namen, Charaktere, Unternehmen,
Organisationen, Orte und Ereignisse, die nicht eindeutig zum Gemeingut
gehören, sind entweder frei von der Autorin erfunden oder werden fiktiv
verwendet. Jede Ähnlichkeit mit tatsächlichen lebenden oder toten Personen
oder mit tatsächlichen Ereignissen oder Orten ist völlig zufällig.

Für meinen wunderbaren Mann

PROLOG
KATE

3. Dezember 2019

Ich stand am Feldrand, flankiert von zwei uniformierten Polizisten. Wir waren auf dem Wadebridge-Anwesen, einem drei Hektar großen Ackerland, mit einem Haupthaus, einer großzügigen Gartenanlage und fünf kleinen Steinhäuschen in einer Reihe, oben am Rande des Dorfes Lynwick.

An dem Ort, an dem mein Mann Michael mehr als zwanzig Jahre lang gearbeitet hatte.

Eiskalter Regen prasselte auf mich herab und lief mir in kleinen Bächen den Rücken hinunter. Meine Jeans waren bereits patschnass und von Nasenspitze und Ohrläppchen tropfte das Wasser herunter. Sehnsüchtig dachte ich an unser Zuhause, nur fünfzehn kurze Gehminuten entfernt. In der sanften Wärme unseres Kamins, das grausige Wetter hinter Vorhängen versteckt und Tansy an mich gekuschelt, könnten wir gemeinsam zum zigsten Mal diese Woche *Der Ickabog* lesen.

Die Szene vor meinen Augen war jedoch eine ganz andere. Meine neue Realität. Eine Welt voller weißer Abdeckplanen, hoch über der Mitte des Feldes gespannt, klinisch sauber und strahlend vor einem Hintergrund aus Schlamm und missmutigen Wolken.

Hinter dieser blickdichten Absperrung hörte ich das dumpfe Grollen des gelben Baggers, der seine schwarzen Zähne tief in die Erde grub und sie dazu zwang, ihre dunkelsten Geheimnisse preiszugeben. Das gleißende Licht der Scheinwerfer erhellte nicht nur den Bereich, der das Interesse der Polizei geweckt hatte, sondern auch einen Großteil des umliegenden Ackers. Der Geruch feuchter, schmieriger Erde verstopfte mir Mund und Nase, und nur mit Mühe konnte ich meinen Würgereiz unterdrücken.

Ich wandte mich von dem Schauspiel ab und warf einen Blick auf die Menschen, die in einer Reihe am Feldweg standen; ein schmaler Trampelpfad, der sich hinter den Cottages entlangschlängelte. In kleinen, neugierigen Grüppchen standen sie da, wanderten mal hierhin, mal dorthin, wechselten ab und an ein paar Worte miteinander und schlenderten dann zur nächsten Gruppe weiter. Ihre Gesichter waren mir zugewandt und ich kannte fast jedes davon. Unverfroren starrten sie mich an, ohne einen Gruß oder die geringste Bestätigung. Leute aus dem Dorf, die genau wussten, was hier geschah. Menschen, die ich früher als Freunde oder zumindest Bekannte bezeichnet hatte; die es nun nicht übers Herz bringen konnten, mir ihr Beileid auszusprechen. Menschen, an deren Seite wir jahrelang friedlich gelebt hatten.

Jetzt setzten sie sich dem erbarmungslosen Wetter aus, um dabei zuzusehen, wie unser Leben unter der Last der Geschehnisse in sich zusammenstürzte. Ihre leuchtenden Handybildschirme tanzten wie Irrlichter im trüben Dunst umher.

Hinter mir: die Presse. Das ständige Blitzen ihrer Kameras war irritierend und alle paar Sekunden riefen sie meinen Namen, in einem bizarr familiären Ton, schrill und unerwünscht.

»Kate! Wissen Sie, was man hier finden wird?«

»Wer passt auf Ihre Tochter auf, Kate? Wo ist Tansy?«

Für diese Menschen war mein Leben plötzlich ein offenes Buch, für alle einsehbar. In ihren Augen war ich kein Mensch mehr, nur noch Thema des Tages, eine Schlagzeile. Die Protagonistin einer grausigen, blutrünstigen Geschichte, die jeder hören wollte.

Ich sah nicht zu ihnen hinüber. Tat so, als hätte ich ihre Rufe nicht gehört. Ich schlug den Kragen meiner alten Wachsjacke hoch und schob meine nackten Hände in die Taschen. Meine rechte Hand stieß auf etwas Weiches, ein kleines Knäuel, und das Gefühl versetzte mir einen Stich ins Herz. Tansys Wollhandschuhe, vor ein paar Wochen in meiner Jackentasche vergessen; an dem Tag, als wir hierher spaziert waren, um ihrem Daddy ein paar Sandwiches zu bringen und für ihr Herbarium ein wenig Schafgarbe zu sammeln.

Bittere Galle stieg mir die Kehle hoch und ich verschloss die Augen vor dem, was noch kommen würde, vor dem, was meine sechsjährige Tochter noch alles würde durchmachen müssen.

»Mrs Shaw? Ich bin von der *Daily Mail*«, erklang die Stimme eines Mannes, näher als die der anderen. Er klang freundlich, mitfühlend. »Hatten Sie irgendeine Ahnung davon, was Ihr Mann getan hat? Wir können Ihnen dabei helfen, Ihre Seite der Geschichte zu erzählen. Damit die wilden Spekulationen aufhören. Was halten Sie davon?«

Ich drehte mich nicht um. Der Regen prasselte immer heftiger zu Boden, der kalte Wind biss mir in die Wangen, aber das körperliche Unbehagen war mir willkommen. Das Geräusch des Baggers füllte meinen Kopf, ein erbarmungsloses Dröhnen, und mit jeder Sekunde kamen wir dem Moment näher, in dem das Grauen offenbart wurde. Ich fürchtete ihn, während die anderen begierig darauf warteten.

Und dann – ein Zischen, das Grollen eines ersterbenden Motors, plötzliche Stille.

Für ein paar Sekunden hing tiefes Schweigen über der Menge. Dann erklangen laute Rufe hinter der Abdeckplane, alarmiert, beunruhigt.

Die Meute an Schlagzeilenfressern hinter mir explodierte und schob sich nach vorn. Die Kameras der Presseleute blitzten ununterbrochen auf, sodass wir auf einmal in taghelles Licht getaucht waren. Ihre Stimmen wurden eins, alle schrien meinen Namen, forderten meine Aufmerksamkeit. Forderten Antworten.

Mehrere Polizeibeamte bildeten eine formlose Kette hinter mir, um die Pressemeute zu bändigen.

»Was ist los?«, flüsterte ich meinen Begleitern heiser zu. »Heißt das, sie haben was gefunden?«

Keiner der Beamten gab mir eine Antwort.

Ein paar Meter entfernt sprach DI Price aufgeregt, aber in leisem, vertraulichem Ton in ihr Handy. Bevor ich ihre Aufmerksamkeit auf mich ziehen konnte, hatte sie den Anruf schon wieder beendet und war hinter der Absperrung verschwunden. Meine Nase war inzwischen hoffnungslos verstopft und ich musste durch den Mund nach Luft schnappen.

Lauter werdendes Gemurmel hinter mir. »Haben sie was gefunden?«, rief ein Mann vom Trampelpfad herüber. »Eine Leiche?«

Das Funkgerät des Polizeibeamten neben mir erwachte knisternd zum Leben und er trat zur Seite und sprach hinein. Wieder knackte das Funkgerät, aber ich konnte nicht verstehen, was ihm mitgeteilt wurde. Ich schickte ein stummes Gebet gen Himmel: *Bitte, Gott, mach, dass sie sie nicht gefunden haben.*

Doch es hing eine düstere Vorahnung in der Luft und mir war klar, dass es schlechte Nachrichten sein würden. Sehr schlechte.

Der Polizist mit dem Funkgerät kam zurück und flüsterte seinem Kollegen etwas zu. Dieser gab einen leisen Pfiff von sich. »Scheiße«, sagte er und schüttelte den Kopf, offensichtlich erschüttert.

»Was ist? Was haben sie gefunden?« Panik brannte in mir auf und sammelte sich wie Rauch in meinen Lungen, bis ich fast daran erstickte. »Ich habe ein Recht, das zu wissen.«

Die Polizisten tauschten einen Blick aus und schließlich drehte sich einer zu mir. Sein Gesicht gab nichts preis.

»Das erfahren Sie noch früh genug, Mrs Shaw. Machen Sie sich darum mal keine Gedanken«, sagte er kühl und blickte auf die Reporter hinter uns. »Ich versichere Ihnen, dass morgen früh das ganze Land darüber sprechen wird.«

EINS

KATE

Etwa sieben Wochen zuvor: 20. Oktober 2019

Der Himmel explodierte in Orange, Rot und Gold, atemberaubend schöne Funken auf pechschwarzem Grund. Das grandiose Finale des Feuerwerks näherte sich voller Elan seinem Höhepunkt.

Ich spürte, wie Michael mir den Arm um die Schultern legte, während wir in den Nachthimmel hinaufstarrten, und ich ließ den Kopf an seine Brust sinken.

Das Publikum gab bewundernde Oohs und Aahs von sich, so einstimmig, als hätten sie vorher geprobt. Meine Gummistiefel steckten im schlammigen Boden fest und meine Füße waren inzwischen reine Eisklumpen. Aber als ich hinunterblickte in Tansys staunendes kleines Gesicht, wünschte ich mir, ich könnte ihren Gesichtsausdruck für alle Ewigkeit bewahren. Das Gewicht des Handys in meiner Tasche lockte, aber ich entschied, dass das Blitzlicht der Kamera den Moment nur zerstören würde. Ich hatte mit meinem Handy so viele Fotos geschossen, als könnte ich damit das unaufhörliche Rasen der

Zeit aufhalten, das uns alle mit sich reißt. Funktioniert hat es nie. Auch dieses Jahr schoss in einer halsbrecherischen Geschwindigkeit an uns vorüber. Heute Abend würde ich es auf die altmodische Tour versuchen und die Erinnerung allein in meinem Kopf abspeichern.

Aufgrund einiger wichtiger Arbeiten im Dorf hatte der Gemeinderat beschlossen, die Festlichkeiten für Halloween und das Feuerwerk zur Guy Fawkes Night etwas vorzuziehen und zusammenzulegen. Natürlich war das einigen traditionsbewussten Bewohnern sauer aufgestoßen, doch inzwischen hatten alle die Unannehmlichkeiten vergessen und genossen das Fest des heutigen Abends in vollen Zügen.

Mir kam es vor, als wären erst wenige Wochen vergangen, seit wir einen Ausflug zu einer Erdbeerfarm gemacht und die roten Früchte gepflückt hatten, und nun war auf einmal schon Oktober. Diesen Sommer war Tansy sechs Jahre alt geworden und mir schien, als würde sie von einem Tag zum anderen größer. Größer und schlauer und so fürsorglich. Als ich sie nun inmitten ihrer Freunde beobachtete, mit ihrem süßen kleinen Hexenkostüm, und sah, wie sie sicherstellte, dass nur ja niemand zu nah an die Pyrotechnik herantrat, hätte ich schwören können, dass sie manchmal schon weiser war als ich selbst.

»Ich hole uns mal einen Kaffee«, flüsterte Michael mir ins Ohr. Ich lächelte ihm zu und nickte. Genau das Richtige, um mich an diesem kalten Oktoberabend aufzuwärmen.

Ich ließ den Blick über die doch recht große Menschenmenge auf dem Feld schweifen. Ich kannte jedes Gesicht und den Namen jedes einzelnen Menschen, den ich sehen konnte – und genau das liebte ich so am Dorfleben. Nach so vielen Jahren des Nicht-Dazugehörens war ich endlich angekommen und ein zentraler Bestandteil der kleinen Dorfgemeinde von Lynwick.

»Mum, guck mal, die Fontänen!« Tansy schob die Krempe ihres Hexenhuts zurück und schaute staunend auf die sprühenden Farben, die den dunklen Himmel erleuchteten. »So schön!«

Bevor ich etwas erwidern konnte, tippte mir jemand auf die rechte Schulter. Ich wirbelte herum und meine beste Freundin Donna nutzte ihre Chance, um ihr maskiertes Gesicht von links ganz nah an meines zu schieben. »Buh!«, zischte sie lachend, als ich zusammenzuckte.

»Also ehrlich, Donna!« Die Hälfte der Zeit benahm sie sich wie ein großes Kind. Sie nahm die Maske ab und ihre rotbraunen Haare leuchteten im Schein des Lagerfeuers hinter uns. Aus ihren wunderschönen dunklen Augen blitzte der Schalk und mal wieder dachte ich beim Anblick ihrer mit den süßesten Sommersprossen gesprenkelten Nase, dass sie wirklich nicht aussah wie achtunddreißig.

»Was für ein Schauspiel, hm?« Ihr Blick war auf die Farbexplosion am Himmel gerichtet und sie sprach laut genug, um das Knallen und Pfeifen des Feuerwerks zu übertönen. So standen wir ein paar Minuten da, die Gesichter gen Himmel gereckt, bis Michael zurückkam, Donnas Mann Paul im Schlepptau, und uns beiden einen Pappbecher Kaffee in die Hand drückte.

Paul war groß und schlank, einer dieser Menschen, die alles essen konnten und nie Sport machen mussten, um ihre Figur zu halten. Er war nationaler Verkaufsleiter eines Küchenherstellers und verbrachte viel Zeit damit, im ganzen Land herumzufahren. Mit seinen eins achtzig war Michael zwar etwas kleiner als Paul, dafür aber muskulöser, mit breiten Schultern und kräftigen Beinen.

»Eigentlich wollte ich Mike ja davon überzeugen, mit mir einen zu trinken, während ihr zwei hübschen Damen auf die Kinder aufpasst«, sagte Paul und konnte sich das Grinsen dabei nicht verkneifen. Er liebte es, mich aufzuziehen, schaffte es aber nur selten. Inzwischen perlten die meisten seiner blöden Kommentare einfach an mir ab.

Ich sah zu Michael und er zwinkerte mir zu. »Keine Sorge, ich hab ihm schon gesagt, dass ich heute Dad-Dienst habe. Ich hab sogar mein Handy ausgeschaltet.«

Ah, das war Musik in meinen Ohren. Michael verwaltete ein großes Anwesen hier im Dorf und selbst außerhalb seiner Arbeitszeiten schien es ständig irgendein Problem zu geben, um das es sich zu kümmern galt. Ich schenkte ihm ein Lächeln und gab ihm einen Kuss auf die Wange.

»Vielleicht sollte ich es öfter ausschalten, wenn ich so belohnt werde.« Er grinste und nahm einen Schluck Kaffee. Ich lachte, aber sein Kommentar gab mir zu denken. Wahrscheinlich schenkte ich ihm nicht mehr ganz so viele Zärtlichkeiten wie früher.

»Die Kinder lieben das alles hier«, sagte ich und schob den Gedanken beiseite. Ich deutete zu Tansy und Ellie hinüber. Ellie war Donnas Tochter und Tansys beste Freundin. Die Mädchen, heute Abend unter den Namen grüne Hexe und orange Hexe unterwegs, hatten sich inzwischen von der größeren Mädchengruppe gelöst. Sie steckten ihre kleinen Hexenköpfe zusammen und wickelten kichernd die kandierten Äpfel aus, die Paul aus seiner Jackentasche gezogen hatte, wie ein Zauberer ein Kaninchen aus seinem Hut. Plötzlich heulte Tansy auf, als Ellie sich ihren Apfel schnappte und gegen ihren eigenen austauschte.

»Daddy, du hast Tansy den größeren Apfel gegeben«, sagte Ellie schmollend und drehte uns den Rücken zu, um ihren neuen Apfel weiter auszuwickeln. Ich wartete darauf, dass Paul und Donna sie zurechtwiesen, vergeblich.

Donna und ich waren zur selben Zeit schwanger geworden und unsere Mädchen waren wie Zwillinge aufgewachsen. Sie waren in derselben Klasse und samstags hatten sie gemeinsam Theater- und Tanzunterricht. Und doch kam ich nicht umhin zu bemerken, dass Ellie das komplette Gegenteil von Tansy war, was Teilen und Großzügigkeit anging. Ob in der Schule oder bei Gruppenaktivitäten, Ellies kleines Gesicht war stets wachsam verzogen, stets darauf bedacht, wer was bekam und ob sie dabei den Kürzeren zog. Und wehe uns allen, wenn dies tatsächlich der Fall war.

Die letzten prächtigen Farbfunken erloschen und das unvermeidbare enttäuschte Seufzen wogte durch die Menschenmenge.

»Wollt ihr noch mal Enten angeln, bevor der Stand zumacht?«, fragte Michael und die Mädchen quietschten vor Begeisterung.

»Mal sehen, wessen Dad als Erster was gewinnen kann!« Paul, wie immer auf einen Wettstreit aus, joggte schon zu den Buden hinüber, die im Eingangsbereich des Festgeländes standen.

Als die Menge sich langsam auflöste, drückte Donna meinen Arm und beugte sich zu mir hinüber. »Scheint, als würden die zwei sich langsam wieder vertragen.«

Ich nickte und freute mich, dass sie es bemerkt hatte. Ich hatte Michael darum gebeten, sich etwas mehr Mühe mit Paul zu geben, wenn wir alle gemeinsam mit den Mädchen unterwegs waren. Vor nicht allzu langer Zeit hatte Paul Donna für eine andere Frau verlassen, nur um kurz darauf wieder zu ihr zurückzukehren, und die Monate nach seiner Rückkehr waren sehr unangenehm gewesen, da die beiden Männer einander nicht einmal in die Augen hatten sehen wollen. Mir war klar gewesen, dass ich Michael damit um einen großen Gefallen gebeten hatte, aber er hatte zugestimmt, »dir und Tansy zuliebe«, und meine Liebe zu ihm war dadurch nur noch tiefer geworden.

»Du sag mal«, fragte Donna leise, obwohl sowieso niemand in der Nähe war, der uns hätte hören können, »glaubst du, du könntest Ellie morgen von der Schule abholen? Paul ist zwar zu

Hause, aber er wird mich unten im Café ablösen.« Donna war die Inhaberin eines beliebten, altmodischen Teestübchens im Dorfzentrum. An stressigen Tagen war auch Paul dort zu sehen, Schürze um die Hüfte und Teetablett in der Hand. Donna warf mir einen bedeutungsschwangeren Blick zu. »Es gibt da ein paar ... *Dinge*, die ich überprüfen möchte, während er nicht im Haus ist, wenn du weißt, was ich meine.«

»Ach so, ja ...« Mir wurde das Herz schwer. Ich wusste sofort, was sie mir auf diese kryptische Art mitteilen wollte. Offenbar war sie misstrauisch geworden, ob er auf seinen Reisen schon wieder etwas mit einer anderen Frau angefangen hatte, und wollte nun seinen Arbeitskalender, seine Belege und seinen Laptop durchforsten. Das tat sie immer mal wieder und manchmal fand sie dabei irgendwelche Details, die ihr den Schlaf raubten. Hinter vorgehaltener Hand hatte Michael Paul schon öfter als Frauenheld bezeichnet. Inzwischen versuchte ich schon gar nicht mehr, Donna davon zu überzeugen, dass sie Paul zur Rechenschaft ziehen und besseres Verhalten einfordern sollte. Jedwede Kritik Paul gegenüber fiel bei ihr auf taube Ohren. Dennoch schmerzte es mich, sie schon wieder so verletzt und verwirrt zu erleben.

»Kate?« Sie starrte mich an, in Erwartung einer Antwort. »Wäre das okay?«

»Entschuldigung, ja, kein Problem. Sie kann nach der Schule mit zu uns kommen.« Ich nahm einen Schluck des lauwarmen, bitteren Kaffees. »So um sechs kann ich sie dann nach Hause bringen, wenn dir das passt?«

Ein Schatten huschte ihr übers Gesicht. »Und du denkst auch ganz bestimmt daran? Wenn du vergisst, sie mitzunehmen, dann kommt sonst niemand und ...«

»Donna, keine Sorge, ich hole sie ab.«

Panik hatte sich in tiefen Falten um ihren Mund gelegt. Nach dem, was in ihrer Kindheit passiert war, war ihre Angst nachvollziehbar, aber sie schien einfach nicht nachzulassen, egal, wie viel Zeit inzwischen vergangen war. Ellie konnte es nicht ausstehen, für längere Zeit allein zu sein, und ich konnte gut verstehen, woher das kam. Donna hatte ihre eigene Angst auf ihr Kind übertragen, ohne es zu wollen.

»Super!« Ein Lächeln breitete sich in ihrem Gesicht aus. »Ganz lieben Dank!«

In dem Moment kamen Michael und Paul mit den Mädchen zu uns zurück. »Die Buden machen schon dicht«, sagte Michael und Tansy und Ellie grummelten enttäuscht vor sich hin.

»Macht doch nichts, es dauert ja nicht mehr lang und dann ist Weihnachten. Dann bauen sie ihre Buden wieder auf und ihr könnt ...«

Mitten im Satz unterbrach mich ein leises, bewunderndes Pfeifen von Paul. Wir alle folgten seinem hypnotisiert glotzenden Blick. Als ich sah, was seine Aufmerksamkeit erregt hatte, wurde mir das Herz wieder schwer. Donnas wegen kochten Wut und Traurigkeit in mir hoch, aber wie immer richtete meine Freundin ihre eigene Entrüstung gegen die Frau, die Pauls Interesse geweckt hatte, und nicht gegen ihren Mann selbst.

»Wer hat *die* denn eingeladen?«, fauchte sie.

Es ging dabei um Zuzana Baros, die junge, glamouröse, alleinstehende Mutter, die vor nicht allzu langer Zeit ins Dorf gezogen und sofort zur neuen Lieblingszutat in der Gerüchteküche geworden war. Über eine Agentur war sie Irene Wadebridge, Michaels Arbeitgeberin, als Haushaltshilfe zugewiesen worden, und da die beiden sich auf Anhieb gut verstanden hatten, hatte Irene ihr inzwischen einen festen Job angeboten. »Sie hat nach einer Festanstellung gesucht und ich hatte es satt, dass die Agentur mir alle paar Wochen irgendwelche neuen Leute schickt«, hatte Irene mir erklärt.

Als ich Michael davon erzählte, meinte er: »Sie ist dauernd oben im Haus. Einer von Irenes Mietern wird bald ausziehen und sie hat vor, Suzy das Häuschen zur Miete anzubieten.«

Danach hatte Tansy erwähnt, dass ein neuer Junge in ihre Klasse gekommen sei – Aleks, der aus Polen hierhergezogen war. Miss Monsall hatte ihm den Platz neben Tansy zugewiesen. Eines Tages, als Tansy nach der Schule zu mir herüberkam, sah ich, wie ein Junge mit schwarzen Haaren in unsere Richtung deutete.

Seine Mutter kam zu uns, um sich vorzustellen. »Ich heiße Zuzana ... Suzy ... und ich wollte mich nur dafür bedanken, dass Ihre Tochter so nett ist zu Aleks und dass sie ihm hilft.« Erwartungsvoll sah sie zu ihrem Sohn hinab.

»Danke, Tansy«, murmelte Aleks schüchtern.

Ich wusste selbst nicht, was ich erwartet hatte, aber Suzy war so jung, bestimmt erst Mitte zwanzig, dass ich mich mit meinen Mitte dreißig neben ihr uralt fühlte. Außerdem war sie ganz ohne Zweifel atemberaubend schön. Mir war klar, dass das nicht fair von mir war, aber bei dem Gedanken daran, dass Michael ihr bei der Arbeit oft begegnen würde, spannten sich meine Nerven ein kleines bisschen an. Allerdings wirkte sie überaus freundlich. Sie erzählte mir, dass sie vor einer Weile aus Polen nach Großbritannien gezogen waren, um sich hier ein neues Leben aufzubauen.

»Aleks und ich mussten von einer Wohnung in die nächste ziehen und bei den meisten Jobs, die ich finden konnte, wurde ich schlecht bezahlt und ausgebeutet. Aber hier in den East Midlands gibt es eine große polnische Gemeinschaft und die haben mir online viele Tipps gegeben. Irgendjemand hat das mit der Agentur erwähnt und die haben mich genommen und zu Irene geschickt. Und jetzt können wir uns in Wadebridge ein schönes neues Leben aufbauen. Irene hat uns gerettet!«

Diese erste Begegnung war nun schon eine Weile her und ich hatte mir immer wieder vorgenommen, sie zu einem unserer Dorffeste einzuladen, hatte aber nie Gelegenheit dazu gehabt.

Ich hatte sie seitdem irgendwie immer nur aus der Ferne gesehen.

Nun spazierte sie an unserer Gruppe vorbei, Aleks' Hand fest in ihrer, und eine duftende Wolke aus blumigem Parfüm umwehte sie.

»Wow. Interessantes Outfit für ein kleines Feuerwerk auf einer schlammigen Wiese«, sagte Donna mit giftigem Tonfall, während sie die Kleidung der jungen Frau musterte.

Suzy war großgewachsen und schlank. Die Skinny Jeans und die hochhackigen Stiefel, die ihr bis übers Knie reichten, saßen wie angegossen und sahen wirklich umwerfend gut aus. Dazu trug sie eine kurze Reißverschlussjacke aus Kunstfell und ihre langen blonden Haare waren trotz der feuchten Luft beeindruckend glatt und perfekt gestylt. Ein krasser Gegensatz zu meiner eigenen Mähne, die sich bereits aus dem ehemals ordentlichen Haarknoten gelöst hatte und mein Gesicht nun einrahmte wie ein krisseliger dunkler Heiligenschein. Anlässlich der Feierlichkeiten hatte Suzy einen Haarreif mit einem schicken Paar glitzernder Teufelshörner aufgesetzt.

»Fairerweise muss ich zugeben, dass ich auch liebend gern so ein Outfit tragen würde, wenn ich so eine Figur hätte wie sie«, sagte ich wehmütig und versuchte, mein Haar glattzustreichen. Etwas leiser fügte ich hinzu: »Donna, gib ihr eine Chance, sie ist doch erst seit ein paar Monaten hier.« Dann rief ich laut: »Suzy!«

Sie hielt inne und drehte sich um, offensichtlich überrascht, ihren Namen zu hören. »Oh, Kate ... und Michael, hi!« Sie warf uns ein Lächeln zu und ihre makellosen Zähne blitzten.

»Ich glaube, wir kennen uns noch gar nicht. Paul Thatcher.« Paul trat einen Schritt vor und streckte die Hand aus. Suzy ergriff sie. »Wenn Sie irgendwas brauchen, sagen Sie mir gern Bescheid ... oder Donna, okay?« Es war nicht zu übersehen, dass er seinen Blick gar nicht mehr von ihr losreißen konnte. Als Donnas eisiger Blick auf sie fiel, sank Suzy etwas in sich zusammen und zog die Hand zurück.

Donna war nie besonders gut darin gewesen, ihre wahren Gefühle zu verbergen, ihr Gesicht war ein offenes Buch. Als sie Suzy zum ersten Mal vor der Schule gesehen hatte, war diese ihr spontan unsympathisch gewesen und sie hatte keinen Zweifel daran gelassen, dass sie sie nicht zu unserem wöchentlichen Kaffeetreff mit den anderen Müttern einladen wollte. Nun, wo Paul sich so offensichtlich zu ihr hingezogen fühlte, hatten ihre Augen sich zu wütenden Schlitzen verengt.

»Hey, Graf Aleks!« Ich lächelte Suzys Sohn zu und versuchte damit, das Eis zu brechen. Aleks war groß für sein Alter. Mit seiner hellen Haut und den dunklen Haaren gab er einen erstklassigen Vampir her, vollendet durch den schwarzen Umhang und die Blutstropfen in den Mundwinkeln. Seine Augen waren so dunkel wie seine Haare und im Moment schienen sie nicht ganz gewillt, sich den meinen zu stellen. Seine Mundwinkel zuckten und er schob sich etwas näher an seine Mutter heran.

»Sag Hallo zu Kate«, forderte Suzy ihn auf.

»Hallo«, murmelte er.

»Nächsten Mittwoch veranstalten wir einen Macmillan Coffee Morning, zur Krebshilfe«, sagte ich. »Wäre schön, wenn Sie kommen könnten. In Donnas Teestube, The Larder. Wissen Sie, wo das ist?«

»Ja ... da wollte ich schon länger mal reinschauen, es sieht so hübsch und gemütlich aus.« Sie lächelte schüchtern.

Donna verschränkte die Arme vor der Brust und wandte den Blick ab. Ich hätte sie am liebsten angestupst, damit sie endlich aufhörte, sich so unhöflich zu benehmen, aber die Geste würde Suzy garantiert auffallen. Es war mir sehr unangenehm, so zwischen den Stühlen zu stehen.

»Sie wären auf jeden Fall herzlich willkommen«, erwiderte

ich mit einem Blick zu Donna, in der Hoffnung, dass sie auf meinen Wink mit dem Zaunpfahl einging. Pustekuchen.

»Oh, das ist ja nett«, sagte Suzy. »Vielleicht ... vielleicht komme ich vorbei. Danke, Kate.«

»Bei uns ist jeder willkommen!«, sagte Paul mit fröhlich dröhnender Stimme, als hätte er irgendetwas mit der Organisation unseres Coffee Mornings zu tun.

Suzys Augen huschten zu Donnas versteinertem Gesicht, dann tätschelte sie Aleks rote Wollmütze.

»Na ja, wir sollten dann wohl mal weiter. Da freut sich jemand schon drauf, den berühmten ...«, sie hielt inne und verzog das Gesicht, »... Erbsenbrei zu probieren? Ist das richtig so? Ich muss ja zugeben, für mich klingt das ganz schön scheußlich!«

»Oh ja, das ist gesetzlich so festgelegt, zur Guy Fawkes Night muss man Erbsenbrei essen!«, erwiderte ich lachend.

»Ha! Na, wir werden berichten, was wir davon halten. Tschüss, Kate, Michael ... und Paul.« Wieder warf sie einen raschen Blick auf Donna, die ausdruckslos ins Leere starrte. »Auf Wiedersehen!«

»Oder Nimmerwiedersehen«, murmelte Donna, während Suzy davonging. Ihr stechender Blick wanderte von den hohen Absätzen der jungen Frau bis zu ihrem langen blonden Haar hinauf.

»Was für eine Augenweide!«, sagte Paul aufgekratzt zu Michael. »Na, da hast du ja was Hübsches, um dich in Wadebridge bei Laune zu halten, nicht wahr, Kumpel?«

»Paul! Zeig doch mal ein bisschen Respekt, also wirklich.« Ich drückte sanft Donnas Arm. Dass ihre Augen glänzten, war mir nicht entgangen.

Paul antwortete nicht, er war zu sehr damit beschäftigt, Suzy hinterherzuschauen. »Nicht schlecht, nicht schlecht.«

»Jetzt lass es aber gut sein!«, knurrte Michael mit einem

Blick auf Donnas niedergeschlagenes Gesicht. Ellie schob sich an ihre Mum heran.

»Nur ein Scherz! Mein Gott, nimm doch nicht alles so ernst, Alter.« Paul packte Donna und zog sie an sich. »Was soll ich denn mit der, wenn ich eine Frau wie diese habe!«

Donna ließ sich küssen und umarmen, leblos wie eine Stoffpuppe, sagte aber nichts.

»Komm«, sagte Michael angespannt und griff nach Tansys Hand. »Wir sollten wohl langsam nach Hause gehen, Kate.«

Dagegen hatte ich rein gar nichts einzuwenden. Wir verabschiedeten uns von den anderen und machten uns auf den Heimweg. Michael kochte vor Wut. Paul hatte ihn richtig auf die Palme gebracht, mehr als je zuvor.

»Mir reicht's, Kate. Ich hab echt genug von ihm«, zischte er, als Tansy anfing, vor uns her zu hopsen. »Wenn Donna sich das gefallen lassen möchte, vor ihrer eigenen Tochter so gedemütigt zu werden, fein, das ist ihr Bier. Aber ich kann da nicht einfach danebenstehen und zulassen, dass *unsere* Tochter das mitbekommt.«

»Donna tut mir so leid, aber manchmal habe ich echt Lust, sie mal kräftig durchzuschütteln«, pflichtete ich ihm bei. »Er benimmt sich wirklich grässlich. Und Suzy schien das Ganze auch ganz schön unangenehm zu sein.« Und obwohl all das eindeutig der Wahrheit entsprach, konnte ein anderer Teil von mir dennoch verstehen, was Donna an Paul hatte. Nach dem, was sie als Kind durchgemacht hatte, war er eine Konstante in ihrem Leben, an die sie sich klammern konnte – ganz gleich, wie abscheulich er sich benahm.

Irene Wadebridge war eine Mittsiebzigerin, großzügig, sozial gesinnt und ein wichtiger Teil unseres Lebens. Ihr Anwesen lag draußen am Ortsrand und bot neben ihrem großen Haupthaus Platz für fünf kleine Steinhäuschen. Schon als junger Mann hatte Michael seine Arbeit dort aufgenommen, unter Anleitung von Irenes Mann Amos. Als Amos vor zehn Jahren gestorben war, hatte Irene Michael als Grundstücks- und Landverwalter eingesetzt und diese Stelle hatte er bis heute inne.

Ich hatte eine befristete Stelle als Lehrassistentin in der Dorfschule. Ich sprang ein, wenn andere krank waren, und die meiste Zeit hörte ich den Kindern einfach nur beim Lesen zu. Im Laufe dieses Jahres hatte die Schule immer mehr Arbeit für mich gehabt, was mir nur recht war, weil wir das Geld gut gebrauchen konnten. Nächsten Frühling wurde die Schule etwas umstrukturiert und ich hoffte, dass die zusätzlichen Wochenstunden zu einem permanenten Teil meines Vertrages würden. Bevor Suzy Baros als Irenes Haushaltshilfe eingestellt worden war, hatte ich Irene neben der Schularbeit oft mit kleineren Reinigungs- und Pflegearbeiten unterstützt. Bis heute holte ich immer noch ihre Medikamente in der Ortsapotheke ab und füllte ihre Pillendöschen auf, fein säuberlich gemäß der Aufschrift nach Wochentagen sortiert. Geistig war Irene noch fit, aber Arthritis und Ischias-Schmerzen schränkten ihre Beweglichkeit oft stark ein, sodass sie hier und da ein bisschen Unterstützung gebrauchen konnte.

Michael und ich nagten zwar nicht am Hungertuch, aber wir schwammen auch nicht in Geld, wie Donna und Paul es zu tun schienen. Die Auslandsreisen und Restaurantbesuche, die sie so häufig und selbstverständlich genossen, konnten wir uns in der Regel nicht leisten. Jedes zweite Wochenende übernachtete Ellie bei uns, und dann fuhren Donna und Paul oft in die Stadt und besuchten teure Restaurants. Allerdings ließ Donna Ellie nie länger als eine Nacht allein, nicht einmal bei uns, was für Paul ein wunder Punkt war. An Michaels und meinen Abenden allein gönnten wir uns meistens nur ein romantisches Abendessen zu Hause und ein Date im Heimkino.

Donna wusste, dass wir nicht gerade reich waren, und ich musste ihr zugutehalten, dass sie uns ihren Wohlstand nie unter die Nase rieb. Paul dagegen hatte durchaus Spaß daran. Als er damals seine Affäre gehabt hatte, war es Michael gewesen, der Donna davon erzählte, und Paul hatte ihm nie verziehen. Nun tat er alles Mögliche, um es Michael heimzuzahlen.

Es war schon immer im ganzen Dorf ein offenes Geheimnis gewesen, dass Paul seine Augen nicht bei sich behalten konnte. Über die Jahre waren immer wieder Fehltritte seinerseits bekannt geworden, obwohl es sich dabei meist nur um flüchtige Tändeleien gehandelt hatte. Doch dann, vor drei Jahren, als Michael sich außerorts in einem Luxushotel mit einem wichtigen Lieferanten getroffen hatte, war er im Restaurant über Paul und eine junge Frau gestolpert. Paul hatte Michael den Rücken zugewandt und bemerkte ihn gar nicht, aber im Vorbeigehen hatte Michael Pauls Anweisung gehört, dass der Wein in »unser Zimmer« gebracht werden sollte. Nach seiner Rückkehr hatte er Donna davon erzählt und seitdem waren die beiden Männer nicht mehr gut aufeinander zu sprechen.

Paul hatte Donna und Ellie damals verlassen und war mit der jungen Frau zusammengezogen, die sich als seine Sekretärin herausgestellt hatte. Ich hatte Donna dabei geholfen, ihr gebrochenes Herz wieder zusammenzuflicken, und nach etwa sechs Monaten hatte ich wirklich gedacht, sie hätte endlich die Kurve gekriegt. Doch dann kam Paul die Erkenntnis, dass das Gras auf der anderen Seite doch nicht grüner war, und Donna hatte ihn fast augenblicklich wieder in ihr Leben gelassen, ohne Wenn und Aber. Ihre Erleichterung darüber, dass die drei wieder eine Familie waren, war förmlich greifbar.

Früher waren Michael und Paul gute Freunde gewesen und er hatte ihn sehr gemocht, aber für Pauls Untreue hatte Michael keinerlei Verständnis. »Was für ein Idiot«, hatte er gewettert, als Paul Donna verlassen hatte. »Ich hab's ihm direkt ins Gesicht gesagt, was für ein Idiot er ist, und rate mal, was er geantwortet hat! ›Ich weiß, aber ich kann nicht anders. Im Moment werde ich nicht von meinem Verstand geleitet.‹ Der muss lernen, sein

Ding in der Hose zu lassen.« Seitdem verbrachte er deutlich weniger Zeit mit Paul.

Ich fand es herrlich, was für ein hingebungsvoller, familienorientierter Mann Michael war. Im Gegensatz zu Paul war er nicht ständig im Pub oder im Fitnessstudio unterwegs, und wenn er nicht gerade arbeiten musste, verbrachten wir unsere Wochenenden stets zusammen, nur wir drei. Das war genau die Art von Kindheit, die ich mir für Tansy gewünscht hatte. Nach meiner eigenen turbulenten, unsicheren Kindheit war das eines der wichtigsten Ziele meines Lebens gewesen.

Donna ging die Sache anders an. Statt von Paul besseres Verhalten einzufordern, verwandte sie lieber viel Energie darauf, ihn im Auge zu behalten, und dazu gehörte, dass sie ihn geflissentlich von jeder anderen Frau fernhielt, die auch nur ansatzweise als attraktiv gelten könnte. Doch man musste nicht lange an ihrem harten Schutzschild kratzen, um alte Wunden offenzulegen. Vor dreiundzwanzig Jahren, als Donna fünfzehn gewesen war, war ihre jüngere Schwester Matilda nach Schulschluss spurlos verschwunden. Die zwei Jahre ältere Donna hatte sich sonst immer nach der Schule mit ihr getroffen, damit sie gemeinsam nach Hause gehen konnten. Doch an diesem Tag hatte Matilda ihr gesagt, sie wolle länger bleiben, um in der Bibliothek mit Freunden zu lernen. Jemand hatte gesehen, wie sie die Schule verlassen hatte, aber sie war nie zu Hause angekommen und seitdem nicht wieder gesehen worden. Nach offizieller Aussage liefen die Ermittlungen immer noch, aber nach so vielen Jahren ohne neue Hinweise hatte der Fall eindeutig nicht mehr Priorität.

Donna hatte nie aufgehört, sich deswegen Vorwürfe zu machen, und es war wirklich kein Wunder, dass sie den Zwang verspürte, stets ein Auge auf Ellie zu haben. Wer könnte es ihr auch verübeln, dass sie so auf Sicherheit bedacht war, nachdem, was mit ihrer Schwester passiert war?

Als sie Paul kennenlernte, schien er alles zu sein, was sie

sich gewünscht hatte. Ein starker Partner, der sie beschützen und mit dem sie sich sicher fühlen konnte. Doch es hatte nicht lange gedauert, bis er sein wahres Gesicht gezeigt hatte und anfing, ihr wieder und wieder das Herz zu brechen.

Das muss schrecklich für sie sein und doch hatte ich immer den Eindruck, dass das für sie das kleinere Übel war. Lieber sein Verhalten erdulden, als das Risiko eingehen, allein zu sein.

ZWEI

21. Oktober 2019

Am nächsten Morgen plapperte Tansy wie immer den ganzen Schulweg über. Diese Freundin hatte das gesagt und dieser Freund hatte mit dem gestritten … da kam ich gar nicht mehr mit. Wirklich faszinierend, wie manche miesen kleinen Cliquen schon in so jungen Jahren begannen, um dann im Erwachsenenalter ihr volles Potenzial zu entfalten. Und da kam mir eine Idee.

»Was hältst du davon, wenn wir Aleks die Woche mal nach der Schule einladen?«, fragte ich. »Er kennt ja noch nicht so viele Leute und ich weiß, dass ihr beide euch gut versteht.«

»Oh ja, Mummy!« Sie war stehen geblieben und hüpfte nun auf der Stelle auf und ab wie ein Flummi. »Das wär total cool! Dann kann ich ihm meine Sylvanian Families-Sammelfiguren zeigen.«

»Super, dann frage ich nachher mal seine Mummy«, sagte ich und lächelte.

Vor dem Schultor hatte sich schon die übliche Gruppe an Müttern versammelt. Ich ging auf den Haupteingang zu und nickte dabei jeder Einzelnen zu, der ich begegnete. Tansy rannte zu den anderen Kindern hinüber und ich schlang fröstelnd meinen Schal um mich. Letzte Nacht war es kalt und trocken gewesen, aber nach dem Nieselregen heute Morgen war die Luft immer noch feucht und schwer, obwohl der Regen inzwischen nachgelassen hatte.

»Hey, Kate!«, rief Donna und wedelte mit den Armen in der Luft herum, um meine Aufmerksamkeit auf sich zu ziehen.

Durch die Trauben an Eltern hindurch, die auf dem nassen Asphalt herumstanden, bahnte ich mir einen Weg zu ihr, bis ich Suzy entdeckte, die ganz allein in einer Ecke stand. Wie immer stach sie mit ihrer Kleidung aus der Menge heraus. Viele waren den kürzeren Weg über die Felder gelaufen oder planten nach dem Absetzen ihrer Kinder einen Spaziergang mit dem Hund, sodass alle matte Farben und praktische Kleidung gewählt hatten, passend zum Wetter. Alle außer Suzy. Sie trug einen kurzen Rock mit blickdichter schwarzer Strumpfhose und Stiefeletten, dazu einen kirschroten Wollmantel, dessen Gürtel ihre schmale Taille betonte. Von den glitzernden Teufelshörnern war nichts mehr zu sehen. Stattdessen hatte sie ihre Haare zu einem lockeren Knoten hochgesteckt, der den Elementen mühelos trotzte. Um diese Frisur nachzuahmen, hätte ich mindestens eine Stunde herumprobieren müssen.

Alle anderen Eltern waren entweder in Gespräche vertieft oder mit ihren Handys beschäftigt, aber Suzy starrte nur verdrossen zu Boden und schob mit ihrer Fußspitze kleine Steinchen umher.

»Suzy, hi!« Ich legte auf dem Weg zu meiner üblichen Morgengruppe eine Kurve ein und ging zu ihr hinüber. Es war nicht zu übersehen, wie ausgeschlossen sie sich hier fühlte, und es lag in meiner Macht, etwas dagegen zu unternehmen.

Sie sah erschrocken zu mir auf. »Ach, Kate, Sie sind das!« Ihr Gesicht entspannte sich wieder und sie lächelte.

»Wie kommt Aleks in der Schule zurecht?«, fragte ich und

dachte dabei an Tansys Erzählungen: »Mummy, Ryan wollte heute in der Schule nicht neben Aleks sitzen«, und: »Jemand hat gesagt, dass Aleks stinkt, und das gab Ärger mit Miss Monsall.«

»Ganz okay, denke ich«, sagte sie zögernd. »Wenn ich ihn danach frage, sagt er nicht viel, aber ich denke mal, er braucht einfach ein bisschen Zeit, um sich einzugewöhnen, nicht wahr?«

Offensichtlich bereitete ihr das Thema schon genug Kopfzerbrechen, deshalb erwähnte ich nichts von dem, was Tansy mir erzählt hatte. Aber falls Aleks tatsächlich Probleme in der Schule hatte, könnte es ja sein, dass Suzy sich über eine Chance freuen würde, mal darüber zu reden, wenn sie etwas weniger angespannt war.

»Ich habe überlegt, ob Aleks vielleicht gerne morgen nach der Schule mit zu uns kommen würde?«, sagte ich. »Wir könnten ihn gleich nach dem Unterricht mitnehmen und dann könnten Sie ihn so um halb sechs bei uns abholen? Dann könnten wir noch zusammen einen Kaffee trinken und plaudern. Was halten Sie davon?«

Sie überlegte kurz, dann nickte sie. »Das ist wirklich sehr freundlich, Kate. Ich glaube, darüber würde Aleks sich freuen.«

»Was wollte *die* denn?«, fragte Donna herausfordernd, als ich unsere Gruppe erreichte. »Du bist die Erste, zu der die feine Miss bisher auch nur ein Wort gesagt hat.« Ein paar der anderen Mütter hielten im Gespräch inne, um uns zuzuhören.

»Ich habe sie nur gefragt, ob Aleks morgen nach der Schule zu uns kommen möchte.«

Das schien Donna kurz die Sprache zu verschlagen. »Warum in aller Welt hast du das gemacht?«

»Wieso denn nicht? Tansy hat mir erzählt, dass die beiden in der Schule nebeneinandersitzen und ...«

»Aber Tansy und Aleks sind ja deswegen nicht gleich befreundet.«

»Darum geht es doch gar nicht«, sagte ich und verbarg meine Gereiztheit hinter einem Lächeln. »Von dem, was Tansy so erwähnt hat, scheint es ihm etwas schwerzufallen, neue Freundschaften zu schließen, und ich dachte, da könnte ich ihm doch ein bisschen unter die Arme greifen.« Ich ließ meinen Blick über die verdutzten Gesichter der anderen schweifen. »Und wenn wir das alle tun würden, hätte er doch im Handumdrehen einen Freundeskreis beisammen. Was meint ihr?«

Donna rümpfte die Nase. »Ellie hat mir gesagt, dass sie schon versucht hat, ihn auf dem Spielplatz miteinzubeziehen, und dass er dann einfach weggeht und ganz allein an der Wand herumsteht.«

Eine andere Mutter meldete sich zu Wort: »Carter hat erzählt, dass ihr Fußball mal zu ihm rübergeflogen ist, und statt ihn zurückzuwerfen, hat Aleks ihn in die entgegengesetzte Richtung gekickt. Wenn er will, dass die anderen ihn mögen, muss er erst mal lernen, sich besser zu benehmen.«

»Ach kommt schon, der Junge ist sechs Jahre alt!« Ich schüttelte den Kopf. »Er muss sich nicht nur an eine neue Schule gewöhnen, sondern an ein ganz neues Land. Das ist bestimmt ein riesiger Kulturschock für ihn. Ich finde, wir sollten ein bisschen mehr Nachsehen mit ihm haben. Wir sollten mit *beiden* mehr Nachsehen haben.«

Donna warf einen Blick in die Runde und räusperte sich. »Kate, vielleicht ist dir das noch nicht bewusst, aber Suzy war bisher nicht besonders freundlich zu anderen Leuten.«

Eine der anderen Frauen nickte. »Am ersten Schultag habe ich versucht, ein Gespräch mit ihr anzufangen, aber sie war so damit beschäftigt, alle Leute zu beobachten, ich bin mir nicht mal sicher, ob sie mich überhaupt gehört hat. Ganz schön unhöflich.«

Mir kam Suzys erschrockener Gesichtsausdruck in den Sinn, als ich sie vorhin angesprochen hatte. War es möglich, dass sie allgemein recht nervös war?

»Mir ging's genauso«, sagte eine andere Frau. »Ich habe sie gefragt, ob sie wegen der Arbeit aus Polen weggezogen ist, und sie hat blitzschnell das Thema gewechselt. Konnte es kaum erwarten, von mir wegzukommen! Wirklich kein besonders freundlicher Mensch.«

Es schockierte mich, wie schnell die anderen über Suzy geurteilt hatten. Suzy sprach zwar ausgezeichnetes Englisch, aber zweifelsohne gab es eine Sprachbarriere, und dass sie etwas vorsichtig war, was das Schließen neuer Bekanntschaften anging, war doch verständlich. Da schien es mir nur logisch, dass sie sich in dieser Gruppe von anderen Müttern, die sie nicht wirklich mit offenen Armen willkommen hieß, etwas unwohl fühlte.

»Mir scheint es noch etwas früh, um so ein negatives Urteil über sie zu fällen.« Ich versuchte, mein Argument noch weiter auszubauen, auch wenn ich den Eindruck hatte, die Aufmerksamkeit der anderen langsam zu verlieren. »Ganz unabhängig davon, ob Suzy hier neue Freundschaften schließen will, ist Aleks doch nur ein kleiner Junge. Wir alle sollten versuchen, ihm so gut zu helfen, wie wir nur können.«

Betretenes Schweigen legte sich über unsere Gruppe. Offensichtlich stand ich mit meiner Meinung allein da. Enttäuschend, ja, aber mehr konnte ich wohl nicht tun.

Jill Chiltern, unsere ranghöchste Lehrassistentin, hatte mich gebeten, diesen Nachmittag für einen abwesenden Assistenten in der Ahorngruppe einzuspringen. Wir hatten ein paar sehr schöne Stunden zusammen und übten Sport und Kunst und

Gestaltung. Die etwas anspruchsvolleren Einheiten zu Rechtschreibung und Mathematik hatte die Lehrerin bereits am Morgen übernommen.

Die Kirsche auf der Torte war aber der Unterrichtsschluss, als Jill mich um ein kurzes Gespräch bat. »Nächstes Jahr ist eine permanente Stelle eingeplant, Kate«, sagte sie. »Mit mehr Jobsicherheit und mehr Gehalt, falls das für Sie interessant klingt.«

»Das klingt ganz wunderbar«, bekräftigte ich mit einem enthusiastischen Nicken. »Daran hätte ich definitiv Interesse.«

»Sehr schön. Dann sollten Sie sich auf jeden Fall bewerben.« Sie lächelte. »Ich gebe Bescheid, sobald wir den Job ausschreiben.«

Ich bedankte mich bei Jill und verließ federnden Schrittes das Schulgebäude, um Tansy am Eingang zu treffen. Natürlich stand noch nicht eindeutig fest, dass ich den Job auch bekommen würde. Offene Stellen mussten von der Schule immer offiziell ausgeschrieben werden und danach standen Vorstellungsgespräche an. Aber die Tatsache, dass Jill mir geraten hatte, mich zu bewerben, war doch ein gutes Zeichen. Damit hatte sie mir zu verstehen gegeben, dass ich gute Chancen hatte, falls ich mich bewerben wollte.

Am nächsten Tag fand ich Donna nicht an unserem üblichen Treffpunkt vor der Schule. Tansy kam Hand in Hand mit Aleks aus der Schule gelaufen. Als ich sah, wie sie ihn Richtung Schultor führte, wurde mir ganz warm ums Herz, doch als sie näherkamen, erkannte ich ihren bekümmerten Gesichtsausdruck.

»Ellie sagt, sie will nicht mehr meine Freundin sein«, sagte sie, als sie bei mir ankam. Sie bemühte sich, tapfer zu sein, aber ich konnte sehen, wie aufgewühlt sie war.

»Ach so was! Und warum?«

»Weil ich ihr gesagt hab, dass Aleks nach der Schule mit zu uns kommt.«

Ich folgte ihrem Blick, vorbei an der Menge an Eltern und Kindern, bis ich Ellie und Donna auf der anderen Seite entdeckte, die zu uns herüber schauten. Donna verdrehte die Augen, während Ellie ihr offensichtlich wegen des Treffens mit Aleks ein Ohr abkaute. Donna formte mit den Fingern ein Telefon. *Ich rufe dich nachher an.* Ich nickte und drehte mich so, dass Tansy die beiden nicht mehr sehen konnte.

»Darüber zerbrechen wir uns mal nicht den Kopf. Wir machen es uns jetzt erst mal richtig schön, nicht wahr, Aleks?«

Aleks nickte, schien aber so seine Zweifel zu haben. Er sah zu Ellie und Donna hinüber, die uns inzwischen den Rücken zugewandt hatten und mit dem Rest der Menschenmenge davongingen. Darüber würde ich nachher bestimmt einiges zu hören kriegen.

Es war mir nie in den Sinn gekommen, Ellie ebenfalls einzuladen, weil sie ja sowieso oft bei uns war. Bei Kindern waren drei oft schon einer zu viel und ich hatte gedacht, es wäre bestimmt schön für Tansy und Aleks, ein bisschen Zeit zu zweit zu haben, damit er seine Schüchternheit überwinden konnte. Außerdem hoffte ich auf eine Chance, Suzy nachher besser kennenzulernen, ohne die dunkle Wolke von Donnas Missmut.

Wir waren gerade zu Hause angekommen, als auch Michael hereinschneite, in der Hand einen Strauß Freesien. Meine Lieblingsblumen! Er hielt sie mir hin und lehnte sich vor, um mir einen Kuss auf die Wange zu drücken.

Ich sog den süßen Duft der Blumen ein. »Womit habe ich die denn verdient?«

»Einfach damit, dass du so bist, wie du bist.« Er drückte sanft meine Schulter. »Ich bin der glücklichste Mann auf Erden, weil ich dich habe. Reicht doch als Grund, oder nicht?«

In mir breitete sich ein wohlig warmes Gefühl aus. Wie so oft waren seine Worte Balsam für meine Seele. Ich hörte häufig, wie andere Frauen sich darüber beschwerten, dass sie sich von ihren Männern vernachlässigt oder nicht wertgeschätzt fühlten. Ich aber konnte ganz ehrlich behaupten, dass Michael mir stets das Gefühl gab, geliebt und begehrt zu werden. Es waren die kleinen Dinge, die es ausmachten. Ein kleiner Liebesbrief auf dem Küchentisch, meine Arbeitsschuhe aus Leder, die er mir ohne ein Wort polierte, das Schaumbad, das er mir nach einem langen Arbeitstag einließ, mit der Anweisung, mir ein gutes Buch zu schnappen und mindestens eine Stunde liegen zu bleiben. »Sie sind wunderschön, danke dir«, sagte ich.

»Immer gerne. Hey, Tansy Pansy.« Er beugte sich hinunter, um unserer Tochter einen Kuss auf die Stirn zu geben, dann wuschelte er Aleks durchs Haar. »Na, mein Großer, wie läuft's?«

Aleks murmelte einen Gruß und drehte ihm dann den Rücken zu. Mir war gar nicht bewusst gewesen, wie extrem schüchtern er war. Obwohl er Michael regelmäßig oben in Wadebridge sah, tat er nun so, als wären die beiden sich noch nie zuvor begegnet.

»Wohl gerade keine Lust zu reden«, scherzte Michael und zwinkerte mir zu.

»Wie wär's, wenn ihr drei ein bisschen im Garten herumrennt, während ich Tee aufsetze?«, fragte ich. »Ihr könntet eine Runde Fußball spielen und dann ...« Der Rest des Satzes versickerte im Nichts, als Aleks einfach davonging, um aus dem Fenster zu schauen. Ich verzog das Gesicht und sah zu Michael, der nur mit den Schultern zuckte, offensichtlich genauso ratlos wie ich.

»Das müssen wir leider ein andermal machen«, sagte er. »Ich muss wieder nach Wadebridge, wir wollen vor den Cottages neues Pflaster verlegen und dafür müssen wir den Boden noch fertig planieren. Wollte nur kurz vorbeischauen, um dir Blumen zu bringen und den Kindern Hallo zu sagen.«

Er deutete mit dem Kopf zu Aleks. »Aber ich merke, wenn ich nicht erwünscht bin.«

»Er ist wahrscheinlich einfach ein bisschen niedergeschlagen«, erwiderte ich leise, als Tansy zum Fenster hinüberging, um mit Aleks zu sprechen. »Tansy hat mir erzählt, dass Ellie ganz schön gemein war wegen der Einladung heute. Und du weißt ja, wie Donna ist, sie weist sie deswegen bestimmt nicht zurecht. Wie immer.«

Michael schnalzte mit der Zunge, sagte aber nichts dazu. Er war auf dieselbe Schule gegangen wie Donna und Matilda und erinnerte sich noch gut daran, was für eine Schockwelle nach Matildas Verschwinden durch das Dorf gefahren war. »Jeder Einzelne im Dorf war davon betroffen, alle waren ganz traumatisiert deswegen«, hatte er mir gleich am Anfang erzählt. »Ich kannte Donna vom Sehen, aber ich hatte in der Schule kaum ein Wort mit ihr gewechselt, wir waren in unterschiedlichen Kreisen unterwegs. Aber als Matilda vermisst wurde, wusste plötzlich jeder, wer sie war. Ständig waren alle Blicke auf sie gerichtet.« Er hatte mir auch erzählt, dass Donna wegen der turbulenten Umstände ein Schuljahr wiederholen musste, und meiner Erfahrung nach war Michael wegen alldem bis heute besonders nachsichtig mit ihr.

Nachdem Michael wieder gegangen war, spielten Tansy und Aleks ganz friedlich miteinander und bauten Legomodelle.

»Aleks, du siehst Michael doch bestimmt oft oben in Wadebridge«, sagte ich im Vorbeigehen.

Er sah zu mir auf. »Ja, manchmal«, erwiderte er steif.

Ich fragte mich, ob er vielleicht allgemein Männern gegenüber besonders schüchtern war. Schließlich war er die meiste Zeit mit seiner Mutter allein. Das brachte mich zu der Frage nach seinem Vater, ob er Teil seines Lebens gewesen war und wie Aleks damit umging, ihn zurückgelassen zu haben.

Ich bereitete ein paar Minipizzen und Kartoffelecken als Snack vor, die anschließend von Aleks auf seinem Teller hin-

und hergeschoben wurden. Hin und wieder knabberte er ohne Begeisterung daran herum. Ich musterte seine Haltung, seinen herabhängenden Kopf, die zusammengesunkenen Schultern und die glanzlosen Augen. Man musste wirklich kein Genie sein, um zu erkennen, dass dieser Junge aus irgendeinem Grund tief unglücklich war. Suzy hatte mir erzählt, dass sie in England auf einen Neuanfang hofften, aber wie ihr altes Leben ausgesehen hatte, hatte sie nie erwähnt, und ich kannte sie noch nicht gut genug, um sie danach zu fragen. Vielleicht vermisste Aleks seine Familie in Polen oder litt unter den gemeinen Bemerkungen der anderen Kinder.

»Wie gefällt es dir in der Eichengruppe, Aleks?«, fragte ich in einem fröhlichen Tonfall. »Miss Monsall ist wirklich eine tolle Lehrerin, findest du nicht auch?«

»Mummy, ich hab heute einen Stern ins Klassenheft bekommen, weil ich die Lesebücher eingesammelt hab«, sagte Tansy, stolz wie ein Pfau. »Ich hab Aleks gesagt, dass er mithelfen soll, damit er auch einen kriegt, aber er wollte nicht.«

»Ganz toll! Das hast du wirklich super gemacht, mein Schatz«, sagte ich und lotste das Gespräch dann sachte zurück zu Aleks. »Manchmal ist es schwierig, anderen zu helfen, wenn man das Gefühl hat, niemanden zu kennen, nicht wahr, Aleks?«

Er grunzte und nahm einen Schluck Fruchtsaft.

»Aber er *redet* halt mit niemandem, Mummy«, seufzte Tansy, als wäre Aleks ein hoffnungsloser Fall und nicht jemand, der direkt vor uns saß.

»Stell dir mal vor, du müsstest auf eine andere Schule gehen, in einem anderen Land, wo du niemanden kennst. Es ist nicht immer einfach, Freundschaften zu schließen, Tansy.«

»An meiner alten Schule hatte ich viele Freunde«, warf Aleks da plötzlich ein. Seine Stimme überraschte mich, er sprach deutlich und selbstbewusst und sein Englisch war wirklich hervorragend. Tansy schaute ihn erstaunt an, als wäre das der längste Satz, den sie je von ihm gehört hatte.

»Die müssen dir sehr fehlen«, sagte ich sanft.

Er nickte, gab aber keine Antwort. Ich hätte ihm gerne eine Menge weiterer Fragen gestellt über sein Leben in Polen, aber ich wollte ihm nicht das Gefühl geben, in ein Kreuzverhör geraten zu sein. Ich konnte mich noch gut an einen Moment erinnern, als ich etwa in Aleks' Alter gewesen war. Da war meine Mum auf irgendeinem Saufgelage und bis in die Nacht nicht nach Hause gekommen. Das war immer mal wieder passiert, aber dieses Mal stand plötzlich eine Nachbarin, die wir kaum kannten, mit einer Schüssel voll Eintopf vor der Wohnungstür.

»Hallo, Schätzchen, alles gut bei dir?«, fragte sie. »Ich habe deine Mum vorhin weggehen sehen, aber mir scheint, sie ist noch nicht wieder nach Hause gekommen.« Sie verrenkte den Hals, um an mir vorbei einen Blick in die Wohnung zu erhaschen, dann reichte sie mir die Schüssel. »Hast du denn einen Dad? Also, ich meine, ist jemand hier, der auf dich aufpasst?«

Ich hatte Angst, etwas zu ihr zu sagen, weil Mum mich immer davor gewarnt hatte, dass das Sozialamt kommen und mich holen könnte und wir uns dann nie mehr wiedersehen würden. Aber ich konnte mich auch nicht ganz dazu überwinden, einer Erwachsenen die Tür vor der Nase zuzumachen, das wäre unhöflich. Damals hatte ich schlicht und ergreifend Angst vor so vielen Dingen.

Doch der Gedanke daran, wie wütend Mum wäre, wenn ich während ihrer Abwesenheit jemanden reinließe, brachte mich wieder zur Besinnung und ich schloss die Tür vor der Nachbarin. Dann stand ich mucksmäuschenstill in unserem winzigen Flur und versuchte, meinen Atem wieder unter Kontrolle zu bringen. Die Nachbarin stand noch eine kleine Weile in unserem Treppenhaus herum und dann ging sie, endlich, weg.

Damals habe ich gelernt, dass gutgemeinte Hilfsbereitschaft von Seiten eines Erwachsenen ein Kind enorm unter Druck setzen kann. Dieses Gefühl wollte ich Aleks auf keinen Fall vermitteln.

»Nun ja, jetzt findest du ja gerade neue Freunde«, sagte ich zu Aleks. »Bald wirst du wieder ganz viele Freunde haben.« Er sah so verloren aus, dass ich mich wirklich zusammenreißen musste, um ihn nicht hochzuheben und an mich zu drücken.

Suzy wirkte auf mich wie eine gute Mutter und ich war mir sicher, dass sie sich seines Gemütszustandes bewusst war. Ich kannte sie zwar noch nicht gut, hatte aber die Hoffnung, dass sich das noch ändern würde und ich ihr gegenüber irgendwann mal erwähnen konnte, was Tansy mir über die Geschehnisse im Klassenzimmer erzählt hatte.

Kein Kind hatte es verdient, sich einsam und ausgeschlossen zu fühlen.

DREI

JAKUB

Zalipie, Polen

Jakub und Ana hatten sich in der Schule kennengelernt, bei den Proben für das Theaterstück zum Schuljahresende. So hatte es angefangen. Eine Woche später aßen sie ihr Mittagessen gemeinsam und gingen zusammen zur Schule und wieder nach Hause. Ihre Elternhäuser waren nicht weit voneinander entfernt. Auch fünf Jahre später hielten sie es immer noch genauso, nur dass Jakub Ana nun küsste, wann immer er Gelegenheit dazu hatte.

Zalipie war ein Dorf wie aus dem Bilderbuch und berühmt aufgrund seiner bemalten Holzhäuser. Hier kannte jeder jeden und das nicht nur flüchtig. Die Haustür schloss man hier nie ab und am Ende der kleinen, gepflegten Gärten fand man viele Kisten mit Obst und Gemüse aus eigenem Anbau und daneben eine kleine Kasse des Vertrauens. Jakub war vollauf davon überzeugt, dass er den Rest seines Lebens mit Ana verbringen würde. Sie würden unglaublich niedliche Babys haben und gemeinsam alt werden. Und so schienen sich die Dinge auch zu entwickeln, bis sie beide achtzehn wurden. Bis Oskar Krol wieder in ihr Leben trat.

Oskar war bis zu seinem dreizehnten Lebensjahr in derselben Klasse gewesen wie Ana und Jakub. Dann wurde seinem Vater bei einem großen Autohersteller in Krakau eine wichtige Stelle angeboten, etwa eineinhalb Stunden Autofahrt entfernt.

Die Dorfleute hatten sich mit den üblichen Festlichkeiten von der Familie Krol verabschiedet. Sie trafen sich alle im Dorfpark, sangen und tanzten und aßen von dem vorzüglichen gemeinsamen Buffet, zu dem Jakubs Mutter Räucherkäse und Krakauer Würste beigesteuert hatte. Doch da Oskar ein eher schüchterner Junge war, saß er den Großteil des Abends allein in einer Ecke, obwohl Freunde und Familie mehrmals versuchten, ihn daraus hervorzulocken, damit er an dem Fest teilnahm.

Alles in allem war es ein schöner Abend gewesen, aber wie das eben so war, erinnerte man sich schon nach ein paar Monaten nur noch vage an die Familie Krol.

Bis an Jakubs achtzehntem Geburtstag ein gutaussehender Fremder in die Feier in der Dorfkneipe hereinplatzte. Jakub bemerkte, wie schnell sich alle möglichen Dorfleute um den großen, breit gebauten Fremden versammelten. Ana zog ihre Hand aus seiner und sagte, sie müsse sich schnell mal die Nase pudern, doch dann ging sie statt zu den Toiletten hinüber zu dem attraktiven jungen Mann. Die Zeit schien stillzustehen, als Jakub sah, wie sich die Blicke der beiden kreuzten. Er spürte es zwischen ihnen funken, spürte die Anziehung wie von zwei starken Magneten, die sich einander unaufhaltsam näherten.

Angespannt sah er zu, wie Ana ein Gespräch mit dem Mann anstieß, wie sie kicherte, Teil einer ganzen Meute an Dorfmädchen, die ihm allesamt an den Lippen hingen. Immer, wenn Jakub sich seine Geburtstagsfeier vorgestellt hatte, war Ana direkt an seiner Seite gewesen. Danach hatte er sie nach Hause begleiten wollen und dann hätte er ihr von der Reservierung erzählt, die er kommende Woche für sie beide in einem Restaurant gemacht hatte. Er traute seinen Augen kaum, als er sah, wie der Fremde seinen Arm um ihre Taille schlang und ihr etwas ins Ohr flüsterte.

Er stapfte hinüber und musste feststellen, dass der Fremde gar kein Fremder war, sondern Oskar Krol, lang nicht mehr der schüchterne Junge von damals, der nie mitspielen wollte, sondern ein junger Mann mit einem überbordenden Selbstbewusstsein, das an Arroganz grenzte. Früher waren sie gleich groß gewesen, nun überragte Oskar ihn um gute zehn Zentimeter. Sein muskulöser Körper sah ganz danach aus, als wäre er in einem dieser schicken städtischen Fitnessstudios geformt worden, die Jakub bisher nur online gesehen hatte. Jakub fühlte sich im Vergleich sehr schmächtig. Oskar und er waren nie eng befreundet gewesen, aber sie hatten sich ganz gut verstanden und Jakub hatte Oskar nie wie manche der anderen ausgelacht oder einen Streber genannt.

»Hey«, brachte er heraus. »Dich habe ich ja schon ewig nicht mehr gesehen. Wie lange bleibst du denn?«

»Ich bin wieder hergezogen, Kumpel«, sagte Oskar und schenkte Ana ein Grinsen. »Hab mir einen Managerjob in der neuen Autofabrik am Dorfrand besorgt und Schlüssel für ein eigenes Haus noch dazu.«

Das schien Ana zu beeindrucken, sie lauschte wie gebannt. Sie spielte mit ihren Haaren und ihre Wangen glühten, als sie zu Oskar aufsah. Jakub hätte schwören können, dass sie sich sogar ein wenig aufgerichtet hatte und ihre kleinen, festen Brüste nach vorne schob.

Er musste den starken Drang unterdrücken, sie am Arm zu nehmen und sanft wegzuführen. Ihm war klar, dass er dadurch nur herrschsüchtig und paranoid wirken würde. Und wenn ihn seine Erinnerung nicht trog, hatte Ana Oskar damals in der Schule kaum zur Kenntnis genommen. Allerdings hatte der Mann vor ihnen überhaupt nichts mehr mit dem schmächtigen, bebrillten Jungen gemeinsam, der damals weggezogen war. Früher war Oskar keine Gefahr gewesen, aber jetzt ... Nun ja, Jakub gefiel die Art einfach nicht, wie Ana ihn ansah. Ganz und gar nicht.

Die neue Autofabrik hatte den Betrieb vor sechs Monaten aufgenommen und Jakub hatte in der Regionalzeitung gelesen, dass Oskars Vater im Verwaltungsrat saß. Kaum jemand in ihrem Alter hatte schon ein eigenes Haus. Die meisten lebten noch bei ihren Eltern und manche blieben dort sogar nach ihrer Hochzeit noch ein paar Jahre wohnen.

Danach kam alles noch viel schlimmer. Noch in derselben Woche machte Ana mit ihm Schluss. Sie sagte, sie brauche etwas Zeit, um sich klarzuwerden, was sie sich vom Leben wünschte.

»Das ist nur seinetwegen, oder? Oskar hat Schuld«, donnerte Jakub, ungeweinte Tränen in den Augen. »Ich hab doch schon an meinem Geburtstag gesehen, dass du dich in ihn verliebt hast.«

»Da irrst du dich«, sagte Ana kühl und wandte sich von ihm ab. »Oskar ist ein Freund und mehr nicht.«

Doch nur wenige Stunden nach ihrer Trennung wurde Jakub zugetragen, dass man sie mit Oskar im Wald hatte spazieren sehen und dass die beiden außerdem in dem kleinen Café am Ortsrand etwas getrunken hatten.

Er spürte, wie etwas in ihm zu Staub zerfiel. Der Gedanke, Ana für immer zu verlieren, war schier unerträglich. Eine solche Zukunft konnte und wollte er sich nicht vorstellen.

Alle überhäuften ihn mit gutgemeinten Ratschlägen. Sogar Mr Kaminski, sein Nachbar seit Kindertagen, der sich gerade von einem Sturz erholte, wusste etwas dazu zu sagen.

»Dieser Kerl, dieser Oskar, der hat sie einfach verzaubert, mein Junge«, erklärte er Jakub. »Aber sie ist noch so jung. Glaub mir, das wird nicht lange halten. Bald sieht sie schon den

Unterschied zwischen solidem Gold und einer billigen Fälschung.«

Mr Kaminski hatte leicht reden, dachte Jakub und Bilder von Oskars trainiertem Körper, seinen perfekt geschneiderten Klamotten und den handgefertigten Lederschuhen gingen ihm durch den Kopf.

Seine Mutter riet ihm: »Hab Geduld, Jakub. Ana kommt zu dir zurück. Ihr zwei seid füreinander bestimmt.«

Also wartete Jakub. Wochenlang, monatelang, schließlich war ein Jahr vergangen. Er hätte auch noch länger gewartet, vielleicht sogar jahrelang, aber dann wurde alles auf den Kopf gestellt. Ana und Oskar kamen von einem kurzen Strandurlaub zurück und gaben bekannt, dass sie geheiratet hatten.

»Das wird nicht lange halten«, prophezeite seine Großmutter weise.

Seine Mutter rümpfte die Nase. »Noch bevor das Jahr vorbei ist, wird Ana diesen Luftikus schon durchschaut haben. Das verspreche ich dir, mein Junge.«

Aber nun stießen ihre Worte auf taube Ohren. Jakub war so geduldig gewesen, wie es ihm nur möglich gewesen war, und ihm wurde klar, dass es Zeit war, der Wahrheit ins Gesicht zu sehen, ganz gleich, was seine Mutter und seine Großmutter sagten. Die offensichtliche Wahrheit, die er so lange verleugnet hatte, war: Ana liebte einen anderen Mann; so sehr, dass sie ihn geheiratet hatte. Sie und Oskar würden gemeinsam in seinem luxuriösen Haus wohnen und sich dort ein neues Leben aufbauen und eine Familie gründen.

Jakub gab auf. Er gab so restlos auf, dass es ihm den Mut und die Entschlossenheit gab, die er brauchte, um sein eigenes Leben weiterzuführen. Er würde sich seine Zukunft im Dorf sichern und seines eigenen Glückes Schmied sein.

Leider war es dann aber doch nicht so einfach.

Er hatte nicht erwartet, dass Oskar Jahr ein, Jahr aus im Dorf herumstolzieren würde, als gehörte alles hier ihm. Er hatte nicht damit gerechnet, dass Oskar und seine Kumpanen jeden Tag vor der einzigen Dorfkneipe trinken und Jakub jedes Mal aufs Korn nehmen würden, wenn er an ihnen vorbeilief.

»Hey, *idiota*, was willste mit den ganzen Tüten?«

»Das sind Lebensmittel für Mr Kaminski«, rief Jakub lässig zurück. »Vielleicht könntest du ja mal seinen Rasen mähen oder das Dach abdichten, bevor der Winter kommt?«

»Vielleicht bleiben wir stattdessen einfach hier, mit unserem guten Freund Zubrowka. Prost!« Oskar hielt ein Glas voll Wodka in die Höhe und scheuchte Jakub davon. »Auf, auf, mach jetzt deine Erledigungen, *idiota*.«

»Betrinken die sich mitten am Tag!« Jakubs Großmutter konnte nur den Kopf schütteln, als Jakub mit einem langen Gesicht nach Hause kam. »Ha! Was wohl aus Oskars tollem neuen Job geworden ist? Schon bald wird Ana merken, dass dieser Mann ein Taugenichts ist. Bald wird sie dich anflehen, ihr zu verzeihen.«

Jakub schnaubte laut. »In meinen Träumen vielleicht.«

»Du musst sie einfach ignorieren, *kochanie*«, sagte seine Mutter tröstend und nannte ihn bei dem Kosenamen, den sie ihm schon als Kind gegeben hatte. »Diese Jungs sind so unreif, die haben eben nichts Besseres zu tun.«

Aber Jakub war klar, dass das keine Jungs waren, sondern Männer in seinem Alter, die meisten davon breit gebaut und bärenstark. Er hatte seiner Mutter verschwiegen, dass sie sich ihm gegenüber inzwischen enorm bedrohlich verhielten. Erst gestern hatte er den Gemischtwarenladen verlassen und feststellen müssen, dass ein Rad seines vorher makellosen Fahrrads komplett verbogen war. Als er sich umschaute, hatte er Oskar und seine Freunde vor einem Café in der Nähe sitzen sehen. Sie hatten die Köpfe zusammengesteckt und lauthals gelacht.

Auf dem Heimweg, das nutzlose Fahrrad auf dem Rücken, hatte Jakub versucht, die Wut in den Griff zu kriegen, die seine Eingeweide zum Kochen brachte. Zum ersten Mal in seinem

Leben hatte er einem anderen Menschen wehtun wollen. Egal, wem. Er hatte Ana all seine Liebe, sein Vertrauen und seine Treue geschenkt und sie hatte ihn verraten.

Waren alle Frauen so? So hatte er es von einigen der älteren Junggesellen im Dorf gehört. Bisher hatte er das als Gerede verbitterter alter Männer abgetan, aber vielleicht hatten sie recht.

Diese Erkenntnis brachte das Fass schließlich zum Überlaufen. Jahrelang hatte er Oskars Beleidigungen ertragen. Als er endlich zu Hause ankam, in Schweiß gebadet unter der Last seines Fahrrads, wurde ihm klar, dass es für ihn an der Zeit war. Zeit, seine Mutter, seine Großmutter und sein geliebtes Zalipie zu verlassen, um sich neue Wege zu erschließen. Aber wohin bloß?

Sein Blick fiel auf die Zeitung, die seine Mutter gefaltet und auf die Armlehne des Sofas gelegt hatte. Eine der Schlagzeilen stach ihm sofort ins Auge:

Rekordzahlen: Immer mehr polnische Arbeiter ziehen nach Großbritannien, um dort ein Vermögen zu machen.

Da erwachte sein Plan erstmals zum Leben. Er würde ins Ausland ziehen und hart arbeiten. Schon bald würde er noch erfolgreicher und viel reicher sein als Oskar Krol.

Dann würde er seine grandiose Rückkehr nach Zalipie feiern und Ana zeigen, was für ein Mann aus ihm geworden war.

VIER

KATE

22. Oktober 2019

Die Kinder spielten ganz friedlich miteinander. Aleks hatte seine anfängliche Schüchternheit überwunden und ich hörte nicht ein böses Wort zwischen den beiden. Was für ein Kontrast zu den Tagen, wenn Ellie hier war. Sie beschwerte sich ständig, dass Tansy nicht teilen wollte, dass Tansy sie nicht an die Reihe ließ. Immer Tansy. Nie Ellie selbst.

Um Punkt halb sechs stand Suzy vor der Tür, um Aleks abzuholen. Ich öffnete ihr und musste einen Schritt zurückweichen, weil sie sofort auf mich zuschoss. Sie konnte es kaum erwarten, ins Haus zu kommen, und warf wachsame Blicke die Straße hinunter.

»Hi«, sagte ich, lehnte mich zur Tür hinaus und warf einen Blick nach draußen. »Alles okay?«

»Klar. Alles gut.« Sie hörte die Kinder oben lachen und schaute die Treppe hinauf, während sie auf ihrer Unterlippe herumkaute. »Wie geht es Aleks? War alles in Ordnung?«

»Dem geht's prima. Ich hoffe, das macht Ihnen nichts aus, aber die beiden waren so brav, da habe ich ihnen erlaubt, ein paar Minuten Nintendo zu spielen. In fünf Minuten sage ich ihnen aber, dass sie runterkommen sollen. Kommen Sie doch rein, ich setze Wasser auf.«

»Ich kann nicht lange bleiben«, erwiderte sie rasch. »Ich ... ich habe zu Hause noch viel zu tun.«

»Das kenne ich nur zu gut«, sagte ich und führte sie durch den Flur in die Küche. »Wenn ich nicht bald mit dem Bügeln anfange, werden wir noch unter dem Wäscheberg begraben!« Sie war im Türrahmen stehengeblieben. »Setzen Sie sich doch. Tee oder Kaffee?«

»Kaffee wäre nett, danke. Ohne Milch.« Sie setzte sich auf die Kante des kleinen blaugrünen Samtsofas, das wir gekauft hatten, um unsere farblose Holzküche etwas aufzuhübschen, die eigentlich eine Renovierung nötig hätte. »Sie haben so ein schönes Zuhause.«

»Oh, danke schön«, sagte ich und füllte den Wasserkocher auf. »Wir wohnen nun schon seit über zehn Jahren hier und es gibt immer noch so viel zu tun. Es hört irgendwie nie auf, wenn man ein Haus herrichten möchte. Irgendwas gibt es immer zu tun. Na ja, die Sorge sparen Sie sich als Mieterin immerhin.«

Suzy gab keine Antwort.

»Wie gefällt es Ihnen oben in Wadebridge?« Ich holte zwei saubere Tassen aus dem Schrank und löffelte Kaffeepulver hinein. »Da oben ist es bestimmt schön ruhig.«

»Ja, sehr ruhig«, stimmte sie zu. Sie begann, an einem ihrer Fingernägel zu kauen. Dann fügte sie leise hinzu: »Vielleicht sogar zu ruhig.«

Sie verstummte wieder und ihre Aussage gab mir zu denken. Darüber, wie es sich wohl anfühlen musste, so abgeschottet zu leben, als Fremde in einer eingeschweißten Gemeinde wie dieser. Ich wurstelte ein paar Minuten herum, während das Wasser zu kochen begann.

»Sie leben da oben ja wirklich weitab vom Schuss«, sagte ich nach einer kurzen Weile, trug unsere Tassen zu dem kleinen

Tischchen hinüber und stellte noch einen Teller selbstgemachte Butterkekse aus Donnas Café dazu. Dann setzte ich mich neben sie aufs Sofa. »Wahrscheinlich fühlen Sie sich recht abgeschnitten vom restlichen Dorfleben, auch wenn Sie bestimmt öfters mal Michael über den Weg laufen, wenn er oben am Arbeiten ist.«

Sie nahm ihre Tasse und hielt sie mit ihren schmalen, bleichen Händen umschlossen, die weder Nagellack noch Ringe zierten. Sie starrte hinein. »Ja, hin und wieder sehe ich ihn da.«

»Denken Sie, dass Sie es nächste Woche zu unserem Coffee Morning schaffen werden?«

Sie zögerte. »Ich weiß nicht. Small Talk fällt mir ziemlich schwer und in Menschenmengen fühle ich mich eher unwohl. Und ... ich denke nicht, dass Donna mich dabeihaben möchte.«

»Die Entscheidung liegt nicht bei Donna, sie stellt nur die Räumlichkeiten zur Verfügung. Wenn Sie sich als Gast unwohl fühlen, können Sie auch gern stattdessen mithelfen, wir können immer noch ein extra Paar Hände gebrauchen«, fügte ich hinzu und schob ihr den Keksteller zu. »Sie könnten mir dabei helfen, die Getränke zu servieren. Das wäre doch eine gute Gelegenheit, um ein paar andere Leute aus dem Dorf kennenzulernen.«

Ihr Blick huschte zu den Keksen, aber sie griff nicht zu. »Ich werde immer ein bisschen nervös, wenn ich neue Leute treffe. Also ... als ich hierhergekommen bin, habe ich viele neue Leute getroffen, aber es ist anders, wenn ich Zeit mit Menschen verbringen soll, die ich nicht kenne.«

Es war frustrierend. Ich wusste genau, dass das die perfekte Gelegenheit wäre, um die sprichwörtlichen Mauern niederzureißen. Aber ich spürte auch, dass etwas in ihr sich stark dagegen sträubte, und ich wollte sie nicht bedrängen.

Sie presste die Lippen zusammen und starrte auf ihre Hände. »Tut mir leid. Für jemanden wie Sie ergibt das wahrscheinlich gar keinen Sinn. Sie sind so selbstbewusst und aufgeschlossen. Jeder kennt Sie und mag Sie, Kate.«

Ich lachte leise. »Na, ich kann Ihnen verraten, dass es mehrere Jahre gedauert hat, bis ich an dem Punkt angekommen bin. Im Gegensatz zu Michael und Donna bin ich nicht hier aufgewachsen und kannte niemanden, genau wie Sie. Aber natürlich ist es mir leichter gefallen, in die Gemeinde hineinzuwachsen, das verstehe ich schon.« Ich nahm einen Schluck Kaffee. »Sie sollten Ihr Licht nicht unter den Scheffel stellen, Suzy. Es war so mutig, in ein neues Land zu ziehen und hier ein neues Leben anzufangen, nur Sie und Ihr Sohn. Das ist eine reife Leistung und nicht jeder wäre dazu in der Lage.«

Sie warf mir einen dankbaren Blick zu und mir fiel auf, dass sie kaum von ihrem Kaffee getrunken hatte. Es brauchte wohl etwas Stärkeres, um ihr dabei zu helfen, sich zu entspannen. Ich stellte meine Tasse ab. »Wie wäre es mit einem Glas Wein? Normalerweise würde ich um diese Zeit ja noch nichts trinken, aber wir haben schließlich Grund zum Feiern.«

»Ach, wirklich?«

»Natürlich! Wir feiern, dass Sie ein echter Teil der Dorfgemeinde von Lynwick werden! Darauf kann man doch wohl anstoßen.«

Suzy lachte. »Na ja, ich denke, so weit bin ich noch nicht, aber ja, klar. Wir können gern ein Glas trinken.«

Ich holte die Flasche Sauvignon Blanc, die Michael vor zwei Tagen geöffnet hatte, als wir vom Feuerwerk zurückgekommen waren, und schenkte uns zwei Gläser ein. Ich brachte sie zum Sofa hinüber und gab ihr eines davon. »Auf ein glückliches, erfülltes Leben im Dorf«, sagte ich und stieß mein Glas gegen ihres.

»Dzięki ... Prost!« Sie nahm einen Schluck und schnalzte anerkennend. »Der schmeckt gut, danke.«

»Jetzt wird doch erst ein richtiges Gespräch draus.« Ich grinste. »Sie werden schon sehen, wie bald Sie sich hier einleben. Es gibt hier viel zu tun, bei dem Sie mitmachen können, wenn Sie möchten. Außerdem schlage ich vor, dass wir uns jetzt duzen.«

»Das klingt gut. Danke, Kate, dass du mich so offen aufnimmst«, sagte sie. »Mich hier einzuleben, fällt mir schwerer als gedacht. Manche Leute hier scheinen mir gegenüber ein bisschen misstrauisch zu sein.«

»Nun, da spielen bestimmt auch deren eigene Unsicherheiten mit rein«, sagte ich und dachte dabei an Donna. »Aber ich hoffe, dass wir zwei Freundinnen werden können.« Ich sah zur Decke hinauf, durch die Musik und das Stampfen kleiner Füße drang. »Klingt jedenfalls danach, als kämen unsere Kinder gut miteinander aus.«

Sie lachte. »Aleks war zu Hause überhaupt nicht so schüchtern. Er hatte viele Freunde.« Sie nippte an ihrem Wein. »Hatten wir beide.«

Da war sie, die perfekte Gelegenheit, um die Frage zu stellen, die mir auf der Zunge brannte. »Du, es geht mich ja eigentlich nichts an, aber ich frage mich doch, warum du beschlossen hast, hierherzuziehen, wenn ihr doch zu Hause so glücklich wart?«

Sie sah mich über ihr Glas hinweg an und ich fragte mich, ob das jetzt zu viel war, zu früh. Der Wein hatte mir bereits ein wohlig warmes Gefühl beschert und wahrscheinlich hatte ich mich etwas zu schnell entspannt. »Entschuldige bitte«, sagte ich. »Jetzt denkst du wahrscheinlich, dass ich nur versuche, meine Nase in anderer Leute Angelegenheiten zu stecken. Vergiss, dass ich gefragt habe.«

»Das denke ich überhaupt nicht, Kate. Ist doch logisch, dass du dich wunderst, warum ich hier einfach so aufgetaucht bin. Zu Hause ist einfach ... manches passiert.« Sie atmete tief ein. »Verschiedene Sachen. Ich war in einer glücklichen Beziehung, dann ist es schiefgegangen und ich musste weg. Mit den Details will ich dich jetzt nicht langweilen, aber ich bin nach Großbritannien gekommen, um meinem Sohn und mir einen Neuanfang zu ermöglichen.«

»Bestimmt eine gute Entscheidung«, sagte ich und lotste uns von den intensiven Fragen weg. Offensichtlich benutzte sie das Argument mit dem »Neuanfang« als Standardantwort. »Klingt, als wäre das für euch beide das Richtige.«

»Ich hoffe es.« Diesmal nahm sie einen größeren Schluck Wein. »Ich habe schon genug schlechte Entscheidungen getroffen und möchte wirklich keine weiteren Fehler machen.«

»Hier weiß niemand über dein früheres Leben Bescheid, es sollte also nicht allzu schwer sein, neu anzufangen.«

Sie schenkte mir ein trauriges Lächeln. »Ich hoffe, dass du damit recht behältst, aber oft holt einen das Leben doch wieder ein, nicht wahr?« Ihr Blick huschte zu ihrer Armbanduhr. »Ich mache mich jetzt besser auf den Weg. Es wird ja schon dunkel draußen.«

Ihre Nervosität war zurückgekehrt. Unruhig zappelnde Hände, umherhuschende Blicke aus wachsam aufgerissenen Augen.

Wenn ich es nicht besser wüsste, würde ich fast vermuten, dass sie Angst vor irgendetwas hatte. Oder vor irgendjemandem.

FÜNF

An diesem Abend kam Michael erst gegen acht Uhr von der Arbeit nach Hause.

»Tut mir leid, dass ich so spät dran bin, Schatz.« Er kickte sich an der Tür die Stiefel von den Füßen und kam in Socken zu mir herübergetapst. »Die Lieferung mit den Bodenplatten, die ich nächste Woche verlegen will, kam spät rein und ich wollte die Platten nicht draußen in der Nässe herumliegen lassen.«

»Ich habe schon gegessen, aber ich kann dir eine Pastete aufwärmen, mit ein bisschen Salat dazu?«

»Perfekt, Danke. Wie geht's Tansy?«

»Gut. Ein bisschen enttäuscht, dass es heute keine Gute-Nacht-Geschichte von Daddy gab, aber ich habe ihr gesagt, dass ihr das morgen nachholt.«

Michael hatte per Videoanruf mit Tansy telefoniert, bevor sie ins Bett gegangen war. Das machte er zuverlässig jedes Mal, wenn es bei der Arbeit etwas später wurde, was ziemlich häufig der Fall war. Wenn gerade keine späte Lieferung kam, fiel Irene oft irgendeine dringende Erledigung im Haus ein, mit der sie sicherstellen konnte, dass sie noch ein paar Stunden länger Gesellschaft hatte.

Ich wickelte eine Pastete aus und schob sie in den Ofen. Dann holte ich Michael ein Bier aus dem Kühlschrank.

»Ah, genau das Richtige. Danke, mein Schatz.« Er nahm einen Schluck, sah mich an und legte den Kopf schief. »Alles okay? Du siehst irgendwie besorgt aus.«

»Besorgt nicht direkt, aber da ist etwas, worüber ich mit dir reden wollte. Etwas, was du vielleicht wissen solltest. Wahrscheinlich hältst du mich deswegen für paranoid.«

»Ach Gott, ist es was Schlimmes?« Michael sah zur Decke. »Mir ist, als würde mein Kopf gleich explodieren, weil gerade so viel los ist. Der Gemeinderat sitzt mir im Nacken, dass ich die Weihnachtsbeleuchtung organisieren soll, Irene lässt mir wegen dem Dach eines ihrer Cottages keine Ruhe und …«

»Nein, alles gut, es kann warten«, sagte ich rasch. Seit ein paar Wochen sah er immer so müde aus. Ich hatte ihn mehrmals gefragt, ob irgendetwas los ist, und er hatte nur Dinge von der Arbeit aufgezählt, die ihn in der Vergangenheit nie groß belastet zu haben schienen. Er schien auch nicht gut zu schlafen. Ein paarmal war er aufgestanden und hinuntergegangen, um sich etwas zu trinken zu holen, und war dann auf dem Sofa eingenickt, statt wieder nach oben ins Bett zu kommen.

Ich zuckte zusammen, als er mir einen Kuss auf den Hinterkopf drückte. Ich hatte ihn gar nicht näherkommen hören. »Hey, was macht dich denn so nervös?« Ich drehte mich zu ihm um und er stellte sein Bier ab, um mich in den Arm zu nehmen. »Ich bin ganz Ohr. Was wolltest du mir erzählen?«

»Nichts! Also, ich meine … das kann warten, ehrlich.«

»Nein, kann es nicht. Ich sehe doch, dass du dir um irgendwas Sorgen machst.« Der Blick seiner schokoladenbraunen Augen verschmolz mit meinem. »Was ist los?«

»Es ist wegen Suzy. Sie hat da vorhin so was erwähnt.«

»Okay.« Er ließ die Arme sinken und machte einen Schritt

zurück. »Was ist passiert? Haben sich die Kinder nicht gut vertragen?«

»Doch, die Kinder waren total brav und haben sich gut verstanden. Aber irgendwas ist mit ihr, Michael. Ich glaube, sie hat Angst vor irgendjemandem, vielleicht jemandem aus ihrer Heimat, das weiß ich nicht.«

»Ach, echt? Was hat sie denn gesagt?« Er zog die Augenbrauen nach oben.

»Das ist es ja gerade, sie hat fast gar nichts gesagt. Aus ihr etwas rauszukriegen, war wie Wasser aus einem Stein zu pressen. Sie schien total nervös und irgendwann habe ich sie einfach gefragt, ob alles okay ist, und ... na ja, war es wohl nicht. Sie hat was davon erwähnt, dass einen sein früheres Leben wieder einholt und ... ach ich weiß nicht, es war einfach seltsam.«

Sein Blick bohrte sich in meinen. »Mehr hat sie nicht gesagt?«

»Nein. Aber ich hatte da einfach so ein Bauchgefühl, weißt du? Dass da irgendwas nicht stimmt. Ich wollte es dir sagen, damit du oben in Wadebridge ein bisschen aufpassen kannst.«

Michael atmete laut aus. »Klingt für mich, als hättest du da ein paar voreilige Schlüsse gezogen, Kate. Suzy verhält sich nervös und du denkst gleich, dass wir oben in Wadebridge ein Sicherheitsproblem haben könnten.«

»Wenn du es so formulierst, klingt es natürlich lächerlich, aber du hast ihre Reaktion nicht gesehen.« Ich dachte kurz nach. »Ich habe mich gefragt, ob du vielleicht irgendetwas Seltsames bemerkt hast. Redest du häufig mit ihr?«

»Wir haben bisher kaum ein Wort gewechselt. Wahrscheinlich redet sie mehr mit Irene.« Er nahm mich wieder in den Arm. »Wie wär's, wenn du aufhörst, dir Sorgen um andere Leute zu machen, und dich stattdessen auf das hier konzentrierst?«

Er beugte sich zu mir herunter und wir küssten uns, seine

weichen, warmen Lippen auf meinen. Ich schloss die Augen und genoss das Gefühl seiner starken Arme um mich. Nach meinem Gespräch mit Suzy und beim Gedanken daran, was für Schwierigkeiten sie hinter sich gelassen hatte, fühlte ich mich vom Glück verwöhnt.

Unvermittelt packte mich das Bedürfnis, ihm zu zeigen, wie viel mir an ihm lag. Es überfiel mich ganz ohne Vorwarnung.

»Lass uns hochgehen«, flüsterte ich ihm ins Ohr.

»Was?« Er wich zurück und sah mich an.

Als wir uns gerade kennengelernt hatten, hatten wir so oft spontan miteinander geschlafen, dass man es eigentlich kaum als spontan bezeichnen konnte. Wir kriegten einfach nicht genug voneinander. Nach ein paar Jahren wurde es etwas ruhiger ... vielleicht ein bisschen zu ruhig, um ehrlich zu sein. Wir hatten immer noch ein gesundes Liebesleben, nur eben eines, das mehr Planung erforderte und etwas weniger aktiv geworden war aufgrund von stressigen Tagen und müden Abenden, an denen wir vor dem Fernseher einschliefen.

Meine Güte, dachte ich nun, vielleicht stand es ja schlimmer um uns als vermutet, wenn ich den geschockten Gesichtsausdruck meines Mannes so sah!

»Kein Grund, so entsetzt zu gucken«, sagte ich und versuchte, seine Reaktion durch einen Scherz aufzulockern. »War ja nur ein Vorschlag und ein alberner wohl noch dazu.«

»Nein, nein. Überhaupt nicht albern.« Er lehnte sich ein paar Zentimeter zurück, aber genauso gut hätte es ein halber Meter sein können. »Ich will dich auch, gar keine Frage. Es ist nur ... ich bin so erledigt. Diese Bodenplatten ... ich musste die alle ganz allein bewegen und ...«

»Alles gut«, sagte ich und drehte mich zum Herd. Gott, wie peinlich. »Vielleicht solltest du mal wieder mit Irene reden, damit sie noch jemanden einstellt.«

Er öffnete den Mund und schloss ihn gleich wieder. Er war drauf und dran gewesen, Irene zu verteidigen, die sich, man konnte es kaum anders sagen, einfach weigerte, ihm zusätzliche Hilfe zu verschaffen. Sein Job war eine seltsame Mischung aus Papierkrieg und schwerer körperlicher Arbeit. Nach dem Tod ihres Mannes hatte Irene erklärt, sie brauche jemanden für alle anfallenden Aufgaben, und Michael war damit vollauf einverstanden gewesen. Meiner Meinung nach wurde ihm aber zu viel zugemutet. Sie hatten früher mal ein oder zwei Gelegenheitsarbeiter gehabt. Der Letzte, der ein paar Jahre lang dort gearbeitet hatte, hatte Michael im Stich gelassen und war eines Tages einfach nicht mehr aufgetaucht. Michael hatte sich nie um einen Ersatz bemüht. Das war inzwischen ungefähr zwölf Monate her. »Die sind die Mühe nicht wert«, hatte er gesagt, als ich ihn gefragt hatte, ob er sich einen neuen Arbeiter suchen würde.

»Vielleicht morgen Abend?« Er trat neben mich, um mir ins Gesicht sehen zu können. »Wir könnten uns Essen bestellen, vielleicht zusammen duschen. Du weißt schon, so wie früher.«

»Klingt toll.« Die gezwungene Heiterkeit in meiner Stimme schnürte mir die Kehle zu. »Machen wir so.«

Michael nickte, schnappte sich sein Bier und ließ sich am Tisch nieder. Seine Schultern waren so breit und kräftig und in seinem Nacken sah ich noch etwas Restbräune der Sommermonate.

Früher hatte ich mir etwas mehr Mühe gegeben, wenn er spät nach Hause kam. Hatte geduscht, ein bisschen Make-up aufgetragen, mir die Haare gekämmt. Nun stand ich hier mit einer schlabberigen Stoffhose, einer formlosen Tunika und einem unordentlichen Dutt. Die letzten Make-up-Reste waren schon vor Stunden aus meinem Gesicht verschwunden. Wenn ich er wäre, wäre ich auch nicht besonders scharf auf mich.

SECHS

26. Oktober 2019

Samstagmorgen wachte ich dadurch auf, dass Michael die Schlafzimmervorhänge zur Seite schob. Auf meinem Nachttisch stand bereits eine Tasse Tee. An der digitalen Anzeige des Weckers konnte ich ablesen, dass es zwei Minuten nach sieben war.

»Mummy, Mummy, hat Daddy dir schon erzählt, wo wir hinfahren?« Tansy fegte wie ein Miniwirbelsturm ins Zimmer, ihren Lieblingskuschelpartner, Barnaby Bär, fest im Arm.

Ich setzte mich verschlafen auf und griff nach der Teetasse. »Nein. Wo fahren wir denn hin?«

»Zur White Post Farm!« Sie schäumte vor Aufregung über und kriegte die Worte nur mit Mühe heraus.

»Ach, echt?« Ich nahm einen Schluck Tee und sah zu Michael.

»Ja! Ja!« Tansy quietschte vor Vergnügen. »Wann fahren wir?«

»Ganz bald, also hopp, hopp!«, sagte Michael und

scheuchte sie aus dem Zimmer. »Mach doch schon mal den Fernseher an, ich bringe dir gleich dein Frühstück.«

Ich hörte sie die Treppe hinunterrasen, dann kam Michael wieder ins Zimmer zurück. »Tut mir leid, ich hätte das lieber mit dir abklären sollen. Ich hab mich nur ein bisschen mies gefühlt, weil ich in den letzten Wochen so einige Gute-Nacht-Geschichten verpasst habe und das neue Schuljahr schon anfängt.« Er setzte sich auf die Bettkante. »Ich kann gern allein mit ihr hingehen, wenn dir so früh morgens noch nicht zum Kotzen zumute ist.«

Wir witzelten gerne darüber, dass ich beim Geruch von Bauernhoftieren immer würgen musste. Eigentlich mied ich sie, wann immer ich konnte, aber das hier war genau das, was wir gerade brauchten. Ein bisschen Zeit als Familie. Michael war so gestresst und arbeitete zu viel. Das hier könnte der Anfang einer neuen Tradition zu dritt sein.

»Ein Ausflug klingt ganz wunderbar«, sagte ich.

Es war Balsam für meine Seele, Michael und Tansy im Bauernhofzoo zuzuschauen. Wie nah sie sich standen, wie lieb sie sich hatten.

Wir lachten über die Alpakas, kreischten uns durch verschiedene Fahrgeschäfte und aßen viel zu viele Donuts. Ich sah zu, wie mein großer, starker Mann winzig kleine Hamster und Kaninchen in der Hand hielt, wie er unserer Tochter beibrachte, hilflose Kreaturen zu lieben und respektieren, und mein Herz floss über vor Liebe zu den beiden. Ich war zutiefst gerührt.

Tansy wollte eine Eidechse halten. Mit geübtem Griff nahm Michael sie in beide Hände und übergab sie dann an Tansy. Die wachsamen Augen des kleinen Tiers starrten zu ihm hoch, ohne zu blinzeln.

»Die behält dich im Auge«, sagte ich lachend. »Ich glaube, die hat dich durchschaut.«

Michael setzte zu einem Lachen an, aber aus seinem Mund kam nur ein seltsam ersticktes Jaulen. Ein Schatten huschte ihm übers Gesicht und er öffnete den Mund. Mir wurde plötzlich ganz heiß, und kurz war ich mir sicher, dass er gleich mit etwas Entscheidendem herausplatzen würde.

Dann war der Moment auch schon wieder vorbei. Ich atmete aus, als sich sein Lächeln entspannte und er die Schultern lockerte. »Was?«, fragte ich. »Was wolltest du gerade sagen?«

Er sah zu Tansy hinunter, die vorsichtig den schuppigen Kopf des Reptils streichelte. »Nur, dass ich euch beide mehr liebe als mein Leben. Ich hoffe, das weißt du«, sagte er leise und traf mich damit völlig unvorbereitet.

»Hast du das gehört, Tansy?« Ich lachte. »Daddy wird schon ganz sentimental.«

Michael griff nach meiner Hand und drückte sie fest. »Und lass dir bloß nie von irgendwem etwas anderes einreden.«

Später brachte Michael eine sehr müde, aber glückliche Tansy ins Bett und las ihr eine Geschichte vor, während ich Abendessen machte. Keine besonders aufwändige Mahlzeit, aber doch etwas luxuriöser als die Lieferpizza, die wir uns normalerweise gönnen würden.

»Wow, Spaghetti Carbonara! Mein Lieblingsessen«, sagte Michael, als er wieder herunterkam.

»Und Knoblauchbrot«, fügte ich hinzu, goss die Spaghetti ab und schüttete sie zu der Soße.

»Du verwöhnst mich.« Ich hielt kurz mit dem Umrühren inne, als er an mir vorbeiging und mir einen Kuss auf die Lippen gab. Dann ging er weiter zum Kühlschrank und griff nach einer Flasche Weißwein. Er holte zwei Gläser aus dem Schrank und vergrub seine Nase in meinem Nacken, was eine Gänsehaut meine Arme hinunterschickte. »Den Gefallen möchte ich später gerne erwidern. Du siehst übrigens umwerfend aus.«

Ich lächelte, während sich ein wohlig warmes Gefühl in meinem Bauch ausbreitete. Als wir von der White Post Farm nach Hause gekommen waren, war ich total erledigt gewesen, aber ich hatte mir trotzdem die Mühe gemacht, unter die Dusche zu hüpfen und meine Haare zu waschen. Als ich mich mit Seife einrieb, dachte ich darüber nach, dass es eigentlich außer ein bisschen Mühe nicht viel brauchte, um unser Liebesleben wieder in Gang zu bringen. Zu Beginn unserer Beziehung hatte ich immer sichergestellt, dass ich für Michael gut aussah, selbst wenn ich müde war. Aber mit den Jahren hatte ich zugelassen, dass die Müdigkeit meine Entscheidungen leitete. Hatte andere Sachen priorisiert, die Bügelwäsche, die Essensvorbereitung für den nächsten Tag.

Nach der Dusche hatte ich ein Set pinke Spitzenunterwäsche aus meiner Schublade ausgegraben. Die hatte ich mir letztes Jahr bei Marks and Spencer gegönnt und seitdem etwa zweimal getragen. In der Dusche hatte ich mich bereits gründlich rasiert und danach Bodylotion mit Vanilleduft auf meiner Haut verteilt. Dann hatte ich meine Haare mit dem Lockenstab bearbeitet und etwas Lippenstift und Mascara aufgetragen. Alles in allem hatte es mich etwa vierzig Minuten gekostet, mich ein bisschen herzurichten, und ich hatte es nicht nur Michael zuliebe getan. Ich fühlte mich pudelwohl in meiner Haut und die Müdigkeit war in der Zwischenzeit verflogen.

Michael deckte den Tisch und schenkte uns Wein ein, während ich das Essen servierte. Als ich den Parmesan darüberstreute, hob er sein Glas. »Ein Hoch auf uns drei! Auf unsere glückliche kleine Familie.«

»Prost.« Ich lächelte und nippte an dem spritzig-fruchtigen

Wein. »Was für eine Abwechslung vom Alltag das hier doch ist!«

»Auf jeden Fall besser als Spiegelei und Pommes vor dem Fernseher«, sagte er mit vollem Mund. Er deutete mit seiner Gabel Richtung Teller. »Das schmeckt fantastisch.« Er kaute und schluckte, dann hob er sein Glas erneut. »Ach, ich habe ganz vergessen zu erwähnen, rate mal, wer gestern Nachmittag in Wadebridge vorbeigeschaut hat.«

Ich zuckte mit den Schultern und drehte den nächsten Bissen Spaghetti um meine Gabel. »Keine Ahnung.«

»Paul.«

»Hä?« Ich ließ meine Gabel sinken und sah zu ihm hinüber. »Donnas Paul?«

»Genau der. Ist jetzt bestimmt schon ein Jahr her, dass der sich mal dort hoch bequemt hat. Er wollte meinen Rat wegen ein paar Bäumen, die sie unten im Garten pflanzen wollen. So hat er es mir jedenfalls verkauft, aber du kannst dir bestimmt denken, warum er eigentlich da war.«

»Suzy?«

Er nickte. »Sie ist rausgekommen, um einen Sack Müll in die Tonne zu werfen, und da ist er schnurstracks auf sie zu. Sie haben ein paar Minuten lang miteinander geredet und dann ist er wieder gegangen.«

»Konntest du hören, worüber sie geredet haben?«

Michael schüttelte den Kopf und biss in sein Knoblauchbrot. »Allerdings konnte ich sehen, wie Paul die volle Charme-Offensive gestartet hat, strahlendes Lächeln, Schultern zurück, Kopf hoch. Dieses Machogehabe, mit dem er bei Frauen irgendwie immer wieder punktet. Was auch immer er gesagt hat, hat Suzy jedenfalls dazu gebracht, rot anzulaufen und zu kichern.«

Was er mir da beschrieb, konnte ich mir nur allzu gut bildlich vorstellen. Ich weiß noch, wie eingenommen ich selbst von ihm war, als Donna Paul zum ersten Mal mitgebracht hatte. Er war ein gutaussehender Mann, aber es steckte noch mehr dahinter. Er hatte Charisma und diese unfassbare Ausstrahlung, die die Leute verzauberte.

Mit den Jahren, als ich sah, wie er meine Freundin behandelte und dass er Frauen im Allgemeinen als austauschbare Belustigungen anzusehen schien, hatte sein Charme massiv zu bröckeln begonnen. Aus meiner Sicht zumindest.

»Arme Donna«, sagte ich, legte mein Besteck nieder und griff nach meinem Glas. »Er wird sich nie ändern. Du solltest Suzy vor ihm warnen.«

»Ha! Das überlasse ich schön dir. Von dem ganzen Unfug lasse ich lieber die Finger.«

»Ich verstehe das einfach nicht. Donna ist so eine starke Frau, in jederlei Hinsicht, außer eben, was Paul betrifft ... Ich wünschte, sie würde den Mut finden, die Vergangenheit hinter sich zu lassen, und sich damit endlich stark genug fühlen, um bei seinen Spielchen nicht mehr mitzumachen.«

Michael nickte, sagte aber nichts dazu. Eine Weile aßen wir schweigend, das sanfte Dudeln unserer Playlist im Hintergrund.

Dann sagte er: »Ich habe darüber nachgedacht, uns für nächsten Sommer eine Woche Urlaub im Ausland zu buchen. Online habe ich dazu ein paar gute Angebote gefunden; wenn man da jetzt bezahlt, ist die Anzahlung nicht sehr hoch. Was hältst du davon?«

Ich sah zu ihm auf. »Wirklich? Oh, Michael, Tansy wäre begeistert ... *ich* wäre begeistert!« Ich legte meine Gabel nieder. »Meinst du das ernst? Also ... denkst du, wir können uns das leisten?«

»Na klar.« Er grinste und nahm noch einen Schluck Wein. »Wenn wir das jetzt buchen, haben wir ewig Zeit, um das Geld dafür anzusparen, und dann hätten wir alle was, worauf wir uns freuen können. Ich nehme mir eine Woche frei und dann gibt es kein Zurück mehr, egal, ob Irenes Boden ein Loch kriegt, ob das Dach leckt oder der Strom ausfällt. Dann gehöre ich ganz dir allein ... und Tansy natürlich.«

»Ich kann es kaum erwarten!«, quietschte ich und er lachte und hielt mir einen Finger vor die Lippen, um mich an die über uns schlafende Tansy zu erinnern. Überglücklich sprang ich von meinem Stuhl auf und huschte um den Tisch herum, um ihn zu küssen, woraufhin er mich auf seinen Schoß zog.

»Das war eine vorzügliche Mahlzeit, Mrs Shaw.« Er schob seinen Teller weg. »Aber jetzt ist es Zeit für den Nachtisch.«

»Ich kann es kaum erwarten.« Ich lachte, als er mich hochhob und zum Sofa trug. Vor lauter Kichern brachte ich kaum ein Wort heraus. Vom Wein fühlte ich mich entspannt und warm. Dann meldete plötzlich der Muttermodus Alarm. »Was, wenn Tansy runterkommt? Ich will nicht, dass sie hier irgendwas sieht, was sie nicht sehen sollte.«

Er überlegte kurz. »Sie war so erledigt, die weckt heute nichts mehr. Aber Moment, das hier wird uns vorwarnen, falls sie doch runterkommt.« Er klemmte einen der Stühle unter die Türklinke, bevor er sich wieder mir zuwandte und sich im Gehen sein T-Shirt vom Leib zog, was mir den Blick auf seinen trainierten Bauch und die muskulösen Arme freigab.

»Der Nachtisch sieht ja köstlich aus«, sagte ich anerkennend, als er das Sofa erreichte und begann, mir aus meinem Kleid herauszuhelfen.

»Und danach schenke ich uns noch ein Glas Wein ein und wir gucken online nach möglichen Urlaubszielen. Wie klingt das?«

»Perfekt«, seufzte ich, als mein Kleid zu Boden glitt und Michael meine Haut mit sanften Küssen übersäte.

SIEBEN

27. Oktober 2019

Das Wadebridge-Anwesen lag draußen am Ortsrand. Von unserem Haus aus gerade einmal eineinhalb Kilometer entfernt und direkt an der Buslinie Richtung Stadt. Aber wenn der Boden trocken war, so wie heute, zog ich es vor, den langen Weg durch den Wald zu nehmen, vorbei an dem Wasserfall, der noch aus den Zeiten der Baumwollspinnereien stammte.

Sonntagmorgen war Michael schon früh zur Arbeit aufgebrochen. Dass er am Wochenende arbeitete, war nichts Außergewöhnliches. Sein Job war schon immer einer ohne festgelegte Arbeitszeiten. Mich trieb das manchmal fast in den Wahnsinn, aber Michael nahm es gelassen.

Im Laufe des Vormittags machten Tansy und ich uns auf den Weg nach Wadebridge, um Irene einen Besuch abzustatten. Bevor Suzy ihre Festanstellung bei Irene aufgenommen hatte, hatte es immer wieder Arbeiten gegeben, bei denen ich sie unterstützen konnte, in den Wochen, in denen die Agenturarbeiter nicht allzu gründlich gewesen waren. Kleinigkeiten eigentlich. Arbeitsplatten abwischen, Kissen aufschütteln, solche Sachen. Inzwischen holte ich aber nur noch ihre Medikamente ab und kam einfach zum Plaudern vorbei. Tansy nahm ich dabei meistens mit, denn Irene freute sich immer ungemein, sie zu sehen.

Tansy hopste vor mir den Pfad entlang. Sie sang und rief die Namen aller Pflanzen, die sie erkannte. Schon als Baby hatte ich sie im Kinderwagen über die engen, holprigen Pfade dieses Waldes geschoben und ihr dabei all die verschiedenen Gräser und Sträucher gezeigt und sie gelehrt, Vögel am Zwitschern zu erkennen.

All das hatte ich mir selbst beigebracht, mit Büchern aus der Bibliothek. Früher hatte ich nach der Schule viel Zeit in einem kleinen Wäldchen vertrödelt, in der Nähe von meinem Zuhause in Bulwell, etwa acht oder neun Kilometer von Lynwick entfernt. Ich hatte es vermeiden wollen, nach Hause zu meiner Mutter zu gehen, falls diese gerade mal wieder eines ihrer tagelangen Saufgelage feierte. Bei diesen Gelegenheiten konnte sie sentimental und rührselig werden, doch an anderen Tagen schnitten ihre scharfen Worte mich wie Rasierklingen – und ich wusste nie im Voraus, welche der Versionen meiner Mutter zu Hause auf mich wartete. Damals sah ich den Wald als zweites Zuhause an und die Vögel als meine Freunde. Ich baute mir viele kleine Höhlen abseits der Pfade. Was für ein Nervenkitzel jedes Mal, wenn Leute an mir vorbeiliefen, ohne den Hauch einer Ahnung, dass ich ganz in ihrer Nähe versteckt lag. Allerdings verdarben mir ihre Hunde oft den Spaß, indem sie direkt auf mich zu rannten und meine Höhlen in Stücke schnüffelten. Im Nachhinein betrachtet eigentlich ziemlich lustig.

Unser Dorfwald war anders. Er war ein Ort, an dem ich meine Tochter aufwachsen sah, glücklich und ohne die Sorgen, die einen solchen Schatten über meine eigene Kindheit geworfen hatten. Sorgen, vor denen ich sie mit aller Kraft bewahren würde. Hier fand ich eine Art Medizin für den alten

Schmerz tief in mir, scharf und kalt wie ein Stück Eiskristall. Jedes Mal, wenn wir hier waren und ich die unbeschwerten Schritte meiner Tochter beobachtete, splitterte wieder ein Stück Eis davon ab. Seit ich sie kurz nach ihrer Geburt zum ersten Mal im Arm gehalten hatte, hatte ich mir geschworen, sie immer und alle Zeit zu beschützen.

Plötzlich hörte Tansy auf zu hopsen und wurde langsamer, bis ich sie eingeholt hatte. »Wer ist das da drüben?«, fragte sie. Sie musterte angestrengt die Bäume rechts von uns.

»Wer?« Ich blickte um mich.

»Da war jemand ... Da war ein Mann. Ein großer Mann, er ist da durch die Bäume gerannt. Da drüben.« Sie deutete hinter uns und mir lief es kalt den Rücken hinunter. Mein Blick folgte ihrem Finger, aber ich konnte niemanden entdecken.

»Bist du dir sicher?«, fragte ich schwach. »Ich habe niemanden gesehen.«

»Da war jemand«, sagte sie mit Nachdruck. »Jetzt ist er in die Richtung unterwegs.«

»Vielleicht nur ein Jogger«, sagte ich in einem unbeschwerten Tonfall. Ich wollte nicht, dass sie mein Unbehagen bemerkte. »Alles okay, jetzt ist ja niemand mehr da.«

Ein kleines Stück lief sie noch neben mir her, dann zog sie langsam wieder an mir vorbei. Nach einer Minute war sie schon wieder dabei, zu singen und vor sich hin zu plappern.

Ich hatte hier schon viele Jogger gesehen, aber die zogen es normalerweise vor, die Pfade zu benutzen, statt sich durch das Dickicht der Bäume zu schlagen. Ich schob meine wenig hilfreichen Gedanken beiseite. Seit Jahren lief ich nun schon durch diesen Wald. Alle hier im Dorf taten das und noch nie war hier irgendetwas passiert. Hier waren wir in Sicherheit. Es gab keinen Grund, sich Sorgen zu machen.

Irene würde sich freuen, Tansy zu sehen. Sie verwöhnte sie so und hatte immer ein kleines Geschenk für sie parat, ein Bastelset hier, ein neues Buch dort. Ich glaube, sie sah sich selbst als eine Art Adoptivoma. Tansy genoss ihre Zuwendung sehr. Bei schönem Wetter war sie gern in Wadebridge und wurstelte draußen mit ihrem Daddy herum. Für sie war es neu und aufregend, ihm beim Gärtnern zu helfen, bei Renovierungsarbeiten zuzusehen oder im Büro bei der Buchhaltung, während ich drinnen im Haupthaus ein paar Sachen erledigte.

Als ich sie nun vor mir her hopsen sah, dachte ich an Suzy und an ihren Besuch letzten Dienstag, als sie Aleks abgeholt hatte. Ich musste einfach ständig an sie denken. Vielleicht bildete ich es mir nur ein, aber mir schien, als hätte sie mich danach vor der Schule gemieden. Ich hatte sie dort auf Aleks warten sehen, aber sie hatte mir nur zugewinkt und war dann weggegangen, bevor ich zu ihr gehen und mit ihr reden konnte.

Jetzt, wo Michael mir erzählt hatte, dass Paul um Wadebridge herumschwänzelte, wollte ich Suzy ein bisschen auf den Zahn fühlen und sie, wenn möglich, unterschwellig vor ihm warnen. Letzte Woche hatte sie sich zwar Mühe gegeben, es nicht zu zeigen, aber es war doch offensichtlich, dass sie ziemlich angespannt war. Sie hatte es bestimmt nicht nötig, sich auch noch in irgendwas mit Paul verwickeln zu lassen und Donnas Wut auf sich zu ziehen. Es schien mir außerdem klug, bei Gelegenheit mal mit Irene darüber zu reden. Michael hatte ja erwähnt, dass Suzy sich ihr vielleicht anvertraute.

»Guck mal, Mummy, die Bäume sind nackig! Die haben gar kein Blätterkleid mehr an!« Tansys schelmisches Kichern flatterte wie ein buntes Band hinter ihr her, während sie so dahinrannte.

Obwohl ich mich in Anbetracht der niedrigen Temperaturen dick eingepackt hatte, fröstelte es mich, als ich an den Stämmen der silbrigweißen Birken vorbeiging, von denen sie gesprochen hatte. Kaltweiß, wie nackte Knochen. Ich ging etwas schneller und meine Schritte knirschten auf der harten Erde. Im Frühling und Sommer quollen die Auen hier über vor Grün und die Blätter der Bäume strahlten. Die Wintermonate boten genauso viel Schönheit, aber heute war da etwas an den pechschwarzen Ästen und dem Eis um uns herum, das bei mir den Gedanken aufkommen ließ, wir hätten lieber den Bus nehmen sollen.

Rechts von uns erklang ein scharfes Knacken aus dem dichten Unterholz. Tansy hielt inne und wir lauschten beide, ganz leise.

»Bestimmt nur ein kleines Tier«, sagte ich und schluckte den Kloß in meinem Hals hinunter. »Komm, lass uns weiterlaufen.« Ich nahm sie bei der Hand und ging schnelleren Schrittes weiter.

»Mummy, hast du Angst?« Eingeschüchtert sah Tansy zu mir hoch.

»Natürlich nicht! Aber Irene wartet doch schon auf uns! Wir waren bisher ziemlich langsam und kalt ist mir auch.«

Sie nickte und schien mit meiner Erklärung zufrieden. Mit meiner freien Hand zog ich mein Handy aus der Tasche und sah auf den Bildschirm. Kein Empfang hier mitten im Wald. Aber in ein paar Minuten würden wir den Waldrand erreichen und dort war das Netz wieder besser.

Ich war es nicht gewohnt, mich hier nicht sicher zu fühlen. Ich selbst hatte ja gar nichts gesehen, vielleicht war das alles also nur Einbildung. Falls sich tatsächlich ein Mann hier im Wald herumtrieb, würde man ihn bald bemerken. Der Wald war bei den Dörflern beliebt, aber da hier ein bekannter Wanderpfad verlief, kamen auch oft Besucher von außerhalb. Man sah hier also nicht nur bekannte Gesichter.

Hier draußen im Wald und auf den Feldern rund um das Dorf gab es viele Orte, an denen sich jemand verstecken könnte, der nicht gesehen werden wollte. Kein Wunder, dass Suzy nervös war.

Wir traten aus dem Wald hinaus und liefen den sanft ansteigenden Hügel hinauf. Mein Atem beruhigte sich wieder und ich war froh, in der Nähe von Wadebridge angekommen zu sein. Schon bald schoben sich die fünf Cottages in unser Blickfeld. Drei davon wurden an Urlauber vermietet und würden bis zu der Zeit um Weihnachten und Silvester leer stehen. Suzy mietete eines der Häuschen und Michael benutzte das fünfte. Im Gegensatz zu den anderen war seines nicht renoviert worden. Seine Fensterrahmen waren immer noch die alten aus Holz und die Eingangstür konnte einen neuen Anstrich vertragen. Im Erdgeschoss war sein Büro und er hatte die Küche entfernt, um sich mehr Platz zu verschaffen. Im oberen Stockwerk befanden sich Werkzeuge und verschiedene Maschinen, die Amos gehört hatten und selten verwendet wurden. Irene wollte sie trotzdem aufbewahren.

»Da ist Daddy!«, flötete Tansy und rannte voraus.

Hinter dem Bürofenster bewegte sich etwas. Michael stand seitlich zum Fenster und sah nicht in unsere Richtung. Er telefonierte gerade und an seiner Körpersprache und seinen Gesten – der auf den Kopf geklatschten Hand und den kneifenden Fingern am Nasenansatz – erkannte ich, dass er unzufrieden war.

Tansy erreichte ihn vor mir. Sie sprang zum Fenster hinauf, hämmerte gegen die Scheibe und rief: »Daaaddy!«

»Tansy, nicht schreien, wenn Daddy am Telefon ist«, ermahnte ich sie.

Ich sah, wie Michael lächelte und ihr zuwinkte. Als ich näherkam, beendete er das Gespräch. Kurz verschwand er aus unserem Blickfeld und wenige Sekunden später kam er nach draußen.

»Daaaddy!«, schrie Tansy und klammerte sich in einer festen Umarmung an seine Taille.

»Hey, wie geht's meiner Prinzessin?«

»Wir sind durch den Wald gelaufen. Ich hab einen Distelfinken gesehen. Mummy sagt, die sind hier total selten.«

»Echt? Das ist ja super!«

»Im Wald war auch ein Mann. Der hat uns ausspioniert.«

»Tansy, jetzt übertreib mal nicht!« Ich sah zu Michael und verdrehte die Augen. »Wir wissen doch gar nicht, ob da ein Mann war.«

»Wohl! Ich hab ihn gesehen, Daddy.«

Die gute Laune verschwand aus Michaels Gesicht. »Moment mal, Kate. Wenn hier irgendein Typ rumhängt, sollten wir darüber Bescheid wissen.«

Tansy ließ Michael los und begann, im Hof herumzuhüpfen.

»Ich habe niemanden gesehen.« Ich sprach nun etwas leiser. »Mach bitte keine große Sache daraus, ich will nicht, dass Tansy Angst kriegt. Es hätte auch ein Tier oder sonst was sein können.«

Michael schien nicht überzeugt. »Gefällt mir aber trotzdem nicht.«

»Suzy war bei unserem Gespräch so angespannt und ich muss zugeben, dass ich mich im Wald ein bisschen nervös gefühlt habe. Aber ich habe dort keinen Mann gesehen, wir sollten uns also nicht allzu sehr von unserer Fantasie mitreißen lassen.«

Michael nickte. »Nun gut. Jedenfalls eine ziemliche Überraschung, dass ihr hier so einfach vorbeischneit!«, sagte er und gab mir einen Kuss auf die Wange. »Du hast mir gar nicht gesagt, dass ihr herkommt.«

»Wie lange warst du denn am Telefon?«, erwiderte ich lachend. »Ich habe dir eine Nachricht geschrieben, als wir losgegangen sind.«

»Ach, diese beschissenen Bauunternehmen. Ich weiß doch, wie die ticken«, knurrte er. »Die ziehen sich irgendein Datum aus der Nase und ändern dann ihre Meinung, wie es ihnen passt. Wenn das so weitergeht, kriege ich den Beton für die Bodenplatten nie organisiert.«

Ich blickte zum Cottage am Ende der Reihe. »Hast du Suzy und Aleks heute schon gesehen?«

Er schüttelte den Kopf und stopfte sein Handy in die Hosentasche. »Nein, noch nicht.«

»Na ja, dann lass ich dich mal weitermachen. Ich wollte nur vorbeikommen und mit Irene eine Tasse Tee trinken.«

Tansy rannte bereits zum Haupthaus und ich schlenderte zu Suzys Häuschen hinüber. Kein Lebenszeichen und kein Lichtstrahl aus den dämmrigen Innenräumen. Die Schlafzimmervorhänge im oberen Stockwerk waren zugezogen, obwohl ich mir kaum vorstellen konnte, dass sie noch schlief, nicht mit einem sechsjährigen Kind im Haus. Ich beschloss, noch mal bei ihr vorbeizuschauen, bevor wir uns auf den Heimweg machten.

ACHT

Das Haupthaus auf dem Wadebridge-Gelände war zwar durchaus groß und imposant, aber es wirkte von außen deutlich geräumiger, als es sich im Inneren anfühlte. Es gab viele Zimmer und alle davon waren klein. Ich nannte sie in Gedanken nur noch die Staubfänger, denn Irene hortete. Jedes der Zimmer war bis zur Decke vollgestopft mit ... *Zeug,* man konnte es nicht anders beschreiben. In der Küche war kein noch so kleines bisschen Arbeitsplatte zu sehen, weil jede Oberfläche mit fein säuberlichen Stapeln aus Kochbüchern, Zeitungsfetzen, Rezepten aus Magazinen und Tupperdosen bedeckt war. Von den Behältern waren in den meisten Fällen keine Deckel mehr zu finden oder wenn, dann die falschen.

»Tupperpartys!«, hatte Irene triumphierend gerufen, als ich sie gefragt hatte, wo sie denn all die Behälter herhatte. »Das waren noch Zeiten. Keine billigen Dosen aus dem Supermarkt wie heute. Das ist alles echte Original-Tupperware. Anscheinend sind die heutzutage online auf dem Gebrauchtmarkt enorm beliebt.«

»Ach, wirklich? Also, ich kann die gerne für dich bei eBay

reinstellen«, hatte ich angeboten. »Denk nur, wie viel Platz wir damit schaffen könnten.«

»Nein, nein. Die will ich behalten. Man weiß ja nie, wann so was nicht mal nützlich sein kann.«

Irene verbrachte den Großteil ihrer Zeit in ihrem Sessel mit einer kleinen verzierten Holzschatulle auf den Knien, auf die sie aufpasste wie ein Schießhund. Darin waren all ihre kleinen Gegenstände verwahrt, ihre Lesebrille, Kopfschmerztabletten, Lippenbalsam, Schlüssel, all die Sachen, die sonst sofort im umgebenden Chaos versinken würden. Sie weigerte sich standhaft, eine Umstrukturierung ihrer Besitztümer in Betracht zu ziehen.

Im Erdgeschoss befanden sich mehrere Empfangssalons und auf der Rückseite ein zugiger Wintergarten, außerdem eine altmodische Speisekammer und eine Toilette, in die man nur mit Mühe hineinklettern konnte, aufgrund der Berge an Schachteln und Tüten voller Schuhe. Die meisten davon hatten Irenes verstorbenem Mann gehört.

Amos war nun schon seit über einem Jahrzehnt tot und letztes Jahr hatte ich das unangenehme Thema einmal angeschnitten. »Wenn du magst, könnte ich das durchsehen und die Schuhe heraussuchen, die man noch tragen kann. Die könnte ich zum Wohltätigkeitsladen bringen und dann könntest du dich darüber freuen, dass jemand ...«

»Nein«, hatte Irene kurzerhand erwidert. »Ich bin noch nicht bereit, mich davon zu trennen. Bitte lass sie einfach dort liegen, Kate.«

Im oberen Stockwerk sah es genauso schlimm aus. Die Zimmer dort waren mit Klamotten und Fotoalben vollgestopft, die von Generationen an Wadebridges hinterlassen worden waren, die dieses Grundstück im Laufe der Zeit besessen und die Cottages gebaut hatten.

»Hallo! Ich bin's nur!«, rief ich, als ich an die Küchentür klopfte und eintrat.

Irene kam hereingeschlurft und ich bemerkte, dass sie sich schwer auf ihren Gehstock stützte. Sie war eine kräftig gebaute Frau mit fleischigen Armen und Händen. Ihre Haare waren sauber frisiert, keine Spur von Grau – das Werk der Friseurin, die ihr einmal in der Woche einen Hausbesuch abstattete. Irene hatte ein offenes, freundliches Gesicht und ein beeindruckendes Doppelkinn, das wabbelte, wenn sie sich bewegte.

Gesundheitlich hatte sie gute Tage und schlechte Tage und nicht viel dazwischen, vor allem, was ihre Arthritis und die Ischias-Probleme anging. Ich vermutete, dass heute einer ihrer schlechteren Tage war.

»Hallo, Kate. Das trifft sich ja prima, ich müsste sowieso mal nach oben, wenn du mir dabei vielleicht helfen könntest.« Als sie Tansy entdeckte, breitete sich ein Lächeln in ihrem Gesicht aus. »Oh, du hast ja ganz vergessen zu sagen, dass du in Begleitung einer Märchenprinzessin unterwegs bist!«

»Das bin doch nur *ich*«, kicherte Tansy verschämt.

»Ach, tatsächlich! Komm, gib mir einen Kuss und dann gucken wir mal, ob wir für dich nicht was finden können.« Tansy lehnte sich zu ihr und drückte Irene einen Kuss auf die weiche Wange. Langsam bahnte Irene sich einen Weg zur Küchenschublade, aus der sie ein Armband-Bastelset herauszog. »Wie wär's damit?«

»Toll!«, rief Tansy und nahm ihr das Geschenk aus den Händen. »Danke, Irene.«

»Du kannst dich an den Tisch setzen und damit spielen, während ich Irene oben helfe«, sagte ich.

Tansy schwebte davon, die Aufmerksamkeit ganz auf die bunten Perlen gerichtet.

»Hast du Michael auf dem Weg hierher gesehen?«, fragte Irene, während ich sie zu ihrem Treppenlift führte.

»Ja, aber er schien so beschäftigt, da wollte ich ihn nicht lang stören. Anscheinend ärgert ihn gerade irgendein Bauunternehmen. Ich hatte ja gehofft, Suzy zu begegnen, aber bei ihr waren noch die Vorhänge zugezogen.«

Das war meine Chance, die Unterhaltung auf Suzys offensichtliche Nervosität zu lenken.

»Sie lebt ziemlich zurückgezogen. Hat nie Besuch«, vertraute Irene mir an. »Aber für uns hier ist sie inzwischen wirklich unentbehrlich geworden.«

Für *uns*? »Ach? Wie das?«

»Na ja, sie hat für Michael mehrere Lieferanten angerufen, das macht sie neben ihren Pflichten hier im Haus. Sie arbeitet äußerst effizient, wirklich sehr schön.«

»Sie hilft Michael bei der Arbeit?«, sagte ich und versuchte, mir meine Überraschung nicht anmerken zu lassen. Dass sie für ihn Lieferanten anrief, hatte Michael nicht erwähnt. Tatsächlich hatte er behauptet, bisher kaum mit ihr geredet zu haben.

»Sie gehört zu den Menschen, die so hilfsbereit sein wollen wie möglich. Sie hilft, wo sie nur kann«, sagte Irene anerkennend.

Damit zeichnete sie aber ein ganz anderes Bild als das der nervösen, abgesonderten jungen Frau, mit der ich Dienstagabend zusammengesessen hatte.

»Vor ein paar Tagen war Aleks zum Spielen bei uns und als sie ihn abgeholt hat, wirkte sie ehrlich gesagt ziemlich zurückhaltend. Hast du den Eindruck, dass sie nervös ist?«

Irene winkte ab. »Sie muss sich nur erst hier eingewöhnen. Der Umzug war eine große Veränderung, aber an ihrer Arbeitsmoral habe ich wirklich nichts zu bemäkeln.«

»Michael hat erwähnt, dass sie sich mit der Arbeit hier im Haus gut zurechtfindet.« Ich wollte nicht den Eindruck erwecken, dass wir zu Hause darüber diskutiert hatten, deswegen bemühte ich mich um einen unverbindlichen, neutralen Ton.

»Oh ja, sie hat gesagt, dass sie sich hier wie zu Hause fühlt. Wir drei, also ich, Suzy und Michael, setzen uns ja nachmittags oft gemeinsam zu einer Tasse Tee hin. Hat er das nicht erwähnt? Sie ist so ein liebes junges Mädchen, ich glaube, sie sieht richtig zu ihm auf. Sie stellt ihm so viele Fragen zu Wadebridge. Sehr darauf bedacht, zu gefallen.«

Na, darauf möchte ich wetten.

Ich wandte mich zum Flurfenster und sah hinaus. Michael stand vor den Cottages und telefonierte schon wieder. Das mit den gemütlichen Teestündchen am Nachmittag hatte er nie erwähnt. In meinem Bauch breitete sich ein ungutes Gefühl aus, als hätte ich etwas Schlechtes gegessen. Am liebsten wäre ich nach draußen gestapft und hätte ihm gehörig den Marsch geblasen. Aber erst mal sollte ich wohl besser herausfinden, was ich konnte.

»In letzter Zeit war er sehr beschäftigt«, sagte ich und ließ meinen Blick über seinen trainierten Körper schweifen. Er sah immer noch aus wie Anfang dreißig und nicht wie ein Mann, dessen vierzigster Geburtstag näher rückte. »Er wirkt irgendwie gestresster als sonst. Es ist wirklich nett, dass Suzy ihm unter die Arme greift.«

Ich erstickte fast an den Worten, schaffte es aber trotzdem, sie einigermaßen ehrlich klingen zu lassen. Meiner Meinung nach zumindest.

Irene gluckste vergnügt. »Nun ja, versteh das bitte nicht falsch, aber ich glaube, sie ist ein bisschen in ihn verknallt. Wann immer sie nur kann, sehe ich sie draußen im Hof mit ihm reden.«

»Ich hoffe, dass das nicht der Fall ist. Darum möchte ich mir eigentlich keine Sorgen machen müssen.«

Ärger stieg in mir hoch. Ich konnte es nicht fassen, dass Irene das gerade gesagt hatte. Allerdings schien sie mir in den letzten eineinhalb Jahren immer öfter gedanklich abzuschweifen und manchmal rutschte ihr die ein oder andere unangebrachte Bemerkung heraus. Wie damals, als ich in einem neuen Oberteil hier aufgetaucht war und sie mir ungefragt ihre Meinung dazu gesagt hatte. »Das betont deine Arme, und damit zeigst du dich ja nicht gerade von deiner Schokoladenseite, nicht wahr, meine Liebe?«

Da war ich so schockiert gewesen, dass ich laut aufgelacht hatte, und als ich Michael abends davon erzählte, war er ebenfalls in lautes Lachen ausgebrochen, bevor er mir versichert hatte: »Mit deinen Armen ist alles in Ordnung. Sie sind sehr ... sexy.« Und dann hatten wir beide noch mehr gelacht.

»Oh, kein Grund zur Sorge, Kate.« Irene winkte gelassen ab. »Michael hängt so unglaublich an dir und Tansy. Der macht niemandem schöne Augen, das weißt du doch.«

Da hatte sie recht, das wusste ich wirklich.

Weswegen es mir umso seltsamer schien, dass er das Ganze mir gegenüber nie erwähnt hatte. Die Teestündchen, die Plaudereien, ihre Unterstützung mit den Lieferanten ... die Liste wurde immer länger.

Später bereitete ich eine Fischpastete und gedünstetes Gemüse zu. Tansy und ich aßen gemeinsam, und als Michael gegen sieben nach Hause kam, strahlte er. »Das riecht ja gut! Habt ihr mir was übrig gelassen?«

Den ganzen Nachmittag hatte die Unterhaltung mit Irene in mir gebrodelt, und als Michael endlich nach Hause kam, drohte meine Wut überzukochen. Ich schmiss Schranktüren zu, knallte das Geschirr auf den Tisch und brachte das Besteck zum Klirren. Michael sah auf. »Alles okay?«

Auf diese Gelegenheit hatte ich nur gewartet.

»Nein, Michael, nichts ist okay.« Ich schob das Backblech wieder in den Ofen zurück, stemmte meine Hände in die Hüfte und drehte mich zu ihm. »Ich hatte vorhin ein äußerst aufschlussreiches Gespräch mit Irene. Sie hat mir erzählt, wie schön gemütlich du und Suzy es zusammen oben in Wadebridge habt.«

Ich hatte erwartet, dass er nun zu stottern anfangen und

versuchen würde, sich irgendwie aus dieser peinlichen Situation herauszureden. Stattdessen wirkte er weiterhin entspannt und ehrlich verwirrt. »Hä? Ist das ein Scherz?«

»Über so was würde ich niemals Witze machen.« Ich ging zu ihm hinüber. »Sie hat mir erzählt, dass ihr nachmittags zusammen Pause macht und dass Suzy dir bei der Arbeit hilft. Dass sie Lieferanten für dich anruft. Solche Sachen.«

Er schnaubte ungläubig. »Einmal! Sie hat einmal die Lieferanten wegen der Betonplatten angerufen, weil die Bestellung unvollständig war. Da hatte ich es schon über eine halbe Stunde bei denen probiert und musste dringend weitermachen.«

»Und das mit den Pausen ... war das auch nur einmal?«

Er überlegte kurz. »Vielleicht zweimal. Höchstens dreimal.«

»Aber warum hast du das denn nicht erwähnt?« Beim Gedanken an die atemberaubend schöne Suzy mit ihren schicken Klamotten und der tollen Figur wurde ich schrecklich emotional. Ich geriet in Panik und fühlte mich hinters Licht geführt. Meine Stimme wurde eine Oktave höher. »Warum hast du mir nicht erzählt, dass du Zeit mit ihr verbracht hast? Worüber habt ihr geredet?«

»Moment mal, Moment.« Michael hob die Hände in die Höhe. »Irene hat mich reingerufen, weil Suzy mir was zu trinken gemacht hat, und dann stand ich ein paar Minuten drinnen und hab mit ihnen geplaudert. Nicht Suzy und ich allein, Irene war immer dabei.«

»Worüber geplaudert?« Ich zwang mich, etwas tiefere Atemzüge zu nehmen, konnte aber spüren, wie mir das Blut in die Wangen schoss.

Michael verzog das Gesicht. »Ganz allgemein eben. Über das Wetter, ein bisschen über die Arbeiten vor den Cottages. Mehr nicht. Versprochen, Kate.« Ich musterte sein Gesicht. Inzwischen wirkte er etwas besorgter und seine Wangen waren gerötet.

»Wann immer ich sie erwähne, tust du so, als hättet ihr zwei kaum ein Wort gewechselt, und jetzt scheint es so, als würdest du sie ziemlich oft sehen.«

»Nur im Vorbeigehen. Ich verspreche dir, dass wir keine langen, tiefgreifenden Unterhaltungen miteinander führen!« Er atmete laut aus. »Das fühlt sich ja an wie ein Verhör hier, und wieso eigentlich? Weil ich in der Nähe von Irenes Haushaltshilfe eine Tasse Tee getrunken habe?«

»Sie ist jung und attraktiv ... die meisten Männer würden sich darum reißen, Zeit mit ihr verbringen zu dürfen.«

»Ich bin aber nicht die meisten Männer.« Er stand auf und etwas widerwillig ließ ich mich von ihm in den Arm nehmen. »Ich bin ein glücklich verheirateter Mann, der Hals über Kopf in seine wunderschöne Frau verliebt ist. Okay?«

Ich wich seinem Blick aus.

»Okay?«, bohrte er nach.

»Okay«, murmelte ich. Seine Erklärung schien plausibel und doch war ich immer noch verärgert. Verärgert und nervös.

Nicht, dass ich glaubte, dass Michael mich angelogen hatte. Das nicht direkt. Aber da war etwas, das er herunterspielte, etwas, das er mir verschwieg. Dessen war ich mir sicher.

NEUN

POLIZEIREVIER NOTTINGHAMSHIRE

28. Oktober 2019

Detective Inspector Helena Price, die neue Polizeikommissarin, saß an ihrem Schreibtisch, musterte den Stapel laufender Fälle und kochte stumm vor sich hin. Detective Superintendent Della Grey, ihre Vorgesetzte, hatte sie ohne Vorwarnung mit dieser undankbaren Aufgabe betraut. »Die hier könnten einen frischen Blick vertragen. Sehen Sie sich das mal an«, war die flapsige Bemerkung dazu gewesen. »Schauen Sie, ob da irgendetwas Vielversprechendes dabei ist. Die frühere DI hat diese Fälle auf Eis gelegt, aber ich würde ihre Anzahl gerne ein bisschen reduzieren. Beziehungen zur Gemeinde stärken und so weiter, Sie verstehen schon.«

Helenas Vorgängerin war zu einer anderen Dienststelle gewechselt und hatte damit eine aufregende Aufstiegsmöglichkeit geschaffen, auf die Helena sich voller Elan gestürzt hatte. Inzwischen hatte sich allerdings bereits der Gedanke eingeschlichen, dass sie da recht naiv gewesen war. Schon bald war klar geworden, dass niemand die frühere DI darum gebeten hatte, ihre Liste laufender Fälle abzuarbeiten, weswegen

Helena massenweise ungelöste Fälle aus der Region geerbt hatte, die inoffiziell auf Eis gelegt worden waren, weil es an brauchbaren Informationen mangelte.

Detective Sergeant Kane Brewster steckte den Kopf zur Tür herein. »Tasse Kaffee, Chefin?«

»Gleich. Kommen Sie doch rein.«

DS Brewster zögerte. Es ging auf elf Uhr zu und zweifelsohne hatte er sich mental bereits auf eine seiner vielen Snackpausen vorbereitet. »Das hält einen bei Kräften, Ma'am«, sagte er immer, wenn die fitnessbegeisterte Helena beim Anblick der Berge von Schokolade, Chips und Keksen auf seinem Schreibtisch missbilligend eine Augenbraue hochzog.

Ohne rechte Begeisterung betrat er ihr Büro und ließ sich in den Stuhl auf der anderen Seite des Tisches fallen.

»Jetzt ziehen Sie mal kein solches Gesicht, Brewster. Helfen Sie mir beim Durchsehen dieser Akten und dann haben Sie alle Zeit der Welt, um sich Ihre Scooby-Snacks zu holen.« Sie schob den Aktenstapel über den Tisch. »Sie lesen vor und ich denke nach.«

Er griff nach der ersten Akte und schlug sie auf. »Das hier war wohl eine Einbruchsserie in verschiedenen Läden. Ging über drei Monate und dann war es wieder vorbei«, murmelte er. »Kassen aufgebrochen, Sportzubehör gestohlen ... nichts Dramatisches, keine Verletzten. Nicht gerade ein Jahrhundertfall.« Er schloss die Akte und legte sie zur Seite. Helena gab keinen Kommentar dazu ab.

Als Nächstes schnappte er sich eine Akte, die nur drei Seiten Papier enthielt. Er nahm das erste Blatt in die Hand und runzelte die Stirn. »Vermisstenmeldung, ein Mann aus Polen. Erinnern Sie sich noch daran?« Helena schüttelte den Kopf. »Name: Jakub Jasinski. Vor etwa sechs Monaten ist er von seiner Familie in Polen als vermisst gemeldet worden.«

Sie sah zu, wie Brewster die spärliche Dokumentensammlung durchblätterte und die Vermisstenmeldung musterte.

»Hier steht, dass Jakub, laut Angaben seiner Mutter, Polen im Frühjahr 2012 verlassen hat, um hier in England sein Glück zu suchen. Anscheinend hat sie sich im April dieses Jahres an die britischen Behörden gewandt, um diese Meldung aufzugeben. Er war wohl in Richtung East Midlands unterwegs und wann immer er den Job gewechselt hat, ist er in verschiedenen Frühstückspensionen untergekommen. Über die Jahre hat er den Kontakt aufrechterhalten, wenn auch nicht regelmäßig. Doch 2018 kam dann plötzlich kein Lebenszeichen mehr.«

Brewster trug die Fakten nüchtern vor, aber Helena blieb in Gedanken bei Jakubs Mutter hängen. Alle anderen hatten das hier längst vergessen, aber sie wachte bestimmt immer noch jeden Morgen auf und hoffte und betete, dass heute endlich der Tag sein würde, an dem sie wieder von ihm hörte. Die traurige Wahrheit war aber, dass zwischenzeitlich niemand etwas unternommen hatte, um ihn zu finden.

Brewster überflog das letzte Blatt Papier. »Anscheinend kamen von einem Tag auf den anderen keine Anrufe mehr. Sie hat versucht, verschiedene Bauernhöfe und Fabriken in der Gegend anzurufen, die Gelegenheitsarbeiter beschäftigen. Außerdem hat sie sich an die Frühstückspension Devonshire in Sutton-in-Ashfield gewandt – dort war er ihres Wissens zuletzt. Damit ist sie aber nicht weitergekommen und den Namen von Jakubs letztem Arbeitgeber wusste sie nicht mehr.«

»Und was haben wir unternommen?«

»Ein paar Beamte haben bei der polnischen Gemeinde hier herumgefragt und sie haben eine Handvoll Bauernhöfe in der Gegend besucht. Ohne Erfolg. Hier steht: ›Gelegenheitsarbeiter ziehen ständig durchs Land. Oft verlieren sie dabei Kontakt mit der Heimat – versehentlich oder absichtlich.‹«

»Sie wollen nicht gefunden werden«, überlegte Helena nun laut. »Großbritannien entpuppt sich doch nicht als das Land unbegrenzter Möglichkeiten, als das sie es sich vorgestellt hatten, und manchen ist es einfach viel zu peinlich, zuzugeben, dass sie in einem schrecklichen Job und einer grässlichen Wohnung festsitzen. So geht es zwar nicht allen, aber bestimmt einigen.«

Brewster nickte. »Man kann hier zwischen den Zeilen lesen, dass die Nachforschungen nicht allzu gründlich durchgeführt wurden. Wirkt ehrlich gesagt alles recht halbherzig. Keine Hinweise eben. Kostet zu viel Arbeitszeit, wenn man nur immer wieder gegen eine Wand rennt.«

Helena nickte. Da musste jemand Höhergestelltes beschlossen haben, dass Jakub Jasinski die Zeit und den Aufwand nicht wert war. Und diese Entscheidung war nicht einmal so herzlos, wie sie klingen mochte. Die Suche nach einem Gelegenheitsarbeiter vom europäischen Festland konnte der sprichwörtlichen Nadel im Heuhaufen gleichkommen, vor allem, wenn der fragliche Arbeiter nicht gefunden werden wollte.

Trotzdem ließ der Gedanke an Jakubs Mutter sie einfach nicht los. An diese Frau, die in einem anderen Land saß und all ihr Vertrauen darauf setzte, dass die britische Polizei ihren vermissten Sohn aufspüren würde.

»Kommen Sie, wir versuchen es mit diesem Fall noch mal!«, sagte sie und legte das Dokument nieder. »Sagen Sie der Pressestelle Bescheid, dass wir die Ermittlungen wieder aufnehmen. Sie können den Prozess beschleunigen, indem Sie einen Artikel zu dem Fall aufsetzen, um das Interesse der Öffentlichkeit nach all der Zeit wieder zu wecken. Vor allem bei der polnischen Gemeinde in unserer Gegend. Bitten Sie darum, dass sie das in den Regionalzeitungen und online veröffentlichen. Und Sie sollten auf jeden Fall betonen, dass sämtliche Hinweise vertraulich behandelt werden müssen.«

Brewster machte ein erstauntes Gesicht. »Chefin, das ist über ein Jahr her. Ich weiß nicht, ob es da noch was gibt, das wir finden können.«

Helena schob ihren Stuhl zurück und stand auf. »Tja, das

wissen wir aber erst, wenn wir es versucht haben, nicht wahr? Kommen Sie, wir probieren es gleich mal bei der Frühstückspension Devonshire.«

»Hä?« Brewster stand auf und zog an seiner Krawatte. »Ich dachte, wir machen Pause, bevor wir gehen. Trinken eine Tasse Kaffee. Essen vielleicht was.«

»Aber Brewster, Sie kennen doch den Spruch: Was du heute kannst besorgen, das verschiebe nicht auf morgen.« Helena nahm ihr Handy und ging zur Tür. Ein bisschen kurzatmig lief Brewster ihr hinterher. »Und wenn wir ganz ehrlich sind, kann es Ihnen eigentlich nicht schaden, heute mal aufs Mittagessen zu verzichten.«

ZEHN

Die Frühstückspension Devonshire, ein veraltetes dreistöckiges Doppelhaus, lag an einer mit Schlaglöchern gespickten Straße in der Nähe des Stadtzentrums. Helena bemerkte ein Schild, von dem sich die Farbe abschälte und das *Freie Zimmer* versprach, direkt neben einem anderen, das sie über die Verfügbarkeit von Gemeinschaftszimmern informierte.

»Ein Gemeinschaftszimmer in einer Frühstückspension?« Brewster verzog das Gesicht. »Da wär ich aber nicht scharf drauf.«

»Manchen Leuten bleibt wohl nichts anderes übrig«, merkte Helena an.

Brewster ging zur Eingangstür, sie war verschlossen. »Ein Zeichen unserer Zeit«, murmelte er und klingelte.

Ein großer Mann Anfang dreißig öffnete die Tür. Er hatte fettige braune Haare und trug ein T-Shirt mit *Star Wars*-Logo und eine ausgebeulte Jeans, die unter seinem mächtigen Bauch festgeklemmt war. Er kaute auf irgendetwas herum, was Krümel auf seinem Kinn verteilte. Ohne ein Wort hob er fragend eine Augenbraue, während er unbeirrt weiterkaute.

Brewster hielt seinen Dienstausweis hoch. »DI Price und

DS Brewster vom Polizeirevier Nottinghamshire«, sagte er forsch. »Wir würden gerne ein paar Worte mit dem Inhaber dieser Pension wechseln.«

Weiteres Kauen. Endlich schluckte der Mann, wischte sich mit einer großen, bleichen Hand über den Mund und sagte: »Das wär dann wohl meine Schwester Pat, aber die ist grade einkaufen.«

»Was denken Sie, wie lange sie fort sein wird?«, fragte Brewster.

»Was weiß ich. Ich denke mal, zu lang, um hier zu sitzen und auf sie zu warten.«

»Könnten Sie sie vielleicht anrufen und darum bitten, zurückzukommen?«, schlug Brewster vor.

»Ne, die hat doch kein Handy! Sie denkt, die lassen einem das Gehirn verfaulen.« Der Mann lachte und präsentierte dabei Zähne, die dringend mal wieder zum Zahnarzt müssten.

»In Ordnung. Wir würden dennoch kurz reinkommen, wenn Sie damit einverstanden sind, Mr ...?«

»Carter. Dean Carter.«

»Mr Carter. Falls wir kurz reinkommen dürften, könnten Sie uns vielleicht anstelle Ihrer Schwester weiterhelfen.«

Carter blinzelte und führte sie durch einen Eingangsbereich, der etwas modrig roch und mit einem braun-orange gemusterten Teppich ausgelegt war, die Wände zierte pfirsichfarbene Raufasertapete. Dank eines ausgebauten Dachbodens erstreckte sich die Pension über drei Stockwerke, mit einem Treppenhaus, das direkt aus der Eingangshalle hinaufführte. Er zeigte ihnen ein großes Zimmer zur Linken, das als Gemeinschaftsraum zu dienen schien. Es gab dort einen Fernseher mit einem pausierten Videospiel, mehrere nicht zusammenpassende Sessel und am anderen Ende eine Bar mit Getränkespender und ein paar Barhockern. Das Ganze erinnerte Helena an die Frühstückspension in Blackpool, die sie als Kind in den Wintermonaten mit ihren Eltern besucht hatte, um die Weihnachtsbeleuchtung anzugucken. Sie dachte daran, wie aufregend ihr diese Pension erschienen war, voll unendlicher Möglichkeiten. Dieses Haus hingegen schien in eine Wolke leiser Melancholie gehüllt.

»Wie viele Zimmer gibt es hier?«, fragte sie.

»Sechs. Alles Doppel- oder Gemeinschaftszimmer bis auf eins«, sagte Carter und stopfte sich die Hände in die Hosentaschen. »Eins ist noch frei, aber das wird sich auch bald jemand schnappen. Als Sie geklingelt haben, dachte ich, jemand würde deswegen anfragen.«

Brewster zog sein Handy hervor. »Kennen Sie diesen Mann, Mr Carter?«

Carter schielte mit zusammengekniffenen Augen auf das gezeigte Foto. »Oh, ja, das ist doch ...« Er schnipste mehrmals mit den Fingern. »Das ist doch der eine. Jakub! Genau. Ihre Leute waren vor einer halben Ewigkeit schon mal hier und haben nach ihm gefragt.«

»Wir haben den Fall wieder aufgenommen«, erklärte Helena. »Was können Sie uns über Jakub Jasinski erzählen?«

»Ich weiß, dass er verschwunden ist, ohne seine Rechnung zu bezahlen«, erwiderte Carter knapp. »Da war meine Schwester vielleicht wütend, das können Sie mir glauben. Aber ich hab nicht viel mit den Gästen zu schaffen, war mir also gleich.«

»Jedes kleine Detail, an das Sie sich erinnern, könnte uns helfen«, sagte Helena.

»Ich weiß nur, dass er sich ein Zimmer mit jemandem geteilt hat.« Er sah hoch zur Decke. »Sein Mitbewohner ist noch da. Pawel. Vielleicht kann der Ihnen weiterhelfen.«

Brewster spitzte die Ohren. »Ist er jetzt gerade oben?«

Carter warf einen sehnsüchtigen Blick zum Fernseher. »Weiß nicht. Wir achten da nicht drauf.« Er deutete mit seinem Kinn Richtung Treppe und verzog den Mund. »Erster Stock, erste Tür links, Zimmer 2A. Sie können hochgehen, wenn Sie möchten.«

Sie stiegen die Treppe hoch, vorbei an einem kleinen Fenster zur Rechten, dessen Fensterbank mit Royal Doulton-Keramik vollgestopft war. Eine herausgeputzte Dame neben der anderen.

»Mit jeder Stufe riecht es immer mehr nach verkochtem Kohl«, meckerte Brewster und erntete von Helena einen Knuff in den Rücken.

Brewster klopfte an der Tür von Zimmer 2A. Helena konnte drinnen jemanden schlurfen hören und dachte, dass die Wände wirklich hauchdünn sein mussten. Schließlich öffnete sich die Tür und ein verstrubbelter Mann um die sechzig mit schmaler Figur und Bartstoppeln im blassen Gesicht fragte: »Ja, bitte?«

Brewster stellte sie erneut vor und Pawel ließ sie, ohne zu zögern, eintreten. Helena wappnete sich, aber der Raum war makellos sauber. Abgenutzt und grau, klar, aber das Fenster stand offen und sämtliche Oberflächen waren frei von Gerümpel. Das Zimmer war größer, als Helena erwartet hatte, aber es fiel ihr dennoch schwer, sich vorzustellen, tagein, tagaus hier zu wohnen.

Brewster erklärte, dass sie versuchten, mehr über Jakub Jasinski herauszufinden, und Pawel schenkte ihnen ein trauriges Lächeln. »Er war ein netter Junge und ich habe ihn vermisst, als er weg war. Wir haben uns dieses Zimmer geteilt.« Er deutete auf einen großen, altmodischen Eichenschrank am anderen Ende des Zimmers. »Da stand sein Bett, aber nachdem er weg war, hat Pat das Zimmer mir allein überlassen. Das einzige Einzelzimmer im Haus«, fügte er stolz hinzu. »Aber ich hoffe, selbst bald weiterziehen zu können. Ich warte auf die richtige Gelegenheit ...« Er hielt inne, das Gesicht nachdenklich verzogen. »Nur, die Zeit vergeht so schnell.«

»Pawel, ich weiß, dass Sie bereits mit der Polizei gesprochen haben, aber wir wollten wissen, ob Sie ...«, begann Helena.

»Ich? Nein, nein. Die Polizei hat noch nicht mit mir gesprochen, nur mit Pat und ihrem nichtsnutzigen Bruder.«

Helena warf Brewster einen Blick zu und er schüttelte ungläubig den Kopf. Ein Mann wurde vermisst und die Polizei hatte noch nicht einmal seinen Mitbewohner befragt? Das grenzte schon an Fahrlässigkeit.

»Nun gut. Es ist ja schon eine Weile her, aber könnten Sie uns erzählen, was Sie über Jakub wissen? Erinnern Sie sich, ob er vielleicht etwas zu Ihnen gesagt hat, das einen Hinweis darauf geben könnte, was passiert ist oder warum er plötzlich ohne ein Wort verschwunden ist?«

Pawel ging zum Fenster, wandte sich den beiden zu und stützte sich dabei mit beiden Händen auf die Fensterbank. »Er hatte so viele Träume, so viele Pläne. Wie so viele junge Männer aus Polen, die hierherkommen. Leider finden die meisten von ihnen schnell heraus, dass das hier auch nicht das Land ist, wo Milch und Honig fließen. Egal, wie sehr man darauf hofft und wie hart man arbeitet.«

Helena nickte. »Was für Pläne hatte Jakub?«

»Dieselben wie alle.« Pawel seufzte. »Hart arbeiten, reich werden. Aber bei ihm hatte das nichts mit Gier zu tun. Zu Hause war eine Liebesbeziehung zerbrochen und er wollte seine Selbstachtung zurückgewinnen. Sein Traum war es, als reicher Mann zurückzukehren und ihr zu zeigen, was ihr entgangen war.«

»Verstehe«, sagte Helena. »In der letzten Unterhaltung, die Jakubs Mutter mit ihm geführt hat, hat er wohl erwähnt, mit seiner Arbeit sehr zufrieden zu sein und schon seit ein paar Jahren eine feste Stelle dort zu haben. Leider hat sie sich nicht notiert, wo er gearbeitet hat, da er über die Jahre so oft die Stelle gewechselt hatte. Wissen Sie, wo das war?«

»Tut mir leid, er hat nie einen Namen erwähnt.«

»Und was hat Jakub beim Abschied gesagt, wo er hinwollte?«

»So war das nicht. Ich musste für ein paar Wochen zurück nach Hause, weil meine Schwester krank war. Als ich zurückkam, war Jakub schon weg.«

»Ist Ihnen vor Ihrer Abreise irgendetwas an ihm aufgefallen? Am Verhalten oder Tagesablauf? Irgendetwas, das darauf hinweisen könnte, dass er in Schwierigkeiten gesteckt hat?«

Pawel zuckte mit den Schultern. »So viel Zeit hat er nicht hier verbracht, es ist also schwer zu sagen, was für ihn normal war, aber ... er hat mich darum gebeten, niemandem seinen Namen zu verraten, falls jemand käme, um ihn zu suchen.«

»Wen meinte er damit?«

»Da war ich mir zu der Zeit nicht sicher. Er hat nur gesagt, ich soll so tun, als würde ich ihn nicht kennen. Pat hat er auch darum gebeten und sie war einverstanden. Sie hat gesagt, dass sie das schon gewöhnt ist.« Pawel runzelte die Stirn. »Eines Tages kam so ein großer Kerl vorbei.« Er hielt die flache Hand etwa dreißig Zentimeter über seinen Kopf. »Er hat gesagt, er suche seinen Freund, Jakub Jasinski. Pat war nicht da, also blieb es an mir hängen, mit dem Mann zu reden. Er hat mir überhaupt nicht gefallen. So ein hinterhältiger Blick. Ich hab ihm gesagt, dass ich noch nie von einem Jakub gehört hätte.«

»Den Namen dieses Mannes haben Sie nicht zufällig mitbekommen?«, fragte Brewster hoffnungsvoll.

»Nein, leider nicht.« Pawel zuckte mit den Schultern. »Ich wollte ihn nur loswerden und keine Unterhaltung mit ihm anfangen.«

»Haben Sie Jakub darüber informiert, dass jemand nach ihm gefragt hat?«, wollte Brewster wissen.

»Ja. Ich habe den Mann beschrieben und ... ich weiß nicht, so bleich, wie er da wurde ... ich glaube, er kannte den Mann. Aber dann hat er sich wieder gefangen und mir gesagt, er wüsste nicht, wer das sei.«

»Als Sie dann von Ihrer Heimatreise zurückgekehrt sind, was dachten Sie da, wohin Jakub gegangen war?«, fragte Helena.

»Ich dachte, vielleicht ist er zurück nach Polen. Vielleicht war das seine Familie, von der er nicht gefunden werden wollte. Vielleicht ist er inzwischen wieder dort. Wer weiß das schon?«

»Jakub schien seiner Familie sehr nahezustehen. Ich habe Mrs Jasinski angerufen, bevor wir den Fall wieder aufgerollt haben, um sicherzustellen, dass Jakub nicht inzwischen schon in Polen aufgetaucht ist. Ist er laut ihrer Aussage aber nicht.«

Pawel nickte. »Leute kommen und gehen, ziehen hierhin und dorthin, suchen das Glück, wegen dem sie hierhergezogen sind.« Er sah zu Boden und sein Gesicht fiel in sich zusammen.

Brewster reichte ihm eine Visitenkarte. »Falls Ihnen noch irgendetwas anderes einfällt, egal wie nebensächlich, melden Sie sich bitte. Wir wären Ihnen dafür sehr dankbar.«

Sie bedankten sich bei ihm und verließen das Zimmer.

Draußen wandte Brewster sich zu Helena um: »Kurzer Halt bei McDonald's, bevor wir uns auf den Rückweg machen?«

ELF

The Mansfield Sentinel

Freitag, 1. November 2019

Die Polizei Nottinghamshire hat beschlossen, die Ermittlungen in einem ungeklärten Fall aus der Region wieder aufzunehmen. Es handelt sich dabei um den vermissten Jakub Jasinski, der vor über einem Jahr spurlos verschwunden ist und die örtlichen Behörden seitdem vor ein Rätsel stellt.

Mr Jasinskis Familie hat seit zwölf Monaten nichts mehr von ihm gehört. Sie geben an, dass dies höchst untypisch ist und dass sie daher das Schlimmste befürchten.

Der inzwischen siebenundzwanzigjährige Jakub Jasinski hat sein Heimatland Polen im April 2012 im Alter von zwanzig Jahren verlassen, um nach Großbritannien zu ziehen. Seine Familie beschreibt ihn als einen liebevollen, einfühlsamen Mann, der sehr an seiner Familie hängt und über die Jahre in Kontakt geblieben ist. Dass sie dennoch seit Oktober 2018 nichts mehr von ihm gehört haben, bricht seinen Angehörigen das Herz.

»*Das sieht Jakub überhaupt nicht ähnlich*«, versichert uns seine Mutter, Janis Jasinski. »*Er hat sich immer Mühe gegeben, mit uns in Kontakt zu bleiben, aber seit einem Jahr haben wir nichts mehr von ihm gehört. Niemand hat von ihm gehört.*«

Die Polizei von Nottinghamshire, die seinen Fall untersucht, gibt an, dass Mr Jasinski ohne jegliche Hinweise verschwunden ist.

»*Wir haben ihn vor sechs Monaten als vermisst gemeldet, aber nichts weiter gehört*«, bestätigt Mrs Jasinski. »*Nur eine Sackgasse nach der anderen, nach Angaben der Polizei. Es scheint, als hätte sich mein Sohn einfach in Luft aufgelöst. Wir befürchten das Schlimmste; dass ihm etwas zugestoßen sein könnte. Oder vielleicht geht es ihm nicht gut und er braucht dringend Hilfe.*«

Detective Inspector Helena Price, die im Fall Jakub Jasinski die Ermittlungsleitung übernimmt, sagt: »*Der Fall ist recht ungewöhnlich. Anscheinend ist Jakub einfach verschwunden und wir können keine Hinweise darauf finden, wo er sein könnte. Wir appellieren hiermit an Jakub selbst, dass er sich bitte melden soll, um seine Familie oder Freunde wissen zu lassen, dass es ihm gut geht. Uns ist bewusst, dass in Nottinghamshire eine polnische Gemeinde existiert. Falls jemand Informationen über Jakubs Verbleib haben sollte, bitten wir diese Person dringend, sich an uns zu wenden. Ihre Anonymität wird hierbei gewahrt.*«

ZWÖLF

KATE

10. November 2019

Auf der Dorfwiese herrschte reges Treiben und es wimmelte nur so von warmen Mänteln und bunten Wollmützen. Trotz der üblichen Beschwerden über die vorgezogene Festtagsplanung dieses Jahr waren nun doch alle hier versammelt, um die Weihnachtsbeleuchtung in voller Pracht zu erleben. Auch heute war das Wetter auf unserer Seite.

Michael und Paul waren in der Nähe des Baums beschäftigt. Sie halfen beim Sortieren der Kabel und vergewisserten sich, dass genug Sicherheitsvorkehrungen getroffen waren, um die Kinder weit genug vom Baum fernzuhalten. Ich ließ Donna kurz am Getränkestand zurück, um den beiden ein Tablett mit Kaffee und Mince Pies zu bringen.

»Uns erscheint ein Engel«, witzelte Michael, zwinkerte mir zu und schnappte sich Getränk und Gebäck. »Danke, Kate, das ist jetzt genau das Richtige.«

Paul nahm sich einen Kaffee, schenkte den Mince Pies aber keine Beachtung. »Sehr schön, danke, Kate ...« Er schien den Faden zu verlieren und ich folgte seinem Blick.

Suzy Baros lief an uns vorbei, Aleks an der Hand. Sie trug einen langen schwarzen Regenmantel, kombiniert mit einem hellrosa Schal, Hut und Handschuhen. Sie sah umwerfend aus, keine Frage. Paul versuchte nicht einmal, sein Interesse zu verbergen, doch ich fragte mich, was Michael wohl insgeheim von ihrem Stil hielt.

»Wie läuft's?«, fragte ich Michael und er verdrehte über Pauls offensichtliche Geistesabwesenheit die Augen.

»Gut so weit. Wir sind hier fast fertig und dann ...«

»Moment, Kumpel, bin gleich wieder da«, sagte Paul und hielt Michael seinen Pappbecher hin. »Will nur kurz was mit jemandem besprechen.« Und schon war er in Richtung Suzy verschwunden.

»Es ist wirklich hoffnungslos mit ihm«, knurrte Michael. »Er wird nur noch schlimmer und schlimmer, ganz ehrlich.«

»Ich werde versuchen, mit Donna darüber zu reden«, sagte ich. »Wie schade, dass Irene nicht kommen konnte. Es geht ihr wohl nicht gut, diesmal ist es der Ischias.« Insgeheim war ich ziemlich erleichtert, dass sie nicht hier war. Ich konnte ganz gut auf weitere Kommentare zu Michaels und Suzys Annäherung verzichten.

Michael nickte. »Irene hat es nicht leicht zurzeit. Denke ich zumindest. Vielleicht schaue ich nach dem Fest kurz bei ihr vorbei.«

»Zurückhaltend ist sie allerdings nicht«, sagte ich. »Ich bin mir sicher, dass sie sich schon melden würde, wenn sie Hilfe braucht.«

»Kann sein.« Er drückte meine Hand. »Lass uns später weiterreden, okay?«

»Okay, bis später.« Unser Gespräch über ihn und Suzy steckte mir immer noch wie ein Klumpen Stahlwolle in der Kehle.

Auf meinem Weg zurück zum Getränkestand sah ich durch

eine Lücke in der Menschenmenge, wie Paul zurück zum Weihnachtsbaum und zu Michael ging.

Nachdem ich wieder bei unserem Stand angekommen war, verteilten Donna und ich kostenlosen Tee, Kaffee und Glühwein an die Besucher. Vom Essensstand nebenan wehte eine Geruchswolke aus gebratenen Zwiebeln und Würstchen zu uns herüber und ich sog den Duft ein. Mein Herz schwoll an vor Freude darüber, hier zu sein, mit meiner Familie und all den freundlichen Gesichtern um uns herum. Meine Sorgen wegen Michael und Suzy verloren sich in der Fröhlichkeit und ich konnte Weihnachten kaum erwarten, vor allem, da ich mich nun auch auf unsere Urlaubsreise nächstes Jahr freuen konnte. Es fühlte sich so an, als würde es in unserem Leben bergauf gehen, wenn ich nur Irenes Bemerkungen vergessen könnte. Michael und ich schienen in letzter Zeit wieder enger zusammenzuwachsen. Und nun, wo sich mir diese neue Berufsmöglichkeit an der Schule bot, konnten Urlaubsreisen für uns ja vielleicht sogar regelmäßig möglich sein.

Tansy und Ellie rannten so schnell vor dem Getränkestand hin und her, dass sie nur als bunte Farbstreifen erkennbar waren. »Mum!«, rief Tansy und winkte jedes Mal mit ihrem Leuchtstab, wenn sie an uns vorbeilief. Ich winkte zurück, wenn ich die Hände frei hatte, aber Donna war so darauf bedacht, die Mädchen zu beobachten, dass sie ganz abgelenkt war und schon mehrere Getränke verschüttet hatte. »Ich denke, wir sollten ihnen sagen, dass sie nicht so rumrennen sollen«, sagte sie. »Hier sind so viele Menschen und sie könnten so leicht in der Menge untergehen.«

Die tragischen Ereignisse aus Donnas Kindheit verfolgten sie immer noch jeden Tag ihres Lebens. Matildas Verschwinden hatte sie tief geprägt und es war nur verständlich, dass sie in Bezug auf Ellie übergewichtlich war.

»Den Mädchen wird nichts passieren«, sagte ich sanft. »Hier kennt sie jeder. Alle haben ein Auge auf die Kinder der anderen.«

Donna nickte, aber ihre Stirn blieb gerunzelt. »Das Lichterfest zu Weihnachten ist ein Fest für Familien, aber es gibt doch immer eine Person, die alle Aufmerksamkeit auf sich ziehen will.«

Ich folgte ihrem Blick und entdeckte Suzy und Aleks, die nun in die andere Richtung liefen. Meine strahlend gute Laune trübte sich ein wenig. Ich brachte es nicht übers Herz, Donna davon zu erzählen, wie Paul ihr hinterhergerannt war. Stattdessen beobachtete ich die Menschen um uns herum und sog die allgemeine Stimmung in mich auf. Alle waren warm eingepackt, strahlten und freuten sich, hier zu sein. Ihre Gespräche hingen als weiße Wortwölkchen zwischen ihnen. Auf der anderen Seite der Wiese ertönten die Klänge einer E-Gitarre und das dumpfe Schlagen einer Trommel, als eine Indie-Band aus der Gegend sich auf ihren späteren Auftritt vorbereitete.

Als Suzy und Aleks sich vor unserem Stand einreihten, tauchte Donna ab und murmelte dabei etwas von »nach den Mädchen gucken«.

»Hi, Kate«, sagte Suzy. Ihr Blick huschte wie üblich umher. »Für mich bitte einen Glühwein und ein Orangensaft für Aleks.«

»Geht klar.« Ihr makelloser Lidschatten und die Farbe ihres Lippenstiftes stachen mir ins Auge. Für einen so ungezwungenen Anlass hatte sie sich ganz schön herausgeputzt. »Wie geht's dir?«

»Gut, mir geht's ... gut. Danke.« Mein stechender Blick brachte sie ein wenig ins Straucheln. »Ich hab mich gefragt, ob ... Glaubst du, Tansy würde gerne irgendwann nächste Woche mal nach der Schule mit zu uns kommen?«

»Bestimmt sehr gerne, danke.« Ich schenkte die Getränke

ein, während Irenes Worte in meinen Gedanken widerhallten. »Michael hat mir erzählt, dass ihr beide euch oben in Wadebridge jetzt ein bisschen öfter seht?« Sie sah mich an. »Er erwähnt oft eure netten Gespräche.«

Sie schluckte. »Also ... also manchmal begegne ich Michael, ja, aber ...«

Aleks sagte etwas zu ihr, aber in dem Lärm konnte ich nicht verstehen, was.

»Jetzt gerade nicht, Aleks. Ich habe kein Portemonnaie dabei.«

Enttäuschung zeichnete sein Gesicht. »Was will er denn?«, fragte ich.

»Eins von diesen leuchtenden Dingern, die hier irgendwie alle Kinder haben«, sagte Suzy.

Ich griff unter die Theke und zog einen Leuchtstab hervor. Suzy mochte mir ja gerade ein bisschen sauer aufstoßen, aber das würde ich bestimmt nicht an einem kleinen Kind auslassen. »Da, Aleks, der hier ist übrig geblieben. Geh doch und such Tansy und Ellie, die haben auch Leuchtstäbe.«

Mit strahlendem Lächeln nahm Aleks den Stab entgegen. »Danke, Kate«, sagte er höflich, bevor er davonrannte.

»Lauf nicht zu weit weg!«, rief Suzy ihm hinterher und ihre Worte verpufften in der kalten Luft. »Danke, Kate, das war wirklich nett von dir. Ich gebe dir das Geld, wenn wir uns das nächste Mal sehen.«

Ich hatte den Eindruck, dass Suzy etwas knapp bei Kasse war, auch wenn sie immer blendend aussah. Vermutlich hatte sie in Polen ein gutes Leben geführt und eine ansehnliche Garderobe angesammelt.

»Nicht nötig.« Ich winkte ab. »Irene hat mir erzählt, dass du Michael aushilfst und für ihn Lieferanten anrufst. Das ist sehr freundlich von dir.«

Bildete ich es mir nur ein oder lief ihr Gesicht rot an? Im

Dunkeln war das schwer zu erkennen. Aber sie schien sich nicht ganz wohlzufühlen. Als hätte ich etwas offenbart, von dem sie dachte, ich wüsste es nicht.

»Oh, das ... das war nicht der Rede wert. Nur ein paar Telefonate. Michael ist ... ein guter Mann. Ein toller Familienvater.«

»Oh, ja, das weiß ich«, sagte ich und zwang mich zu einem Lächeln. »Wir sind sehr glücklich.«

Sie nahm die Getränke entgegen und trat einen Schritt zurück. »Na ja, ich sollte mal besser Aleks suchen gehen. Vielleicht könnten wir beide mal ein bisschen ausführlicher miteinander reden, wenn Tansy uns besuchen kommt.«

Damit hatte ich nicht gerechnet. »Ja, natürlich. Jederzeit.«

»Gut, sehr gut. Kate, ich möchte ehrlich mit dir sein, ich ...« Sie schüttelte den Kopf. »Lass uns nächste Woche reden, okay? Bis dann.«

»Suzy, warte!« Ich sah mich nach Donna um, in der Hoffnung, dass sie hier für ein paar Minuten ohne mich auskam. Ich wollte wissen, was Suzy hatte sagen wollen. Mir war ein bisschen schlecht. Ging es darum, was wirklich zwischen ihr und Michael lief? Ich stellte mich auf Zehenspitzen und rief noch einmal ihren Namen, aber Suzy war bereits in der Menschenmenge verschwunden und ich konnte Donnas unverwechselbare rote Baskenmütze dort herumschweben sehen, wo die Mädchen gerade spielten. Über die Köpfe der Leute hinweg sah ich zu der siebeneinhalb Meter hohen Tanne hinauf, die im Moment nur ein dunkler Schatten über einem Meer aus Menschen war, uns aber schon bald mit ihrem strahlend weihnachtlichen Glanz entzücken würde.

Noch vor wenigen Stunden hatte Michael sich in Ermangelung anderer Wahnsinniger freiwillig gemeldet und war die sehr lange Leiter hochgeklettert, die an den Baum gelehnt worden war. Auf der einen Seite hatte sie der Dorfmetzger gehalten, auf der anderen Seite ein Nachbar. Als er schließlich an der wackeligen Baumspitze angekommen war, hatte er noch ein paar weitere Stränge bunter Lichter dort verteilt und dadurch sichergestellt, dass der neue Engel mit den glitzernden wasserfesten Flügeln bestens beleuchtet werden würde.

Nachdem er seine beschwerliche Aufgabe erledigt hatte, war er zu fröhlichem Applaus und einem Chor von Witzen zum Thema Risikoabschätzung wieder hinabgestiegen.

»Könntest du bitte unsere Kunden bedienen?« Donna war zurück und wedelte mit der Hand vor meinem Gesicht herum. »Falls du inzwischen erfolgreich den Sinn des Lebens ergründet hast?«

»Sorry! Ich dachte, du bist noch bei den Mädchen.« Ich schenkte Kaffee in einen Becher und schob ihn über die Theke zur nächsten wartenden Person. »Ich habe mich nur gerade gefragt, wie Michael es bloß in einem Stück diese Leiter runtergeschafft hat.«

»Tja, er ist einfach deutlich mutiger als mein Paul. Kaum hatte jemand das Wort ›Freiwilliger‹ erwähnt, da hatte der sich auch schon aus dem Staub gemacht.«

»Mutig oder bekloppt, wie man's nimmt.« Ich wischte eine Getränkepfütze auf.

Als ich wieder aufblickte, sah ich Michael auf mich zueilen.

»Irene hat mich gerade angerufen. Die Toilette im Erdgeschoss leckt. Falls es ein größeres Problem ist, könnte es eine Weile dauern. Ich treffe dich dann später zu Hause, okay?«

»Vor lauter Gerümpel passt sie doch eh kaum in das Badezimmer da unten«, grummelte ich.

»Mag sein, aber deswegen geht das Leck ja trotzdem nicht weg«, warf Michael ein.

Enttäuschung und Verbitterung stiegen in mir auf. Es würde nur noch ein paar Minuten dauern, bis sie die Lichter anschalteten, und Michael würde es verpassen. Ich hatte gehofft, ein paar Selfies von uns dreien machen zu können, um den Abend festzuhalten.

»So dringend kann das doch nicht sein«, murrte ich. »Sie

kann bestimmt noch zehn Minuten warten, bis die Lichter an sind.«

»Ich will es nicht drauf ankommen lassen, Kate. Wenn das Leck groß ist, bedeutet das im Endeffekt nur mehr Sauerei, die ich aufwischen muss. Viel Spaß, wir sehen uns später.« Er gab mir einen flüchtigen Kuss auf die Wange. Am liebsten hätte ich ihm den Rücken zugewandt. Wahrscheinlich war das kindisch von mir, aber Tansy wurde so schnell groß. Momente wie dieser würden eines Tages ihre Kindheitserinnerungen ausmachen und heute war nur einer von vielen, die Michael wegen seiner Arbeit verpasste.

Ich sah zu, wie er sich einen Weg durch die Menschenmenge bahnte, die nun geschlossen auf den Baum zustrebte. Michael war bereit, alles für jeden zu tun, aber in letzter Zeit trieb Irene es wirklich zu weit. Mir war schon aufgefallen, dass jedes Problem, das in Wadebridge aufkam, immer »dringend« war, ganz gleich, ob das nun während seiner Arbeitszeit passierte oder nicht. Oder vielleicht gab es ja noch einen anderen Grund, warum er so viel Zeit dort oben verbrachte ... Seit meinem Gespräch mit Irene spürte ich die Ranken des Argwohns um mein Herz, und Gott, wie ich das hasste.

Ich schob die beunruhigenden Gedanken beiseite. Dass er mir nicht von sich aus alles über Suzy erzählt hatte, nervte mich, dennoch schuldete ich ihm mehr Vertrauen.

Es schien mir nur, als ständen Tansy und ich immer ganz unten auf der Liste seiner Prioritäten, und dieses Gefühl wäre ich gerne losgeworden. Manchmal dachte ich, dass wir so lange in dieser Phase unseres Lebens feststecken würden, wie Michael oben in Wadebridge arbeitete.

Ich wollte mehr. Mehr Zeit zusammen, genug Geld für einen Jahresurlaub und zum Abbezahlen unseres Kredits. Ich wollte das Gefühl haben, dass wir uns weiterentwickelten und im Leben vorankamen, so wie andere Menschen es zu tun schienen. Das wollte ich für mich selbst, für Michael und vor allem wollte ich Sicherheit und Beständigkeit für unsere Tochter.

DREIZEHN

Die Musik aus den Lautsprechern wurde leiser und stattdessen setzte nun die Band zu einer einfallsreichen Indie-Version von Slades »Merry Xmas Everybody« an. Am Getränkestand herrschte plötzlich großer Ansturm, weil alle sich noch schnell einen Glühwein holen wollten, bevor die Lichter angeschaltet wurden.

Donna drehte ihren Kopf mal hierhin, mal dorthin.

»Die Mädchen sind hier«, sagte ich und deutete auf die beiden, die direkt vor uns standen und der Band zuschauten.

»Ich suche Paul«, sagte sie. »Er sollte eigentlich neben dem Baum stehen, aber ich habe ihn nicht mehr gesehen, seit ... ach, da ist er ja!« Die Erleichterung in ihrer Stimme war unverkennbar.

Auf einmal fiel Schweigen über die Menge und dann erklang aus den Lautsprechern ein zehnsekündiger Countdown, in den alle einstimmten. Bei »eins« erstrahlten die Tausenden Lichter am Baum in allen Farben und tauchten die Menge in überwältigenden festlichen Glanz. Alle jubelten, grölten und klatschten.

Ich nippte an meinem warmen Glühwein, schmeckte einen

Hauch Zimt und Gewürznelken und ließ mich von einer Woge des Glücks mitreißen. In meiner Kindheit hatten meine Mum und ich zu Weihnachten nie ein richtiges Familienfest gefeiert, aber genauso wie jetzt hatte ich es mir immer vorgestellt. Zwar war ich immer noch enttäuscht, dass Michael nicht bei mir war, aber es fühlte sich dennoch richtig an, hier in der Mitte unseres Dorfes zu stehen und mitzuerleben, wie alle zum gemeinsamen Wohl zusammenkamen ... Ich hatte das Gefühl, dazuzugehören.

Tansy und Ellie tauchten wieder auf und winkten mit ihren Leuchtstäben. »Können wir bitte Saft haben, Mummy?«, flötete Tansy mit knallroten Wangen und glänzenden Augen.

Ich schenkte Orangensaft in zwei Pappbecher. »Habt ihr Aleks gesehen? Ich glaube, er hat euch beide vorhin gesucht.«

Tansy schüttelte den Kopf und trank gierig.

Hinter den Mädchen bildete sich schon wieder eine Schlange. Jetzt, wo die Lichter an waren, wollten die Leute noch mehr Getränke und Mince Pies. Es schien gar kein Ende zu nehmen und ich bediente gefühlt doppelt so viele Leute wie Donna. Sie war zu sehr damit beschäftigt, ein Auge auf Ellie und Tansy zu haben und zugleich die Menge nach ihrem unsteten Ehemann abzusuchen.

»Geht nicht zu weit weg«, wies sie die Mädchen an, als diese mit ihren Getränken und Leuchtstäben davonliefen. »Kommt alle fünf Minuten wieder her und egal, was passiert, ihr bleibt hier auf der Dorfwiese.«

»Donna, lass sie doch. Ich weiß, dass du diese Angst nicht abstellen kannst, aber hier sind sie unter Freunden. Lass ihnen doch ein bisschen Freiheit.« Ich legte ihr die Hand auf die Schulter. Ich konnte nachvollziehen, wie ihre persönliche Tragödie ihre Sorgen anfachte, aber manchmal fürchtete ich um Ellies Selbstbewusstsein, die rund um die Uhr damit leben musste.

»Du hast leicht reden«, murmelte sie und sah zu der nächsten Person in der Schlange. »Was darf's sein?«

Die nächsten zwanzig Minuten vergingen wie im Flug. Ich hatte nicht eine Sekunde Verschnaufpause, während das halbe Dorf sich um unseren Stand versammelte und fest entschlossen war, sich noch ein kostenloses Getränk und Mince Pies zu sichern, bevor die Feier sich dem Ende zuneigte. Aber die Stimmung war gut und es machte mir Freude, mit allen zu plaudern, mit dem wunderschönen Baum im Hintergrund und Weihnachtsliedern in Endlosschleife.

Zum Glück hatten wir die Mädchen von unserem Stand aus gut im Blick, sodass Donna sich ein bisschen entspannen konnte. Sie spielten mit ein paar anderen Kindern aus dem Dorf Fangen und waren anhand ihrer Leuchtstäbe gut zu erkennen. Aleks hingegen konnte ich dort nicht sehen und Suzy genauso wenig.

Nach einer Weile wurde ich mir einer zunehmenden Unruhe in der Warteschlange vor unserem Stand bewusst. Ein hörbares Wispern machte die Runde und nervöse Blicke wurden ausgetauscht.

»Was ist denn?«, fragte jemand angespannt.

Dann sagte ein anderer: »Wer? Wer wird vermisst?«

Die Musik verstummte abrupt und ich suchte die Gesichter der Menge nach Hinweisen darauf ab, wo das Problem lag. Dann erwachte die Lautsprecheranlage wieder zum Leben.

»Liebe Leute, wir haben hier ein elternloses Kind im Erste-Hilfe-Zelt. Er heißt Aleks und trägt blaue Jeans, eine dunkelblaue Daunenjacke und einen roten Schal. Wir bitten seine Mutter, sofort zum Zelt zu kommen, um ihn abzuholen. Danke schön.«

»Aleks?« Donna verzog das Gesicht. »Suzys Sohn?«

Ich ließ meinen Blick durch die Menge schweifen, auf der Suche nach Suzys hellrosa Hut. »Die beiden waren vor nicht allzu langer Zeit hier und haben mit mir geredet.«

Die Leute in der Warteschlange drehten sich um, sprachen miteinander, musterten die Menschenmenge. Wir gaben noch eine Weile Getränke aus, bis die Unruhe um uns herum immer weiter zunahm.

Die Leute verloren das Interesse an den Getränken und den Lichtern. Ihre entspannten, ziellosen Bewegungen verwandelten sich in bedeutungsschwangere Blicke aus verwirrten, besorgten Gesichtern.

Ein paar Mitglieder des Gemeinderats waren neben unserem Stand stehengeblieben und ich konnte ihr Gespräch mithören. »Wir können die Mutter nirgends finden. Viele haben sie gesehen, aber jetzt scheint sie sich einfach in Luft aufgelöst zu haben. Die Lehrerin des Kleinen ist hier, sie hat seine Mutter schon angerufen, aber sie scheint ihr Handy ausgeschaltet zu haben.«

Der andere Mann runzelte die Stirn. »Wenn sie nicht bald auftaucht, müssen wir die Feier beenden, nur für den Fall der Fälle. Wir müssen zeigen, dass wir das ernst nehmen. Die Polizei werden wir auch bald verständigen.«

Donna wurde kreidebleich. »O Gott, es passiert schon wieder.«

»Sie kann nicht weit weg sein«, sagte ich in einem möglichst beruhigenden Tonfall. »Du wirst schon sehen, bald taucht sie wieder auf.«

»Das haben sie über Matilda auch gesagt«, sagte Donna und starrte in die Dunkelheit hinaus. »Sie haben gesagt, sie taucht wieder auf, dass sie sich irgendwo versteckt hat und dass das alles nur ein Fehlalarm war.«

Ich stellte mich auf Zehenspitzen und reckte den Kopf in die Höhe. »Setz dich, Donna, trink einen Kaffee. Versuch, nicht in Panik zu verfallen.«

Ich schenkte ihr ein Getränk ein und sie ließ sich mit sichtlichem Unbehagen auf einem Hocker nieder. Ihr Blick war starr auf die Mädchen gerichtet, die die allgemeine

Unruhe wahrgenommen hatten und sich in unserer Nähe hielten.

Nach weiteren zehn Minuten kam eine erneute Durchsage. »Leider müssen wir die Feier an dieser Stelle beenden. Aleks Baros befindet sich immer noch im Erste-Hilfe-Zelt. Wenn seine Mutter, Miss Suzy Baros, bitte unverzüglich zum Zelt kommen könnte, um ihn abzuholen. Vielen Dank an Sie alle.«

Donna stand auf. »Ich kann hier nicht einfach nur rumstehen. Ich bringe Ellie zu Paul und dann helfe ich bei der Suche.«

Ich ließ den Blick erneut über die Menge schweifen, in der Hoffnung, Suzy zu entdecken, die wahrscheinlich verzweifelt nach Aleks suchte. Ich griff unter der Theke nach meinem Handy und rief Michael an.

Er ging nach dem zweiten Klingeln ran. »Hi, Kate, bin gerade angekommen. Ich ...«

»Suzy Baros wird vermisst«, unterbrach ich ihn. »Sie haben die Feier vorzeitig beendet.«

»Was?«

»Suzy wird vermisst!«, wiederholte ich in einem etwas schärferen Tonfall. Dann sagte ich: »Tut mir leid. Aber hier herrscht das reinste Chaos. Der arme Aleks sitzt ganz allein im Erste-Hilfe-Zelt. Ich gehe gleich mal zu ihm rüber. Kannst du nachsehen, ob sie zu Hause ist?«

»Ja, natürlich. Moment, ich bin gerade sowieso in der Nähe.« Ich hörte, wie seine Schritte knirschten und sich sein Atem beschleunigte. »Hier ist alles dunkel«, sagte er und klopfte an die Tür. »Zugesperrt. Ich schaue mal nach hinten.« Ich hörte ihn wieder laufen. Sein Atem wirkte leicht angestrengt. »Seid ihr sicher, dass sie nicht einfach schnell einkaufen gegangen ist oder so was in der Art?«

»Ich habe noch mit keinem der Veranstalter gesprochen. Sie haben nur durchgesagt, dass sie Aleks gefunden haben, der allein unterwegs war, dass er im Zelt ist, und jetzt suchen alle nach ihr.«

»Und sie ist einfach verschwunden?«

»Sie können sie nirgends finden und wenn sie irgendwo hingegangen wäre, hätte sie es Aleks bestimmt gesagt, da bin ich mir sicher«, sagte ich. »Nie im Leben würde sie ihn einfach so alleinlassen.«

Michael seufzte tief. »Hier hinten ist auch alles zugesperrt. Keine Lichter zu sehen. Ich glaube, wir können davon ausgehen, dass sie nicht hier ist.«

»Du hast doch einen Generalschlüssel für die Cottages, oder nicht? Kannst du nicht drinnen nachsehen?«

Er zögerte. »Nicht wirklich. Nicht ohne guten Grund.«

»Die Tatsache, dass sie vermisst wird, ist also kein guter Grund?«

»Kate, damit würde ich ihre Privatsphäre verletzen, das mache ich nur, wenn mich die Polizei darum bittet.«

»Tja, das könnte bald der Fall sein.« Gereizt legte ich auf und verließ unseren Stand.

Donna tauchte wieder auf, mit einem besorgten Ausdruck im Gesicht. »Keine Spur von ihr«, sagte sie etwas kurzatmig. »Ich war gerade beim Erste-Hilfe-Zelt drüben. Paul ist da und der Junge, Aleks, sitzt einfach nur da und starrt ins Leere. Hat kein Wort zu mir gesagt.«

Ich löste den Knoten meiner Schürze und warf sie auf den Tisch. »Ich sehe mal nach ihm. Bleib du mit den Mädchen derweil hier.«

Donna nickte und hielt den Blick unentwegt auf Ellie gerichtet, die immer noch mit Tansy neben dem Baum stand und mit ihrem Leuchtstab herumwedelte.

Ich machte mich auf den Weg zum Erste-Hilfe-Zelt. Eine Gruppe Teenager rannte an mir vorbei. Sie rempelten Leute an, lachten und waren ganz außer Rand und Band. Von den Sorgen der Erwachsenen nahmen sie überhaupt nichts wahr.

Beim Zelt angekommen, traf ich auf Paul, der wie ein Bodyguard davor Wache stand. »Es geht ihm gut«, sagte er kurzangebunden, offensichtlich nicht allzu glücklich, mich zu sehen. »Meiner Meinung nach sollten wir keinen allzu großen Wirbel um die Sache machen.«

Aleks wirkte viel kleiner, in sich zusammengesunken. Er klammerte sich an seinen Leuchtstab, als hinge sein Leben davon ab. Als er mich sah, ein bekanntes Gesicht, war er sichtlich erleichtert.

»Hi, Aleks. Wie geht's dir, mein Schatz?« Ich hockte mich neben ihn und legte ihm den Arm um die Schulter. »Sie suchen gerade nach deiner Mum. Bestimmt kommt sie bald wieder.«

Er schniefte und rieb sich die bereits rot angelaufenen Augen. »Wo ist sie hin?«

»Das versuchen wir gerade herauszufinden. Wir gucken, ob sie nach Hause gegangen ist oder so. Hat sie gesagt, ob sie irgendwo hinwill?«

Er schüttelte den Kopf.

»Wo hast du sie zuletzt gesehen?«

Er deutete zum Rand der Wiese. »Wir waren da drüben und ich wollte näher beim Baum sein, wenn sie die Lichter anmachen, also bin ich rübergerannt, und als ich wiederkam, war sie weg.«

»All diese Fragen haben wir ihm schon gestellt, Kate.« Paul runzelte die Stirn. »Das stresst ihn doch nur noch mehr.«

Ich ignorierte ihn. »Aleks, hast du gesehen, ob deine Mum mit irgendwem geredet hat, bevor sie verschwunden ist?«

Er überlegte kurz und sah zu Paul. »Ich weiß es nicht mehr«, sagte er und ließ den Kopf hängen. »Ich wollte einfach den Baum sehen.«

»Es ist alles okay, Aleks«, sagte Paul spitz. »Du steckst nicht in Schwierigkeiten.«

»Natürlich steckt er nicht in Schwierigkeiten.«

»Dann solltest du vielleicht dein Verhör hier beenden.«

Ich warf Paul einen vernichtenden Blick zu, bevor ich mich wieder Aleks zuwandte.

»Mach dir keine Sorgen. Ich bin mir sicher, dass deine Mummy bald wieder da ist. Ich bleibe hier bei dir, bis sie zurückkommt. Wenn du magst.«

»Das ist doch nicht nötig«, wandte Paul ein. »Ich kann ...«

»Ja«, sagte Aleks erleichtert. »Bitte bleib bei mir, Kate.«

Nach ein paar Stunden wimmelte es auf der Dorfwiese von Polizisten. Michael war inzwischen zurückgekommen und hatte rasch einen Suchtrupp zusammengestellt.

»Ich habe noch mal bei ihr zu Hause nachgeschaut, bevor ich gegangen bin, aber es ist immer noch zugesperrt und dunkel«, hatte er mir erzählt. »Da ist sie definitiv nicht.«

Die Polizei hatte auf der Wiese ein kleines Zelt für Befragungen aufgestellt und die Beamten liefen umher und redeten mit den Dörflern. Alle, die Suzy während der Feier gesehen hatten, wurden gebeten, jedes Detail zu berichten, an das sie sich erinnern konnten.

Ich musste immer wieder an Suzys kryptische Bemerkungen darüber denken, warum sie Polen verlassen hatte, und auch an ihr nervöses Verhalten. Das anderen zu erklären, fiel mir schwer. Ich hatte das eben einfach so wahrgenommen. Ich hoffte, dass es ihr gut ging und sie nicht in Gefahr war. Gut kannte ich sie zwar nicht, aber ich war felsenfest davon überzeugt, dass sie Aleks nicht zurücklassen würde, egal, welchen Grund sie dafür haben könnte.

Eine Gruppe uniformierter Polizeibeamter lief vorbei und aus ihrem Gespräch schloss ich, dass sie auf dem Weg zum Wald waren, der an den Dorfrand grenzte.

»Das fühlt sich langsam immer ernster an«, sagte ich zu Michael, als er vorbeischaute.

»Hoffentlich taucht sie bald wieder auf«, sagte er. »Die Polizei hat mich gebeten, sie zu ihrem Cottage zu bringen, bevor sie mit der Suche rund um das Dorf beginnen. Wenn wir sie finden, rufe ich dich an.«

Als ich wieder beim Erste-Hilfe-Zelt ankam, sah ich zwei Frauen bei Aleks stehen. Er hatte sich einer davon zugewandt und sagte etwas zu ihr. »Wir sind vom Sozialamt«, sagte sie und hielt ihren Ausweis in die Höhe. »Meines Wissens ist Aleks neu zugezogen und ein Mann namens Paul Thatcher hat angegeben, dass er und seine Frau ihn gerne mit zu sich nehmen würden. Aber Aleks hat uns gesagt, dass er Sie kennt und jemanden namens Irene?«

»Ja, Irene Wadebridge ist die Vermieterin.« Ich trat näher. »Aleks, ist alles okay?«

Seine dunklen Augen sahen mich an und ich konnte einen Anflug von Panik darin erkennen.

»Ich will nicht mit zu Paul oder den Frauen hier«, sagte er schnell und trommelte mit den Fingern auf seinem Bein herum. »Ich will hierbleiben mit dir, bis sie meine Mummy gefunden haben.«

Ich wandte mich der Dame vom Sozialamt zu. »Ich nehme ihn heute Abend gerne mit zu uns, bis alles geregelt ist«, sagte ich. »Ich arbeite an seiner Schule, mein Hintergrund wurde also bereits gründlich überprüft. Wenn nötig, können Sie gern mit der Direktorin sprechen.«

Sie zog ein Handy aus ihrer Handtasche. »Ein wirklich freundliches Angebot«, sagte sie. »Lassen Sie mich kurz ein paar Anrufe tätigen, ich schaue mal, ob ich das genehmigt bekomme.«

Ich setzte mich neben Aleks. »Mach dir keine Sorgen«, sagte ich. »Alles wird wieder gut.« Aber tief in mir breitete sich ein ungutes Gefühl aus.

———

Ich leistete Aleks und den Mädchen Gesellschaft, während die Damen vom Sozialamt ihre Anrufe erledigten. Donna hielt den Getränkestand am Laufen, zur Unterstützung des großen Suchtrupps, aber schließlich machte sie ihn doch dicht, um Ellie nach Hause zu bringen.

Sie schaute bei mir vorbei, um sich zu verabschieden, und ich stand auf und entfernte mich ein paar Schritte von den Kindern, um mit ihr zu reden. »Ich nehme ihn mit zu uns«, sagte ich.

»Wie bitte?«

»Nur für heute Nacht, bis sie Suzy gefunden haben. Ich konnte den Gedanken nicht ertragen, dass er mit den Sozialarbeiterinnen mitgehen muss, und obwohl es sehr freundlich von dir und Paul war, euer Zuhause anzubieten, macht es so doch mehr Sinn. Uns kennt er ein bisschen besser und er ist ja sowieso schon ganz durcheinander.«

»Wir haben überhaupt nichts angeboten!« Donna runzelte die Stirn.

»Ach so, die Dame vom Sozialamt meinte, dass Paul das angeboten hätte«, erklärte ich. »Und das war wirklich nett von ihm.«

»Typisch Paul! Aber leid tut er mir ja wirklich, der arme Kleine«, sagte Donna. »Dass du dich da freiwillig gemeldet hast, ist wirklich super, Kate. Er kennt euch ja alle drei gut.« Sie zögerte. »Aber hast du schon darüber nachgedacht, was passiert, wenn sie Suzy heute nicht finden ... und morgen auch nicht?«

Ich tat ihren Kommentar mit einem Schulterzucken ab. Ich war überzeugt, dass Suzy wieder auftauchen würde. Bestimmt hatte irgendein Notfall sie davon abgehalten, zu Aleks zurückzukommen.

Nachdem wir zu Hause angekommen waren, suchte ich für Aleks einen Schlafanzug heraus, den Tansy letztes Jahr zu Weihnachten geschenkt bekommen hatte – das Set war ihr immer noch ein bisschen zu groß. Ich kochte Tansy und Aleks einen Kakao und machte sie dann bettfertig. Beide waren total erledigt. Ich war so damit beschäftigt, mit Tansy herumzudiskutieren, welchen Schlafanzug *sie* anziehen wollte und welchen Keks *sie* zu ihrem Kakao essen wollte, dass ich gar nicht groß darüber nachdachte, wie schweigsam Aleks war. Doch dann sah ich zu ihm hinüber und bemerkte die stummen Tränen, die ihm das Gesicht hinunterliefen.

»Oh, Schatz, komm her.« Erst sträubte er sich, doch dann schmolz er förmlich in meinen Armen.

Tansy riss vor Überraschung die Augen weit auf. »Was hat er denn, Mummy?«, fragte sie ängstlich.

»Er ist traurig, Tansy. So wie du es wärst, wenn ich verschwunden wäre.«

Sie schlich um mich herum zur anderen Seite und schmiegte sich an uns beide. »Alles wird gut, Aleks«, sagte sie. »Du kannst hier bei uns bleiben, bis deine Mum wieder zu Hause ist.«

So saßen wir eine Zeit lang da, bevor wir nach oben gingen. »Bin gleich bei dir«, sagte ich zu Tansy und führte Aleks in unser Gästezimmer, wo ich ihn warm zudeckte.

»Ich will Wojtek.« Er schniefte und begann wieder zu weinen.

»Wen?«

»Wojtek. Meinen Teddy.«

»Den holen wir morgen, versprochen. Michael kann dir ein paar Sachen von zu Hause mitbringen. Aber jetzt müssen wir alle erst mal dringend schlafen, okay? Morgen früh sieht dann alles schon ganz anders aus.«

Er nickte traurig und schloss die Augen.

»Mach dir keine Sorgen, Aleks«, flüsterte ich und gab ihm einen Kuss auf die Stirn. »Wir finden sie schon.«

Danach ging ich zu Tansy. Wir standen nebeneinander am Fenster und schauten hinunter auf das Licht der Taschenlampen, die auf den Feldern rund um das Dorf herumgeisterten.

»Dein Daddy ist da draußen und sucht mit einem ganzen Haufen Leute nach Aleks' Mummy«, sagte ich. »Die geben nicht auf.«

»Aber was denkst du, was mit ihr passiert ist?«, fragte Tansy leise. »Wo ist sie?«

»Das weiß ich nicht, mein Schatz«, war meine sorgfältig zurechtgelegte Antwort. »Aber wenn sie jemand finden kann, dann dein Daddy.«

Sie nickte und schien schon zuversichtlicher. Ich brachte sie ins Bett und ging wieder nach unten.

Um elf Uhr, als ich gerade auf dem Sofa eingedöst war, ließ mich eine Nachricht von Michael aufschrecken.

Wir machen für heute Schluss. Keine Spur von ihr.

Mit einem Seufzer legte ich das Handy beiseite und dachte schweren Herzens an den verstörten kleinen Jungen im oberen Stockwerk. Wie war es möglich, dass jemand sich in einem Dorf, wo jeder jeden kannte, einfach in Luft auflöste?

Das ergab überhaupt keinen Sinn.

VIERZEHN

Kurz vor Mitternacht kam Michael nach Hause. »Mein Gott, was für eine Nacht.« Er war offensichtlich hundemüde, mit dunklen Schatten unter den Augen und einem vor anhaltender Anspannung steifen Körper.

»Aleks schläft oben im Gästezimmer«, sagte ich und stemmte mich vom Sofa hoch, um Michael etwas Warmes zu trinken zu holen.

»Was?« Michael blickte von den Schnürsenkeln seiner Stiefel auf.

»Ich hab angeboten, dass er bei uns bleiben kann, weil wir so ziemlich die Einzigen hier sind, die er gut kennt. Paul hat sich ebenfalls angeboten, aber Aleks wollte mit zu uns. Das ist doch okay, oder?« Er starrte mich an und ich spürte den Drang, weitere Argumente zu meiner Verteidigung vorzubringen. »Michael, ich habe mir Sorgen um ihn gemacht!«

»Ich mache mir auch Sorgen um ihn, aber ... na ja, ich frage mich eben, ob es nicht besser für ihn wäre, wenn sich jemand mit Expertise um ihn kümmern würde.«

»Die Leute vom Sozialamt, meinst du?«, fragte ich entsetzt.

»Nein ... oder vielleicht doch. Ich mein ja nur, die wüssten genau, was sie ihm sagen sollen. Während seine Mutter vermisst wird.«

»Ich weiß nur, dass ich mir wünschen würde, dass sich jemand aus dem Dorf um Tansy kümmert, wenn ich vermisst würde«, sagte ich und hängte einen Teebeutel in eine Tasse. »Jemand, den sie kennt.«

»Ich weiß, und du hast ja recht.« Michael wandte sich wieder seinen Stiefeln zu. »Aber es gibt eben keine Spur von Suzy und jetzt, wo der Junge hier bei uns ist ...«

»Aleks.« Ich goss kochendes Wasser in die Tasse und holte die Milch aus dem Kühlschrank.

»Ja, jetzt wo Aleks hier bei uns ist, sind wir unter Druck, denn dadurch stehen wir direkt im Mittelpunkt des Ganzen, ob wir es wollen oder nicht.«

Ich holte einen Löffel und rührte den Tee etwas zu heftig um. Dunkelbraune Flüssigkeit schwappte über den Rand der Tasse auf unsere Arbeitsplatte.

»Ich habe das getan, was ich für richtig hielt, Michael. Ich habe nicht überlegt, was für Unannehmlichkeiten es uns bereiten könnte, wenn Suzy nicht sofort wieder auftaucht.« Ich knallte die Tasse vor ihm auf den Tisch.

»Jetzt sei doch nicht so, Kate.«

»Wie denn? Du bist doch derjenige, der hier unangemessen reagiert. Findest du es wirklich übertrieben, einem verstörten Kind für kurze Zeit unser Zuhause zu öffnen? Sogar Paul war nett genug, das anzubieten.« Mir war klar, dass ich mich ihm gegenüber nicht gerade fair verhielt. Er war offensichtlich todmüde, aber die Worte waren mir herausgerutscht, bevor ich sie hatte aufhalten können.

»Ich meine doch nur, dass wir die beiden kaum kennen. Und wir müssen auch darüber nachdenken, was für einen Einfluss das alles hier auf Tansy haben könnte.«

»Du meinst, wie es ihr beibringen könnte, anderen gegenüber warmherzig zu sein?«

»Okay, schau, es gibt da etwas, das ich dir sagen muss.« Sein Gesicht fiel in sich zusammen. »Sie haben Suzys Cottage durchsucht und meinen Schlüsselbund auf ihrer Arbeitsplatte gefunden.«

»Deinen *Schlüsselbund*?«

Er nickte. »Meinen Ersatzbund, für den Rasenmäher, den Schuppen, die Tore, für die Arbeit eben.«

Was erzählte er denn da?

»Wie kommt dein Schlüsselbund in Suzys Haus?« Die Worte kamen als angestrengtes, leises Krächzen heraus.

Er wich meinem Blick aus. »Das klingt so dämlich ... aber ich weiß es nicht!«

Mein Atem beschleunigte sich, als Panik mir die Kehle zuschnürte. »Willst du mir damit sagen, dass du mit ihr dort drinnen warst? Ist das hier ein Geständnis, oder was?«

»Mein Gott, nein! Ich weiß wirklich nicht, wie die Schlüssel dorthin gekommen sind, Kate. Das musst du mir glauben.«

»Wenn deine Schlüssel dort drinnen waren, musst du sie dort liegengelassen haben«, sagte ich leise.

»Nein! Ich war nicht mehr in diesem Haus seit ... seit ich Anfang der Woche den Wasserhahn dort repariert habe. Und ich habe den Schlüsselbund in der Zwischenzeit benutzt.«

»Hast du das auch der Polizei erzählt?«

»Ja, aber ...« Er ließ den Kopf in seine Hände sinken. »Es war offensichtlich, dass sie mir nicht geglaubt haben. Ich wollte dir Bescheid geben, falls sie mit dir darüber reden und das Ganze erwähnen.« Er sah zu mir. »Ich wollte, dass du das von mir hörst. Ich wollte, dass du Bescheid weißt.«

»Das klingt wie eine Ausrede«, sagte ich leise. In meinen Fingern kribbelte es.

»Nein, Kate.« Er stand auf und kam zu mir, um nach meinen Händen zu greifen. »Wenn ich alleine hineingegangen wäre und den Schlüsselbund selbst dort gefunden hätte, hätte ich es dir trotzdem erzählt, weil es keinen Sinn ergibt.«

»Was hat die Polizei dazu gesagt?«

»Na ja, ich glaube, es hat sie überrascht. Aber ich habe ihnen dasselbe erzählt wie dir, nämlich, dass ich nicht weiß, wie der Schlüsselbund dahinkommt.« Er atmete frustriert aus. »Ich schwöre dir, dass das die Wahrheit ist.«

Stille Wut kochte in mir hoch. »Du kennst Suzy viel besser, als du zugibst, oder?«

»Was? Nein, ich kenne sie überhaupt nicht.«

»Eure gemeinsamen Pausen, die gemütlichen Plauderstündchen beim Tee, und wie du sie kennst!« Ein schlechter Zeitpunkt für diesen Gefühlsausbruch, aber na ja. Er hätte mir all das schon viel früher erzählen sollen.

Er hob die Hände zum Zeichen, dass ich mich beruhigen sollte, aber das regte mich nur noch mehr auf. »Natürlich sehe ich sie manchmal oben in Wadebridge, und Irene hat sie darum gebeten, mir zuliebe ein paar Lieferanten anzurufen, aber *kennen* in dem Sinne tue ich sie nicht.« Seine Wangen waren hellrot angelaufen.

Wir drehten uns im Kreis und ich steckte in der Zwickmühle. Seit siebzehn Jahren kannte ich Michael nun bereits und er war kein Lügner. Ehrlichkeit war ihm wichtig, schon immer. Und genau deshalb ergab nichts hiervon Sinn.

»Michael, ich weiß nicht, was ich glauben soll. Ich weiß nur, dass Suzy vermisst wird, ihr Sohn völlig durch den Wind ist und die Polizei jetzt wahrscheinlich denkt, dass du etwas damit zu tun hast.«

»Kate, ich schwöre bei Gott, dass ich nicht weiß, wo sie ist.« In seinen Augen erkannte ich Panik. »Aber eins weiß ich – dass sie sie nach einer so gründlichen Suchaktion immer noch nicht gefunden haben, heißt nichts Gutes. Ich meine ... wo könnte sie denn sein?«

Mögliche Antworten, eine schrecklicher als die andere, verschlugen mir kurz die Sprache.

»Kate, bitte ... zwischen uns ist doch alles in Ordnung? Wir stehen das durch.«

Der Schlüsselbund gab mir Rätsel auf, machte mich misstrauisch. Bang überlegte ich, was er bedeuten könnte. All diese Emotionen wirbelten mir durch den Kopf und drückten mich nieder.

»Ich sehe mal nach den Kindern«, sagte ich und verließ den Raum.

Nachdem ich in Tansys Zimmer gelinst hatte, ging ich zum Gästezimmer, um nach Aleks zu sehen. Er schlief tief und fest. Sein glattes dünnes braunes Haar gab seine faltenlose Stirn frei und seine Augenlider flatterten im Traum. Sein Anblick versetzte mir einen Stich. Diese Art Angst und Verlust sollte er in seinem Alter noch nicht erleben müssen. Wenn es doch nur einen Vater gäbe, an den wir uns wenden könnten, aber aus dem bisschen, was Suzy mir darüber erzählt hatte, konnte ich mir ausmalen, dass er wohl der Grund gewesen war, warum sie Polen überhaupt erst hatten verlassen müssen.

Wieder zog sich mein Herz zusammen. Die Krallen der Einsamkeit und der Furcht umfassten mich, ein Gefühl aus angsterfüllten Kindertagen. Dieses Gefühl, ganz auf sich allein gestellt, nicht in Sicherheit zu sein. Eine Ahnung, dass früher oder später alles in sich zusammenbrechen würde.

Ich hatte mir geschworen, dass meine Tochter dieses Gefühl niemals kennenlernen würde. Jetzt konnte ich nur hoffen, dass die Polizei Michaels Erklärungen bezüglich des Schlüsselbunds glaubten. Auch, wenn ich selbst damit Schwierigkeiten hatte.

FÜNFZEHN

11. November 2019

Am nächsten Morgen weckte mich Michaels Handy um sechs Uhr dreißig mit dem Piepen einer eingehenden Nachricht von Irene mit der Botschaft, dass oben in Wadebridge ein Haufen Polizisten unterwegs seien und ob er vielleicht etwas früher kommen könne. Während er seine Sachen für die Arbeit zusammensammelte, ging ich ins Bad.

Ich begnügte mich mit einer Katzenwäsche am Waschbecken und ein paar Spritzern kalten Wassers im Gesicht. Duschen konnte ich später, ich wollte die Kinder nicht mit unserem lauten Wasserboiler wecken.

Unten erwartete mich eine Überraschung: Tansy und Aleks waren bereits auf und saßen unter eine warme Kuscheldecke geschmiegt gemeinsam im Wohnzimmer vor dem Fernseher.

Tansy sah zu mir auf. »Aleks hat mich geweckt und gesagt, dass er einen schlimmen Traum über seine Mummy hatte. Stimmt doch, oder, Aleks?« Er nickte traurig. »Also bin ich mit ihm runtergegangen, um fernzusehen.«

»Das war eine gute Idee, mein Schatz«, sagte ich und fragte mich, wann sie plötzlich so erwachsen geworden war. »Wie geht es dir, Aleks?«

»Haben sie meine Mum schon gefunden?«, fragte er.

»Noch nicht, aber heute erfahren wir hoffentlich mehr.« Ich lehnte mich zu ihm und legte ihm die Hand auf die Schulter. »Wie wär's bis dahin mit Saft und Toast?« Ich musste versuchen, ihm Trost zu bieten, ohne ihm leere Versprechungen zu machen, dass alles wieder gut werden würde. Denn das konnte ich nicht beschwören. Niemand konnte das.

Um sieben Uhr klopfte es an der Tür. Ein rascher Blick durch den Spion verriet mir, dass zwei uniformierte Polizisten vor unserer Haustür standen. Ich warf einen Blick ins Wohnzimmer, um sicherzustellen, dass die Kinder immer noch in den Fernseher vertieft waren, bevor ich ihnen die Tür öffnete.

»Entschuldigen Sie, dass wir Sie so früh stören«, begann einer der Polizisten. »Wir gehen von Tür zu Tür, um das Verschwinden einer jungen Frau gestern Abend aufzuklären. Dürften wir Ihnen ...«

»Ihr Sohn ist bei mir«, zischte ich und warf einen Blick über die Schulter, bevor ich mich wieder den Polizisten zuwandte. »Suzy Baros' Sohn ist hier bei uns und ich möchte nicht, dass er irgendwelche Details erfährt.«

»Oh, verstehe«, stammelte der Polizist.

»Alles okay?« Michael kam in seiner Arbeitskleidung die Treppe herunter.

»Die Herren möchten uns ein paar Fragen zu Suzy stellen, aber ich habe Angst, dass wir Aleks damit verstören könnten«, erklärte ich ihm. Eine Erinnerung tauchte in meinem Kopf auf: Ein Klopfen an der Tür, vor so vielen Jahren, als ich noch ein Kind gewesen war. Die Polizisten, die vor mir standen, ich hinter dem Sofa verkrochen, voll Grauen vor dem, was sie mir erzählen würden, darüber, wo Mum die vergangene Woche gewesen war. Meine Lügen über ihre Trunksucht und darüber, wie sie den Autoschlüssel gefunden hatte, den ich versteckt hatte ... und die Schuldgefühle wegen der schrecklichen Dinge, die deshalb geschehen waren.

»Kommen Sie mit in die Küche«, bat Michael die Polizisten herein. »Wir können die Tür schließen, während wir uns unterhalten.« Er nahm meine Hand. »Kate, möchtest du nach den Kindern sehen, während ich die Herren begleite?«

Ich nickte und war dankbar für Michaels Geistesgegenwart. Ich schloss die Haustür und ging ins Wohnzimmer. Tansy kaute an ihrem Toast, die Augen starr auf den Fernseher gerichtet, während Aleks sein Frühstück nur auf dem Teller herumschob, sein Blick war glasig und leer.

»Ihr zwei bleibt bitte kurz hier im Zimmer, okay?«, bat ich so beiläufig wie möglich, aber unserer klugen Tansy entging nichts.

»Wieso? Wer war das an der Tür, Mummy?«

»Die Polizei«, sagte ich. »Sie wollen mit mir und deinem Dad reden und deswegen müsst ihr beide bitte hier im Zimmer bleiben.«

»Geht es um meine Mum?« Aleks sah zu mir auf und in seinem Gesicht rang Hoffnung mit Angst. »Haben sie sie gefunden?«

»Noch nicht, aber sie stellen ganz viele Fragen und finden wichtige Informationen heraus, mit denen wir sie hoffentlich finden können.«

Ohne ein weiteres Wort drehte er sich wieder zum Fernseher. Ich hauchte Tansy einen Kuss zu und schloss die Tür. Dann ging ich in die Küche und schloss auch diese Tür hinter mir.

SECHZEHN

Einer der Polizisten musste etwa Ende zwanzig sein. Er war großgewachsen und dünn. Der andere war um die zehn Jahre älter und etwas stattlicher gebaut.

»Mein Name ist Turner, der Kollege hier heißt Jenkins«, sagte der Große und zeigte uns seinen Dienstausweis.

»Darf ich Ihnen etwas Tee anbieten?«, fragte ich, weil ich vermutete, dass Michael diese Frage wahrscheinlich nicht in den Sinn gekommen war.

»Nein, danke«, erwiderte Turner rasch, was ihm von Seiten seines Kollegen einen mürrischen Blick eintrug. »Wir haben noch viele Häuser vor uns.«

Wir setzten uns an den Tisch und Jenkins zog Notizbuch und Stift hervor. »Nun denn. Da Sie Suzy Baros' Sohn hier haben, gehe ich mal davon aus, dass Sie sie gut kennen?«

Michael sah zu mir.

»Nicht wirklich. Ihr Sohn ist in derselben Klasse wie meine Tochter und Suzy war mal zum Kaffee hier. Beste Freundinnen sind wir nicht. Aber ich habe versucht, sie ein bisschen besser kennenzulernen.«

»Versucht?«

»Sie gibt nicht viel von sich preis«, erwiderte ich mit Bedacht. »Ich glaube, es fällt ihr nicht leicht, sich anderen gegenüber zu öffnen.«

»Was denken Sie, woran das liegen könnte?«

Ich zögerte. Sollte ich den beiden von Suzys Anspielungen erzählen, dass sie nach England gezogen waren, um ihren Problemen in Polen zu entkommen? Das hier war nicht der Moment, um irgendwelche Informationen zurückzuhalten.

»Ich hatte den Eindruck, dass Suzy aus verschiedenen Gründen in Polen nicht allzu glücklich war.«

»Ach wirklich? Womit hat sie Ihnen diesen Eindruck vermittelt?«

»Sie hat gesagt, dass sie hier auf einen Neuanfang hofft. Dass sie ihre Probleme hinter sich lassen wollte.«

»Was für Probleme?«, fragte der andere Polizist.

»Das hat sie nicht erwähnt.«

»Suzy wohnt in einem der Wadebridge-Cottages. Sie ist Irenes Haushaltshilfe«, warf Michael plötzlich ein. »Ich bin Irene Wadebridges Grundstücks- und Landverwalter und deswegen jeden Tag dort oben.«

Beide Polizisten horchten bei seinen Worten auf, die Veränderung war unübersehbar. Sie setzten sich gerade auf und rutschten auf ihren Stühlen nach vorn, als ihnen die Verbindung klar wurde. »Sie haben gestern Nacht dabei geholfen, die Suche zu organisieren«, sagte einer von ihnen. »Sie sind derjenige, dessen Schlüsselbund in Ms Baros' Haus gefunden wurde?«

»Ja«, antwortete Michael mit Bedacht. »Und wie ich den Beamten vor Ort schon erklärt habe, muss sie ihn wohl irgendwo gefunden und für mich aufbewahrt haben.«

»Wie lange arbeiten Sie schon für Irene Wadebridge?«

»Meine jetzige Stelle habe ich seit zehn Jahren«, erwiderte Michael entspannt. »Davor habe ich aber schon weitere zehn Jahre für ihren inzwischen verstorbenen Mann gearbeitet.«

»Verstehe. Darf ich fragen, was für Aufgaben Sie dort erledigen?«, fragte Jenkins und kritzelte weiter in seinen Notizen.

»Eigentlich alles, was so anfällt. Sämtliche Arbeiten, die an den Cottages und auf dem Grundstück zu erledigen sind. Ich kümmere mich um all die kleinen Instandhaltungsarbeiten. Wenn größere Projekte anstehen, hole ich die nötigen Angebote ein, möglichst bei Unternehmen aus der Region. Ich mähe auch den Rasen, aber für das Bepflanzen und Jäten beschäftigen wir einen Gartenbaubetrieb.«

»Dann werden Sie Suzy Baros wohl ebenfalls persönlich kennen, Mr Shaw?«, warf Turner ein.

Michael warf mir einen Blick zu. »Wie gesagt, sie hat eines der Cottages gemietet.«

»Bedeutet das, dass Sie täglich Kontakt mit ihr hatten?«

»Nicht täglich, aber natürlich gab es schon Gelegenheiten, bei denen wir uns unterhalten haben.« Michaels Tonfall war höflich, aber ich konnte den Hauch eines gereizten Untertons heraushören.

»Geben Sie uns doch bitte ein paar Beispiele für Ihre letzten Unterhaltungen mit Ms Baros«, sagte Jenkins und machte sich eine Notiz.

»Und geben Sie außerdem an, wann Sie sie zuletzt gesehen haben«, fügte Turner recht barsch hinzu.

Ich musste schlucken. Langsam klang das hier schon nach einer richtigen Vernehmung. War nun der Zeitpunkt gekommen, wo wir fragen sollten, ob Michael einen Anwalt brauchte? Mich beschlich das unangenehme Gefühl, als Letzte zu erfahren, was eigentlich los war. Ich verschränkte die Hände ineinander und lehnte mich nach vorn.

»Kein Grund zur Sorge, Mrs Shaw«, murmelte Jenkins, der meine Anspannung bemerkt hatte. »Das ist alles Teil der allgemeinen Befragung, reine Routine.«

Michael gab mir mit einem leichten Nicken zu verstehen,

dass er damit einverstanden war, und ich lehnte mich wieder zurück.

»Mal überlegen.« Er schaute zur Decke, während er Ordnung in seine Gedanken brachte. »Letzte Woche habe ich sie ein paarmal gesehen, wir haben uns kurz zugewinkt, während ich auf dem Gelände unterwegs war.« Ein wenig hilfreiches Bild von Suzy in ihrer engen Jeans und den hohen Stiefeln schoss mir durch den Kopf. »Letzten Montag war ich gegen Nachmittag in ihrem Cottage, um am Wasserhahn in der Küche einen Dichtungsring auszutauschen.«

»Wie lange waren Sie dort?«

Michael verzog nachdenklich den Mund. »Vielleicht eine halbe Stunde, länger nicht. War keine komplizierte Reparatur.«

»Und haben Sie mit Ms Baros geredet, während Sie dort waren?«

»Wir ... haben ein bisschen geplaudert«, sagte er etwas gestelzt. »Sie hat mir was zu trinken angeboten.«

Das Stechen in meiner Brust war inzwischen schon vertraut. Das mit dem Wasserhahn hatte er erwähnt, aber nicht, dass er an dem Tag eine halbe Stunde mit Suzy verbracht hatte.

Außerdem hatte Michael offensichtlich beschlossen, der Polizei nichts von ihren gemütlichen Teestündchen zu erzählen, oder davon, dass sie für ihn Lieferanten angerufen und zweifellos auch darüber mit ihm gesprochen hatte. Wenn ich ein zynischer Mensch wäre, würde ich fast vermuten, dass er verschiedenen Leuten – mich eingeschlossen – unterschiedliche Geschichten auftischte, je nachdem, wie es ihm gerade passte.

Turner wagte einen neuen Vorstoß: »Hat Ms Baros während dieser Reparatur irgendetwas erwähnt, das vermuten ließ, dass sie darüber nachdachte, irgendwo hinzufahren?«

»Nein«, entgegnete er rasch. »Wenn dem so wäre, hätte ich ja wohl gestern Nacht etwas erwähnt, statt bis kurz vor Mitternacht dabei zu helfen, eine aufwändige Suchaktion zu organisieren.«

Jenkins ignorierte Michaels spitze Bemerkung. »Gestern Abend waren Sie mit dem Rest der Dorfgemeinde auf der Wiese?«

Michael nickte. »Bei der Weihnachtsfeier gestern Abend habe ich sie gar nicht gesehen. Ich war an der Organisation beteiligt und zu beschäftigt.«

Kein Wort darüber, dass er früh gegangen war, um nach Wadebridge zu fahren. Meine Kehle schnürte sich zu.

»In Ordnung, ich habe das alles aufgenommen. Vielen Dank«, sagte Jenkins und tippte auf sein Notizbuch. Dann wandte er sich mir zu. »Von Ihnen bräuchten wir dieselbe Auskunft, Mrs Shaw. Wann war das letzte Mal, dass Sie Ms Baros gesehen haben, von gestern Abend abgesehen?«

»Aleks ist vor Kurzem nach der Schule mit zu uns gekommen, zum Spielen. Suzy hat ihn abgeholt, ist aber nicht lang geblieben. Sie musste nach Hause, um irgendetwas zu erledigen, ich weiß nicht mehr, was. Gestern Abend, während der Weihnachtsfeier, habe ich beim Getränkeausschank gearbeitet, da ist sie vorbeigekommen und hat gefragt, ob meine Tochter nächste Woche zum Spielen mit zu ihnen nach Wadebridge kommen möchte.«

»Um wie viel Uhr war das?«

Ich überlegte kurz. »Bevor sie die Lichter angeschaltet haben, also vor sechs Uhr. Ich würde sagen, etwa Viertel vor sechs.«

»Und abgesehen von der Suchaktion waren Sie und Mr Shaw den ganzen Abend zusammen?«

»Na ja, Michael war viel unterwegs, um hier und dort was zu erledigen, und ich war mit den Getränken beschäftigt, aber ja. Wir waren den ganzen Abend dort, bis auf ...« Meine Worte versickerten im Nichts.

»Bis auf was?«, wiederholte Jenkins und sah zwischen Michael und mir hin und her. Nun war es mir herausgerutscht.

»Ich musste gehen, bevor die Lichter angeschaltet wurden«, erklärte Michael, als sei das kaum der Rede wert. »Irene Wadebridge hatte mich angerufen, um Bescheid zu sagen, dass die Toilette im Erdgeschoss leckt.«

»Aha«, sagte Turner und sein Blick wurde schärfer. »Das heißt, als man Suzy Baros' Verschwinden bemerkt hat, hatten Sie die Feier bereits verlassen?«

»Ja.«

»Wann sind Sie in Wadebridge angekommen?«

Michael überlegte kurz. »So um halb sieben. Es hat ein bisschen länger gedauert, weil ich noch zu Hause vorbeischauen musste, um mein Werkzeug zu holen. Mrs Wadebridge kann das bestätigen.«

Ich sah nicht zu ihm hinüber. Dass er vor seiner Ankunft in Wadebridge noch nach Hause musste, hatte er nie erwähnt. Soweit ich wusste, war sein Werkzeug immer in seinem Büro oder im Auto.

Die Polizisten stellten uns noch ein paar allgemeine Fragen zum Dorfleben, wie viele Events im vergangenen Monat stattgefunden hatten und dergleichen. »Vielen Dank an Sie beide für Ihre Auskünfte. Falls sich dazu weitere Fragen ergeben, wird sich jemand mit Ihnen in Verbindung setzen«, sagte Turner an Michael gewandt, als sie sich verabschiedeten.

Danach standen wir zwei ein paar Minuten im Eingangsbereich herum.

»Meine Güte, das war ganz schön heftig.« Michael atmete schwer aus und rieb sich über die Augen. Sein Gesicht war rot angelaufen und schweißnass. »Zum Ende hin hast du mich ganz schön reingeritten, als du gesagt hast, dass ich gehen musste. Das klang, als hätte ich das absichtlich nicht erwähnt.«

»Es ist mir eben rausgerutscht, aber warum hast du es ihnen nicht selbst gesagt?«

»Ich hatte das komplett vergessen. Gestern Nacht war einfach so viel los.«

»Kommt mir seltsam vor, dass du vergessen hast, dass Irene dir wegen der Toilette geschrieben hat. Und dass du am Montag noch bei Suzy rumgehangen hast, nachdem du den Wasserhahn repariert hast, hattest du vorher auch nicht erwähnt«, sagte ich. Ich versuchte, keinen anschuldigenden Tonfall anzuschlagen, aber es gelang mir nicht.

»Was heißt rumgehangen, ich war eben dort, um den Wasserhahn zu reparieren, das war's auch schon.« Er warf die Hände in die Luft. »Jede Woche bin ich bestimmt ein Dutzend Mal damit beschäftigt, irgendwas in den Cottages zu reparieren, da will ich dich doch mit den Details nicht langweilen.«

»Ich weiß, aber ... Irene glaubt, dass Suzy in dich verknallt ist.«

»Ach komm schon, Kate. Irene hat doch nichts Besseres zu tun, als sich den ganzen Tag dumme Geschichten auszudenken.«

Irenes Aussage derart abzutun, war leicht, aber wir wussten beide, dass es Suzys Jugend und Schönheit waren, die meinen Ärger so anheizten. Ich gab mir Mühe, nicht eifersüchtig und kleinlich zu klingen, aber es fiel mir schwer. Eine gedämpfte Version dessen, was Donna Paul gegenüber fühlen musste. »Ich dachte halt, da Suzy neu im Dorf ist und so wenig preisgibt, hättest du ja vielleicht etwas Interessantes herausgefunden, mehr nicht. Ich hab dir ja gesagt, dass sie nervös wirkte, wegen irgendwas oder irgendjemandem.«

»Es war nur ein oberflächliches Gespräch darüber, wie sie sich eingelebt hat. Nichts von Bedeutung, sonst hätte ich dir davon erzählt. Das weißt du doch.« Er legte mir die Arme auf die Schultern. »Du kannst manchmal schon recht albern sein.«

Bei mir stellte sich alles auf. Michael konnte sich verteidigen, so viel er wollte, Suzy war gestern Abend verschwunden und hatte unser verschlafenes kleines Dorf auf den Kopf gestellt. Jeder andere hätte es da wohl für eine gute Idee gehalten, seiner Frau zu erzählen, dass er erst vor ein paar Tagen Zeit bei ihr zu Hause verbracht hatte. Ich war nicht als Einzige von dieser Information überrascht gewesen, auch die Polizisten schienen erstaunt.

»Ich wusste nicht, dass du auf dem Weg nach Wadebridge noch zu Hause angehalten hast«, sagte ich. »Was für Werkzeug hattest du denn hier?«

»Ich hatte meinen blauen Werkzeugkasten im Van nicht gefunden und gedacht, dass ich ihn auf der Veranda vergessen hätte, aber als ich nachgeschaut habe, war er nicht da. Dann habe ich noch mal im Van gesucht und ihn schließlich unter einer Abdeckplane gefunden.« Er zupfte an seiner Unterlippe. »Hast du schon mal darüber nachgedacht, zur Polizei zu gehen? Du klingst ja schon genauso wie die.«

Ich verdrehte die Augen. »Tansy und Aleks müssen heute nicht zur Schule«, sagte ich, erleichtert, dass es für die Frage nach dem Werkzeug eine simple Erklärung gegeben hatte. »Aleks kann sich heute garantiert nicht auf den Unterricht konzentrieren und Tansy kann es nicht schaden, ihm etwas Gesellschaft zu leisten, bis sie Suzy gefunden haben.«

Michael verzog den Mund zu einem müden Lächeln. »Die Chefin hat entschieden! Ich mache mich jetzt besser auf den Weg nach Wadebridge. Irene will bestimmt ganz genau wissen, was passiert ist. Dass sie wegen ihrem Ischias das ganze Drama verpasst hat, nervt sie garantiert. Normalerweise ist sie ja bei jeder Dorfveranstaltung ganz vorne mit dabei.«

»Michael! Es geht hier nicht um ein Dorffest! Eine Frau wird vermisst und ich denke, dass du dir deswegen noch mehr Sorgen machen solltest als die meisten anderen.«

»Wie meinst du das?«

»Du arbeitest an ihrem Wohnort und die Polizei ist jetzt schon neugierig, warum dein Schlüsselbund in ihrem Haus war. Du hast ihnen nicht mal davon erzählt, dass ihr nachmittags miteinander geplaudert habt und sie dir mit den Lieferanten geholfen hat. Mit einem hast du aber recht, Drama gibt es ohne Ende. Leider steckst du mittendrin.«

Er warf mir einen seltsamen Blick zu. Kurz dachte ich, er würde etwas erwidern, aber dann schüttelte er nur den Kopf, mehr an sich gerichtet als an mich, und wandte sich von mir ab.

Er schaute noch kurz bei Tansy und Aleks rein, um sich zu verabschieden, und gab mir dann einen Abschiedskuss auf die Wange. »Vertrau mir, Kate«, bat er leise. »Du musst mir einfach glauben, denn wenn du es nicht tust ... warum sollten es dann andere tun?«

»Das klingt ja kryptisch«, sagte ich. Meine Kehle war plötzlich staubtrocken. »Was willst du damit sagen?«

»Nichts.« Er strich mir ein paar lose Haarsträhnen aus dem Gesicht. »Nur, dass ich deine Unterstützung brauche, während die Polizei oben in Wadebridge herumschnüffelt. Es ist stressig, das ist alles. Wie sie versuchen, überall was hineinzuinterpretieren. Verstehst du, was ich meine?«

Ich nickte, war mir aber nicht sicher, ob ich es verstand. Nicht wirklich.

Michael ging mit einem Lächeln zur Tür hinaus, aber unter der Oberfläche konnte ich eine neue Art Anspannung zwischen uns knistern spüren. Der Mann, der mit Blumen nach Hause gekommen und in letzter Zeit so aufmerksam gewesen war, schien nun meilenweit entfernt.

Wie sehr ich mir diesen Mann zurückwünschte.

SIEBZEHN

IRENE

Irene starrte aus dem Fenster ihres Empfangszimmers auf die Buchenhecke hinaus, die Amos vor so vielen Jahren gepflanzt hatte, um sie ein bisschen vor den Blicken ihrer Mieter abzuschirmen. Die kupferfarbenen Blätter flatterten und drehten sich im Wind, als versuchten sie, sich loszureißen. Die Cottages waren im neunzehnten Jahrhundert als Unterkünfte für die Fabrikarbeiter errichtet worden. Sie waren robust gebaut, aber im Inneren war es immer kühl, gleich zu welcher Jahreszeit. Bei einigen gab es Probleme mit feuchten Wänden. Michael hatte dafür einen fortlaufenden Sanierungsplan entwickelt, an dem er stetig arbeitete.

In Wadebridge war derzeit die Hölle los, schon den ganzen Morgen über. In aller Frühe waren Polizeibeamte und Kriminaltechniker aufgetaucht und Irene hatte erfahren, dass im Dorf Beamte von Tür zu Tür gingen und die Gemeinde befragten. Sie hatte der Polizei vollen Zugriff auf Suzys Haus geben müssen und auch auf das Gelände drumherum. Es war wie im Fernsehen.

Zahlreiche Polizisten und andere Beamte hatten bereits mit ihr sprechen wollen. Irene als Suzys Vermieterin nahm ihre

Rolle in dem Ganzen äußerst ernst. Die leitende Kommissarin, eine effiziente Frau namens DI Helena Price, hatte ihr erklärt, dass sie sich bei ihrer Ermittlung an einen strengen, klar vorgeschriebenen Prozess zu halten hatten und dass Irene ein wichtiger Teil dessen war.

Auf ihre Gehhilfe gestützt, bewegte sie sich langsam, aber sicher durch ihre Küche und hatte den Beamten schon unzählige Tassen Tee und Kaffee gekocht. Auf der Arbeitsplatte hatte sie Wasser und Saft bereitgestellt für alle, die lieber etwas Kaltes trinken wollten. Mit ihrer Arthritis war das keine leichte Aufgabe, und auch die Ischias-Schmerzen, die erschreckend regelmäßig aufflammten, halfen nicht. Beides waren Beschwerden, die sie zu Amos' Zeiten noch nicht geplagt hatten. Doch trotz der Schmerzen machte es ihr nichts aus; es beruhigte sie, auf diese Art zumindest ein bisschen dazu beitragen zu können, dass herausgefunden wurde, was mit der armen Frau passiert war.

Erst vor wenigen Jahren hatte das Dorf sich endlich vom Verschwinden dieses kleinen Mädchens erholt. Matilda. Deshalb überraschte es sie nicht, als Michael ihr erzählte, wie aufgewühlt die Dorfgemeinde darüber war, dass ihr kleiner Ort nun schon zum zweiten Mal Schauplatz eines mysteriösen Vermisstenfalls war.

Die uniformierten Polizisten, die auf Irene alle so wirkten, als hätten sie gerade erst die Schule verlassen, waren ein netter Haufen. Sie schienen dankbar zu sein, dass sie Getränke anbot und ihnen erlaubte, die Toilette in einem der Cottages zu benutzen.

Leider waren ihre Bemühungen bisher umsonst gewesen und DI Price hatte erklärt, dass sie nun alle zurück zum Revier fahren würden, um die Suche umzuorganisieren und eine neue Strategie zu entwerfen – ein eindrucksvoll klingender Plan, fand Irene.

Nun starrte sie über die Hecke hinweg in Richtung der

Cottages. Wenn Amos wüsste, dass auf dem Land, das seit Generationen seiner Familie gehörte, etwas Unschickliches geschehen sein könnte, würde er sich im Grab herumdrehen. Zu dieser Jahreszeit waren keine Feriengäste hier, allerdings hatte sie für die Weihnachtszeit ein paar Buchungen erhalten. Ohne das Gewusel der Polizei wirkte das Gelände still und leer. Schon jetzt vermisste sie die inoffiziellen Lageberichte, die die dankbaren Beamten ihr gegeben hatten, während sie sich ihre Getränke holten.

Wie dem auch sei, nun war ja Michael wieder da. Er sah müde aus und hatte ihr erklärt, dass Kate den kleinen Aleks über Nacht mit nach Hause genommen hatte, was Irene bewundernswert fand. »Sie schickt Tansy und Aleks heute nicht in die Schule«, hatte er hinzugefügt. »Ich weiß, dass das hier nicht leicht ist für den Jungen, aber meiner Meinung nach wäre es gut, alles so normal wie möglich weiterlaufen zu lassen.« Wann immer Michael sich ihr so anvertraute, wurde Irene ganz warm ums Herz. »Ich meine nur, wir wissen nicht, wo Suzy ist.« Er blickte aus dem Fenster auf die dahinterliegenden Felder. »Wer weiß, wie lang es dauern wird, bis sie sie finden?«

Kurz herrschte Schweigen, dann sagte Irene, die selbst keine Kinder hatte: »Meiner Erfahrung nach ist es schwer, die Kinder davon zu überzeugen, wieder in die Schule zu gehen, wenn man ihnen erst mal erlaubt hat, zu Hause zu bleiben.«

Michael hatte zustimmend gegrunzt. Dann hatte sein Handy geklingelt und er war nach draußen gegangen, um das Gespräch anzunehmen.

Irene stand auf und natürlich protestierten ihre Knochen dagegen. Sie stützte sich auf die Fensterbank, von wo aus sie einen guten Blick auf das nächstgelegene Cottage hatte, das, in dem Suzy wohnte. Anfangs war sie nur eine von vielen Haushaltshilfen gewesen, die Irene im Laufe der Jahre von der Agentur geschickt worden waren, aber schnell hatte sich herausgestellt, dass sie von allen die Beste war. Als Irene ihr einen festen Job bei sich angeboten hatte, hatte sie sofort zugesagt und ihre Stelle bei der Agentur mit der Begründung gekündigt, dass sie die Gegend verlassen würde. Dann hatte Suzy Irene eines Tages erzählt, auf welch engem Raum sie in ihrer derzeitigen Frühstückspension wohnten, und Irene hatte ihr eines der Häuschen angeboten. Suzy hatte einen Mietvertrag für ein Jahr unterschrieben und vor fünf Monaten war sie eingezogen. Inzwischen hatte sich Irene schon daran gewöhnt, sie und Aleks um sich zu haben.

Für eine so junge Frau lebte Suzy erstaunlich zurückgezogen. Die ersten paar Wochen nach ihrem Umzug hatte Irene außerhalb ihrer Dienstzeiten nur wenig von ihr oder ihrem Sohn mitbekommen. Dann hatte sie die beiden auf eine Tasse Tee und ein Stück Kuchen eingeladen und von da an waren sie öfter bei ihr aufgetaucht.

An einem Wochenende hatte Suzy einen Termin in der Stadt wahrnehmen müssen und Irene hatte ein paar Stunden mit Aleks Brettspiele gespielt. Das war zur Gewohnheit geworden. Immer, wenn Suzy in die Stadt zum Supermarkt fuhr, nahm sie eine Liste der Dinge mit, die Irene benötigte, und falls gerade Ferien waren oder Aleks schon aus der Schule zurück war, passte Irene auf ihn auf.

Als Irene das billige Weißbrot und die endlosen Dosen voll Bohnen zwischen ihren Bio-Hähnchenfilets, Garnelen und Markenprodukten bemerkt hatte, war ihr schnell klar geworden, dass die junge Frau finanziell eingeschränkt war. Aber sie war sehr stolz und hatte Irene erzählt, dass ihre Mutter sie zu Sparsamkeit und harter Arbeit erzogen hatte. Irene bewunderte ihren eisernen Willen.

Suzy schien sich für das Wadebridge-Anwesen zu interessieren und dafür, wie die Dinge hier funktionierten. Irene hatte Freude daran, ihr alle Abläufe zu erklären und darüber zu sprechen, wer mit den Jahren alles hier gearbeitet hatte. Sie hatte den Eindruck, dass im Dorf viele vermuteten, sie hätte keinen rechten Überblick darüber, da sie anfallende Arbeiten delegierte. Aber da täuschten sie sich. Irene würde wetten, dass auf ihrem Anwesen nichts passierte, worüber sie nicht Bescheid wusste. Im Sommer kümmerte sie sich sogar selbst um Onlinebuchungen. Sie mochte zwar schon fünfundsiebzig Jahre alt sein, aber ihr Verstand war scharf wie eh und je, auch wenn ihr Körper sie im Stich ließ.

Vor drei Wochen hatte sie Suzy gefragt, ob diese ihr dabei helfen könnte, die vollgepackten Schränke und Dutzenden Koffer mit Klamotten durchzusehen, die im Weg herumstanden. Kate lag ihr damit dauernd in den Ohren, aber Irene wollte in Bezug auf ihre eigenen Besitztümer unbedingt das Sagen haben. Kate würde die Klamotten, ohne zu zögern, in schwarze Müllsäcke stopfen und sich damit auf den Weg zur Altkleidersammlung machen, bevor Irene noch Zeit gehabt hätte, jedes Stück sorgfältig zu betrachten.

»Selbstverständlich«, hatte Suzy sofort geantwortet. »Sehr gerne helfe ich Ihnen.«

Irene hatte Michael darum gebeten, die staubigen alten Koffer vom Dachboden zu holen, und Suzy hatte sich an die Arbeit gemacht, während Aleks zufrieden vor dem Fernseher gesessen und sich mit dem Marvel-Malbuch, den Buntstiften und den Snacks beschäftigt hatte, die Irene ihm gegeben hatte.

Oben hatte Suzy große Augen gemacht, als sie Irenes alte Kleidungsstücke von Biba entdeckt hatte. Manche dieser Teile lagen schon seit fünfzig Jahren auf dem Dachboden und stammten aus einer Zeit, als Irene Anfang zwanzig gewesen und wie ein Wirbelwind durch die Stadt gefegt war.

Suzy war die Kinnlade heruntergefallen. »Irene, diese Sachen gelten heute als Vintage. Wussten Sie, dass man dafür auf eBay gutes Geld bekommen kann?«

Irene hatte lachen müssen. »Ach du meine Güte, mir war

schon klar, dass ich nicht mehr die Frischeste bin, aber *Vintage*? Das lässt mich ja wie eine Greisin klingen!«

Suzy war das schrecklich peinlich gewesen und sie hatte die Hände über den Mund geschlagen. »Oh, ich wollte Sie nicht beleidigen, Irene, das tut mir so leid! Wissen Sie, ›Vintage‹ ist ein Begriff aus der Modebranche und …«

»Ich weiß doch, ich weiß. Meine Liebe, ich habe mir nur einen Scherz erlaubt!«, hatte Irene ihr versichert, als ihr klar wurde, dass ihre Neckerei nicht wie gewollt bei der jungen Frau angekommen war.

Da hatte sich Suzys hübsches Gesicht wieder entspannt und Irene hatte darauf bestanden, dass sie sich ein paar der Teile für ihre eigene Garderobe aussuchte. Sie probierte ein knappes goldenes Strickoberteil an, kombiniert mit Jeans und hohen Plateauschuhen, die Amos »Kartoffelstampfer« genannt hatte. Irene konnte sich nicht erinnern, sie mehr als einmal getragen zu haben.

Michael war auf der Suche nach seinem Schlüsselbund vorbeigekommen und oh, Irene hatte sein Gesicht genau gesehen, als Suzy in ihrem schicken Outfit hereinspaziert kam. »Große Augen machen« war gar kein Ausdruck dafür!

Nun ja, mit Suzy und Michael hatte sie auf jeden Fall das große Los gezogen.

Michael hielt die Cottages instand und organisierte die Pflege der Gärten und umliegenden Felder. Letztes Jahr war er am Weihnachtsabend vorbeigekommen, als der Boiler den Geist aufgegeben hatte, und er war mit all den strengen Rechtsvorgaben zu Gesundheit und Sicherheit vertraut. Er war für die Verwaltung des Anwesens einfach unersetzlich und obwohl Irene es ihm gegenüber nie zugeben würde, erledigte er wahrscheinlich die Arbeit von drei oder gar vier Angestellten. Das funktionierte gut und schien Michael ebenso zu passen wie Irene. Sie hatte sich fest vorgenommen, dieses System um jeden Preis so beizubehalten.

ACHTZEHN
JAKUB

Frühjahr 2012

Das Flugzeug landete in Stansted und als Jakub die Maschine verließ, musste er den Reißverschluss seiner Fleecejacke hochziehen, um sich vor dem beißend kalten Wind zu schützen. Wenn das ein Vorgeschmack auf den englischen Frühling sein sollte, würde er seine Erwartungen wohl schnell anpassen müssen.

Jakub war stolz darauf, wie geschickt er im Internet recherchieren konnte. Er hatte sich in einem Onlineforum registriert und dort seitenweise Tipps von polnischen Staatsangehörigen gefunden, die es geschafft hatten, sich ein neues Leben in England aufzubauen. Dank dieser hervorragenden Informationsquelle hatte er bereits ein paar nützliche Kontakte knüpfen können, darunter ein Mann, der aus dem Nachbarort von Zalipie stammte. Er hatte Jakub erzählt, dass es in den East Midlands etablierte polnische Gemeinden gab. Außerdem hatte er ihm ein paar Unternehmen genannt, die immer Bedarf an Gelegenheitsarbeitern hatten.

Jakub hatte Gerüchte über die polnischen Mädchen in

solchen Unternehmen gehört. Viele davon waren wohl sehr freundlich und darauf erpicht, junge Männer aus ihrem Heimatland zu treffen. Noch bevor ein polnisches Mädchen den Mund öffnen konnte, hatte er es in der Regel bereits als solches erkannt. Schon im Flugzeug hatte er ein paar von ihnen gesehen. Ihr Aussehen, ihr Stil ... die unausgesprochene Art, wie sie ihm ebenfalls seine Nationalität anzusehen schienen. Er hatte versucht, die brennende Wut zu ignorieren, die mit jedem koketten Blick in ihm aufflackerte. Sie waren hier und wollten ihn, aber Ana lag zu Hause in den Armen eines anderen. Für seine Wut gab es kein Ventil, also schluckte er sie hinunter.

Er hatte schon im Voraus eine Busfahrkarte bei National Express gekauft, von Stansted nach Nottingham mit Zwischenhalt und Umstieg in Leicester. Nachdem er eine halbe Ewigkeit auf sein Gepäck gewartet hatte, war er in den Bus gestiegen und hatte sich für die viereinhalbstündige Fahrt gewappnet. Für Jakub war diese Fahrt ein Sinnbild seiner Reise zu Ruhm und Reichtum und zurück in Anas Herz.

Seit Ana ihn wegen Oskar verlassen hatte, hatte sich etwas in ihm verändert, als sei ein Schalter umgelegt worden. Etwas hatte sich gelöst. Nichts war ihm jetzt noch wirklich wichtig und er fühlte sich verwegen. Den Frauen schien das aufzufallen.

Seit Ana hatte es ein paar andere gegeben. Natürlich hatte ihr keine davon das Wasser reichen können. Jakub stellte fest, dass er sich seit Neuestem zu den eher verschlossenen Mädchen hingezogen fühlte, zu denen, die keine Beziehung suchten oder sein Interesse explizit ablehnten. Ziemlich verkorkst, das war ihm schon klar. Aber es kümmerte ihn nicht. Für ihn zählte nur noch, dass er Ana zurückwollte. Er träumte Tag und Nacht nur von ihr und sie beherrschte jeden seiner Gedanken. Er war von ihr besessen und es gab nichts, was er dagegen tun konnte.

Für die erste Woche hatte er sich in der Frühstückspension The Hollies ein Zimmer gebucht. Sie lag in einer Marktgemeinde namens Sutton-in-Ashfield, die praktischerweise nur etwa neunzehn Kilometer nördlich der Stadt Nottingham lag.

Die Pension war simpel eingerichtet, aber sauber. Er teilte sich ein großes Zimmer mit einem anderen Polen, einem älteren Mann namens Ludwik, der keine Familie hatte und aus dem Norden Polens stammte.

Jakub zeigte ihm die zwei Fabriken, die ihm online empfohlen worden waren, und Ludwik verzog das Gesicht.

»Die sind okay, wenn du sechzehn Stunden am Tag arbeiten und dabei muffige Luft atmen willst«, lautete sein vernichtendes Urteil. »Keine Fenster, kaum Pausen. Da kannst du genauso gut im Gefängnis sitzen!«

Jakub runzelte die Stirn. So hatte er sich sein neues Leben in England nicht ausgemalt. »Ich habe gehört, dass es hier strenge Gesetze dazu gibt, wie viele Stunden man arbeiten darf.«

Ludwik lachte. »Na klar, auf dem Papier, damit bei der Gesundheits- und Sicherheitskontrolle nichts auffällt! In Wahrheit sieht es aber ganz anders aus, mein Freund. Sie werden dir inoffiziell doppelt so viele Arbeitsstunden anbieten, zu einem viel niedrigeren Stundenlohn, aber in bar. Das gefällt niemandem, aber alle tun es, des Geldes wegen.«

»Wenn ich darauf keinen Einfluss habe, muss ich mich wohl damit abfinden, um Fuß fassen zu können.«

»Wenn du meinen Rat willst, dann such dir einen kleinen Bauernhof, der Leute braucht. Die Arbeitstage da sind auch lang und anstrengend, aber alle, die frische Luft lieben und frei sein wollen, werden in diesen verdammten Fabriken nur eingehen und verrecken.« Ludwik kaute auf seiner Unterlippe herum. »Hoffentlich finde ich selbst bald eine gute Gelegenheit. Mein Glück wendet sich, das spüre ich. Bald werde ich diese Pension verlassen und mir was Eigenes suchen. Das solltest du auch tun.«

Jakub ignorierte seinen Rat und ging am nächsten Tag zum ersten vielversprechenden Unternehmen auf seiner Liste. Die Verpackungsfabrik war in den Foren mehrmals erwähnt worden als Unternehmen, das immer auf der Suche nach billigen Aushilfskräften war. Nachdem er aus dem Bus gestiegen war, musste er noch mehrere Kilometer laufen, bis er das weitläufige Betongebäude mitten im Nirgendwo erreichte. Sein dünnes T-Shirt und die zerschlissene Jeansjacke boten nur wenig Schutz vor dem beißenden Wind und einer seiner ausgetretenen Lederschuhe gab schließlich den Geist auf. Die Sohle löste sich und schlappte den Rest des Weges wild umher, während Feuchtigkeit und Kieselsteine in den Schuh drangen.

Er folgte den Schildern bis zum Empfang und gab seine persönlichen Daten an, bevor er sich mit seinem patschnassen Socken auf einen der festgeschraubten Plastikstühle setzte. Im Wartezimmer saßen noch drei andere junge Männer aus Polen, aber sie nahmen keinerlei Notiz voneinander. Zwanzig Minuten lang saßen sie schweigend dort, bis ein desinteressierter Mann mittleren Alters sie alle zu sich rief und ihnen eine kleine Führung durch die Fabrikhalle gab.

Als sie die Fabrik betraten, blieb Jakub kurz wie angewurzelt stehen. Der Lärm der Maschinen dröhnte in seinen Ohren und er konnte nicht mehr klar denken. So viele Menschen, alle in die Arbeit vertieft, Kisten heben, Fließband bestücken. Keine Zeit zum Plaudern oder um auch nur zu bemerken, dass jemand ihren Arbeitsbereich betreten hatte. Die Halle war so groß, dass er das andere Ende nicht sehen konnte.

Die Wände zogen seinen Blick auf sich. Keine Fenster, genau wie Ludwik vorausgesagt hatte. Er atmete die warme, elektrisch aufgeladene Luft ein und verließ die Fabrik unter Ausflüchten. Von morgens bis abends an so einem Ort zu arbeiten, würde ihn zerstören, es würde die Hoffnung vernichten, dass er es zu etwas bringen und Ana zurückgewinnen konnte. Diese Hoffnung war alles, was er noch im Leben hatte, und sein Instinkt sagte ihm, dass er sie um jeden Preis aufrechterhalten musste. Sonst könnte er genauso gut tot sein.

Er würde zurück zur Pension gehen und Genaueres über die Gegend herausfinden. Morgen würde er dann sein Glück als Gelegenheitsarbeiter auf einem Bauernhof versuchen, wie es ihm sein kluger Mitbewohner vorgeschlagen hatte.

NEUNZEHN

KATE

Im Laufe des Vormittags rief mich die Schulleiterin Collette Greer an. »Ich habe mit den Leuten vom Sozialamt telefoniert und wir sind uns einig, dass es unter den gegebenen Umständen am besten ist, Aleks in die Schule zu schicken.«

»Oh! Natürlich, ja. Ich hatte nur gedacht, das könnte zu viel für ihn sein, wo er sich solche Sorgen um seine Mum macht.« Als Lehrassistentin hätte ich es besser wissen und meine Entscheidung mit der Schule abklären müssen. »Ich habe Tansy ebenfalls zu Hause behalten, damit sie ihm Gesellschaft leisten kann und ... tut mir leid. Ich bringe sie beide sofort vorbei.«

»Das muss Ihnen nicht leidtun, ich weiß ja, wie chaotisch letzte Nacht alles war«, erwiderte Collette. »Aber wie Sie wissen, ist es oft besser, Kinder abzulenken, statt ihnen zu viel Zeit zu geben, über verstörende Dinge nachzugrübeln.« Sie hielt inne. »Soweit ich weiß, gibt es immer noch kein Zeichen von Ms Baros.«

»Nein, noch nicht«, sagte ich. »Mir scheint, als hätte die Polizei nicht viel, womit sie arbeiten kann.« *Außer der Tatsache, dass Michaels Schlüsselbund in ihrer Hütte lag, obwohl er dort nicht hingehörte.*

»Ich nehme an, das Sozialamt wird sich bald bei Ihnen melden, um einen Plan für Aleks auszuarbeiten«, sagte sie. »Es muss sehr stressig für Sie sein, ihn in dieser emotionalen Situation zu unterstützen.«

»Es macht mir wirklich nichts aus. Aber vielen Dank für den Anruf, ich werde die Kinder nach dem Mittagessen rüberbringen.«

Im Wohnzimmer wurde diese Neuigkeit nicht gut aufgenommen.

»Aber du hast doch gesagt, dass wir zu Hause bleiben und spielen dürfen«, maulte Tansy, als ich sie aufforderte, sich fertigzumachen. »Aleks will hierbleiben, bis seine Mummy zurückkommt, nicht wahr, Aleks?«

»Ja«, bestätigte er.

»Das reicht jetzt, Tansy«, erwiderte ich streng. Dann sah ich zu Aleks. »Falls sie deine Mummy finden, während du in der Schule bist, bringen wir dich sofort nach Hause, damit du sie sehen kannst. Okay?«

Er nickte.

Ich brachte sie rechtzeitig für den Nachmittagsunterricht in die Schule und während der nächsten Pause rief Miss Monsall mich an.

»Tansy und Aleks geht es gut«, sagte sie. »Ich dachte mir, dass Sie sich bestimmt Sorgen machen, und da wollte ich Sie beruhigen.«

»Das ist sehr nett von Ihnen, danke schön«, sagte ich und atmete tief aus. »Seit ich sie abgeliefert habe, konnte ich nicht aufhören, an Aleks zu denken.«

»Er scheint ganz gut damit klarzukommen«, bekräftigte sie. »Allerdings hat Tansy ... nun ja, sie scheint sich als seine Beschützerin zu sehen und kriegt sich mit jedem in die Haare, der auch nur in seine Richtung schaut.«

»Oh nein. Sie ... sie macht sich einfach Sorgen um ihn, denke ich. Sie ist eine gute Freundin.«

»Natürlich.« Miss Monsall zögerte kurz. »Leider scheinen Tansy und Ellie gerade im Streit zu liegen. Nichts Ernstes, nur ein paar unfreundliche Worte, ein bisschen Geläster. Ich dachte mir, vielleicht könnten Sie mal mit ihr darüber reden, wenn sie nach Hause kommt.«

Ich biss die Zähne zusammen. Ellie konnte so ein verwöhntes kleines Biest sein, so eifersüchtig, wenn Tansy ihr mal nicht all ihre Aufmerksamkeit schenkte. »Danke, das werde ich tun«, sagte ich. »Außerdem werde ich mal mit Donna reden und sie bitten, Ellie ein bisschen am Riemen zu reißen.« Zeit, dass Donna zugab, dass ihr kleines Engelchen manchmal auch ein herrschsüchtiges Teufelchen sein konnte.

»Oh, Entschuldigung, nein, da habe ich mich unklar ausgedrückt. Ellie ist in Tränen ausgebrochen, weil Tansy unfreundlich zu ihr war. Sie hat Ellie gesagt, dass sie von Aleks wegbleiben soll, sonst haut sie sie.«

Von einem Moment zum anderen verpuffte meine Wut und ich hielt das Telefon fest umklammert, während ich mich angemessen schockierte Geräusche machen hörte. Nachdem wir aufgelegt hatten, stand ich einfach nur da und ordnete meine Gedanken. Tansy war kein Raufbold. Es war ganz ungewöhnlich für sie, solche Drohungen auszusprechen, vor allem ihrer besten Freundin gegenüber.

Sie musste sich gestresst und auf irgendeine Art für Aleks verantwortlich fühlen. Hatte ich ihr unbewusst diese schwere Last aufgebürdet?

ZWANZIG

POLIZEIREVIER NOTTINGHAMSHIRE

Helena hängte ihre Jacke über die Rückenlehne ihres Bürostuhls und gähnte. Seit der Vermisstenfall Suzy Baros bei ihnen gelandet war, war die Hölle los. Sie war in den frühen Morgenstunden aufgewacht und hatte die spärlichen Informationen durchgekaut, die sie bisher hatten, bis es sechs Uhr und damit Zeit zum Aufstehen gewesen war.

»Na, Brewster, was gibt es Neues im Fall Baros?«

Ihr Kollege fuhr mit einer Hand durch sein schütteres rotes Haar. Auf seinem Hemd entdeckte Helena einen Senffleck, den sie geflissentlich ignorierte. Ein Souvenir von McDonald's. Ihrer Erinnerung nach hatte er das Revier noch nie ohne mindestens einen Essensfleck auf irgendeinem Kleidungsstück verlassen.

»Nicht viel. Das Problem ist, dass wir nichts über sie wissen. Kein Facebook, kein Instagram, nichts dergleichen.«

»Ich komme nicht darum herum festzustellen, dass auch sie aus Polen kommt, genau wie Jakub Jasinski«, murmelte Helena und warf einen Blick auf ein Dokument, das ein Teammitglied ihr auf den Schreibtisch gelegt hatte. »Aber die polnische

Gemeinde in Nottinghamshire ist recht groß, das muss also an sich nichts heißen.«

»Sie könnte genauso gut vom Mars stammen«, fügte Brewster hinzu. »Sie ist nicht einfach nur jemand, der einen Neuanfang wollte, wie Jakub. Sie hat einigen Aufwand betrieben, um ihre Vergangenheit auszuradieren.«

»Die Einwanderungsbehörde versucht, ihren Wohnort in Polen ausfindig zu machen, aber bis wir diese Information bekommen, haben wir also gar nichts?«

Brewster schüttelte bedauernd den Kopf. »Absolut rein gar nichts. Der Einzige, der überhaupt etwas über sie weiß, ist der Junge; ihr Sohn, Aleks.«

Helena warf einen Blick in ihre Notizen. »Er ist bei Freunden untergekommen?«

»Ja, er wohnt bei der Familie Shaw. Michael Shaws Frau, Kate, kann ein einwandfreies polizeiliches Führungszeugnis vorweisen. Anscheinend ist sie im Dorf hoch angesehen und ihre Tochter geht in dieselbe Klasse wie Aleks.«

»Hmm.« Helena tippte mit ihrem Stift auf den Schreibtisch. »Offensichtlich müssen wir bei Aleks anfangen. Ich werde Kate Shaw anrufen und ihr sagen, dass wir mit ihm reden wollen.«

»Okay ...« Brewster zog das Wort in die Länge, anscheinend nicht ganz überzeugt. »Er ist aber erst sechs Jahre alt, da müssen wir also mit Bedacht vorgehen.«

»Das ist mir schon klar, Brewster. Wir werden Kate Shaw darum bitten, beim Gespräch dabei zu sein, damit er die Unterstützung einer erwachsenen Bezugsperson hat. Außerdem sollten wir uns vielleicht an seine Schulleitung wenden.«

»Prima. Dann kann ich uns einen Befragungsraum organisieren und ihn herbringen.«

Helena schnaufte nachdenklich. »Nein, das wird nicht funktionieren. Wir müssen an einem Ort mit ihm reden, den er kennt und wo er sich wohlfühlt. Vielleicht da, wo er gerade wohnt?«

»Klingt sinnvoll. Ich gucke mal, was sich einrichten lässt.«

Helena widmete sich dem Papierkram und Brewster verließ ihr Büro. Nach ein paar Minuten kam er mit zwei Tassen Kaffee zurück. Eine davon stellte er auf ihren Schreibtisch, dann zog er eine Packung Mini Cheddars aus seiner Tasche.

»Schon weitergekommen?« Er öffnete die Packung Käsecracker und bot sie ihr an.

»Nein, danke, Brewster.« Sie beobachtete, wie seine Wurstfinger gierig in der Tüte herumwühlten. Dann hob sie den Telefonhörer ab und winkte ihm damit zu. »Ich muss nur Kate Shaws Zustimmung einholen. Setzen Sie sich damit mal an Ihren Schreibtisch.«

Aber noch bevor sie die grüne Taste drücken konnte, stand Brewster schon wieder mit weit aufgerissenen Augen im Raum. Er wedelte mit einem Blatt Papier in der Luft herum. »Wir haben gerade einen Tipp über die Hotline reinbekommen, Chefin«, erklärte er. »Ein anonymer Anruf von einem nicht registrierten Telefon.« Er hob die Nachricht in die Höhe, die ihr Empfangsmitarbeiter notiert hatte.

Wenn Sie Jakub Jasinski finden wollen, müssen Sie Michael Shaw nach ihm fragen, in Wadebridge, Lynwick.

Helena legte den Telefonhörer ab und griff nach dem Zettel. »Das ist Kate Shaws Ehemann, oder? Er lebt dort, wo Aleks Baros gerade untergekommen ist.«

Brewster nickte. »Er ist der Grundstücks- und Landverwalter in Wadebridge. Bei den Befragungen im Dorf haben unsere Kollegen schon mit Shaw gesprochen und er hat all ihre Fragen beantwortet. Allerdings hatten sie den Eindruck, dass seine Frau von manchen Aussagen zu seinem Kontakt mit Suzy Baros überrascht war. Er hatte sie wohl zu Hause besucht und seiner Frau nichts davon gesagt, außerdem haben sie seinen Schlüsselbund dort gefunden.«

»Ich fürchte, Ihre Cracker müssen warten, Brewster. Die Reporter werden uns in Stücke reißen, wenn sie herausfinden, dass wir Suzy Baros' Sohn in Obhut eines Mannes gelassen haben, zu dem uns jemand einen solchen Tipp gegeben hat.« Sie stand auf und schnappte sich ihre Jacke. »Darüber müssen wir Detective Superintendent Grey sofort informieren.«

EINUNDZWANZIG

IRENE

Kurz nach dem Tod von Amos, vor inzwischen mehr als zehn Jahren, hatte die Dorfgemeinde sich um Irene geschart; sie hatten ihr Essen gebracht, waren zum Tee geblieben und hatten ihr Gesellschaft geleistet. Aber letztendlich hatten alle mit ihren eigenen Problemen genug zu tun gehabt und ihr Interesse hatte rasch nachgelassen.

Sie hatte sich über Agenturen Teilzeitbetreuung besorgt, aber die Hilfskräfte waren nicht mit Herzblut bei der Sache gewesen und die meisten sprachen nur gebrochenes Englisch. Sie konnten ihr im Alltag nicht die Art von Gesellschaft leisten, nach der sie sich sehnte. Für die meisten war der Job nur eine finanzielle Notwendigkeit. Sie erledigten ihre Aufgaben nachlässig und konnten es bei Schichtende kaum erwarten, nach Hause zu gehen.

Michael sprang derweil in die Bresche, ohne dass sie ihn darum bitten musste. Er hatte sämtliche Reparaturarbeiten auf dem Gelände im Griff. Von den damaligen Langzeitmietern gab es keine Beschwerden und mit den Jahren trudelten immer mehr zufriedene Bewertungen von Feriengästen ein. Allerdings arbeitete Michael nach wie vor nur Teilzeit, genau wie zu Amos' Zeiten.

Als Irene eines Nachts mit schmerzenden Beinen wach lag, wurde ihr klar, dass sie den ganzen Tag mit keiner Menschenseele geredet hatte. Sie dachte an manche der Entscheidungen, die sie über die Jahre getroffen hatte. Wie sie es versäumt hatte, Freundschaften zu schließen, weil Amos ihr Ein und Alles gewesen war und es ihm ebenso gegangen war. Solange sie einander hatten, hatte keiner von beiden je etwas anderes gebraucht. Aber nun hatten sich all die Jahre in Luft aufgelöst und sie blieb zurück, allein, ohne Kinder, in einem von Schmerzen geplagten Körper.

Aber ihr Verstand war noch wach und darauf kam es schließlich an. Ihr entging nichts. Ihr war noch nie etwas entgangen.

Amos war ein Mann der alten Schule gewesen, genau wie sein Vater vor ihm. Finanzielle Risiken war er nie eingegangen und vom Börsenmarkt hatte er sich stets ferngehalten. Stattdessen hatte er regelmäßig große Summen auf ein herkömmliches Sparkonto eingezahlt. Die Art Sparkonto, bei der man drei Monate im Voraus anmelden musste, falls man Geld abheben wollte, ohne unverhältnismäßig hohe Zinszahlungen einzubüßen. Allerdings konnte Irene nicht abstreiten, dass sein Sparzwang sich ausgezahlt hatte. Ihr finanzielles Polster war in eindrucksvollem Maße gewachsen.

In diesem Moment war ihr ein Licht aufgegangen. Ihr wurde klar, dass sie nicht nichts hatte; im Gegenteil, sie hatte das, wonach die meisten Menschen sich verzehrten: Geld. Sie hatte ein Vermögen und nichts und niemanden, mit dem sie es teilen musste.

So hatte es begonnen. Der erste Schritt auf dem Weg von einer einsamen Existenz hin zur Liebe all der Großen und Guten der Gemeinde Lynwick. Sie sandte regelmäßig großzügige Spenden an den Gemeindevorstand und unterstützte damit das Bepflanzen der Dorfplätze und verschiedene Events wie das Lichterfest zu Beginn der Weihnachtszeit. Ihre Großzügigkeit brachte ihr viele Einladungen ein: zu Versammlungen des Gemeindevorstands, zum neuen Lesezirkel der örtlichen Frauengruppe, zur Unterstützung eines Lesepreises an der Dorfschule und zur Preisverleihung am Ende des Schuljahres. Fast jeden Tag kam jemand vorbei, um mit ihr über lokale Angelegenheiten zu sprechen. Andere besuchten sie einfach nur, um nach ihr zu sehen. Alle blieben auf eine Tasse Tee und ein Stück Kuchen und erinnerten sich erst beim Abschied daran, dass sie übrigens von einer guten Sache gehört hatten, die Irenes Unterstützung brauchen könnte.

Als es mit ihrer Gesundheit bergab ging und sie in der Dorfgemeinde nicht mehr so aktiv sein konnte, versuchte Irene, nicht darüber nachzudenken, warum sie plötzlich viel weniger Besuch bekam. Es war offensichtlich, dass ihre eifrigen Besucher nicht sie gemocht hatten, sondern ihr Geld, und in stillen Momenten kam sie nicht umhin, das zu erkennen.

Michael Shaw kannte sie schon, seit er ein kleiner Junge war. Amos und Michaels Vater Gus hatten eng zusammengearbeitet, und da Michael jahrelang Amos' Assistent in Wadebridge gewesen war, wusste Irene, dass er fleißig war. Also hatte sie ihm eine Stelle als Grundstücks- und Landverwalter angeboten, zu einem so großzügigen Lohn, dass er selbst in der Stadt Nottingham keine besser bezahlte Stelle hätte finden können.

Natürlich hatte Michael sich vor Eifer, die Stelle anzunehmen, fast überschlagen. Als sie sich nun an seine Dankbarkeit erinnerte, musste Irene lächeln. Es war eine gute Entscheidung gewesen. Michael war ihr der Sohn, den sie nie gehabt hatte. Er war immer hier, sogar außerhalb seiner Arbeitszeiten. Egal, womit sie Hilfe brauchte, er war immer ihre erste Anlaufstelle und er äußerte nie ein Wort des Unmuts.

Ein paar Jahre vor Amos' Tod hatte Michael geheiratet und Irene hatte sich sofort mit Kate angefreundet. Als Tansy dann zur Welt kam, ein Mädchen ohne Großeltern, genoss Irene die Stunden sehr, in denen sie ihr vorlas und mit ihr bastelte.

Zu bestimmten Zeiten, um Ostern und Weihnachten herum und zu Sommerbeginn, polsterte Irene Michaels Lohnauszahlung immer etwas aus. »Sieh es einfach als kleinen Bonus«, bat sie ihn, wenn er protestierte. An Weihnachten und am Ostersonntag war sie bei den Shaws zu Gast. Sie wurde zu Tansys Theateraufführungen eingeladen und saß im Publikum, um ihr bei Ballett und Stepptanz zuzusehen. Wann immer sie Michael oder Kate brauchte, eilten sie sofort ohne Wenn und Aber an ihre Seite.

Irene streckte sich und rutschte in ihrem Sessel herum. Letzte Nacht hatten sie ihre unablässig schmerzenden Gelenke länger als sonst wachgehalten. Mit den Entzündungshemmern, die ihr Dr. Kendall letzte Woche verschrieben hatte, nahm sie nun schon sechs verschiedene Tabletten und das zweimal am Tag. Es war erstaunlich, wie viel Organisationsaufwand ihre Medikamente mit sich brachten, und sie war Kate sehr dankbar, dass sie sich für sie darum kümmerte.

Sie schob ihre Gehhilfe vom Sessel weg und ließ den Kopf wieder auf das Nackenpolster sinken.

»Wohin bist du nur verschwunden, Suzy?«, wisperte sie in die Stille hinein. Michael hatte ihr erzählt, dass Kate sich um Aleks kümmerte, aber das war nicht dasselbe, wie zu Hause zu sein, an einem Ort, den man kennt. Und der Junge hatte in seinem kurzen Leben schon so viele Veränderungen ertragen müssen. Irene beschloss, mit Kate zu reden und zu fragen, ob sie ihn auf einen Besuch vorbeibringen wollte, damit sie ihn etwas trösten konnte. Er spielte so gerne Monopoly, ein Spiel, das er in abgewandelter Form aus Polen kannte. Außerdem hatte Irene angefangen, ihm ein paar einfache Kartenspiele beizubringen, Snap zum Beispiel, und ihr machte das genauso viel Spaß wie ihm.

Irene machte sich schreckliche Sorgen um Suzy. Trotzdem

konnte sie der Polizei nicht erzählen, was sie über Michael wusste. Außerdem konnte sie ja ohnehin nicht sicher sein, dass das überhaupt etwas mit Suzys Verschwinden zu tun hatte.

Was für ein Schlamassel.

Manchmal, wenn sie Tansy die alten Märchen vorlas, verpasste sie den Geschichten ein etwas schöneres Ende, damit ihr kleiner Schützling nicht traurig wurde. An sich blieb alles gleich, nur dem Ende verlieh sie einen leichten Schliff.

Genauso würde sie es auch jetzt handhaben müssen, wenn die Polizei sie wieder befragte. Es gab hier nur eine sinnvolle Lösung: Sie musste vergessen, dass sie überhaupt jemals etwas gesehen hatte, und diesen Teil der Geschichte einfach überspringen.

ZWEIUNDZWANZIG

KATE

Donnas Teestübchen The Larder befand sich im ehemaligen Postgebäude im Zentrum des Dorfes. Sie hatte es vor sechs Jahren eröffnet, nachdem der alte Postmeister und seine Frau in Rente gegangen und weggezogen waren.

»Es war schon immer mein Traum, ein altmodisches Teestübchen zu haben, und jetzt ist meine Chance gekommen«, hatte sie mir mit Begeisterung erklärt, als die permanente Schließung der Postfiliale bekanntgegeben wurde, trotz heftiger Proteste und einer weitläufig verbreiteten Petition. Sobald das denkmalgeschützte Gebäude zur Miete angeboten worden war, hatte sie sofort zugeschlagen, mit Pauls voller Unterstützung.

Sie hatte ein kleines Team an Teilzeitangestellten, ein paar Studenten und eine Handvoll Leute aus dem Dorf. Alle gemeinsam sorgten sie dafür, dass das Café jeden Tag zwischen acht und fünf geöffnet hatte. Am Wochenende übernahmen die Studenten das Ruder. Von Zeit zu Zeit kam auch ich ihr im Café zur Hilfe, falls jemand krank war und ich es mit meiner eigenen Arbeit vereinbaren konnte.

Donna war eine Frau der Widersprüche. Im Umgang mit

der Dorfgemeinde war sie selbstbewusst und direkt, verwandelte sich aber sofort in eine nervöse, schreckhafte Frau, sobald sie dachte, Ellie wäre in Gefahr – was eigentlich die meiste Zeit der Fall war. Sie klammerte sich an Paul, als könnte sie ohne ihn nicht überleben. Dass sie wegen ihrer Vergangenheit unsicher war, konnte ich verstehen, aber es war mir solch ein Dorn im Auge, wie Paul ihre Unsicherheit in Bezug auf seine Untreue ausnutzte. Ich hatte so oft versucht, mit Donna darüber zu sprechen, aber sie hatte mich immer abgewimmelt.

Ich betrat ihr Teestübchen und freute mich wie jedes Mal darüber, wie hübsch und klassisch sie es eingerichtet hatte. Das illustrierte einen der anderen Widersprüche, die Donnas Persönlichkeit auszeichneten. Was ihre vorwiegend einfarbige Garderobe und ihre Vorliebe zu Inneneinrichtung im skandinavischen Stil anging, war sie recht praktisch veranlagt, und das spiegelte sich auch in ihrem Zuhause wider. Daher war ich freudig überrascht gewesen, als sie mir zum ersten Mal eine Auswahl der Muster und Farben gezeigt hatte, die sie für ihr Teestübchen in Betracht zog – bunte Pastelltöne und zarte Blumenmuster.

Wir hatten uns damals zu mehreren versammelt, Freunde und Familie, um an den Wochenenden gemeinsam zu werkeln und die staubige, veraltete Postfiliale für möglichst wenig Geld in diese elegante Oase à la Laura Ashley zu verwandeln. Die Arbeit war uns leicht von der Hand gegangen, wir hatten Getränke, Snacks und Musik und alles in allem eine Menge Spaß!

Nun standen hier kleine weiße Holztischchen mit weißen Tischdecken und farblich passenden Stühlen, und auf jedem Tisch stand eine winzige Vase mit pinkem Blümchenmuster und einem frischen Strauß Blumen. An der langen Wandseite hatten wir das Gemäuer offengelegt und die Backsteinoptik mit zarten weißen Lichterketten kontrastiert. Aus den Holzresten der alten Postfiliale hatte der hiesige Tischler ein paar rustikale Regale zusammengeschraubt. Diese waren nun beladen mit einer Sammlung lustig zusammengewürfeltem Geschirr aus Knochenporzellan, das Donna vorwiegend online ergattert hatte. An der gegenüberliegenden Wand hatte sie einen Tresen aufgestellt, auf dem sie unter großen Glaskuppeln leckere hausgemachte Kuchen und Torten einer örtlichen Bäckerei präsentierte. Daneben standen ein paar Vintage-Kommoden aus Wales, in deren Fächern sie Zuckermandeln, auserlesene Kekse und Teespezialitäten zum Verkauf anbot. Die Einlegeböden hatte sie mit pinken und zitronengelben Wimpelketten verziert. Außerdem hatte sie den originalen Holzboden bewahren können, indem sie ihn in stundenlanger Knochenarbeit abgeschliffen und lasiert hatte. Alles in allem hatte sie damit einen herrlichen Ort erschaffen, an dem man entspannt und genussvoll ein Tässchen trinken konnte. Wie nicht anders zu erwarten, war das Teestübchen bei Dörflern wie Touristen enorm beliebt.

Nach meinem Gespräch mit Miss Monsall schrieb ich Donna eine Nachricht und kündigte an, dass ich auf dem Weg zu ihr war. Den Grund dafür nannte ich ihr nicht.

Sie kam mir aus dem Hinterzimmer entgegen. »Setz dich, Kate, ich mache uns eine Kanne Tee. Ich erhole mich gerade noch vom Mittagsansturm.«

Ich setzte mich an einen Tisch am Fenster. Donna brachte mir einen Teller Shortbread mit Zitronencreme und ich widerstand der Versuchung ganze dreißig Sekunden lang. Ich hatte gerade in einen der Kekse gebissen, als mein Handy in meiner Tasche zu vibrieren begann. Ich zog es hervor und nahm das Gespräch mit vollem Mund an. »Ja, hallo?«

»Mrs Shaw? Hier spricht DI Helena Price vom Polizeirevier Nottinghamshire. Haben Sie ganz kurz Zeit für ein Gespräch?«

Sofort fühlte ich mich schwitzig. Ich warf einen Blick zum

Tresen, wo Donna mit der Zubereitung unseres Tees begonnen hatte. Rasch schluckte ich meinen Mundvoll Keks hinunter.

»Ja, selbstverständlich«, erwiderte ich in einem möglichst positiven Ton. »Wie kann ich Ihnen helfen?«

Donna, die gerade Tee aus einer großen silbernen Kanne einschenkte, sah zu mir herüber. Ihr war meine formelle Wortwahl nicht entgangen.

»Wenn ich das richtig verstehe, ist Aleks Baros vorläufig bei Ihnen untergekommen, während seine Mutter vermisst wird?«

»Ganz genau.« Michaels Zweifel zu diesem Thema schossen mir durch den Kopf. Er würde wollen, dass ich diese Gelegenheit nutzte, um nachzufragen, was der Plan war, falls sie Suzy nicht bald fanden. Doch ich sagte nichts weiter.

»Wie geht es ihm?«

»Nicht besonders gut, wie Sie sich sicher vorstellen können. Aber er schlägt sich tapfer«, sagte ich. »Er ist gerade in der Schule.«

Donna runzelte die Stirn und versuchte, aus meinen Worten schlau zu werden.

»Das ist gut. Wir würden gerne so bald wie möglich mit Aleks sprechen. Natürlich müssen wir das Sozialamt wieder involvieren, falls wir seine Mutter nicht finden, aber für den Moment wäre es sehr hilfreich, wenn Sie morgen nach der Schule Zeit für uns hätten und ...«

»Ich ... ja, morgen nach der Schule, okay.« Ich fühlte mich etwas unter Druck gesetzt.

»Hervorragend. Sagen wir vier Uhr.« Sie holte Luft, gab mir aber nicht genug Zeit, um zu einer Antwort anzusetzen. »Ist es für Sie in Ordnung, wenn wir zu Ihnen nach Hause kommen? Könnten Sie außerdem während der Befragung anwesend sein, als erwachsene Bezugsperson für Aleks? Falls nicht, kann ich bei seiner Schulleitung nachfragen, ob die Schule eine geeignete Person bereitstellen kann.«

Ich zögerte. »Nun ja, ich ...«

»Wissen Sie, wir wollen sicherstellen, dass Aleks sich so wohlfühlt wie nur möglich. Das könnte den entscheidenden Unterschied ausmachen.«

Das ergab Sinn. »Ja, okay, dann werde ich da sein.«

Nachdem wir uns voneinander verabschiedet hatten, saß ich da und starrte aufs Handy. Mir war klar, dass Michael die Polizei nicht schon wieder im Haus haben wollte, aber was hätte ich denn tun sollen?

Donna kam mit unseren Teetassen herüber. »Alles okay? Dein Gespräch konnte ich leider nicht überhören und du klangst ein bisschen gestresst.«

»Alles okay«, sagte ich und griff nach der hübschen Royal Albert-Porzellantasse, die auf einem passenden Untersetter vor mir stand. »Es ist schön, hier mal einen ruhigen Moment mit dir zu haben.«

»Ich kann doch sehen, dass eben *nicht* alles okay ist.« Sie kaute auf einem ihrer Fingernägel herum. »Kate, wenn du etwas weißt, dann musst du's mir sagen. Am Ende ist da draußen irgendein Psycho unterwegs und bringt Ellie in Gefahr.«

»Ganz ruhig, Donna. Das war die Polizei, sie wollen nur morgen Aleks befragen.«

Kurz starrte sie mich an, dann schien sie zu beschließen, dass ich ihr die Wahrheit sagte. Besänftigt griff sie nach ihrer eigenen Tasse. »Das hier ist mein schlimmster Albtraum. Da kommt alles wieder hoch. Matilda, die sich in Luft auflöst, all die Leute, die mit Theorien um sich schmeißen, jeder benimmt sich plötzlich wie Hercule Poirot.«

»Das muss furchtbar für dich sein.« Ich lehnte mich vor, um ihr die Hand auf den Arm zu legen. »Was denken die Leute denn allgemein, was mit Suzy passiert ist?«

Donna pustete in ihren Tee und nahm einen Schluck. »Ich habe schon verschiedene Erklärungen gehört, aber die beliebteste Theorie scheint derzeit zu sein, dass Suzy das Dorfleben und ihren Außenseiterstatus satthatte und sich einfach aus dem Staub gemacht hat.«

»Das ist doch lächerlich«, sagte ich, biss in einen Keks und fing die Krümel mit der hohlen Hand auf. »Aleks ist Suzys Ein und Alles. Sie würde ihn niemals einfach so zurücklassen.«

Donna zuckte mit den Schultern und zog die Mundwinkel nach unten. »Wie gesagt, das ist die gängigste Theorie. Paul meint, sie sieht aus wie jemand, der einfach so abhauen würde. Er hat sich tatsächlich ganz schön vernichtend über sie geäußert. Er meinte: ›Was kann man schon erwarten von einer Frau, die sich so nuttig anzieht, nur um ihr Kind zur Schule zu bringen?‹« Ihr Gesicht glühte vor Freude über Pauls unangebrachte Kritik.

»Also Donna, das ist ganz schön hart!« Die Ungerechtigkeit, dass Paul solche abwertenden Kommentare von sich gab, wo er Suzy doch hinterhergelaufen war wie ein ralliger Hund, schnürte mir fast die Kehle zu.

Ich konnte sehen, wie Donnas Brust sich mit immer tieferen Atemzügen hob und senkte. »Mag sein, aber das heißt nicht, dass es nicht stimmt. Ich weiß schon, dass die Suche noch nicht lange läuft, aber so viel Aufwand und all die Befragungen und immer noch keine Spur von ihr? Es scheint schon, als hätte sie sich einfach klammheimlich davongemacht.«

»Ich wüsste nicht, wie. Sie hat keinen Führerschein, und Michael hat gesagt, dass die Polizei beim örtlichen Taxiunternehmen nachgefragt hat. Da hat niemand ein Taxi bestellt.«

»Bus?« Sie kaute auf ihrer Unterlippe herum.

»Dann hätte sie doch jemand an der Bushaltestelle warten sehen, meinst du nicht?«

Sie sah mich über ihre Tasse hinweg an, offenbar unzufrieden, dass ich ihr nicht zustimmen wollte. »Na gut, und was denkt ihr, du und Michael?«

»Keine Ahnung.« Ich seufzte. »Michael ist ... ich weiß auch nicht, ich glaube, es geht ihm zurzeit nicht besonders gut. Wahrscheinlich denkt er, dass die Polizei ihn verdächtigt, weil er oben in Wadebridge arbeitet.«

Donna riss die Augen auf und stellte ihre Tasse zurück auf die Untertasse. »Wieso, was haben sie denn gesagt?«

»Das war bei der allgemeinen Befragung im Dorf. Sie haben ganz schön nachgebohrt und das ... hat ihn, glaube ich, ein bisschen aus der Fassung gebracht.«

»Sie haben ihm vorgeworfen, er wüsste mehr, als er zugibt?«

Das Thema hatte sofort ihr Interesse geweckt und ich konnte es ihr nicht verübeln. Wir waren nun schon jahrelang befreundet und ich vertraute darauf, dass sie es nicht weitererzählte; trotzdem fiel es mir schwer, unsere persönlichen Angelegenheiten mit ihr zu besprechen. Irgendwie fühlte es sich so an, als würde ich damit Michaels Vertrauen missbrauchen. Aber Donna hatte Lunte gerochen. Sie hatte mein Gesicht gemustert und darin offensichtlich etwas entdeckt.

»Okay. Bitte sag es niemandem weiter, aber ... die Polizei hat Suzys Haus durchsucht und Michaels Schlüsselbund dort gefunden.«

»Was?« Ihre Augen weiteten sich. »Also war er bei ihr?«

»Nein, nein. Nichts dergleichen. Er besteht darauf, dass er nicht weiß, wie der Schlüsselbund dorthin gekommen ist, und genau das hat er auch der Polizei erzählt.«

Sie griff wieder nach ihrem Tee. »Das muss trotzdem ziemlich verdächtig gewirkt haben.«

»Als die Polizei vorbeikam, um uns zu befragen, hat man es mehr daran gemerkt, wie sie die Fragen gestellt haben, und weniger daran, was sie gefragt haben«, sagte ich. »Die Tatsache, dass er für Irene Wadebridge arbeitet, scheint ihm ein richtiger Klotz am Bein zu sein. Er hat mir erzählt, dass sie seitdem bei den Cottages herumlungern. Ihm wurde außerdem angekündigt, dass sie das Gelände bald genauer absuchen wollen, und er vermutet, dass sie ihn noch mal befragen werden.«

»Wie schrecklich. Das wühlt das alles wieder auf, dieses grässliche Gefühl, sich verzweifelt nach Informationen zu sehnen und zugleich fürchterliche Angst davor zu haben.« Donna presste sich die Hand gegen das Kinn. »Glauben sie ... also, denkst du, sie gehen davon aus, dass es oben in Wadebridge etwas Grausiges zu finden gibt?«

»Wer weiß?« Ich konnte ein Schaudern nicht unterdrücken. »Jedenfalls tut mir Michael furchtbar leid. Er ist unschuldig, fühlt sich aber wegen seiner Nähe zu alldem schuldig. Weißt du, was ich meine?«

»Hmm. Na ja, es ist eigentlich nur natürlich, dass die Polizei Fragen stellt, oder? Vor allem, da sie seinen Schlüsselbund bei ihr zu Hause gefunden haben. Hübsche junge Frau, verheirateter älterer Mann ...«

Ich starrte sie an, schockiert und gekränkt zugleich. »Ich kann nicht fassen, dass du das gerade gesagt hast, Donna, und den Gedanken behältst du von jetzt an bitte für dich. Genau so was kann an einem so kleinen Ort die schrecklichsten Gerüchte lostreten.«

Sie rümpfte die Nase und nippte an ihrem Tee. »Tut mir leid, dass ich dich verletzt habe. Ich spreche nur aus, was die Leute sich denken werden. Bei all dem Trubel kann ich gar nicht schlafen. Ich kann Ellie nicht aus den Augen lassen.«

»Und genau deswegen sollten wir vorsichtig sein, was wir sagen. Wahrscheinlich ist es genauso meine Schuld, dass Michael sich so fühlt, weil ich Aleks mit zu uns genommen habe.«

»Du bist nicht für Aleks verantwortlich, Kate.«

»Das weiß ich. Aber ich wollte ihm einen sicheren Rückzugsort bieten bei Menschen, die er kennt, statt ihn irgendwelchen namenlosen Leuten vom Sozialamt zu überlassen.«

»Es ist aber auch eine schwere Bürde, das musst du zugeben.«

»Na klar, aber ich würde das für jedes Kind tun! Ellie würde ich auch sofort aufnehmen, falls du vermisst würdest.«

»Und ich würde Tansy aufnehmen«, erwiderte Donna wie aus der Pistole geschossen. »Aber unsere Mädchen sind beste Freundinnen, wir sind beste Freundinnen. Suzy und Aleks kennst du doch kaum.«

»Und doch hat Paul angeboten, ihn bei euch unterzubringen.«

»Nun ja, Paul hat gesagt, dass er das nicht angeboten hätte, nicht explizit, er hat sich nur laut besorgt darüber geäußert, wo der Junge jetzt hinkommen wird.«

Die Dame vom Sozialamt hatte mir selbst gesagt, dass Paul es angeboten hatte. Aber da Donna davon nicht begeistert gewesen war, hatte er offensichtlich seine typische Paul-Nummer abgezogen und alles geleugnet.

»Wie dem auch sei, er wird vielleicht nicht mehr allzu lang bei uns sein. Morgen kommt die Polizei, um mit Aleks zu sprechen, und wenn Suzy dann immer noch vermisst wird, kann es sein, dass sie das Sozialamt wieder einschalten.« Mit einer Fingerspitze fuhr ich am Rand meiner Tasse entlang. »Ja, zugegebenermaßen habe ich mir damit wohl mehr aufgeladen, als gut war, aber zu dem Zeitpunkt schien es die richtige Entscheidung zu sein. Michael sieht es so wie du, er meint, wir hätten uns raushalten sollen.«

»Dein Herz sitzt am rechten Fleck, Kate. Aber irgendwann musst du einsehen, dass du nicht auf eigene Faust die ganze Menschheit retten kannst.«

Ich zuckte zusammen. »Hat die Polizei dich und Paul auch befragt?«

»Unsere Befragung ging ganz schnell, es waren keine unangenehmen Fragen dabei«, sagte sie mit einem Hauch Selbstzufriedenheit.

»Hat Paul erwähnt, dass er mit Suzy gesprochen hat?« Die Worte waren aus mir herausgepurzelt, bevor ich sie aufhalten konnte.

»Wie meinst du das?«

Nun war es zu spät, um die Frage zurückzunehmen, außerdem könnte es ja wichtig sein. »Als ich Michael und Paul gestern ihre Getränke gebracht habe, ist Paul sofort los, um mit Suzy zu sprechen, als sie an uns vorbeilief.«

»Das glaub ich nicht.«

»Donna, ich war dabei, ich hab ihn gesehen.«

»Nun gut, dann muss er sie wohl etwas gefragt haben, oder vielleicht hat sie in der Nähe etwas fallen gelassen oder ...«

»Warum lässt du zu, dass er so mit dir umgeht?«

Ihr fiel die Kinnlade herunter und sie starrte mich an. »Wie bitte?«

Ich hatte eine Grenze überschritten. Indem sie sich immer geweigert hatte, über seine Untreue zu sprechen und ihn zur Verantwortung zu ziehen, hatte Donna mir klipp und klar verständlich gemacht, dass Pauls Verhalten nicht zur Debatte stand. Danach hatte ich mich immer gerichtet. Bis jetzt. Ich fand gerade selbst Dinge über Michael heraus, die mein Vertrauen in ihn erschütterten. Und Donna hatte keinerlei Skrupel, sie mir unter die Nase zu reiben – da konnte ich dasselbe mit Paul tun.

»Wie er andere Frauen begafft, direkt vor deiner Nase, direkt vor Ellie! Seine Seitensprünge! Und du hast ihn einfach wieder in dein Leben gelassen, ohne ein ...«

»Das reicht!«

»Hast du schon mal darüber nachgedacht, was du Ellie damit vorlebst? Wenn sie erwachsen ist, denkt sie dann, dass es in Ordnung ist, wenn Männer Frauen so behandeln? Was, wenn ...«

»Ich habe gesagt, es *reicht*!« Donnas Mund war wutverzerrt, aber ihre Augen waren weit aufgerissen und von Angst gezeichnet.«»Das geht dich nichts an! Das geht außer uns niemanden was an.«

»In Ordnung, das ist dein gutes Recht«, sagte ich und gab mir Mühe, besonders ruhig zu sprechen, um ihre aufkochende Wut auszugleichen. »Ich wollte ja nur ...«

»Auf dein ›ja nur‹ kann ich verzichten! Behalt deine Gemeinheiten für dich.« Eine Träne kullerte ihr über die Wange und sie wischte sie unwirsch mit einer Hand weg. »Paul liebt mich. Ich weiß, dass er mich liebt. Das zwischen uns ist etwas Gutes und es lohnt sich, dafür zu kämpfen. Das geht niemanden was an. Dich nicht und auch sonst niemanden.«

»Verstanden.« Zeit, etwas zurückzurudern. »Es tut mir leid, dass es dich so verletzt, Donna. Ihr liegt mir am Herzen, Ellie und du.«

»Ich gebe ja auch keine Kommentare über deine Ehe ab, oder?«

Ich sah zu ihr auf.

»Und schon ist sie still. Hast du dazu nichts zu sagen?«

»Unser Gespräch dreht sich gerade um Pauls Seitensprünge. Michael war mir immer treu.« Obwohl ich mich meinem Mann gegenüber loyal zeigte, pochte mir das Herz in der Brust. War es wirklich an mir, Donna zu kritisieren, nach allem, was ich in letzter Zeit herausgefunden hatte? All dem, was er mir nicht erzählt hatte?

Sie setzte ihre Tasse mit einem lauten Klirren ab.

»Was ist bloß in dich gefahren, Kate? Ich weiß, dass ihr gerade eine schwere Zeit durchmacht mit all dem Druck, der auf Michael lastet, aber warum lässt du das jetzt an mir aus?«

»Ich lasse nichts an dir aus. Ich habe nur gefragt, ob Paul erwähnt hat, dass er mit Suzy gesprochen hat! Es braucht nicht viel, um die Polizei auf die Fährte einer ganz unschuldigen Person zu hetzen, das war es, worauf ich vorhin hinauswollte.«

Donna nickte bedächtig und beäugte mich plötzlich mit neuer Vorsicht. »Aber sie machen auch nur ihren Job. Sie haben

Michaels Schlüsselbund in Suzys Cottage gefunden und das zählt doch als Spur.«

»Es sieht verdächtig aus, aber Michael hat mir gesagt, dass er darüber nichts weiß, und ich glaube ihm.« Ich senkte den Blick und bemerkte, dass ich einen Keks zwischen meinen Fingern komplett zerkrümelt hatte. »Ich wollte dich nicht verletzen, Donna. Ich weiß, dass für dich gerade alles wieder hochkommt. Ich kann mir gar nicht vorstellen, wie es sich anfühlen muss, jemanden auf diese Art zu verlieren. Aber genau deswegen tut mir Aleks ja so leid, verstehst du?«

»Als du mir geschrieben hast, dass du mit mir reden möchtest, dachte ich, du hättest was Bestimmtes zu besprechen und nicht bloß Lust, auf mich loszugehen! Aber gut, hier bleiben wir uns wohl einfach uneinig.«

»Ach, tut mir leid, das habe ich ganz vergessen.« Ich klatschte mir die Hand auf die Stirn. »Ich bin hergekommen, um über Tansy und Ellie zu reden.«

Ich berichtete ihr von meinem Gespräch mit Miss Monsall.

»Es tut mir wirklich leid, dass Ellie da mitreingezogen wurde, aber für Tansy ist das gerade auch alles nicht einfach. Sie ist Aleks gegenüber ein bisschen überfürsorglich, was man ihr ja auch nicht verdenken kann.«

»Doch, ich kann es ihr verdenken!« Donna warf mir einen finsteren Blick zu. »Sie hat Ellie in der Schule zum Weinen gebracht? Das ist völlig inakzeptabel und eigentlich ...«, sie schob ihren Stuhl nach hinten und stand auf, »eigentlich ist es gar nicht Tansys Schuld, nicht wahr? *Du* bist schuld. Du bist Aleks gegenüber genauso überfürsorglich und Tansy hat sich das offensichtlich von dir abgeschaut. Sie wird schon genauso wie du, mischt sich überall ein und ...«

»Moment mal! Ellie kann manchmal auch eine ganz schöne Diva sein und das solltest du endlich mal einsehen, Donna.« Ihre Bemerkung über meinen Drang, andere zu beschützen und mich für sie verantwortlich zu fühlen, hatte genau ins Schwarze getroffen. Aber so war ich eben. Was konnte ich schon dagegen tun? Jeder Mensch hat doch bestimmte Charakterzüge, die er einfach akzeptieren und mit denen er leben muss.

»Es war aber nicht Ellie, die Tansy hat fallenlassen für irgendein anderes Kind, das gefühlt seit vorgestern im Dorf wohnt. Ein Glück, dass Ellie noch viele andere Freunde hat. Ich werde Miss Monsall darum bitten, die beiden nicht mehr nebeneinander zu setzen.«

»Also komm schon, das ist doch ...«

Donna lehnte sich mit funkelnden Augen und zusammengebissenen Zähnen vor. »Du verschließt die Augen davor, dass deine Familie auch nicht perfekt ist. Vielleicht bin ich hier nicht die Einzige, die naiv genug ist, den Ausreden ihres Mannes blind zu vertrauen.«

»Was willst du damit sagen?«

Sie stolzierte zum Tresen hinüber und ich stand auf.

»Hey! Du kannst so was nicht einfach in den Raum werfen und dann weggehen!«

»Du hast es selbst gesagt. Michaels Schlüsselbund lag in Suzys Cottage. Ich finde, das ist Grund zur Sorge. Du nicht? Ich habe jetzt zu tun, Kate, und der Schlafmangel macht mich fertig. Langsam glaube ich, dieses Dorf ist verflucht.«

Die Türglocke bimmelte und drei Kundinnen kamen hereinspaziert. Ich kannte sie, ihre Kinder gingen alle mit unseren zur Schule.

»Hey, Kate! Hi, Donna!«, zwitscherte eine von ihnen.

»Verzeihung.« Ich drängte mich an ihnen vorbei zur Tür und trat hinaus in die feuchtkalte Luft. Donnas Kommentare hatten einen Wirbelsturm der Gedanken in mir losgelöst. Zum Teil war ich mir bewusst, dass ich inzwischen genau das Verhalten an den Tag legte, für das ich Donna kritisierte. Nach dem, was Irene mir über Michaels gemütliche Plauderstündchen mit Suzy erzählt hatte, und jetzt, wo die Polizei seinen Schlüsselbund bei ihr entdeckt hatte, fragte ich mich langsam, ob Donna nicht recht hatte. War es schrecklich naiv von mir, seine Ausreden einfach so zu akzeptieren?

Ich beschloss, heute Abend mit ihm zu reden. Ich würde ihm keine Ruhe lassen, bis er mir nicht die ganze Wahrheit erzählt hatte.

DREIUNDZWANZIG

Später schaffte ich es gerade noch rechtzeitig zur Schule, wo ich einen Bogen um das Muttergrüppchen machte, zu dem auch Donna gehörte.

»Ist meine Mum wieder da?«, fragte Aleks, sobald er und Tansy in Hörweite waren. Ich beobachtete, wie Ellie in die entgegengesetzte Richtung zu Donna stolzierte.

»Leider noch nicht. Aber die Polizei arbeitet ganz hart daran, sie wieder nach Hause zu bringen.« Es zerriss mir das Herz zu sehen, wie er vor meinen Augen in sich zusammensackte.

»Ellie war heute total gemein zu Aleks«, sagte Tansy und schoss einen bösen Blick zu der anderen Gruppe hinüber. »Sie hat gesagt, sie will nicht mehr meine Freundin sein.«

»Ach, du liebes bisschen«, sagte ich. »Nicht schon wieder.«

Als wir durch das Tor hinausliefen, versuchte ich, Donnas Blick auf mich zu ziehen, um ihr zuzulächeln. Doch sie hatte mir den Rücken zugewandt und sprach lebhaft auf die anderen Mütter ein. Mich beachtete niemand.

Ich ging auf direktem Wege mit den Kindern nach Hause und beschloss, Tansys Streit mit Ellie für den Moment auf sich beruhen zu lassen. Sie und Aleks sahen müde und ausgelaugt aus. Ich machte ihnen etwas zu essen und ließ sie vor dem Fernseher entspannen. Danach spielten sie am Computer, doch als ich durch das Zimmer lief, um etwas zu holen, stellte Aleks mir eine Frage.

»Kate, wann darf ich wieder nach Hause?«

»Sobald sie deine Mum finden, Schatz. Ich weiß, dass es dir ewig lang vorkommen muss, aber es ist erst ein Tag vergangen.«

»Warum hat sie sich nicht gemeldet?«

Es wäre so leicht gewesen, ihn anzulügen, aber damit wollte ich gar nicht erst anfangen. »Das weiß ich nicht. Ich bin mir sicher, dass sie sich melden würde, wenn sie könnte. Aber wir können hoffen, dass wir bald von ihr hören.«

Mit niedergeschlagener Miene wandte er sich wieder seinem Spiel zu und mir wurde klar, dass meine ungenauen Angaben ihm keinerlei Trost gespendet hatten.

Michael kam wie immer spät von der Arbeit nach Hause, die Kinder lagen längst im Bett. Er sah aus wie ein Häufchen Elend. Sein Gesicht war in sich zusammengefallen und er bewegte sich ganz langsam, fast schon taumelnd.

»Ich geh duschen«, sagte er und begrüßte mich mit einem Kuss auf die Wange, den ich nicht erwiderte. »Oben in Wadebridge wimmelt es von Polizisten. Sie haben den Wald noch mal durchkämmt und alle Cottages abgesucht, nicht nur das von Suzy.«

»Haben sie dich noch mal wegen des Schlüsselbunds befragt?«

Er verzog das Gesicht. »Noch nicht, aber das kommt wahrscheinlich noch.« Ich konnte sehen, wie sich die Stressfalten um seine Augen vertieften.

»Was hält Irene von dem Ganzen?«

»Bisschen komisch, aber ich glaube fast, dass sie die

Aufmerksamkeit und die Gesellschaft genießt. Sie macht sich Sorgen um Suzy, scheint aber felsenfest daran zu glauben, dass sie wieder auftaucht. Ihr scheint nicht klar zu sein, was für eine ernste Angelegenheit das hier ist und was es heißt, wenn die Polizei derart ihre Krallen nach mir ausstreckt.«

Da musste er sich täuschen. Niemand genoss es, die Polizei auf dem eigenen Grundstück zu haben, nicht einmal Irene. Ich wollte ansprechen, was mir auf der Seele lastete, aber zunächst musste ich ein anderes Thema anschneiden.

Ich erzählte ihm von meinem Gespräch mit Miss Monsall. »Anscheinend hat sich Tansy heute aufgeführt wie ein kleiner Rottweiler. Sie hatte ja schon immer diesen Beschützerinstinkt ihren Freunden gegenüber, aber ich habe versprochen, nach der Schule mit ihr darüber zu reden. Das habe ich aber noch nicht getan, die beiden hatten offensichtlich einen anstrengenden Tag.« Michael gab keine Antwort, aber sein Gesicht war wie versteinert. »Ich bin zu Donna gegangen, um mit ihr zu reden, und sie hat sehr abwehrend reagiert. Ich habe sie darauf angesprochen, wie schrecklich Paul sich ihr gegenüber verhält, und vor Ellie noch dazu, und sie hat Andeutungen gemacht, dass ich *dir* gegenüber naiv bin.«

Er machte sich daran, seine Arbeitsjacke abzulegen, und hängte sie auf, statt sie wie sonst auf einen Stuhl zu werfen. »Was meinte sie damit?«

»Sie ist nicht genauer darauf eingegangen, aber ich denke, sie wollte damit andeuten, dass du etwas mit Suzys Verschwinden zu tun hast. Das wird wohl die Kernaussage gewesen sein.«

»Ich hoffe, dir ist klar, dass das Blödsinn ist!«, rief Michael. »Absoluter Blödsinn! Es braucht nicht viel, um die Leute hier zum Reden zu bringen, und bevor man es sich versieht, holen sie Fackeln und Mistgabeln.«

»Stimmt, und genau das war auch meine Reaktion.« Ich seufzte. »Allerdings scheint sich immer mehr anzuhäufen, von dem ich nichts wusste, Michael. Dinge, die du mir verheimlicht hast. Teestündchen mit Suzy, Irenes Vermutung, dass Suzy in dich verknallt ist. Der Schlüsselbund.«

Er stöhnte. »Bitte sag mir, dass du Irene nicht diesen Quatsch abkaufst. Sie bildet sich das alles nur ein! Langsam glaube ich, sie hat sie nicht mehr alle.« Er packte mich an den Oberarmen. »Ich liebe dich. Verstanden? Auch, wenn ich mal eine Tasse Tee mit Irene und einer Mieterin trinke, liebe ich nur *dich*. Ich habe keine Ahnung, wie mein Schlüsselbund da hingekommen ist. Ja, ich lasse ihn manchmal herumliegen, weil es nicht mein wichtigster Schlüsselbund ist. Aber ich war schon seit Tagen nicht mehr in ihrem Haus und hatte den Schlüsselbund seit der Reparatur dort benutzt. Das habe ich dir doch alles schon erzählt!«

Falls er mich damit hatte beruhigen wollen, so war es ihm nicht gelungen. Und doch lag es in meiner Natur, ihm mein Vertrauen zu schenken. Ihm zu glauben. Ich beschloss, ihm den Rest meiner Neuigkeiten zu erzählen. »Noch was anderes, die Polizei hat mich heute Nachmittag angerufen. Sie kommen morgen vorbei, um mit Aleks zu sprechen.«

»Siehst du, Kate, genau das meinte ich. Genau das hat mir Sorgen bereitet.« Er hielt kurz inne, um sich zu sammeln. »Dass der Junge hier ist, hat uns alle ins Rampenlicht gerückt, hat die Leute zum Reden gebracht. Glaubst du, du könntest mit jemandem darüber sprechen, ihm vorübergehend eine Pflegefamilie zu suchen oder so was?«

»Das würdest du ernsthaft tun wollen?« DI Price hatte dieses Thema zwar schon angeschnitten, aber das wusste Michael ja nicht. Das hier sah meinem fürsorglichen Ehemann gar nicht ähnlich. Er schien so nervös zu sein, was ganz untypisch für ihn war. Ich hatte rein gar nichts vor der Polizei zu verbergen. Aber Michael?

»Ohne Aleks bei uns im Haus wären wir eine Dorffamilie von vielen«, erwiderte er in einem beschwichtigenden Tonfall.

»Stattdessen fühlt es sich so an, als stünden wir im Fokus der Ermittlungen.«

»Wenn du es unbedingt wissen musst: Detective Price hat gesagt, dass das Sozialamt sich demnächst wegen Aleks' Unterbringung bei uns melden wird. Aber seine Anwesenheit hier ist es nicht, die das Interesse der Polizei geweckt hat. Es liegt daran, dass du in Wadebridge arbeitest! Du wärst so oder so involviert gewesen, Michael, ob es dir nun gefällt oder nicht.«

Ich versuchte, mir den nächsten Satz zu verkneifen, aber er rutschte mir einfach raus. »Dass du es dir bei Suzy zu Hause so gemütlich gemacht hast, ist auch nicht gerade hilfreich.«

»So war das nicht, wie oft muss ich das noch sagen!« Er kniff die Augen zusammen. »Ich halte das nicht aus. Ich fühle mich, als würde ich auf mein Erschießungskommando warten. Die Polizei lässt sich Zeit, aber ich weiß, dass sie mir auf den Fersen sind.«

Langsam klang er richtig paranoid. Was für eine überzogene Reaktion – es sei denn, er verheimlichte mir etwas.

»Okay. Wie wär's, wenn du schnell unter die Dusche springst und dann wieder runterkommst, dann könnten wir ...«

Es klopfte an der Tür.

»Ich geh schon«, sagte er und trat auf den Flur hinaus.

Ich konnte Stimmen hören, dann schloss sich die Haustür, aber die Stimmen waren nicht verstummt. Ich eilte in den Flur und blieb dort wie angewurzelt stehen.

»Hallo, Mrs Shaw, mein Name ist DI Helena Price, das ist mein Kollege DS Brewster«, begrüßte eine Frau mich freundlich. Der Mann, der offensichtlich DS Brewster war, nickte mir zu.

»Sie wollen mir ein paar Fragen stellen«, erklärte Michael tonlos. »Wir setzen uns ins Wohnzimmer.«

»Die Kinder schlafen schon«, sagte ich und ging auf die drei zu. »Wäre es in Ordnung, wenn ich auch dabei bin?«

»Das liegt ganz bei Mr Shaw«, sagte Brewster. »Manche wollen lieber unter vier Augen mit uns sprechen.«

Wir drehten uns alle zu Michael. Kurz huschte ein erschrockener Ausdruck über sein Gesicht, dann nickte er. »Natürlich.«

Die Detectives lehnten die angebotenen Getränke ab und wir setzten uns.

»Es gibt da nur ein paar Punkte, die wir abschließend klären möchten«, sagte Brewster leichthin und zog seinen Notizblock hervor. »Zum einen Ihren Schlüsselbund, den wir auf Suzy Baros' Küchenarbeitsfläche gefunden haben, in der Nacht, in der sie verschwand. Möchten Sie uns dazu noch irgendetwas mitteilen, Mr Shaw?«

Mein Blick huschte zu Michael, aber er erwiderte ihn nicht und starrte unbeirrt geradeaus. »Ich habe keine Ahnung, wie der Schlüsselbund dorthin gekommen ist«, antwortete er.

»Wo bewahren Sie diesen Schlüsselbund normalerweise auf?«

»Ich habe dafür keinen festen Platz. Meinen Hauptschlüsselbund hänge ich mir an den Gürtel, aber dieses zweite Paar, dass Sie dort gefunden haben, benutze ich nicht so oft. Normalerweise liegen diese Schlüssel in meinem Büro oder im Hauptgebäude, wenn ich dort etwas erledige und vergesse, sie wieder mitzunehmen.«

»Wäre es möglich, dass Sie etwas in dem Cottage erledigt und den Schlüsselbund auf genau dieselbe Art dort vergessen haben?«, fragte Brewster. Price sah zu mir und ich wich ihrem Blick aus.

»Ich war seit etwa einer Woche nicht mehr in diesem Cottage. Wie ich den anderen Polizisten bei meiner ersten Befragung bereits erklärt habe, habe ich an dem Wasserhahn dort einen Dichtungsring ausgetauscht. In der Zwischenzeit habe ich den Schlüsselbund aber wieder verwendet, deshalb weiß ich, dass ich ihn an dem Tag nicht dort habe liegen lassen.«

Brewster machte sich eine Notiz.

Ich beobachtete meinen Mann aufmerksam, sah die kleinen Schweißperlen, die sich auf seiner Oberlippe bildeten. Sagte er die Wahrheit? Meiner Vermutung nach ja, aber ich konnte es nicht mit absoluter Sicherheit sagen.

»Wir haben außerdem Wadebridge allgemein überprüft. Uns scheint, als wäre ein gewisser Jakub Jasinski zeitweise dort angestellt gewesen.« Price zog ein Dokument aus ihrer Tasche. »Unser Team hat heute einen anonymen Anruf erhalten. Die Person behauptete, über wichtige Informationen zu verfügen.« Sie las vor: »›Wenn Sie Jakub Jasinski finden wollen, müssen Sie Michael Shaw nach ihm fragen, in Wadebridge, Lynwick.‹« Dann blickte sie zu Michael. »Wir scheinen da einen gewissen Trend festzustellen, Mr Shaw, dass Leute von Ihrem Arbeitsplatz aus verschwinden. Wer ist Jakub Jasinski?«

»Ich habe diesen Namen noch nie gehört«, erwiderte Michael mit Nachdruck.

»Lassen Sie mich Ihre Erinnerung auffrischen. Jasinski ist als vermisst gemeldet«, sagte Brewster. »Allem Anschein nach ist er vor über einem Jahr in den East Midlands verschwunden. Seine Familie in Polen macht sich selbstverständlich große Sorgen, da sie ihn nicht ausfindig machen können.«

»Das glaube ich gerne, aber leider kann ich der Familie nicht helfen.«

Schock verschlug mir die Sprache. Jakub war ein paar Jahre lang oben in Wadebridge als Gelegenheitsarbeiter angestellt gewesen. Michael hatte mir nur Positives über seine Arbeit erzählt, doch dann war Jakub vor etwa einem Jahr nicht zur Arbeit erschienen und Michael hatte ihn seitdem nicht mehr gesehen. Warum zum Teufel sollte er deswegen lügen?

Ich kaute auf der Innenseite meiner Wange herum und

wagte es nicht, zu DI Price zu sehen. Ich wusste, dass sie mein Gesicht musterte.

»Sagt Ihnen der Name etwas, Mrs Shaw?«, fragte sie mit klarer, scharfer Stimme.

Ich erstarrte. Jetzt war der Moment gekommen. Entweder ich sagte die Wahrheit und sorgte dafür, dass Michael verhaftet wurde, oder ich log die Polizei an, zum allerersten Mal.

»Kate hat mit dem Geschäftsablauf in Wadebridge nichts zu tun«, warf Michael in selbstsicherem Ton ein.

»Das stimmt«, erwiderte ich. Mein Herz pochte so schnell in meiner Brust, dass mir schon ganz schlecht wurde. Ich wollte ihn beschützen. Ich wollte ehrlich sein. Dazwischen fühlte ich mich wie zerrissen.

»Stellen Sie in Wadebridge viele Gelegenheitsarbeiter an?«, hakte Brewster nach.

»In der Vergangenheit, ja, manchmal«, war Michaels schroffe Antwort. »Aber ich hatte schon lange keine Hilfsarbeiter mehr.«

Brewster nickte. »Nun gut. Falls Ihnen plötzlich einfallen sollte, dass Sie Mr Jasinski doch kennen, lassen Sie es uns bitte wissen.«

VIERUNDZWANZIG

Sobald die beiden verschwunden waren, ging ich auf Michael los.

»Verdammt noch mal, warum hast du sie angelogen? Du weißt ganz genau, wer Jakub Jasinski ist, und du weißt, dass er in Wadebridge gearbeitet hat!«

»Lass gut sein, Kate.« Er ging zur Fußmatte neben der Hintertür und schnappte sich seine Gummistiefel. »Ich brauch jetzt ein bisschen Zeit für mich.« Er stapfte in die Dunkelheit hinaus und begann, draußen wie ein Besessener auf und ab zu laufen.

Ich schaltete die Beleuchtung unseres kleinen Gartens an und beobachtete ihn von der warmen, trockenen Küche aus. Fünf Minuten, nachdem er hinausgegangen war, begann es zu nieseln. Er machte keine Anstalten, wieder hereinzukommen, also rief ich nach ihm, aber er winkte nur ab, ohne mich eines Blickes zu würdigen.

Irgendetwas stimmte nicht. Das konnte ich an seinem wilden Gesichtsausdruck ablesen, daran, dass er keinen Appetit mehr hatte und sich so sehr in sich selbst zurückgezogen hatte, dass ich das Gefühl hatte, ihn nicht mehr erreichen zu können.

Wer mit einem Alkoholiker aufwächst, lernt schnell, die Anzeichen für einen aufziehenden Sturm zu erkennen, die anderen vielleicht entgehen.

Nach jedem Saufgelage war meine Mutter demselben Muster gefolgt: Schuldgefühle, Scham, feste Vorsätze, sich Hilfe zu holen und nie wieder zu trinken. Dann hatte ich für kurze Zeit einen verlockenden Blick auf die Normalität erhaschen können, die den meisten meiner Klassenkameraden geschenkt war. Eine Mutter, die zu Hause auf mich wartete, wenn ich von der Schule heimkam; eine Mutter, die mit mir am Esstisch saß. Ein Zuhause, in dem wir uns erzählten, wie unser Tag war, und dann zusammen einen Film schauten, mit Popcorn und Limonade.

Doch jedes Mal, wenn ich mir endlich die Hoffnung erlaubte, dass es diesmal anders laufen würde, bemerkte ich die ersten Anzeichen wieder. Immer ganz unauffällig, kaum wahrnehmbar. Sie wurde rastlos, konnte sich nicht konzentrieren. In Unterhaltungen wurde ihr Blick langsam immer unfokussierter, als sehne sie sich danach, woanders zu sein. Und doch schwor sie mir, dass alles in Ordnung war, dass sie keinen Tropfen getrunken hatte. So war sie damals in ihrem Auto gelandet ... weil ich mich so danach verzehrt hatte, ihrer Beteuerung glauben zu können, dass sie nüchtern war. Ich hatte zugelassen, dass sie ihren Autoschlüssel nahm und davonfuhr. Ich hatte gegen meinen Instinkt gehandelt. Genau wie jetzt.

Ich beobachtete Michael, der inzwischen fast manisch im Regen herumstapfte. Ihm schien gar nicht aufzufallen, dass sein Haar patschnass war und seine Gummistiefel unseren Rasen in eine Matschpfütze verwandelt hatten. Mein Instinkt sagte mir, dass hier etwas fürchterlich schieflief.

Ich zog mir meine eigenen Gummistiefel und einen Regenmantel an, schnappte mir einen Schirm und ging nach draußen.

Suzys Verschwinden setzte ihm zu. Es setzte uns allen zu. Der arme Aleks litt am meisten darunter. Doch es fühlte sich an, als würden immer mehr Verbindungen zwischen Michael und Suzy Baros ans Licht kommen. Bisher blieb er bei seiner Erklärung zum Fundort seines Schlüsselbunds. Mir war nicht wohl bei der Sache, aber ich musste einsehen, dass es möglich war, dass sie die Schlüssel irgendwo draußen gefunden und aufgehoben hatte, um sie ihm am nächsten Tag zu geben. Vielleicht ein naiver Gedanke, aber das Ganze konnte ein Zufall sein. Es musste nicht heißen, dass er etwas mit ihrem Verschwinden zu tun hatte.

Seit ich Michael kannte, war sein erster Instinkt immer gewesen, anderen zu helfen. Es schien ihm Freude zu bereiten, anderen das Leben zu erleichtern. Während der fünfzehn Jahre unserer Ehe war er mir ein aufmerksamer, treuer Mann gewesen. Er vergötterte unsere Tochter und fand immer Zeit für uns beide, auch wenn er oft versuchte, überall gleichzeitig zu sein. Irene lag ihm am Herzen und wenn sie ihn brauchte, ließ er alles stehen und liegen, um ihr zu Hilfe zu eilen – was mich zugegebenermaßen manchmal etwas nervte. Niemand hätte ihn je als verschlagen oder heimtückisch beschrieben, weil das einfach nicht auf ihn zutraf. Und genau das war es, warum mir die Ereignisse und Beobachtungen der letzten Tage so fehl am Platz schienen. Es fiel mir schwer, ihnen wirklich Glauben zu schenken, allerdings waren sie zu schwerwiegend, um sie zu ignorieren.

»Du darfst dich davon nicht so fertigmachen lassen«, sagte ich und warf die Hände in die Luft. »Du darfst nicht anfangen, über Dinge zu lügen, die sie wahrscheinlich nachprüfen können. Warum hast du überhaupt gelogen?«

Er blieb stehen und sah mich an. »*Du* kennst die Wahrheit, hast aber auch nicht gesagt, dass du weißt, wer er ist!«

Das schien mir so unfair, dass es mir die Sprache verschlug. Ich hatte doch nur geschwiegen, um ihn nicht zu verraten!

Ich trat einen Schritt zurück. Mein Herz hämmerte in meiner Brust. Ich musterte meinen Ehemann, sein kräftiges

Kinn, die muskulösen, breiten Schultern. So verlässlich. Unsere Beziehung war immer grundsolide gewesen. Jetzt fühlte es sich so an, als würde er sich gegen mich wenden.

»Was denkst du denn, was die getan hätten, wenn ich zugeben hätte, dass ich Jakub kannte? Sie hätten mich in Stücke gerissen, um einen Schuldigen zu finden. So läuft das.« Er trat ein paar Schritte auf mich zu. »Sie ziehen die Schlinge immer enger um mich, Kate, ich kann es spüren. Sie finden immer neue Ausreden, um nach Wadebridge zu kommen, und nach der Sache mit dem Schlüsselbund haben sie Blut geleckt. Ich sag's dir, es ist nur eine Frage der Zeit, bis sie mir etwas anhängen, etwas Schreckliches.«

Der Regen prasselte inzwischen nur so herunter, traf mich von der Seite und ließ sich auch von dem Regenschirm nicht aufhalten. Der Kragen meiner Jacke klebte wie ein nasser Lappen an meinem Hals und ich drehte den Schirm so, dass Michael mein Gesicht wieder sehen konnte. Lange Zeit sahen wir einander nur an.

»Hast du etwas mit Suzy Baros' Verschwinden zu tun, Michael?«, fragte ich.

»Nein.«

»Ich will die Wahrheit wissen, egal, wie schlimm sie ist.«

»Ich habe nichts falsch gemacht«, erklärte er ernst. »Du musst mir glauben, Kate. Wenn sie genug finden, um es mir anzuhängen, könnten sie dich sogar auch noch mitreinziehen. Behaupten, du hättest gelogen, um mich zu schützen. Was das mit Tansy machen würde! Wir könnten alles verlieren. Sogar unsere Tochter.«

―――

Als Michael unter der Dusche stand, rief ich Donna auf ihrem Handy an.

Es klingelte lange und ich dachte schon, sie würde nicht

rangehen. Schließlich meldete sie sich mit einem mürrischen »Kate. Hi«.

»Hi, Donna. Du, hör zu, ich wollte mich nur dafür entschuldigen, dass ich dir vorhin so zugesetzt habe. Ich bin gestresst, Michael ist gestresst, die Kinder sind gestresst. Das Ganze ist so ein Albtraum für uns.«

»Wenn überhaupt jemand verstehen kann, wie es dir gerade geht, dann bin ich das«, sagte Donna. »Allerdings kann ich nicht abstreiten, dass du mir heute wehgetan hast. Deine Kritik gegenüber Paul und dann deine Ausreden dafür, dass Tansy Ellie zum Weinen gebracht hat. Sie war immer noch ganz durch den Wind, als sie nach Hause gekommen ist. Hast du schon mit Tansy darüber gesprochen?«

»Ja«, behauptete ich. Neben all dem, was gerade passierte, konnte ich es nicht ertragen, auch noch mit Donna im Zwist zu leben. »Sie weiß, dass das, was sie getan hat, falsch war. Sie wird sich morgen bei Ellie entschuldigen.«

»Okay. Na gut, dann lassen wir das Ganze mal hinter uns. Wie geht es Aleks?«

»Er ist ganz durcheinander. Eigentlich genau, wie man es erwarten würde, auch wenn er nicht viel dazu sagt.«

»Wann kommt die Polizei, um mit ihm zu reden?«

»Morgen nach der Schule. Sie kommen hierher, zu uns nach Hause.«

»Ruf mich danach an und sag mir, wie es war«, bat sie. »Vielleicht können wir uns diese Woche mal nach der Schule treffen.«

Darauf konnte ich ehrlich gesagt verzichten, aber ich wollte mich wieder gut mit ihr stellen.

»Das würde mich freuen. Danke, Donna.«

Nachdem wir aufgelegt hatten, dachte ich, dass ich mich in unserem Gespräch ein bisschen unterwürfig verhalten hatte. Aber wenn das der Preis war, den ich zahlen musste, dann sei's drum. So war es nun einmal in einer Freundschaft, oder nicht?

Geben und Nehmen. Und ich brauchte Donna. Ich brauchte ihre Freundschaft und ihre Unterstützung, um diese schweren Zeiten durchzustehen.

Schließlich standen die Dinge jetzt schon schlimm genug, aber wer konnte sagen, was noch auf uns wartete?

FÜNFUNDZWANZIG

POLIZEI NOTTINGHAMSHIRE

12. November 2019

DI Helena Price starrte aus dem Fenster, während Brewster den Streifenwagen durch das hübsche Dorf lenkte. Sie hatten kein anderes Auto zur Verfügung gehabt. Lynwick machte stets einen gepflegten Eindruck, mit mehreren kleinen Läden und interessanten Sehenswürdigkeiten, darunter antike Steinkreuze und kleine Wasserläufe entlang beider Seiten der Hauptstraße, im Ort als »Hafenbecken« bekannt.

Als sie von der Hauptstraße abfuhren und in langsamerem Tempo durch eine kleine Seitenstraße tuckerten, bemerkte sie die neugierigen Blicke der Leute, die auf ihren Wagen deuteten und miteinander tuschelten. In einem Dorf wie diesem blieb nichts unbemerkt – und doch hatte eine junge Frau während eines gut besuchten Festes einfach so verschwinden können. Helenas Erfahrung nach gab es zwei Varianten dieser kleinen, klaustrophobischen Orte: Entweder war es ein Segen, da jeder über alles Bescheid wusste, oder es stellte eine Hürde für alle Außenseiter dar, die niemand überwinden konnte – auch nicht die Polizei. Sie hoffte, dass Lynwick in die erste Kategorie fiel.

Als sie ihr Ziel erreicht hatten, lehnte Helena sich vor, um einen Blick auf das Haus von Kate und Michael Shaw zu werfen. Bei Tageslicht erkannte sie, dass es sich um ein bescheidenes Einfamilienhaus handelte, gepflegt, mit Steinmauern und einem kleinen Vorgarten. Recht unauffällig in einem Dorf mit mehreren beeindruckend großen Anwesen und weitläufigen Grundstücken.

Kate öffnete ihnen die Tür. Die großgewachsene Frau hatte ihr braunes Haar im Nacken zusammengebunden und ein paar lose Strähnen umrahmten ihr freundliches, offenes Gesicht. Nachdem sie sich begrüßt hatten, führte sie Helena und Brewster ins Haus.

»Müssen wir warten, bis noch jemand von der Schule kommt?«, fragte Kate.

»Nein. Ich habe mit der Schulleiterin der Lynwick-Grundschule gesprochen und wir waren uns einig, dass wir es langsam angehen lassen sollten. Je weniger Leute, desto besser«, erklärte Helena.

»Als ich Aleks erzählt habe, dass Sie vorbeikommen, schien er ziemlich nervös«, sagte Kate. Ihre Stimme war leiser geworden, nun kaum mehr als ein Flüstern. »Er sagt nicht viel, nicht einmal uns gegenüber, und er zeigt nicht allzu viele Emotionen, sogar, wenn wir über seine Mum sprechen. Ziemlich besorgniserregend, um ehrlich zu sein.« Sie warf Helena einen Blick zu. »Es ist leider gut möglich, dass Sie hiermit nur Ihre Zeit verschwenden.«

Helena nickte. »Die Möglichkeit besteht immer, aber wir werden sehen.« Oft verhielten Kinder sich in traumatischen Situationen nicht so, wie Erwachsene es von ihnen erwarteten. Erwachsene neigten dazu, ihre Emotionen auszudrücken und Sorgen oder Trauer sichtbar zu zeigen. Kinder hingegen verhielten sich manchmal genau entgegengesetzt und verschlossen sich komplett vor der Außenwelt. Ein Schutzmechanismus in Zeiten, in denen sie sich verletzlich und wehrlos fühlten.

Kate führte sie ins Wohnzimmer, wo Aleks schon auf sie wartete. Er hatte dunkles, fast schwarzes Haar und blasse Haut. Unter den schweren Lidern seiner Augen zeichneten sich dunkle Schatten ab. Als sie das Zimmer betraten, sah er nicht zu ihnen auf, sondern kaute nur wie wild auf seiner Unterlippe herum. Sobald sie sich ihm näherten, kreuzte er die Arme vor der Brust – ein zusätzlicher Schutzwall.

»Hallo, Aleks. Mein Name ist Helena Price. Ich arbeite bei der Polizei und leite die Ermittlungen bei der Suche nach deiner Mum. Das hier ist Kane Brewster, er ist ebenfalls Polizist.«

»Hi, Aleks«, sagte Brewster in einem herzlichen Tonfall und hockte sich neben den Sessel, auf dem Aleks saß. »Ich bin hier, um dir zu helfen. Wir wollen deine Mum wieder nach Hause bringen.«

Kate Shaw lächelte und nickte Aleks aufmunternd zu. Er rutschte zur anderen Seite des Sessels, versuchte unbewusst, sich so weit zu entfernen wie nur möglich. Eine ganz normale Reaktion, die Helena nicht fremd war.

Sie stand auf und ging zu dem Sessel, der Aleks gegenüberstand. »Aleks, ich weiß, dass du traurig bist und dir Sorgen um deine Mum machst.« Sie setzte sich. »Du kannst dich darauf verlassen, dass mein Team und ich alles dafür tun, um deine Mum zu finden. Okay?«

»Okay«, antwortete Aleks leise und presste seine Finger vor sich zusammen.

»Ich bin heute hier, weil es da noch etwas gibt, das wir tun können, um sie zu finden. Und dabei kannst uns nur du helfen.« Aleks sah zu Kate und setzte sich etwas aufrechter hin. »Ich habe ein paar Fragen, die ich dir stellen muss. Nichts Schwieriges oder Schlimmes, nur Dinge, die uns dabei helfen könnten, deine Mum zu finden. Verstehst du, was ich sage?« Nun sackte der Junge wieder in sich zusammen. »Es ist nicht schlimm, wenn du die Antworten nicht weißt. Und wenn du willst, dass ich aufhöre, musst du es mir nur sagen, dann gehen wir wieder. Glaubst du, wir könnten es mal versuchen?«

Aleks faltete seine Hände ganz fest ineinander und warf einen finsteren Blick auf seine weißen Fingerknöchel hinab.

Kate Shaw kam ihr zu Hilfe: »Ich bleibe die ganze Zeit hier bei dir. Was sagst du?«

Aleks sah zu Helena und Brewster auf, dann zurück zu Kate. Er nickte, ganz kurz.

»Super, Aleks«, sagte Kate. »Deine Mum wird so stolz sein, wie tapfer du heute warst.«

»Danke, Aleks.« Schnell ging Helena zum nächsten Punkt über, bevor seine Angst die Kontrolle über ihn gewann. »Ich weiß, dass deine Mum und du vor Kurzem nach England gezogen seid. Ihr habt vorher in Polen gelebt, nicht wahr?«

Er nickte.

»Es muss schwer für dich gewesen sein, deine Heimat zu verlassen«, sagte sie sanft.

»Ich war traurig, dass ich von meinen Freunden wegmusste, und von meinem Hasen, Banjo.«

»Das verstehe ich.« Sie nickte. »Und deine Mum muss ihre Familie auch sehr vermissen.«

Aleks rutschte in seinem Sessel herum. Helena wusste, dass bei Kindern in seinem Alter Schweigen nicht immer heißen musste, dass sie die Antwort nicht wussten. Es war ebenso möglich, dass ein Erwachsener ihnen gesagt hatte, dass sie nichts zu dem Thema preisgeben durften.

Sie wartete. Das Haus erschien ihr still und kalt. Draußen wurde es langsam dunkler und der Raum war in trübes Licht getaucht.

»Sie hat ihre Freundin vermisst«, sagte Aleks.

»Welche Freundin meinst du?«

»Petra.«

»Ah, richtig«, erwiderte Brewster, als wüsste er genau, um wen es ging. »Petra war oft bei euch, nicht wahr?«

Aleks nickte. »Sie hat mit meiner Mum in der Bäckerei gearbeitet und manchmal hat sie uns Kuchen für unsere Picknicks vorbeigebracht.«

Helena grinste. »Du Glückspilz! Und die Bäckerei, das war die in ...« Sie sah zur Decke hoch, als versuchte sie, sich an den Namen des Ortes zu erinnern. Aleks beobachtete sie. »Ich tu mir so schwer damit, mich an polnische Ortsnamen zu erinnern. Das war doch in ...«

»Tarnow«, sagte Aleks.

»Tarnow! Na klar.« Helena warf eine Hand in die Höhe. »Danke, Aleks.«

Brewster machte sich eine Notiz. »Aleks, könntest du uns bitte deine Adresse in Polen sagen? Es ist total wichtig, dass wir wissen, wo genau ihr dort gelebt habt, weil ...«

Helena warf ihm einen warnenden Blick zu, aber zu spät.

»Nein!« Auf Aleks' bleichen Wangen glühten rote Flecken.

»Alles gut«, sagte Helena beruhigend. »Denk daran, dass du uns nichts sagen musst, was du nicht sagen willst.« Aleks nickte und verschränkte die Arme vor der Brust. »Allerdings wäre es wirklich hilfreich, wenn wir eure Adresse in Polen hätten. Weißt du, dann könnten wir eurer Familie Bescheid sagen, die machen sich bestimmt Sorgen, wenn deine Mum sich nicht meldet.«

»Ich weiß die Adresse nicht mehr«, entgegnete er steif.

Helena war klar, dass der Junge ihnen widerwillig die belanglosen Antworten gab, die offensichtlich mit ihm eingeübt worden waren. Wahrscheinlich hatte seine Mutter ihm eingebläut, immer diese Antworten zu geben, wenn jemand mehr über ihr Leben in Polen wissen wollte. Deswegen war es so wichtig, direkte Fragen zu vermeiden, wie Brewster sie eben gestellt hatte. Sie mussten es stattdessen auf indirektem Wege versuchen.

»Aleks«, sagte sie sanft und wartete, bis er zu ihr aufsah. »Manchmal sagen Erwachsene Kindern, dass sie nichts verraten sollen, weil sie selbst Angst haben. Vielleicht hat deine Mum dir ja gesagt, dass du sagen sollst, dass du die Adresse nicht weißt, weil sie Angst hatte, die Leute könnten irgendwas herausfinden.«

Er rutschte vor und zurück, sein Gesicht wurde immer röter.

»Wir werden die Adresse sowieso bald herausfinden. Deine Mum hat sie angeben müssen, um ihren Pass zu bekommen«, ergänzte Brewster freundlich. »Es würde uns nur etwas Zeit sparen, wenn du sie uns gleich sagen könntest.«

Aleks machte ein leicht erschrockenes Gesicht.

Helena fuhr fort: »Du brauchst keine Angst haben, wir wollen dir nur helfen. Wir wollen deine Mum so schnell wie möglich finden und wieder nach Hause bringen. Wenn du uns diese Information anvertrauen kannst, würde es uns wirklich sehr weiterhelfen.«

Aleks sah ihr in die Augen und Brewster zückte seinen Stift. Dann sprach der Junge mit klarer, sicherer Stimme, als würde er ein auswendig gelerntes Gedicht aufsagen.

»Ich kann mich nicht an unsere Adresse erinnern und unsere ganze Familie ist inzwischen aus dem Dorf in Polen weggezogen.«

Frustriert ließ Brewster den Stift sinken und sah zu Helena, die sich von dieser Antwort nicht beirren ließ.

»Das muss echt schwierig gewesen sein«, sagte sie in neutralem Ton. »Als ihr nach England gekommen seid, habt ihr dafür viele neue Leute kennengelernt. Leute wie Tansy und Kate.« Aleks sah zu Kate hinüber und sie lächelte ihm zu. »Dann noch deine Freunde in der Schule, deine Lehrer. Ich weiß, dass deine Mum sich auch gut mit Irene Wadebridge versteht.« Aleks nickte und schien erleichtert, dass sie das Thema Polen hinter sich gelassen hatten. »Habe ich jemanden vergessen? Irgendwen, mit dem deine Mum hier in England viel zu tun hatte oder den sie oft erwähnt hat?«

»Michael«, sagte Aleks und sein Gesicht hellte sich auf, als wäre ihm plötzlich etwas eingefallen. »Michael war oft bei uns zu Besuch.«

Kate Shaw sprang auf, als hätte ihr jemand ins Gesicht geschlagen. »Das stimmt nicht! Ich meine ... er war doch nur mal bei euch, um den Wasserhahn zu reparieren, nicht wahr, Aleks?«, stammelte sie.

Aleks riss die Augen weit auf, als er merkte, dass er etwas Falsches gesagt hatte. Helena ging zu ihm und stellte sich als eine Art Schutzschild zwischen ihn und Kate Shaw. Sie hielt der Frau eine Hand entgegen. »Bitte, Kate, lassen Sie Aleks einfach sprechen. Wenn Sie möchten, können Sie später noch etwas hinzufügen.«

»Aber ... er stellt es ja so hin, als wäre Michael involviert in ...«

»Mrs Shaw, ich bitte Sie! Darüber können wir unter vier Augen sprechen«, sagte Brewster spitz.

»Aleks, du sagst, dass Michael oft bei euch war«, sagte Helena und stellte sich so mit dem Rücken zu Kate, dass sie Aleks den Blick auf sie versperrte. »Was hat er denn bei euch so gemacht?«

»Nur den Wasserhahn repariert, sonst nichts«, antwortete er mit gepresster Stimme und sein Blick schoss wild im Zimmer umher.

Die Luft knisterte vor Spannung. Helena konnte die Wogen der Nervosität spüren, die von Kate Shaw ausgingen. Kinder nahmen den Stress der Erwachsenen oft in sich auf, ohne es selbst zu merken. Das zeigte sich in ihrer Körpersprache und daran, wie wortkarg sie in diesen Situationen wurden. Aleks hatte Kates Nervosität eindeutig bemerkt und konzentrierte sich nun darauf, zurückzurudern und wiedergutzumachen, was seine Aussage bewirkt hatte.

»Dass er den Wasserhahn repariert hat, wissen wir schon. Was war mit den anderen Malen, als er bei euch war, was hat er da gemacht?«, fragte Brewster, die Worte sorgfältig so zurechtgelegt, dass er Aleks' Antwort nicht beeinflusste.

»Ich denke nicht, dass er sonst noch mal dort war«, sagte Kate, was ihr einen weiteren warnenden Blick von Helena einbrachte.

»Aleks?«, versuchte Brewster es erneut, ohne die Unterbrechung zu beachten. »Wenn Michael bei euch zu Besuch war, was hat er dann gemacht? Hat er sich mit dir und deiner Mum unterhalten?«

Der Junge presste die Lippen aufeinander und verschränkte die Arme. Helena musste erkennen, dass er sich inzwischen komplett in sich zurückgezogen hatte. Es war sinnlos, die Befragung jetzt noch fortzuführen.

Sie wandte sich an Brewster: »Ich glaube, weiter kommen wir heute nicht mehr.«

Ihr war klar gewesen, dass es ein Risiko war, Kate Shaw bei der Befragung mit dabeizuhaben. Sie hatte gehofft, ihre Anwesenheit hätte eine beruhigende Wirkung auf Aleks und dass er sich ihnen gegenüber so mehr öffnen würde. Stattdessen hatte sie unbeabsichtigterweise dafür gesorgt, die Vertrauensbasis zu zerstören, die Helena und Brewster so sorgsam mit ihm aufzubauen versuchten. Jetzt, wo seine Mutter verschwunden war, war Kate zu seiner erwachsenen Bezugsperson geworden, und selbstverständlich würde er alles tun, um sie nicht zu verletzen.

Helena holte tief Luft, um ihren Frust zu unterdrücken, dann lächelte sie angespannt.

»Kate, wissen Sie, wo Ihr Mann gerade ist?«, fragte sie vorsichtig. »Es gibt da etwas, das wir gerne mit ihm besprechen würden. Wenn möglich, am besten noch heute.«

SECHSUNDZWANZIG

Es dauerte keine Stunde, bis Michael Shaw sich bei ihnen meldete. Brewster stellte das Gespräch auf Lautsprecher, sodass beide Michaels Angebot hören konnten, zum Polizeirevier zu kommen.

Helena hob die Augenbrauen und nickte ihrem Kollegen zu.

Überaus freundlich antwortete Brewster: »Prima. Dann bis gleich, Mr Shaw.«

»Na sieh mal einer an«, sagte Helena, lehnte sich in ihrem Sitz zurück und tippte sich mit einem Kugelschreiber gegen die Schneidezähne. »Normalerweise müssen wir die Leute mit Gewalt und unter viel Geschrei aufs Revier zerren.«

»Macht aber Sinn, wenn er möchte, dass das Gespräch unter uns bleibt.« Brewster verzog das Gesicht. »Ich denke mal nicht, dass er uns mit einem direkten Geständnis kommen wird, dass er Suzy Baros entführt hat, aber ich wette, dass der seine Finger nicht bei sich behalten hat ...«

»Ja, vielen Dank, Brewster«, unterbrach Helena ihn und verdrehte die Augen. »Behalten Sie Ihre schmutzigen Fantasien lieber für sich.«

Brewster öffnete eine Packung Butterkekse.

―――

Als Michael Shaw auf dem Revier eintraf, machte er einen so gepflegten, frischen Eindruck, als wäre er gerade aus der Dusche gestiegen. Helena nahm sein lässig elegantes Outfit zur Kenntnis: Jeans, schwarzes T-Shirt ohne Muster, eine schicke, praktische Jacke und schwarze Wildlederschuhe. Brewster und sie waren bereits mehrmals oben in Wadebridge gewesen und wann immer sie Michael dort gesehen oder mit ihm gesprochen hatten, hatte er Latzhosen mit Farbspritzern oder ausgebeulte, geflickte Jeans getragen, dazu Öljacke, Kappe und Arbeitsstiefel. Sie war überrascht, wie gut ihm dieses gepflegtere Aussehen stand. Sie konnte sich durchaus vorstellen, dass eine junge Frau wie Suzy ihn in diesem Zustand ziemlich attraktiv finden mochte. Sehr interessant.

Brewster ergriff das Wort: »Wir müssen unser Gespräch für das Archiv aufzeichnen, aber es handelt sich hierbei nicht um eine offizielle Vernehmung in dem Sinne. Sie haben sich freiwillig dazu bereit erklärt, hier auf dem Revier mit uns zu sprechen, weil Sie dieses Gespräch nach eigener Aussage nicht bei Ihnen zu Hause oder an Ihrem Arbeitsplatz führen möchten. Ist das richtig?«

»Ja, das ist richtig«, erwiderte Shaw und faltete seine Hände locker ineinander.

Helena machte den Anfang. »Ihnen ist bewusst, dass wir heute bei Ihnen zu Hause waren, um mit Aleks Baros zu sprechen?«

»Ja«, sagte er knapp und Helena bemerkte, dass seine Finger sich nun etwas fester ineinanderschlangen.

»Im Laufe dieses Gesprächs kamen wir ganz allgemein darauf, dass Sie möglicherweise öfter mal bei der Familie Baros vorbeigeschaut haben«, sagte Helena leichthin. »Waren Sie mehrmals bei Suzy und Aleks zu Besuch?«

Shaw räusperte sich. »Es ist mein Job, mich um die Cottages zu kümmern und dafür zu sorgen, dass dort alles in Schuss ist. Deswegen bin ich tatsächlich öfter dort unterwegs und kümmere mich um dies und das. Letzte Woche musste ich bei ihnen einen Wasserhahn reparieren und ich glaube, Suzy hat mir was zu trinken angeboten.« Er schluckte und Helena konnte sich gut vorstellen, wie trocken seine Kehle vor Nervosität sein musste. »Ja, genau, wir haben zusammen eine Tasse Tee getrunken und ein bisschen miteinander geplaudert.«

»Worüber haben Sie geplaudert?«, fragte sie.

»Darüber, wie es ihr im Dorf gefällt und wie ihr Sohn sich in der Schule zurechtfindet. Meine Tochter und Aleks gehen in dieselbe Klasse, sie sind miteinander befreundet.«

»Okay«, sagte Helena.

»Was ist mit den anderen Besuchen?«, hakte Brewster nach. »Über diesen störrischen Wasserhahn wissen wir inzwischen mehr als genug, aber wir haben den Eindruck, dass Sie während der Monate, die Suzy Baros in diesem Cottage gewohnt hat, des Öfteren bei ihr vorbeigeschaut haben. Vielleicht haben Sie dabei auch mal was liegen lassen ... zum Beispiel den Schlüsselbund, den unser Team bei der Durchsuchung des Häuschens gefunden hat.«

Shaw überlegte kurz. »Gut möglich, dass ich mal vorbeigeschaut habe, um zu fragen, ob ich ihre Hecke schneiden soll. Und was den Schlüsselbund angeht, kann ich nur immer wieder betonen, dass ich keine Ahnung habe, wie er dorthin gekommen ist.«

»Verstehe«, sagte Brewster ohne Überzeugung. »Was könnte es noch so für Anlässe gegeben haben, dort vorbeizuschauen?«

»Da müsste ich länger überlegen. Ich bin dort oben immer sehr beschäftigt, habe kaum mal eine Minute zum Verschnaufen.«

Helena bemerkte die Röte, die Shaws Hals hinaufkroch.

»Wir haben keine Eile, Mr Shaw.« Sie lächelte. »Dürfen wir Ihnen ein Glas Wasser anbieten? Ihnen scheint ja ... recht warm zu sein.«

»Mir geht's gut.« Er zupfte am Kragen seiner Jacke. »Ich bin es nur gewöhnt, draußen an der frischen Luft zu sein.«

»Sie waren gerade dabei, uns von Ihren Besuchen bei Suzy Baros zu erzählen«, erinnerte Brewster ihn.

»Wie gesagt, schwer zu sagen ...«

»Hören Sie auf, dieses Spiel mit uns zu spielen, Mr Shaw. Sie möchten doch nicht, dass wir den Eindruck bekommen, Sie würden uns etwas verheimlichen, nicht wahr?«

»Das tue ich auch nicht! Ich will Ihnen nichts verheimlichen. Es ist nur ...« Helena konnte seinen schweren Atem hören. Seine Hände hatte er inzwischen zu Fäusten geballt. »Sie fragen mich nur immer wieder danach, wann ich bei ihr war, aber Sie fragen mich gar nichts über sie selbst und wie sie ...« Er biss sich auf die Zunge, offensichtlich nervös, weil er zu viel preisgegeben hatte.

Brewster stürzte sich sofort darauf und lehnte sich nach vorn. »Wie sie was?«

»Nichts. Vergessen Sie, was ich gesagt habe.«

Brewster lächelte scheinheilig. »Ah, Mr Shaw, so funktioniert das hier aber nicht. Wenn Sie ins Fettnäpfchen treten, fällt uns das auf, und dann müssen Sie sagen, was Sie wissen. So lauten die Regeln.«

»Ich bin nicht ins Fettnäpfchen getreten«, erwiderte Shaw mit gepresster Stimme. Seine Wangen glühten. »Ich wollte nur sagen, dass Sie alle zu denken scheinen, dass sie so lieb und schüchtern war, aber das war sie gar nicht.«

»Ach?« Brewster warf ihm einen kühlen Blick zu. »Wie war sie denn dann?«

»Sie war ... streitlustig. Stur. Irgendwie hatte sie sich in den Kopf gesetzt, dass ich etwas zu verbergen habe, was absolut lächerlich ist! Weil ich nämlich nichts zu verbergen habe.«

»Was genau meinte sie denn damit?«, fragte Helena.

»Irgendwas über so einen Typen aus Polen. Sie meinte, der hätte mal in Wadebridge gearbeitet, keine Ahnung.« Helena und Brewster warfen sich einen Blick zu. »Sie hat deswegen immer weiter nachgebohrt, hat mir im Hof aufgelauert, hat mich aufgehalten, wenn ich mit dem Rasentraktor unterwegs war. Sie war überzeugt, dass ich etwas weiß, und ich hatte die Schnauze voll davon. Am Ende habe ich ihr gesagt, dass ich mit Irene rede und dafür sorge, dass sie ihr den Mietvertrag kündigt. Da wurde sie dann richtig fies. Sie hat mir damit gedroht, meiner Frau zu sagen, ich hätte mich an sie rangemacht.« Er starrte auf seine Hände hinab und kurz wirkte er auf Helena wie ein geprügelter Hund. »Ich schwöre, dass ich sie nie angefasst habe. Das würde ich niemals tun.«

Helena nickte Brewster zu. Dieses zwanglose Gespräch hatte sich rapide weiterentwickelt.

Brewster bedeutete Shaw, dass er aufhören sollte zu reden. »Ich muss Sie darüber informieren, dass es sich bei diesem Gespräch ab jetzt um eine Beschuldigtenvernehmung handelt. Sie sind nicht dazu verpflichtet, uns weitere Auskünfte zu geben, allerdings kann es Ihrer Verteidigung schaden, falls Sie uns hier Informationen vorenthalten, die Sie dann in einer späteren Gerichtsverhandlung heranziehen. Alles, was Sie nun sagen, kann als Beweismittel angesehen werden.«

Shaw rutschte auf seinem Stuhl nach vorn. »Was? Was soll das heißen? Warum ...?«

»Sie sind nicht verhaftet und haben das Recht, jederzeit zu gehen. Außerdem können Sie die Anwesenheit eines Anwalts anfordern, falls Sie das möchten«, fuhr Brewster fort. »Haben Sie das alles verstanden?«

»Ja«, sagte Shaw knapp. »Ich brauche keinen Anwalt, weil ich nichts falsch gemacht habe.«

»In Ordnung, Mr Shaw, dann lassen Sie uns jetzt fortfahren«, sagte Brewster. »Was genau hat Suzy Baros über diesen Mann aus Polen gesagt?«

SIEBENUNDZWANZIG
MICHAEL

Kate rief ihn an, als er das Polizeirevier verließ. Er nahm das Gespräch an.

»Michael, was ist los? Du bist schon ewig lang weg, ich hab mir ...«

»Es war schrecklich, Kate. Ich dachte schon, sie würden mich an Ort und Stelle verhaften. Sie sind davon überzeugt, dass ich was mit Suzys Verschwinden zu tun habe ... und mit Jakubs auch. Ich glaube nicht, dass es noch lange dauert. Sie haben gesagt, dass sie sich vielleicht heute noch mal bei mir melden.«

»Was? Moment mal, ich dachte, sie wollten dir nur ein paar Fragen stellen.«

»Sie haben sich ganz anders verhalten, sobald ich auf dem Revier war. Sie haben gesagt, dass es sich bei dem Gespräch um eine Beschuldigtenvernehmung handelt.«

»Sie haben dich reingelegt! Kannst du ...«

»Ich liebe dich, ich hoffe, du weißt das«, sagte er mit schwankender Stimme. »Ich liebe dich und ich liebe unsere Tochter, mehr als alles in der Welt. Das musst du mir glauben.«

»Natürlich glaube ich dir das!« Er konnte hören, wie ihre

Stimme lauter wurde, als die Panik sie packte. »Michael, was ist los?«

Ein paar Sekunden herrschte Schweigen, dann sagte er: »Ich habe nie gewollt, dass das passiert. Dass alles so aus dem Ruder läuft.«

»Michael, was willst du mir damit sagen?«

Er konnte nicht antworten, hatte zu viel Angst, dass er mit der schrecklichen Wahrheit herausplatzen würde.

»Bist du auf dem Heimweg?« Ihre Stimme klang schrill und gepresst, zum Zerreißen gespannt. »Lass dein Auto stehen, ich komm und hol dich ab. Sag mir nur, wo ich hinfahren soll.«

»Alles okay, Kate. Ich brauche nur einen Moment. Ich gehe ein bisschen spazieren und komme bald nach Hause. Denk an das, was ich gesagt habe. Ich liebe euch beide. Egal, was kommt.«

Er schaltete sein Handy aus, sehnte sich verzweifelt nach etwas Zeit zum Nachdenken. Nach Hause konnte er noch nicht, dort schienen die Wände immer näher zu kommen. Dass der Verdacht wegen Suzys Verschwinden auf ihn gefallen war, war schon schlimm genug, aber nun noch das mit Jakub Jasinski ... Wenn sie herausfanden, was geschehen war, wenn sie seine Lügen aufdeckten, wäre es für ihn aus und vorbei. Und wenn sie weiter so auf dem Gelände herumschnüffelten, *würden* sie es herausfinden. Dann würden sie alles wissen. Wie hatte er nur glauben können, dass er damit davonkommen würde? Er saß in der Falle. Nun gab es keinen Ausweg mehr.

Er ging die Straße hinauf, an ein paar kleinen Läden vorbei, und blieb an einer majestätischen Eiche stehen, die bestimmt über hundert Jahre alt sein musste. Er dachte daran, dass die Scham Kate zerstören würde, wenn alles ans Licht kam. Wie schrecklich es wäre, wenn der Verdacht auch auf sie fallen würde. Sie würden aus dem Dorf wegziehen müssen, Tansy würde all ihre Freunde verlieren. Und es wäre alles seine Schuld. Er ließ den Kopf sinken und rieb sich über die Augen.

Die Gedanken wirbelten in seinem Kopf herum. Was konnte er nur tun ...

Ein Ruck fuhr durch seinen Körper, die Welt verschwamm vor seinen Augen und in seinen Ohren dröhnte Lärm, den er nicht zuordnen konnte. Er verlor das Gleichgewicht, stolperte mit rudernden Armen auf die Straße und der LKW, den er eben noch mit flotter Geschwindigkeit die Straße hatte hinauffahren sehen, war direkt vor ihm, bevor er auch nur blinzeln konnte. Ein gigantisches rotes Fahrzeug mit mattschwarzem Kühlergrill und verchromten Scheinwerfern, die ihn blendeten. Es gab kein Entkommen, keine Chance, den Aufprall zu verhindern. Nur das unbarmherzige Dröhnen einer ohrenbetäubenden Hupe, während Tausende kleine Lichter in seinem Kopf explodierten. Anmutig flog er durch die Luft, bevor er mit einem schweren, dumpfen Knall auf dem kalten Asphalt aufprallte.

Die Zeit blieb stehen. Michaels zersplitterte Knochen gaben unter ihm nach, als wären sie aus Pappe. Jeder Millimeter seines Körpers entflammte in überwältigendem Schmerz, nur um Sekunden später von einer Welle der Taubheit ausgelöscht zu werden, die ihn wie Eis umschloss. Seine Augenlider flackerten, als der Fahrer aus seiner Kabine geschossen kam, das bleiche Gesicht von Horror gezeichnet, während er auf Michael hinabstarrte.

So fühlte man sich also, wenn man starb. So musste es sich damals angefühlt haben, für ...

Wie ein Lichtblitz schoss ihm der Gedanke durch den Kopf und ließ nichts als Stille und Dunkelheit zurück.

Andere Autofahrer und Fußgänger blieben stehen, um zu helfen. Jemand rief: »Der Rettungsdienst ist schon unterwegs.«

Seine letzten Sekunden waren ein Feuerwerk der Erinnerungen, so lebhaft, so greifbar echt. Das Gesicht seiner Mutter, als sie noch jung war, der Schulhof, wo er sich als Zehnjähriger ein Bein gebrochen hatte. Seine wunderschöne Tochter. Einen kurzen, herrlichen Moment lang war Tansy bei ihm, schwebte direkt über ihm, streckte die Hand nach ihm aus. Doch so schnell sie gekommen war, verschwand sie auch wieder, und seine Finger fassten nichts als kalte Luft.

Kate würde zu Hause auf ihn warten. Er konnte sie vor sich sehen, wie sie voller Angst und Hoffnung aus dem Fenster starrte. Als er sie zum ersten Mal gesehen hatte, war sie erst siebzehn gewesen und hatte gar nicht gewusst, wie schön sie war. Sie hatte vor der Fachhochschule auf den Bus gewartet, schlank und großgewachsen, mit rabenschwarzem Haar, das ihr fast bis zur Taille reichte. Was für eine seidige Mähne. In der Sonne blauschwarz glänzend wie ein Vorhang aus reinem Ebenholz.

Er war damals einen Tag die Woche zur Fachhochschule gegangen, als Teil seiner Ausbildung in Wadebridge. Dabei hatte er durchaus Nützliches gelernt, aber der eigentliche Hauptgewinn bei der Sache war, dass er Kate kennengelernt hatte.

Seine Gedanken wanderten zurück zum Dorf. Zu den Cottages in Wadebridge. *O Gott, nein.* Wie lange es wohl dauern würde, bis sie es herausfanden? Bis der Schatten, mit dem er so lange gekämpft hatte, schließlich doch ans Licht kam?

»Es tut mir so leid, Kate«, flüsterte er mit letzter Kraft. »Ich wollte nicht, dass das passiert.«

Der LKW-Fahrer beugte sich zu ihm, eine Hand hinter dem Ohr, um ihn besser hören zu können. »Was haben Sie gesagt?«

Michael schloss die Augen und kämpfte den Drang nieder, sein grausiges Geheimnis zu offenbaren. Er hatte so damit gerungen, aber nun hatte es ihn besiegt und Kate würde mit den Folgen leben müssen. Tansy würde mit dem Spott der anderen Kinder aufwachsen müssen.

Wie das letzte Abendlicht an der Schwelle zur Nacht erlosch das Leben in ihm. Er war froh darüber, hatte vom Leben genug. Er wollte nicht mitansehen müssen, was als Nächstes geschah.

Er hatte damit leben müssen, wie Gut und Böse in ihm kämpften. In dieser Welt war nicht genug Platz für beides, damit konnte die Gesellschaft nicht umgehen. Entweder man war ein guter Mensch oder ein schlechter, und damit basta. Die Leute wollten genau wissen, mit wem sie es zu tun hatten.

Inzwischen hörte er Sirenen, aber nur ganz leise.

Ihm wurde bewusst, dass eine kleine Gruppe Menschen sich um ihn versammelt hatte. Sie schauten auf ihn herab. Ihre Gesichter kamen näher und näher und verschwammen dann wieder mit dem Hintergrund, als würde jemand vor seinen Augen ein Teleskop justieren. Er konnte hören, wie jemand fragte: »Ist er bei Bewusstsein?«

Geh nicht dorthin, schickte er seinen stummen Wunsch an Kate, während sich eine schwere, samtene Stille auf ihn legte. Der letzte Vorhang war gefallen. *Vergib mir. Pass auf unsere Kleine auf.*

Dann schloss Michael Shaw die Augen. Bald würde in dieser Welt nichts von ihm bleiben außer einem schambehafteten Geheimnis, das seine geliebte Frau noch früh genug herausfinden musste.

ACHTUNDZWANZIG
KATE

Michael hatte am Telefon seltsam geklungen, nicht wie er selbst. Seine Gedanken und Worte waren ganz durcheinander gewesen und es war offensichtlich, dass sein Gespräch mit der Polizei nicht gut gelaufen war. Hoffentlich kam er bald nach Hause, damit ich sicherstellen konnte, dass alles in Ordnung war.

Ich rief ihn erneut an, aber sein Handy war ausgeschaltet. Er hatte gesagt, dass er spazieren gehen wollte, vielleicht hatte er einfach keinen Empfang.

Ich hinterließ eine Nachricht auf seiner Mailbox: »Ich bin's noch mal ... ist alles okay? Sag Bescheid, wenn ich dich abholen soll. Komm einfach nach Hause, dann können wir reden.«

Tansy und Aleks hatten mit ihren Spielzeugfiguren ein Picknick gemacht, doch jetzt sah meine Tochter mit gerunzelter Stirn zu mir hoch. »Wo ist Daddy?«

»Er ist nur schnell einkaufen gegangen. Bald ist er wieder da, mein Schatz.«

Das schien sie zu beruhigen und sie widmete sich wieder ihrem Picknick, aber Aleks wandte den Blick nicht von mir ab. Er fixierte mich mit diesen dunklen, wissenden Augen und als ich ihm ein schwaches Lächeln schenkte, lächelte er nicht zurück.

Michael war jetzt schon seit Ewigkeiten fort. Viel zu lange. Irgendetwas musste ihn aufgehalten haben, irgendetwas, auf das er keinen Einfluss hatte. Mit aller Kraft sehnte ich das Klingeln meines Handys herbei. Stellte mir Michaels Stimme vor, wie er leise fluchte und sagte: »Keine Sorge, in fünf Minuten bin ich da.«

Doch das Handy blieb stumm und der Kloß in meinem Hals wurde immer größer.

Bis vor ein paar Wochen war unser Leben so unkompliziert gewesen. Manche hätten es als vorhersehbar beschrieben. Aber mir hatte die Routine immer gefallen, die Sicherheit, dass ich wusste, was als Nächstes passieren würde. Nach den turbulenten Jahren mit meiner Mum fand ich das sehr beruhigend.

Die albernsten Dinge brachten mir Freude. Um sechs Uhr morgens aufzuwachen und eine Tasse Tee zu entdecken, die Michael mir vor der Arbeit gemacht hatte. Tansys Schulalltag. Plaudereien mit den immer gleichen Leuten vor den Schultoren. Dass ich jedes einzelne der Gesichter erkannte, die ich auf meinem Weg durchs Dorf sah. Meine Arbeit in der Schule und die Bibliothek, die es dort gab. Besuche bei Irene und dass mein Herz selbst nach fünfzehn Jahren Ehe immer noch einen Moment aussetzte, wenn ich einen Blick auf Michael erhaschte, wie er draußen arbeitete, ganz in seinem Element. Mein wöchentlicher Kaffeeklatsch mit Donna, jeden Freitagmorgen. Bevor unser Leben sich verändert hatte, hatte ich das alles so genossen.

Und nun war es mehr als eine Stunde her, dass ich mit Michael gesprochen hatte, und er war immer noch nicht zu Hause. Etwas stimmte nicht. Ich konnte es spüren.

Ich rief auf dem Polizeirevier an.

»Hallo. Mein Mann, Michael Shaw, war heute auf dem Revier, um mit Ihren Detectives zu sprechen. Können Sie mir bitte sagen, ob alles in Ordnung war, als er das Revier verlassen hat?«

»Einen Moment, bitte«, sagte die dienstbeflissene Dame am anderen Ende und ich hörte sie in Dokumenten herumblättern. »Michael Shaw hat das Revier inzwischen verlassen.«

»Ja, das weiß ich. Er hat mich angerufen, klang aber ganz seltsam. Das ist inzwischen über eine Stunde her und er ist immer noch nicht zu Hause.«

»Tut mir leid, ich kann Ihnen nur sagen, dass er das Gebäude verlassen hat.«

Nutzlos! Sie waren so auf ihre dummen Regeln bedacht, dass das Wohl der Menschen ihnen völlig egal war. Wutentbrannt beendete ich das Gespräch.

Tansy erschien vor mir, mit verschränkten Armen und sorgenvoller Miene. »Mummy, kann ich jetzt baden gehen? Wann kommt Daddy nach Hause?«

Michael gab sich solche Mühe, Tansys Badezeit zu einem spaßigen Ereignis zu machen. Ich musste immer schmunzeln, wenn ich sie vor Lachen juchzen hörte, während sie sich gegenseitig mit Wasser bespritzten oder sich Schaumcocktails in knallbunten Plastikbechern servierten.

»Heute müssen wir dein Bad vielleicht ausfallen lassen, Schatz. Daddy kommt ein bisschen später nach Hause.«

Aleks beobachtete uns schweigend. Es würde mir weniger Sorgen bereiten, wenn er weinen würde, oder schreien, dass wir seine Mum finden sollen. Seine Haut war aschfahl und ihm schien jede Energie zu fehlen. Vielleicht hatte Michael doch recht, vielleicht hätte er es in einer Pflegefamilie besser gehabt, bei Leuten, die nicht so viel um die Ohren hatten.

Das ließ die stets präsente Frage wieder aufkommen: Wo war seine Mutter bloß? So viele offene Fragen standen im Raum und die Polizei schien ein besonderes Interesse an

Michael zu haben. Aber was für Fortschritte konnten sie denn verzeichnen? Ich hatte den schrecklichen Verdacht, dass ihre Ermittlungen sich ziemlich festgefahren hatten und er derzeit der einzige Verdächtige war.

Tansy sah mich misstrauisch an. »Warum kommt Daddy so spät?«

»Er wurde aufgehalten. Weißt du was, du und Aleks könnt euch doch schon mal eure Schlafanzüge anziehen und dann lesen wir alle gemeinsam eine schöne Geschichte. Was hältst du davon?«

Ich war überrascht, als Tansy nickte, von meinem Angebot beschwichtigt.

»Ist das für dich auch okay, Aleks?« Er starrte mich nur stumm an. »Schlafanzüge anziehen und Geschichte lesen?«

»Ich will zu meiner Mum«, wisperte er so leise, dass ich ihn kaum hören konnte.

Ich trat zu ihm und drückte sanft seine Hand. »Ich weiß. Und ich weiß auch, dass das gerade alles total schwierig ist, aber wir schaffen das gemeinsam. Ganz bestimmt.«

Kurz traf sein beseelter dunkler Blick den meinen, dann riss er sich von mir los und folgte Tansy nach oben.

Sobald ich sie in ihren Zimmern herumtapsen hörte, griff ich nach meinem Handy und suchte im Internet nach Unfallmeldungen auf der Strecke vom Polizeirevier nach Hause. Nichts. Ich legte das Handy weg und setzte mich auf das Sofa in der Küche. Das Kaminfeuer war bis auf die Glut heruntergebrannt, aber ich war zu zerstreut, um Holz nachzulegen. Kurz schloss ich die Augen und wünschte mir mit aller Kraft, die Tür würde auffliegen und Michael hereingestapft kommen, voller Beschwerden darüber, wie lang die Rückfahrt gedauert hatte. Doch in der Küche blieb es gespenstisch still.

Nach einer Weile tauchten Tansy und Aleks wieder auf. Sie hatten ihre Schlafanzüge an und Tansy hielt Barnaby Bear umklammert. Die Polizei hatte Michael erlaubt, ein paar von

Aleks' Sachen aus dem Cottage zu holen, weswegen er nun seinen eigenen Schlafanzug trug und seinen Teddy bei sich hatte.

Tansy hielt ein Buch in die Höhe. »Ich will *Der süße Brei* hören«, sagte sie in leicht muffeligem Ton. »Das Märchen hat Daddy am liebsten und er verstellt seine Stimme immer so lustig, wenn er sagt: ›Steh, Töpfchen, steh!‹«

»Okay.« Ich nickte. »Dann werde ich mein Bestes tun, um in Daddys Fußstapfen zu treten. Wir setzen uns aufs Sofa, okay? Komm, Aleks, du bist auch gemeint.«

Ich warf ein Holzscheit in den Kamin und zu dritt kuschelten wir uns mit dem Buch aufs Sofa. Ich hatte es gerade aufgeschlagen, als es an der Tür klingelte. Wie von der Tarantel gestochen sprang ich auf. Unsere Küche lag im hinteren Teil des Hauses, weswegen ich nicht sehen konnte, wer klingelte.

»Ist das Daddy?« Tansy ließ Aleks auf dem Sofa zurück und raste in den Flur. Aber ich wusste, dass es nicht Michael sein konnte. Der hätte seinen Schlüssel verwendet.

»Tansy, komm wieder her. Bitte, lass mich gehen«, rief ich ihr zu. Mein scharfer Tonfall ließ sie abrupt innehalten, sie drehte sich um und starrte mich an, aber ich konnte nicht anders. In mir hatte sich schreckliche Angst breitgemacht und ich wollte nicht, dass sie etwas hörte, was sie nicht hören sollte. »Sei lieb und setz dich wieder zu Aleks. Ich bin in zwei Minuten zurück.«

Ich schloss die Küchentür hinter mir und ging raschen Schrittes zur Haustür, als es erneut klingelte.

Ruhig bleiben. Durchatmen.

Es musste nichts Schlimmes sein. Vielleicht hatte Michael sein Handy verloren und jemanden vorbeigeschickt, um mir mitzuteilen, dass er sich verspäten würde. Ein Blick durch den Türspion ließ diese Theorie in Flammen aufgehen. Dort standen die beiden Detectives, DI Price und DS Brewster. Hinter ihnen stand eine großgewachsene Frau mit kurzem schwarzem Haar und einer schwarzen Brille. Meine Kehle schnürte sich zu. Ich öffnete die Tür.

»Hallo, Mrs Shaw. Dürfen wir reinkommen?«, fragte Price mit ruhiger, klarer Stimme. Sie deutete auf die anderen beiden. »DS Brewster kennen Sie ja schon und das hier ist Familienbeauftragte PC ...«

»Ist ... ist was passiert? Mein Mann, er ...«

»Bitte, Mrs Shaw, wir müssten kurz reinkommen«, sagte Brewster leise.

»Ich ... die Kinder sind ...« Mir gingen die Worte aus, ich konnte nicht mehr sprechen. Mein Atem ging flach und unregelmäßig.

»Mummy, wer ist da an der Tür?«, erklang Tansys nervöse Stimme hinter mir. »Ist das die Polizei?« Ich wirbelte herum und mein Blick huschte zu ihrem kleinen bleichen Gesicht. Stumm und mit weit aufgerissenen Augen stand Aleks neben ihr.

Ich trat einen Schritt zurück, um die Detectives hereinzulassen, dann kauerte ich mich neben meiner Tochter nieder und legte ihr meine Hände auf die Schultern. »Hör zu, mein Schatz. Du und Aleks müsst hochgehen in dein Zimmer und den Fernseher einschalten. Die Tür bleibt zu, bis ich nach euch rufe, okay?«

Eingeschüchtert starrte sie die Detectives an. DI Price schenkte ihr ein Lächeln und winkte ihr zu. Tansy winkte nicht zurück. »Ich will meinen Daddy«, sagte sie mit bebender Unterlippe.

»Haben Sie meine Mum gefunden?«, wisperte Aleks.

»Noch nicht, Aleks«, erwiderte Price freundlich. »Aber wir tun nach wie vor unser Bestes, um sie zu finden.«

»Aleks' Mum ist verschwunden und jetzt ist Daddy auch weg«, heulte Tansy.

Ich stand auf und sagte in einem liebevollen, aber bestimmten Ton: »Tansy, du musst jetzt tapfer sein, damit

Mummy sich um das hier kümmern kann. Bitte geh mit Aleks in dein Zimmer. Je früher Mummy mit den Polizisten sprechen kann, desto schneller finden wir heraus, wo Daddy und Aleks' Mum sind. Okay?«

Tansy nickte ohne große Überzeugung und machte sich widerwillig auf den Weg nach oben, mit Aleks im Schlepptau.

Ich sah zu den Detectives. »Bitte sehr.« Ich deutete auf die Küchentür. »Wir können uns dort hinsetzen.« Ich wartete, bis ich das Klicken von Tansys Zimmertür hörte, bevor ich mich zu ihnen setzte.

»Was ist passiert?«, fragte ich fordernd, obwohl die Worte mir fast die Luft abschnürten. »Geht es um Michael?«

»Leider muss ich Ihnen mitteilen, dass Ihr Mann in einen Verkehrsunfall verwickelt war, Mrs Shaw«, sagte Price leise und senkte den Blick.

»Oh nein! Aber ich habe doch nachgeschaut, ob es heute Unfälle gab. Geht es ... geht es Michael gut?«

Sie zögerte, nur einen kurzen Moment, aber lang genug, um mich vorzuwarnen, dass es sich um schlechte Nachrichten handelte. Aus dem oberen Stockwerk hörte ich das Plärren des Fernsehers und die polternden Schritte der Kinder.

»Es tut mir leid, Ihnen sagen zu müssen, dass Michael vor etwa einer Stunde auf der Oxclose Lane von einem LKW erfasst wurde«, sagte sie mit Bedacht. »Sanitäter waren vor Ort und haben ihr Bestmögliches getan, um ihn zu retten, doch leider ist er im Rettungswagen auf dem Weg zum Krankenhaus verstorben.«

NEUNUNDZWANZIG

Mein Wehklagen hallte durch die Küche und schnitt die muffige Luft entzwei. Ich biss mir auf die Zunge, als mir die Kinder wieder einfielen. Die Familienbeauftragte eilte an mir vorbei und kam mit einem Glas Wasser zurück.

»Meine Tochter ... ich will nicht, dass sie davon erfährt«, sagte ich. »Noch nicht.«

»Nehmen Sie einen Schluck.« Die Frau reichte mir das Glas. »Versuchen Sie, durchzuatmen. Ganz langsam, einatmen, ausatmen. So ist's gut.«

»Was ist passiert?«, flüsterte ich und klammerte mich an mein Glas. »Ich meine, wie ist es passiert?«

Price erklärte: »Die zuständigen Polizeieinheiten sammeln derzeit alle relevanten Informationen. Der LKW-Fahrer hat angegeben, dass es so aussah, als sei Michael einfach auf die Straße gelaufen, direkt vor den LKW.« Sie zögerte. »Vielleicht tröstet es Sie zu hören, dass die Beamten vor Ort davon ausgehen, dass alles ganz schnell geschehen ist. Wahrscheinlich hatte Ihr Mann nicht mal genug Zeit zu verstehen, was passiert.«

Michael war tot. Von einem Moment auf den anderen ausgelöscht. »Und der LKW-Fahrer, ist er ...«

»Der Fahrer ist zutiefst erschüttert, aber unverletzt«, bestätigte Brewster.

»Ja, aber ... Sie können das nicht einfach für bare Münze nehmen.« Ich stellte mir vor, wie der LKW-Fahrer der Polizei alles Mögliche an Lügen auftischte, um keinen Ärger zu bekommen. »Was, wenn der aufs Handy geguckt hat? So was hört man doch immer wieder.«

»Keine Sorge, Mrs Shaw«, erwiderte Helena leise. »Wir nehmen nichts für bare Münze und werden neben zahlreichen anderen Dingen auch das Handy sowie sämtliche andere elektronischen Geräte des LKW-Fahrers überprüfen, um sicherzustellen, dass sie zum Unfallzeitpunkt nicht in Verwendung waren.«

»Darüber hinaus suchen wir nach Zeugen, nehmen Vermessungen vor, machen Fotos und erstellen 3D-Bilder«, fügte Brewster hinzu. »Den LKW überprüfen wir auf mechanische Defekte und andere Hinweise, um herauszufinden, was genau passiert sein könnte.«

Wenn Michael vor einen LKW gelaufen war, war klar, dass es nicht die Schuld des Fahrers sein konnte. Aber wie hatte er so geistesabwesend sein können? Ich dachte daran, wie aufgebracht er in unserem Garten herumgelaufen war, wie ich ihm vorgehalten hatte, dass er über seine Bekanntschaft mit Jakub Jasinski gelogen hatte.

»Was haben Sie auf dem Polizeirevier zu ihm gesagt?«, fragte ich vorwurfsvoll. »Er hat mich danach angerufen und klang sehr aufgebracht.«

»Wir haben ihm auf jeden Fall einiges zu bedenken gegeben«, sagte Price.

»Zum Beispiel?«

»Jetzt ist nicht der richtige Zeitpunkt, um darüber zu sprechen, Mrs Shaw«, warf Brewster sanft ein. »Mit diesen schrecklichen Nachrichten haben Sie im Moment schon genug zu verarbeiten.«

»Wo ist er? Kann ich zu ihm?«

»Das Krankenhaus wird sich in Kürze bei Ihnen melden, sobald sie dort so weit sind«, antwortete er diplomatisch. Mir war klar, was er damit meinte. Michaels Körper war bestimmt in einem schlimmen Zustand. Der grausige Gedanke ließ mich erschaudern.

Price räusperte sich. »Es tut mir schrecklich leid, Ihnen all diese schlimmen Dinge erzählen zu müssen, Mrs Shaw, aber Sie werden sich an ein Bestattungsunternehmen wenden müssen, das die Leiche Ihres Mannes nach der ... nach der Obduktion abholen kann. Die werden sich dann um alles Weitere kümmern.«

Ich vergrub den Kopf in meinen Händen. Michaels Gesicht ging mir nicht aus dem Sinn. Meine Gedanken kreisten um all das, was sie mir über den Unfall erzählt hatten. Der LKW-Fahrer hatte gesagt, es hätte so ausgesehen, als sei Michael einfach auf die Straße gelaufen. Ich wusste, dass er sich Sorgen gemacht hatte, aber ... Die Wände kamen immer näher und der Raum begann, sich um mich zu drehen. Wie hatte ich die Warnsignale übersehen können?

»Mrs Shaw?«, fragte Price sanft. »Gibt es jemanden, den wir für Sie anrufen können? Jemanden, der vorbeikommen und eine Weile bei Ihnen bleiben kann? Das ist ein schwerer Schock und ich weiß, dass Sie dabei noch an Ihre Tochter denken müssen.« Sie warf einen Blick Richtung Flur.

»Ich ... ich brauche nur etwas Zeit, um das zu verarbeiten.«

»Selbstverständlich.«

Ich starrte ins Leere und meine Fingernägel bohrten sich in die Armlehne des Sofas. Michael musste so müde gewesen sein, dass er sich nicht mehr hatte konzentrieren können. War das der Grund, warum er in diesem entscheidenden Moment nicht aufgepasst hatte? Oder hatte er sich solche Sorgen gemacht? Ich würde es wahrscheinlich nie erfahren.

»Gibt es sonst noch etwas, das wir für Sie tun können,

Mrs Shaw?«, fragte die Familienbeauftragte, als die drei sich zum Aufbruch bereitmachten. »Ich könnte Ihnen eine Tasse Tee kochen, bevor wir gehen?«

»Nein. Nein, danke, das kann ich selbst.« Hilflos ließ ich meinen Blick durchs Zimmer schweifen.

Price reichte mir eine Visitenkarte. »Bitte zögern Sie nicht, uns zu kontaktieren, falls Sie irgendetwas brauchen«, sagte sie. »Wir melden uns, sobald wir mehr wissen.«

Kurz nachdem die Haustür zugefallen war, tauchten zwei kleine Menschlein in bunten Schlafanzügen vor mir auf.

»Kommt her.« Ich breitete meine Arme aus und Tansy kam zu mir gerannt. Nur mit größter Anstrengung konnte ich ein Schluchzen unterdrücken. Aleks folgte ihr, blieb aber neben der Armlehne des Sofas stehen.

»Wo ist Daddy?«, fragte Tansy und schmiegte sich an mich. »Was hat die Polizistin gesagt? Was ist mit deinen Augen los?«

»Wir versuchen noch herauszufinden, was genau passiert ist.« Ich bemühte mich um ein Lächeln.

»Ist er auch verschwunden, wie meine Mummy?« Aleks' Worte schwebten wie kleine Regenwolken über uns.

Tansy wimmerte. »Daddy ist nicht verschwunden. Oder? Wann kommt er zurück?«

»Schh, na komm, denk doch so was nicht.« Ich konnte spüren, dass meine Stimme jeden Moment zu versagen drohte. Ich versuchte, mich zusammenzureißen.

Tansy sah zu mir hoch. »Warum war die Polizei hier?«

»Sie wollten mit Mummy über was sprechen.«

Sie verschränkte ihre Finger ineinander. »Wegen Daddy?«

»Ja.« Ich bemühte mich, das Schwanken in meiner Stimme zu unterdrücken. »Wir versuchen noch herauszufinden, wo er ist.«

»Ruf mal auf seinem Handy an!«, schlug Tansy voller

Zuversicht vor und richtete sich auf. »Wenn du ihn anrufst, kannst du Daddy fragen, wann er nach Hause kommt.«

»Na komm.« Ich rutschte ans Ende des Sofas. Mir war klar, dass meine Beine unter mir nachgeben würden, wenn ich aufzustehen versuchte. »Mein großes Mädchen. Kannst du so lieb sein und mit Aleks wieder in dein Zimmer gehen? Ich komme bald hoch, um euch eine Geschichte vorzulesen.«

Tansy verzog das Gesicht und rieb sich über die Augen. »Kann ich nicht hier bei dir bleiben?«

»Weißt du ... Mummy hat Kopfweh. Ich brauche ein paar Minuten, um über das nachzudenken, was die Polizei mir gesagt hat.«

»Warum musst du darüber nachdenken?«

»Na ja, also, weil die mir ganz viel gesagt haben und ich versuche, mich an alles zu erinnern.«

»Erinnere dich ganz schnell an alles, Mummy«, jammerte sie und stand widerwillig auf. »Ich will wissen, wo Daddy ist.«

»Alles okay, Tansy. Die Polizei wird deinen Dad finden und meine Mum auch«, sagte Aleks sanft und ich wollte die beiden am liebsten an mich ziehen und in ihr weiches Haar hineinweinen.

Was tat eine gute Mutter in so einer Situation nur? Wo Aleks' Mum war, wussten wir noch nicht, aber was Tansy anging, log ich ihr im Grunde nur etwas vor, wenn ich so tat, als wäre mit Michael alles in Ordnung und er noch irgendwo da draußen. Aber ihr die schreckliche Wahrheit zu erzählen ... das überstieg meine Kraft. Und mit Aleks im Haus noch dazu, der alles hören konnte, wo seine Mum doch gerade verschwunden war ... Was für ein Albtraum. Ich musste den richtigen Zeitpunkt abwarten, wenn ich ruhiger und gefasster war. Ich musste eine Möglichkeit finden, das Trauma dieses Gesprächs für meine Tochter so gut wie möglich zu minimieren.

Tansy lungerte schmollend an der Küchentür herum und rieb über einen Schmutzfleck an der Wand.

Mein rechter Fuß begann, auf dem Boden auf und ab zu wippen. Ich konnte ihn einfach nicht stillhalten.

Michaels Gesicht schoss mir immer wieder durch den Kopf, nur um dann wieder zu verschwinden. Eine Sintflut an Emotionen staute sich in mir an, aber ich konnte sie nicht den Damm brechen lassen, nicht, solange die Kinder hier bei mir waren. Ich sehnte mich nach etwas Freiraum, um diesen Wirbelsturm der Trauer freizusetzen, bevor er mich erstickte.

»Geh jetzt hoch, mein Schatz«, sagte ich so bestimmt wie nur möglich. Sie warf mir einen bösen Blick zu und stapfte hinaus in den Flur. Ich konnte ihre wütend polternden Schritte auf der Treppe hören, mit Aleks als stillem Anhängsel. »Ich komme gleich nach«, rief ich ihnen schuldbewusst hinterher.

Schmerz füllte mein Herz und mein Kopf pochte, als ich überlegte, wie ich Tansy nur sagen sollte, dass ihr Daddy nie wieder nach Hause kommen würde. Eine Weile lang saß ich da und starrte ins Leere, während meine Gedanken wild herumwirbelten. Was, wenn eine Verbindung bestand zwischen Michaels Tod und Suzys Verschwinden? Was, wenn Michael sich umgebracht hatte, weil er etwas Schreckliches getan hatte und sich dem uns gegenüber nicht stellen konnte?

Ich ließ den Kopf in meine Hände sinken. Schon jetzt schien mir das Haus ohne ihn schrecklich leer. Meine Augen wanderten zu einem Bild, das Tansy letzte Woche für ihn aus der Schule mitgebracht hatte. Sie hatte Michael bei der Arbeit gemalt, auf seinem roten Rasentraktor. Strahlender Sonnenschein, tonnenweise bunte Blumen und im Hintergrund waren sogar die Wadebridge-Cottages zu sehen.

»Das ist mein neues Lieblingsbild, Tansy Pansy!«, hatte er gerufen und bei dem altvertrauten Scherz hatte sich ein breites Grinsen auf ihrem Gesicht ausgebreitet. Jedes Bild, das sie nach Hause brachte, war Michaels neues Lieblingsbild. »Ein absolutes Kunstwerk! Das kommt an die Kühlschranktür.«

Ich ließ den Blick durch die Küche schweifen. Überall sah

ich Spuren von ihm. Seine Arbeitsjacke aus Segeltuch hing über einem Stuhl. An der Hintertür standen seine Stahlkappenstiefel mit herabhängenden Schnürsenkeln. Neben der Zeitung auf dem Tisch lag seine Lesebrille. Seine halbleere Kaffeetasse stand neben dem Spülbecken. Ich strich mit dem Finger am Tassenrand entlang und danach über meine Lippen.

Oben ertönte Tansys Fernseher. Aus Protest schien sie die Lautstärke voll aufgedreht zu haben, denn ich konnte die Stimmen der Cartoonfiguren klar und deutlich verstehen. Meine Hände wollten einfach nicht aufhören zu zittern. Mir war kalt bis auf die Knochen. Ich stand auf und ging zum Kamin hinüber, in meinem Kopf nur eine endlos wiederkehrende Frage:

Wie um alles in der Welt sollte ich nur ohne meinen Michael zurechtkommen?

DREISSIG

Ich war nicht imstande, mich um Tansy und Aleks zu kümmern. Ich wollte mich nur noch in eine stille, dunkle Ecke verkriechen. Mir war klar, dass ich Donna anrufen musste. Ich hatte sonst niemanden.

Ich griff nach meinem Handy und für einen Moment wusste ich nicht mehr, was ich tun musste. Dann öffnete ich meine Kontaktliste und tippte mit dem Finger auf einen der Einträge. Donna hob nach dem zweiten Klingeln ab.

»Hi, Kate, kann ich dich zurückrufen? Ich habe Pauls Abendessen gerade auf dem Herd und ...«

»Michael ist gestorben«, flüsterte ich. »Donna, er ist tot.«

»*Was?*«

»Er war unterwegs und ... und ... ein LKW ... die Polizei war gerade da, um es mir zu sagen. Er ist tot.«

»O Gott, nein!« Kurz war sie still, dann hörte ich sie Paul zurufen: »Babe, ich muss gehen, kannst du schnell reinkommen?« Sie legte die Hand über den Hörer und ich konnte sie leise, aber angespannt reden hören. »Okay, Kate, ich bin unterwegs, in fünf Minuten bin ich bei dir. Packe ein paar Sachen für die Kinder, sie können heute bei Ellie übernachten.«

Sie legte auf und ich starrte die Wand an. Ich war wie betäubt, als wäre ich nicht mehr hier.

»Mummy!«, rief Tansy mir vom Treppenabsatz zu. »Wann kommst du denn?«

»Jetzt«, murmelte ich leise. Michael würde bald nach Hause kommen und den beiden eine Geschichte vorlesen. Dann würde er sie ins Bett bringen und wieder herunterkommen, um uns ein Glas Wein einzuschenken. Wir würden über sein Gespräch mit der Polizei sprechen und er würde mir versichern, dass alles in Ordnung käme, ich würde mich entschuldigen, dass ich vom Schlimmsten ausgegangen war, und ...

Jemand schüttelte mich an den Schultern. »Mummy, Mummy! Was ist mit dir? Warum redest du mit dir selbst?« Mein Blick wurde wieder klar und ich konnte Tansys tränenverschmiertes, sorgenvolles Gesicht vor mir erkennen.

»Alles gut, mein Schatz. Aleks und du müsst euch eure Jacken und Schuhe anziehen. Ihr übernachtet heute bei Ellie.«

»Was?« Sie stemmte die Hände in die Hüfte. »Wir haben doch schon unsere Schlafanzüge an!«

»Kann ich wieder nach Hause?«, fragte Aleks hoffnungsvoll.

»Nein«, erwiderte ich vage. »Macht euch fertig.«

»Was ist mit deiner Mum los?«, hörte ich ihn flüstern.

»Schnapp dir deine Jacke, Tansy«, sagte ich und riss mich zusammen. »Du auch, Aleks. Zieht sie einfach über eure Schlafanzüge. Das wird lustig.«

»Das wird gar nicht lustig, Ellie mag Aleks doch nicht«, entgegnete Tansy eingeschnappt und verschränkte die Arme. »Vielleicht will sie nicht, dass er mit uns spielt.«

Es klopfte an der Tür und Donna trat ein. Sie lief schnurstracks auf mich zu und schloss mich in eine Umarmung. Es kostete mich all meine Kraft, nicht schluchzend in ihren Armen zusammenzubrechen.

»Die Kinder wissen noch nicht Bescheid«, flüsterte ich ihr ins Ohr.

»Na kommt, Kinder, holt eure Sachen. Ich fahre euch zu uns, dann komme ich wieder her, um mich um deine Mum zu kümmern, Tansy. Es geht ihr nicht gut.«

»Donna, bitte, ich will dir nicht den Abend versauen, du musst nicht wieder herkommen.«

»Ich komme sofort wieder her«, wiederholte sie mit Nachdruck. »Paul kümmert sich um die Kinder.«

»Ich komme schon zurecht, ich ...« Das Ende meines Satzes verschwand im Nebel meiner Gedanken. Michaels Gesicht überstrahlte alles andere in grellen Farben.

Ich klammerte mich an einen Stuhl und kniff die Augen zusammen.

»Mummy?« Tansy kam zu mir gerannt und schmiegte sich an mich. »Ich will hierbleiben und mich um dich kümmern.«

»Geh heute einfach mit zu Donna, mein Schatz. Ich bin ... schrecklich müde und fühle mich nicht gut. Kannst du das für mich tun?«

Sie nickte langsam. Sie musterte mich wachsam, auf der Suche nach Bestätigung, dass immer noch alles in Ordnung war.

»Ich bleibe hier«, entschied Aleks bedächtig. »Ich will nicht zu Ellie.«

»Aleks, zieh jetzt bitte deine Schuhe an«, entgegnete Donna forsch. »Ich verspreche euch, dass alles gut wird.«

Ich stopfte ein paar Sachen in eine Tasche, küsste Tansy zum Abschied und dann waren sie fort. Ich setzte mich, spürte auf einmal nur Leere in mir. Die Emotionen kamen und gingen wie Wellen im Meer.

Nur wenige Minuten schienen vergangen, bis Donna zurückkam, aber ein Blick auf die Uhr an der Wand verriet mir, dass es mehr als eine halbe Stunde gewesen war.

»Den Kindern geht es gut. Paul ist gerade erst zurückgekommen, aber er weiß, was zu tun ist, er bringt sie ins Bett. Erzähl mir alles.« Sie setzte sich neben mich und griff nach meiner Hand.

Ich nannte ihr sorgfältig alle Details. Mir war wichtig, dass sie über alles Bescheid wusste, und es war mir eine Erleichterung, so offen darüber sprechen zu können, ohne mir Sorgen machen zu müssen, was die Kinder hören konnten.

»Michael war auf dem Polizeirevier. Sie hatten ihn darum gebeten, noch mal mit ihnen zu sprechen, und er meinte, es wäre am besten, hinzugehen und Kooperationsbereitschaft zu zeigen. Nach dem Gespräch habe ich ihn angerufen, um zu fragen, wie es war. Er schien ... bedrückt. Er wollte nicht darüber sprechen und hat gesagt, er würde einen Spaziergang machen und danach nach Hause kommen, damit wir reden können.«

Donna hielt meine Hand fest umklammert.

»Ich wusste, dass etwas nicht stimmte, als er nach einer Stunde immer noch nicht zu Hause war und weder angerufen noch geschrieben hatte. Ich wusste nicht, was ich tun sollte, und dann kamen zwei Detectives. Sie haben gesagt, dass er von einem LKW erfasst wurde und ...« Ich sah auf meine Hände hinab. Sie zitterten und ich schob sie unter meine Oberschenkel. »Sie haben versucht, ihn zu retten, die Sanitäter, aber er ist gestorben. Im Rettungswagen. Auf dem Weg ins Krankenhaus.«

»Oh, Kate. Das tut mir unfassbar leid«, sagte sie leise.

Ich konnte die Szene vor mir sehen, als wäre ich selbst dabei gewesen. Michael, der in die Luft geschleudert wurde, Blut und Hirnfetzen am Kühlergrill des LKW. Sein lebloser Blick, der auf die sterilweiße Decke des Rettungswagens gerichtet war ...

»Ich denke ständig darüber nach, wie ich Tansy nur sagen soll, dass er tot ist«, sagte ich.

Donna schloss mich in die Arme und drückte mich ganz

fest. »Quäl dich deswegen nicht. Sie muss es nicht sofort erfahren.«

Ich entzog mich ihrer Umarmung, konnte die Nähe nicht ertragen. Ich wollte mir Tansy schnappen und wegrennen, weit fort von alldem hier.

Donna rutschte nach hinten. »Die Polizei, haben die gesagt, ob es die Schuld des LKW-Fahrers war? Hat der vielleicht auf sein Handy geguckt und Michael übersehen?«

Ich starrte mit glasigem Blick geradeaus. »Der Fahrer hat ihnen gesagt, dass es so aussah, als wäre Michael einfach auf die Straße gelaufen.«

Kurzes Schweigen. Dann fragte Donna: »Hat er den LKW nicht kommen sehen? Das klingt eher unwahrscheinlich. Untersuchen sie, was genau passiert ist?«

Ich schloss die Augen und stellte mir vor, dass Michael das Haus nie verlassen hatte. Nur für einen Augenblick. Suzy war nie verschwunden, es hatte kein Gespräch mit der Polizei gegeben. Er war noch am Leben. Gleich würde er zu mir kommen, seine großen, starken Arme um mich schlingen und mir wortlos einen Kuss auf den Nacken drücken. Fast konnte ich die Gänsehaut spüren, als wäre sein Körper wirklich dicht an meinen gepresst.

»Kate!« Donna packte mich am Arm und schüttelte mich. Ich riss mich von ihr los und rieb mit der Hand über die Druckstelle. »Tut mir leid ... du hast mir Angst gemacht.« Ihre Stimme wurde ganz sanft. »Ich rufe den Arzt an, okay?«

Ich gab ihr keine Antwort, es war mir egal.

Dr. Kendall wohnte in dem großen weißen Haus am oberen Dorfrand. Seine altmodische Praxis befand sich in einem Anbau an der Rückseite des Hauses. Michael hatte gerne gescherzt, dass unser Dorf der letzte Ort auf Erden war, wo man auf die Schnelle einen Termin beim Hausarzt kriegen konnte, ohne sich am Empfang mit jemandem herumstreiten zu müssen. Ich starrte ins Leere und lauschte, wie Donna ganz leise in ihr Handy sprach, als wollte sie nicht, dass ich sie hörte.

»Genau, im Rettungswagen ist er gestorben und sie ... sie benimmt sich ganz seltsam. Nicht, wie wir sie sonst kennen. Sie scheint völlig geistesabwesend und was sie sagt, ergibt nicht allzu viel Sinn. Ich glaube, sie steht unter Schock. Ich hab mich gefragt, ob ... oh, ja, vielen Dank. Ich lasse Sie dann rein.« Sie legte auf.

Ich faltete die Hände in meinem Schoß und warf ihr einen unsteten Blick zu. »Wie soll ich Tansy nur sagen, dass sie ihren Daddy nie wiedersehen wird?«, fragte ich.

EINUNDDREISSIG

15. November 2019

In den drei Tagen nach Michaels Unfall fühlte es sich an, als würde mein bisheriges Leben in Stücke gerissen. Ich war in eine neue Welt voller Untersuchungen und polizeilicher Ermittlungen gestoßen worden. Endlose Telefonate, E-Mails, Informationen über Michaels Tod und Anleitungen, die mich durch diesen Albtraum führten, dazu der Schock und meine Versuche, damit zurechtzukommen, dass er tot war. Dass ich ihn nie wiedersehen würde.

Es war gesetzlich vorgeschrieben, dass jemand Michaels Leiche kurz nach dem Unfall identifizieren musste. Ich hatte ihn so geliebt, ich wollte diejenige sein, die das tat, aber es widerstrebte mir ungemein. Wie würde er nach dem Unfall aussehen? Es machte mir furchtbare Angst, dass das meine letzte Erinnerung an ihn sein würde.

»Paul kann das machen«, bestimmte Donna, als ich mich ihr anvertraute. »Er hat das schon mal gemacht bei seinem Onkel, und er hat mir bereits gesagt, egal, was du brauchst, er tut es gern.«

Selbst durch den Nebel von Dr. Kendalls Medikamenten hindurch spürte ich Erleichterung und Dankbarkeit in mir. Die Polizei hatte Michaels Auto in der Beckhampton Road gefunden, in Nähe des Polizeireviers. Paul hatte unseren Ersatzschlüssel genommen und es abgeholt, jetzt stand es in der Garage.

In Suzys Abwesenheit war Irene gezwungen gewesen, sich eine neue Haushaltshilfe zu suchen. Glücklicherweise war Doris, eine Dame aus dem Dorf, die ich flüchtig kannte, gerade auf der Suche nach Arbeit. Irenes Ischias schmerzte sie mehr denn je zuvor, aber ich konnte mich mehrere Tage lang nicht dazu überwinden, sie zu besuchen. In Wadebridge warteten so viele Erinnerungen auf mich, dass ich Sorge hatte, der Anblick könnte mir den Rest geben. Sie hatte mir einen riesigen Blumenstrauß mit einer sehr herzlichen Nachricht geschickt. Mir war klar, wie sehr Michael ihr fehlen würde. Seit Amos' Tod hatte er sich in Wadebridge um wirklich alles gekümmert. Ich wusste nicht, wie sie es schaffen sollte, ihn zu ersetzen.

Die ersten Tage blieben Tansy und Aleks bei Donna, Paul und Ellie. Ich hatte Tansy immer noch nicht erzählt, dass ihr Daddy von uns gegangen war.

Donna und Paul machten ihre Sache unfassbar gut. Sie füllten die Tage der Kinder mit Aktivitäten, Bastelarbeiten und dem Disney Channel. Tansy war gut aufgelegt und obwohl sie weiterhin nach Michael fragte, wurde sie doch von Ellies neuem Barbie-Wohnwagen und ihrem Ausflug nach Water Meadows, dem örtlichen Freizeitbad, abgelenkt. Donna hatte mit Ellie geredet, die nun prima mit Aleks klarzukommen schien, was für mich eine Erleichterung war. Ich machte mir Sorgen darüber, dass sie nicht zur Schule gingen, aber Donna versicherte mir beharrlich, dass es doch nur drei Tage wären und unter diesen schwierigen Umständen die beste Lösung, wie sie es auch der Schulleiterin erklären würde.

Ich schaute ein paarmal bei ihnen vorbei und Freitagnachmittag nahm ich Tansy mit auf einen Spaziergang durch den Wald, den wir so liebten.

»Lass uns hier einen Moment bleiben«, sagte ich, als wir etwa auf halbem Weg eine Bank erreichten. »Hier ist es schön. Was kannst du hören?«

Das war ein Spiel, das wir oft spielten. Wir schlossen die Augen und nannten abwechselnd all die Geräusche, die wir wahrnehmen konnten: Vogelgezwitscher, das Rascheln der Blätter, das ferne Rauschen der Autos. Tansy schloss die Augen und hob ihr Gesicht gen Himmel. »Ich höre ... eine Maus im Gebüsch herumrennen«, sagte sie mit einem Lächeln.

»Was noch?«

»Ich höre ... wie die Bäume miteinander flüstern und eine Fee, die unter einem Pilz sitzt und singt. Und ich kann Daddy mit seinem Rasenmäher hören, oben in Wadebridge.« Sie öffnete die Augen und ihr Lächeln verblasste. »*Ist* Daddy denn oben in Wadebridge?«

Ich ergriff ihre Hand. »Weißt du noch, wie wir darauf gewartet haben, dass Daddy nach Hause kommt, und wie dann die Polizei gekommen ist?« Sie nickte mit ängstlicher Miene. »Der Grund, warum Daddy nicht nach Hause gekommen ist, war, dass er an dem Tag einen Unfall hatte.«

»Einen Unfall?«

»Ja. Daddy hat eine Straße überquert und ein LKW hat ihn überfahren. Und ... und das ist wirklich traurig, weil Daddy nämlich gestorben ist.« Ihr starrer Blick ruhte so unbeirrt auf mir, dass es mich verunsicherte. Ich fragte mich, ob sie verstanden hatte, was ich ihr gesagt hatte. »Deswegen wird Daddy nicht mehr nach Hause kommen, mein Schatz. Er ist jetzt im Himmel.«

»Daddy ist gestorben?«

Ich hielt ihre Hände in meinen. »Es tut mir so leid, Tansy, aber ja, Daddy ist gestorben und irgendwie müssen wir beide jetzt ohne ihn klarkommen.«

Sie wandte den Blick von mir ab und starrte in den Wald. Tränen gab es keine.

Stumm führte ich sie zu dem kleinen Bach, der durch den Wald plätscherte. Michael und sie hatten früher immer Blumen hineingeworfen und waren dann zum anderen Ende gerannt, um zu sehen, wessen Blume schneller war.

»Pflück eine Blume für Daddy«, wies ich sie an, »und setz sie in den Bach, wie er es immer so gern getan hat.«

Sie bückte sich und pflückte eine rote Nelke, dann hockte sie sich hin und hielt die Blüte sanft in der Hand. Ich ließ den Blick über ihr goldglänzendes Haar schweifen, über die reine, glatte Haut ihres Nackens. Sie gab der Blume einen Kuss. »Ich lieb dich für immer, Daddy«, flüsterte sie. Dann senkte sie die Hand in das Wasser hinab und überließ die Blüte der Strömung. »Du fehlst mir so, Daddy. Ich hoffe, du kannst mich sehen, von da oben im Himmel.«

Ich musste mir die Tränen verkneifen. »Ich bin so stolz auf dich. Dein Daddy wird immer bei uns sein. Er wird uns immer sehen können und er passt auf, dass uns nichts passiert.«

Ihre Unterlippe bebte und nun rollten ihr endlich die ersten stummen Tränen über die Wangen. »Ist Aleks' Mum auch gestorben?«, fragte sie.

Am Wochenende kam Tansys Klassenlehrerin, Miss Monsall, zu mir.

»Was für eine aufwühlende Zeit für Tansy und Sie«, sagte sie sanft, nachdem sie mir ihr aufrichtiges Beileid bekundet hatte. »Es ist äußerst wichtig, dass wir von der Schule alles richtig machen, um Stress und Aufruhr für Sie beide zu minimieren.«

Ich nickte. Tansys Bildung war eine der Tausenden Sorgen, die sich in meinen Gedanken drehten wie ein gemächlicher Sandsturm. »Was schlagen Sie vor?«, fragte ich.

»Es gibt hier keine klaren Richtlinien, da jedes Kind anders ist. Allerdings sind wir in diesem Fall der Meinung, dass es am besten wäre, Tansy so schnell wie möglich wieder in die Schule zu schicken.«

»Das scheint mir zu früh«, erwiderte ich rasch. Beim Gedanken an Tansy, die allein vor sich hin weinend auf dem Pausenhof saß, wurde mir ganz übel.

»Das verstehe ich. Aber die Schule ist für sie eine vertraute Umgebung und könnte ihr in dieser Phase Stabilität bieten. Wir denken, dass die Routine für sie tröstlich sein könnte. Das zeigt ihr, dass manche Dinge gleichgeblieben sind, obwohl sich so viel anderes um sie herum ändert.«

»Und was ist mit Aleks?«, fragte ich, schockiert, dass ich ihn für einen Augenblick ganz vergessen hatte.

Sie hob eine Hand in die Höhe. »Machen Sie sich wegen Aleks bitte keine Sorgen. Die Schulleiterin ist bereits in Kontakt mit dem Sozialamt. Dass Sie sich um ihn gekümmert haben, war meines Wissens von Anfang an sowieso nur als Notlösung gedacht, und es gilt jetzt viele Entscheidungen zu treffen. Heute soll es uns nur um Tansy gehen.«

Ich seufzte. »Was Sie sagen, ergibt schon Sinn, aber ... ich weiß nicht. Es scheint mir grausam, sie so schnell wieder zur Schule zu schicken.«

»Natürlich. Aber wenn zu Hause so viel los ist, kann die Schule für ein Kind eine Art Auszeit darstellen.« Sie verzog den Mund zu einem mitfühlenden Lächeln. »Wissen Sie, Kate, mir ist klar, dass Sie Ihre Tochter besser kennen als jeder andere, aber Tansy geht gern zur Schule und meiner Ansicht nach könnte es ihr guttun, ihre Freunde um sich zu haben. Wir würden sie natürlich aufs Vollste unterstützen, außerdem könnte sie mit der Schulpsychologin sprechen und wir würden ihr ein leeres Zimmer bereitstellen, wo sie hingehen kann, wenn ihr alles zu viel wird und sie Zeit für sich braucht.«

»Ich kann den Gedanken nicht ertragen, dass sie eine

tapfere Miene aufsetzen muss, um den Schultag zu überstehen«, sagte ich mit einem Krächzen in der Stimme. »Ich weiß, dass das keine gute Lösung ist, aber ich will sie einfach nur hierbehalten, will mich mit ihr verstecken, bis die Welt dort draußen verschwindet.« Ich legte mir eine Hand über die Augen und rieb mir über die Stirn. Ich konnte spüren, wie der Schmerz auf mich einstach, grausam und unablässig.

»Diese Reaktion ist vollkommen nachvollziehbar«, entgegnete Miss Monsall verständnisvoll. »Aber wenn wir überlegen, was das Beste für Tansy ist, ist es wichtig, ihr wieder eine Routine zu geben, wo sie volle Unterstützung genießt und bei ihren Freunden und ihrer Schulgemeinschaft sein kann.«

»Aber ... Kinder können so gemein sein. Was, wenn ...«

»Wir sind auf derlei schwere Zeiten im Leben unserer Schüler gut vorbereitet, Kate. Außerdem gibt das den anderen Kindern eine Gelegenheit, Empathie und den Umgang mit einem trauernden Klassenkameraden zu lernen. Sie können sich darauf verlassen, dass wir uns um alles kümmern.«

»Ich ... ich weiß, dass Sie recht haben. Aber es ist so schwer.«

»Das verstehe ich. Es muss sich anfühlen wie die schwerste Entscheidung der Welt.« Sie stand auf. »Ich lasse Sie jetzt in Frieden. Sie können einfach darüber nachdenken, vielleicht auch mal mit Tansy darüber reden, falls das hilft. Allerdings wissen Kinder nicht immer, was am besten für sie ist. Es könnte sogar sein, dass sie sich beim Gedanken daran, Sie allein zu Hause zu lassen, schuldig fühlt. Lassen Sie es mich einfach wissen, sobald Sie eine Entscheidung getroffen haben.« Sie legte einen kleinen Zettel auf den Tisch. »Hier haben Sie meine private Handynummer. Sie können mich gerne anrufen, wenn ich Ihnen auf irgendeine Weise helfen kann.«

Ich begleitete sie zur Tür und sobald sie das Haus verlassen hatte, ließ ich mich zu Boden sinken und begann zu schluchzen, denn mir war klar, dass ihr Vorschlag für Tansy die beste

Lösung war und für mich die schlimmste. Und ich hasste mich selbst dafür, diesen egoistischen Gedanken überhaupt gehabt zu haben.

Donna und Paul waren meine Retter in der Not. Paul sagte eine Konferenz ab, die am Wochenende geplant gewesen war, und passte auf die Kinder auf, während Donna und ich bei mir zu Hause waren und redeten. Ich hatte ein furchtbar schlechtes Gewissen wegen allem, was ich über ihn gesagt hatte.

Wir sprachen über Michael. Sie brachte mir eine Tasse Tee nach der anderen und saß ansonsten nur endlos geduldig da, während ich all meine Gefühle, meine Sorgen und Ängste bei ihr ablud.

Als Tansy wieder nach Hause kam, ließen Donna und Paul Aleks weiterhin bei sich wohnen und arrangierten dort auch ein Treffen mit dem Sozialamt.

Am Samstagabend kam Donna erneut zu mir. Sanft erklärte sie mir: »Das Sozialamt hat eine Kurzzeitpflegefamilie für Aleks gefunden.«

»Ach nein, der Arme.« Ich schloss die Augen. »Das wollte ich ihm ersparen. Könnten wir das nicht gemeinsam unter uns hinkriegen?«

Sie schüttelte den Kopf. »Sie haben schon gesagt, dass er bei all den Ereignissen hier nicht die professionelle Betreuung und Aufmerksamkeit bekommt, die er braucht. Wir beide müssen uns auf Ellie und Tansy konzentrieren. Wir haben nicht die nötige Fachausbildung, um Aleks auf die richtige Art helfen zu können, während seine Mum vermisst wird.«

Ich ließ den Kopf sinken. Mir war klar, dass das in gewisser Weise Sinn ergab, aber gleichzeitig wusste ich auch, wie stressig das für Aleks sein würde. Genau davor hatte ich ihn beschützen wollen. In Gedanken hörte ich das Echo von Michaels Stimme. Er hatte mich davor gewarnt, aber ich hatte meinen Dickkopf durchgesetzt, hatte helfen wollen und die Sache damit wahrscheinlich nur schlimmer gemacht.

»Er ist in guten Händen«, fuhr Donna fort. »DI Price ist persönlich für seine Unterbringung in der Pflegefamilie verantwortlich.«

»Er hat schon so viel durchmachen müssen«, sagte ich traurig. »Ich wünschte, es gäbe etwas, was ich tun könnte.«

»Du darfst dir deswegen keine Vorwürfe machen, Kate. Das Sozialamt würde sowieso nicht zulassen, dass er sofort wieder zu euch kommt. Er braucht eine stabile Umgebung. Ich denke wirklich, dass es so am besten ist.« Sie stand auf und umarmte mich, bevor sie zur Haustür ging. »Ich fahre jetzt wieder. Versuch, dich ein bisschen auszuruhen, ich rufe dich morgen wieder an.«

»Donna?« Sie wandte sich zu mir um, die Hand schon auf dem Türgriff. »Danke für alles, was du die vergangenen Tage für mich getan hast. Und richte Paul bitte auch ein Danke von mir aus. Ich weiß nicht, was ich ohne euch getan hätte.«

»Kein Problem. Ich weiß doch, dass du genauso für Ellie und mich dagewesen wärst, wenn wir Hilfe gebraucht hätten.«

Ich bemerkte, wie angespannt ihr Gesicht wirkte, und in ihren Augen las ich Unruhe. »Wie geht es dir mit alldem?«, fragte ich. »Mit Suzys Verschwinden und der Polizei überall ... ich weiß, dass da alles wieder hochkommen muss, was du damals wegen Matilda durchlitten hast.«

Sie bemühte sich um eine heitere Miene, dennoch fiel ihr Gesicht ganz leicht in sich zusammen. »Ehrlich gesagt, nicht allzu gut. Ich bin ganz nervös und Paul gegenüber recht zickig. Er selbst leidet auch. Michaels Tod hat ihn ganz schön mitgenommen. Ich kann nicht mehr schlafen. Es fühlt sich an, als hätte mich mein schlimmster Albtraum im Griff und würde mein Leben Stück für Stück in Fetzen reißen. Ich bin nur froh, dass Mum von alldem nichts mitkriegt.«

Donnas Mutter litt unter fortgeschrittener Demenz und lebte schon seit drei Jahren in einem Pflegeheim in der Nähe. Donnas Dad war ein paar Jahre nach Matildas Verschwinden gestorben. »An gebrochenem Herzen«, hatte ihre Familie nachdrücklich behauptet, als er um die Weihnachtszeit herum einen massiven Herzinfarkt erlitt. Donna ging ihre Mutter ein paarmal die Woche besuchen, allerdings hatte sie mir vor einigen Monaten gestanden, dass es ihr inzwischen davor graute. »Mum redet ununterbrochen über Matilda und es wird immer schlimmer«, hatte sie erzählt. »Dauernd fragt sie mich, wann sie aus der Schule nach Hause kommt. Und manchmal denkt sie sogar, *ich* sei Matilda.«

»Das tut mir so leid, Donna.« Sie war mir solch eine Hilfe und doch konnte ich nichts tun, um sie von dieser Last zu befreien. »Es muss dir das Herz brechen, deine Mum so zu sehen.«

»Mehr, als du dir vorstellen kannst«, seufzte sie. »Und zu allem Überfluss habe ich auch noch den Eindruck, dass Paul wieder fremdgeht.« Sie ließ ihre Maske fallen und ihre Augen füllten sich mit Tränen. »Wir haben uns gestritten und er hat gesagt, er will die Scheidung.«

Donna hatte mir die Nummer eines angesehenen Bestattungsunternehmens im Nachbarort herausgesucht. Sonntagmorgen wählte ich die Nummer und fühlte mich dabei ganz vernebelt und leer. Diesen Gemütszustand waren sie dort offensichtlich gewöhnt, denn die Frau am anderen Ende lotste mich meisterhaft durch den weiteren Ablauf.

»Wir können Ihren Mann aus dem Krankenhaus abholen und in Obhut nehmen«, sagte sie leise und in respektvollem Ton. »Dann werden wir uns darum kümmern, ihn für Ihren Besuch im Raum der letzten Ruhe herzurichten.«

Herzurichten. »Ja.« Es schauderte mich. »Danke.«

»Wenn du magst, komme ich mit«, bot Donna mir an, als ich sie anrief, um ihr von meinem Termin zu erzählen.

»Nein, danke, Donna. Das fühlt sich an wie etwas, das ich alleine machen muss. Schwer zu erklären.«

Kurz herrschte Schweigen in der Leitung, dann sagte sie: »Brauchst du auch nicht. Ich verstehe dich. Aber das Angebot steht, falls du es dir anders überlegst. Du bist nicht allein, Kate, vergiss das nicht. Wir können füreinander stark sein.«

Ich nickte und dankte ihr. »Mit mir ist zwar gerade nicht viel anzufangen, aber ich bin auch für dich da«, betonte ich.

Nach unserem Gespräch hallten ihre Worte in meinen Ohren wider. *Du bist nicht allein.* Aber mein Mann, die Liebe meines Lebens, war tot.

Und da fühlte ich mich doch sehr allein.

ZWEIUNDDREISSIG

17. November 2019

Später am Vormittag desselben Tages betrat ich das Bestattungsunternehmen. Eine zierliche Frau um die vierzig in einem dunklen Anzug und einer makellos weißen Bluse kam vom Empfangstresen auf mich zu.

»Mrs Shaw? Herzlich willkommen bei Dignified Goodbyes.« Sie gab mir die Hand und die Fältchen um ihre sanften braunen Augen vertieften sich ganz leicht. »Mein Name ist Marilyn. Ich werde Sie hinüberführen, damit Sie Ihren Mann sehen können. Kann ich Ihnen vorher etwas bringen, eine Tasse Tee, Kaffee ... hinter Ihnen steht auch ein Wasserspender, falls Sie das vorziehen?«

»Nein, danke«, sagte ich und mein Herz pochte so wild in meiner Brust, dass mir schlecht davon wurde.

»Dann folgen Sie mir bitte.« Sie führte mich durch den Eingangsbereich in einen abgedunkelten Gang mit Teppichboden. Im Hintergrund spielte Flötenmusik, aber so leise, dass ich keine Melodie erkennen konnte, nur ein unaufdringliches Plätschern melancholischer Töne. Marilyn glitt vor mir den Gang hinunter, bis wir eine Tür aus poliertem Mahagoni erreichten, die laut des matten Bronzeschilds in den *Raum der letzten Ruhe* führte.

Sie hob die Hand und legte sie um den Messinggriff, dann drehte sie sich zu mir.

»Mrs Shaw, wir von Dignified Goodbyes möchten Ihnen unser tiefstes Beileid aussprechen.« Sie senkte den Blick. Das Ganze kam mir recht einstudiert vor, aber ich wusste die Geste dennoch zu schätzen. »Bitte nehmen Sie sich so viel Zeit, wie Sie möchten. Ich warte beim Empfang auf Sie, einfach den Gang hoch und dann rechts.«

Ich nickte. Sie öffnete die Tür und trat zur Seite, damit ich den Raum betreten konnte.

Ich ging hinein und zog die Tür hinter mir zu. Hier drinnen war es kühl und mehrere gepolsterte Stühle standen entlang der Wände. Unter der Decke befanden sich lange, horizontal verlaufende Fenster, die Licht hereinfallen ließen und zugleich absolute Ungestörtheit garantierten. Am anderen Ende des Raumes auf der linken Seite war ein Alkoven, dessen Vorhänge zurückgezogen waren, um den Blick auf Michaels Leichnam freizugeben. Ich stand neben der Tür, ließ die cremefarbenen Wände, die künstlichen Blumen, den niedrigen Kaffeetisch und die Flyer mit verschiedenen Bestattungsangeboten auf mich wirken. Ich war wie angewurzelt, konnte mich einfach nicht bewegen.

Ich schloss die Augen und atmete kontrolliert ein und aus. Dabei zählte ich jedes Mal bis fünf. Mein Herz schlug deswegen kein bisschen langsamer und mir war dadurch auch nicht weniger schlecht. Sobald ich die Augen öffnete, würde immer noch mein toter Mann dort im Alkoven auf mich warten.

Mechanisch trat ich einen Schritt vor ... dann noch einen ... weiter in den Raum hinein, aber immer mit Blick zur gegenüberliegenden Wand, nie zum Alkoven.

Komm schon, schimpfte ich mit mir selbst. *Du musst das tun. Je länger du wartest, desto schlimmer wird es.*

Ich zog die Handtasche von meiner Schulter und legte sie auf einen der gepolsterten Stühle. Dann drehte ich mich zum Alkoven und ging darauf zu, bis ich ihn erreicht hatte.

Er sah nicht aus wie Michael, wie er so dalag, kalt und leblos. Seine Haut war trocken und seltsam verknittert, wie Pergament. Seine Augen waren geschlossen, sein Mund stand leicht offen. Sie hatten seinen Kopf so gedreht, dass er vom Zimmer abgewandt war, und weißen Satinstoff um ihn herum drapiert. Das Laken, das seinen Körper bedeckte, war bis zum Kinn hochgezogen.

Ich wollte gar nicht darüber nachdenken, warum nur so wenig von ihm zu sehen war.

»Was ist passiert, Michael?« Meine Stimme war kaum mehr als ein Flüstern, schien mir in diesem stummen Raum aber doch viel zu laut. »Wie konntest du den LKW denn nicht kommen sehen?«

War es möglich, dass er sich den Tod gewünscht hatte, weil er etwas Schreckliches getan hatte, so schrecklich, dass er es nicht übers Herz brachte, es mir zu sagen? Das würde ich nie akzeptieren können, zumindest nicht öffentlich, Tansys wegen. Er hatte große Stücke auf unsere Tochter gehalten, er hatte sie angebetet und ihr alles gegeben. Ich konnte nicht zulassen, dass ihre Zukunft von etwas so Schrecklichem vergiftet wurde.

Was, wenn er das als Möglichkeit gesehen hatte, sie zu beschützen?

Ich schüttelte den Kopf, um diese grässlichen Gedanken zu verscheuchen. Selbst, wenn das Gespräch mit der Polizei nicht gut gelaufen war, war das doch kein Grund, sich vor einen LKW zu werfen.

Ich betrachtete den weich glänzenden Stoff neben seinem Gesicht. Einem Gesicht, das ich kaum wiedererkannte. Was auch immer ihn zu Michael Shaw gemacht hatte, war nicht mehr da. Hier lag nur noch eine leere Hülle dessen, was er gewesen war.

»O Gott, Michael«, flüsterte ich. »Ich kann nicht fassen, dass du nicht mehr hier bist.«

Meine Hand bewegte sich zu seinem Gesicht, doch dann zuckten meine Finger unwillkürlich zurück.

Ich wollte ihn berühren ... und doch wollte ich es nicht.

In mir rangen so viele Emotionen miteinander, dass ich sie gar nicht alle benennen konnte. Sie verknoteten sich, vermengten sich zu einer Masse. Trauer, Wut, Angst, Scham.

Wut darüber, dass er nicht sofort nach Hause gekommen war und mit mir darüber geredet hatte, was die Polizei gesagt hatte.

Trauer, dass meine Tochter nun ohne den Schutz und die Liebe ihres Daddys aufwachsen musste.

Und eine gewaltige Mischung aus Scham und Angst, dass irgendwelche schrecklichen Geheimnisse ans Licht kommen würden und dass nur ich allein noch da war, um dafür geradezustehen.

Zurück am Empfang sah ich mit Erleichterung, dass niemand sonst dort war.

Marilyn legte ihre Arbeit sofort nieder und kam zu mir geeilt.

»Ist alles in Ordnung, Mrs Shaw? Kann ich Ihnen ein Glas Wasser bringen?«

»Nein, danke«, entgegnete ich. Ich sehnte mich nur noch verzweifelt danach, diesen Ort zu verlassen. »Am Telefon haben Sie gesagt, dass es Dokumente gibt, die ich unterschreiben muss?«

»Ja, selbstverständlich, ich habe sie schon für Sie vorbereitet.« Sie legte die Dokumente vor mir hin, erklärte mir, was sie bedeuteten, und ich unterzeichnete jedes davon, ohne zu begreifen, was dort jeweils stand. »War's das?«, fragte ich nach der letzten Unterschrift.

»Ja, das war alles«, bestätigte sie. »Nun können Sie das hier an sich nehmen.« Sie hielt einen verschlossenen, undurchsichtigen Plastikbeutel mit einigen Gegenständen in die Höhe. Ein Aufkleber mit handschriftlicher Markierung war darauf angebracht. »Das Krankenhaus hat uns Michaels persönliche Gegenstände geschickt.«

Ich nahm den Beutel an mich, ohne hineinzusehen.

»Danke«, sagte ich und ging zur Tür.

»Auf Wiedersehen, Mrs Shaw«, rief sie mir hinterher. »Wir melden uns bei Ihnen, um den weiteren Ablauf zu planen.«

Sie hatten eine eigene Geheimsprache in dieser unterirdischen Welt des Todes, mit der keiner von uns zu tun haben wollte, die uns aber alle früher oder später einholte. In dieser Geheimsprache konnten Worte zum Thema Tod und Verlust nicht offen genannt werden. Es gab einen »weiteren Ablauf« statt einer Beerdigung, dort hinten lag »mein Mann« und nicht seine Leiche und er war »zur Ruhe gebettet«, nicht tot. Ihre Rücksichtnahme wusste ich zwar zu schätzen, aber dadurch wurde das verbotene Wort »Tod« in meinem Kopf nur immer größer und größer.

Ich trat auf die Straße hinaus. Nichtsahnende Menschen liefen an mir vorüber, in ihre eigenen Gedanken versunken, mit Blick auf ihre Handys oder in ein Gespräch mit anderen vertieft.

Ich wollte ihnen ins Gesicht schreien, dass Michael tot war. Wollte, dass sie denselben Schmerz spürten wie ich. Ich fühlte mich wie ein Tänzer auf dem Drahtseil und wusste, dass es nur eine Frage der Zeit war, bis ich hinunterstürzen würde auf den steinharten Boden der Tatsachen.

Zu Hause angekommen, stand ich ein paar Sekunden im Eingangsbereich unseres kalten, stillen Hauses, in dem noch vor wenigen Tagen hektische Geschäftigkeit geherrscht hatte. Michael, der seine Autoschlüssel sucht, der Fernseher im anderen Zimmer, ich, die Tansy zuruft, dass sie sich beeilen muss, wenn sie nicht zu spät zur Schule kommen will. Jetzt herrschte hier Grabesstille, eine gute Repräsentation der Leere in meinem Leben.

Ich setzte Wasser auf und suchte in meiner Handtasche nach dem Plastikbeutel, in dem das Bestattungsunternehmen Michaels persönliche Gegenstände aufbewahrt hatte. Ich kippte den Inhalt auf den Tisch. Seine Schlüssel für Haus und Auto fielen heraus, sein Geldbeutel, ein bisschen Kleingeld und sein Handy.

Der Handyakku war leer, also steckte ich es ans Ladegerät, das wir aus Bequemlichkeit hier auf der Arbeitsplatte liegen hatten. Dann machte ich mir einen Tee, setzte mich auf einen unserer Frühstückshocker und wartete, bis das Apple-Symbol aufleuchtete und der Bildschirm hell wurde. Die Akkuanzeige meldete minimalen Ladestand, also ließ ich es eingesteckt. Ich hielt mir das Handy vors Gesicht, bis die Gesichtserkennung aufgab und zuließ, dass ich Michaels Entsperrcode eintippte. Wir kannten den Code des jeweils anderen, hatten beide denselben ... unseren Hochzeitstag.

Das Handy vibrierte und zeigte an, dass ich den Code falsch eingetippt hatte, also versuchte ich es erneut, tippte die Zahlen sorgfältig und mit mehr Bedacht ein. Ohne Erfolg. Michael hatte seinen Code geändert, ohne mir den neuen zu sagen.

Ich erschauderte und auf meinen Armen breitete sich Gänsehaut aus. Dass er so etwas tat, schien mir ungemein bedeutsam. Kurz überlegte ich, dann fiel mir wieder ein, dass ich sein Handy das letzte Mal entsperrt hatte, als wir während der Sommerferien am Meer gewesen waren. Er hatte Tansy auf seine Schultern gehoben und ich hatte ein Foto mit seinem Handy machen wollen. Ich hatte den Code eingetippt und er hatte gelacht. »Musst du nicht machen, die Kamera kannst du auch vom Sperrbildschirm aus öffnen.« Aber ich hatte es trotzdem getan und das Handy hatte sich entsperren lassen.

Irgendwann zwischen Ende Juli und seinem Todestag hatte er es für nötig gehalten, seinen Code zu ändern, und es fielen mir nur unheilvolle Gründe dafür ein. Ich versuchte es mit seinem Geburtstag, Tansys Geburtstag und schließlich auch meinem eigenen, aber natürlich funktionierte nichts davon. Offensichtlich war ihm daran gelegen gewesen, mir keinen Zugriff zu geben, also hätte er wohl kaum Daten benutzt, die ich kannte.

Ich legte das Handy weg und presste mir die Handflächen auf die Augen. Erkenntnis stieg in mir auf wie eine Sintflut. Er hatte eine Affäre mit Suzy Baros gehabt. Das musste es sein. Das würde alles erklären, ihre gemütlichen Plaudereien, ihre »Hilfe« mit seinen Lieferanten, Irenes Kommentar, dass Suzy in Michael verknallt sei. Und nun sein Entsperrcode, nach zehn Jahren treuen Dienstes zum ersten Mal geändert.

Mir ging durch den Kopf, was er der Polizei gesagt hatte. Was er erzählt und was er unterschlagen hatte. Und dann fiel es mir wie Schuppen von den Augen. Ein bestimmtes Detail; etwas, das er zu den Polizisten gesagt hatte, als sie am Morgen nach Suzys Verschwinden von Tür zu Tür gegangen waren. Er hatte ihnen gesagt, dass er das Dorffest früh verlassen, aber zwischendurch zu Hause vorbeigeschaut hatte.

»Ich wusste nicht, dass du auf dem Weg nach Wadebridge noch zu Hause angehalten hast«, hatte ich zu ihm gesagt. »Was für Werkzeug hattest du denn hier?«

»Ich hatte meinen blauen Werkzeugkasten im Van nicht gefunden und gedacht, dass ich ihn auf der Veranda vergessen hätte, aber als ich nachgeschaut habe, war er nicht da«, hatte er leichtfertig geantwortet.

Ich eilte zum Sideboard hinüber und schnappte mir unseren Familienlaptop. Mit dem Computer auf dem Schoß setzte ich mich aufs Sofa und öffnete die App unserer Überwachungskamera an der Eingangstür. Ich ging die Liste der Videoclips durch. Jedes Mal, wenn die Kamera aktiviert wurde, etwa dadurch, dass wir das Haus betraten oder verließen, aber auch durch Lieferdienste und unseren Postboten, nahm sie ein kleines Live-Video auf. Es gab die Option, für jede Aktivierung eine Benachrichtigung zu erhalten, aber das war mir schnell zu viel geworden. Es war erstaunlich, was bereits ausreichte, um die Kamera zu aktivieren. Eine Katze. Eine Spinne. Ein vorbeifahrendes Auto.

Ich bemerkte, dass der Videospeicher fast voll war, aber zum Glück waren die Videos der vergangenen drei Wochen noch verfügbar. Ich scrollte runter, bis ich das richtige Datum fand: Sonntag, 10. November 2019.

Ich scrollte noch weiter runter, bis zum frühen Abend. Da waren wir drei zu sehen, wie wir gemeinsam das Haus verließen, um uns die Weihnachtslichter anzusehen. Mir entfuhr ein Geräusch leisen Wehklagens angesichts dessen, was wir verloren hatten. Unsere kleine Familie, auseinandergerissen. Ich übersprang die nächsten beiden Videos, ein Flyer, der in unseren Briefkasten geworfen wurde, und ein Hund, der am Ende unserer kurzen Einfahrt herumschnüffelte. Die nächste Aufnahme der Kamera zeigte mich, wie ich mit Tansy und Aleks nach Hause kam, das Gesicht vor Müdigkeit und Sorge in tiefe Falten gelegt. Endlich, um kurz vor Mitternacht, kam dann Michael nach Hause, mit griesgrämiger Miene und finsterem, verschleiertem Blick.

Er war nicht zurückgekommen, um nach seinem Werkzeug zu suchen. Er hatte nicht auf der Veranda nachgesehen, wie er es mir erzählt hatte. Er hatte die Polizei belogen und auch mir hatte er seine ausgesprochen überzeugenden Lügen aufgetischt.

Ich schnappte mir seinen Autoschlüssel und ging in die

Garage. Ich schaltete die grelle Deckenbeleuchtung an, deren Licht nun auf Michaels drei Jahre alten schwarzen VW Golf fiel. Ich entriegelte das Auto und öffnete den Kofferraum. Nachdem ich einen Stapel Decken zur Seite geschoben hatte, fand ich den blauen Werkzeugkasten, von dem ich gewusst hatte, dass er ihn hier aufbewahrte.

Es war die Art Werkzeugkasten, die man nach beiden Seiten weit aufklappen kann, um Zugriff auf die abgetrennten Fächer im Inneren zu erhalten. Genau das tat ich nun. Die kleinen Fächer an der Oberseite waren voll mit Schrauben, Nägeln, Kabelbindern, solchen Sachen. Ich schob sie zur Seite und erkannte in den größeren Fächern weiter unten vertrautes Werkzeug wie Schraubenzieher, Zangen und kleine Hämmer, die wie Soldaten ordentlich aufgereiht waren. Ich öffnete den Kasten weiter, bis ich das Bodenfach erreichte, wo die sperrigeren Gegenstände aufbewahrt wurden. Ich zog Lappen heraus, eine Dose WD-40 und dort, in der Ecke eingekeilt, lag ein kleines, silberfarbenes Handy.

Mit zitternden Fingern griff ich danach und zog es ans Licht. Ich kannte dieses Handy. Klein, silbrig, mit einem sich abschälenden Aufkleber auf der Rückseite – ein rotes Herz mit den Worten *Tęsknie za Tobą*.

Dieses Handy gehörte Suzy Baros.

Ich klappte den Kofferraum zu, schaltete das Licht aus und ging mit dem Handy zurück ins Haus. Ich ließ mich auf das Sofa sinken, am ganzen Körper bebend. Meine Finger zitterten so stark, dass ich für den Moment überhaupt nichts festhalten konnte.

Ich stand auf, holte mir etwas Wasser und setzte mich wieder, das Glas mit beiden Händen fest umschlossen. Hastig trank ich es halb aus und stellte es dann auf dem kleinen Beistelltisch ab.

Ich sah auf das Android-Handy hinunter, das neben mir auf dem Sofa lag. Am oberen Ende erkannte ich einen Knopf, worüber sich das Teil wohl einschalten ließe. Als ich darauf drückte, passierte aber wie erwartet nichts. Bestimmt war der Akku leer. Ich trug es zur Arbeitsplatte hinüber, musste aber sofort erkennen, dass der Anschluss unseres iPhone-Ladekabels zu klein dafür war. Dann fiel mir etwas ein.

Ich rannte die Treppe hinauf ins Schlafzimmer und schnappte mir das Ladegerät für meinen Kindle vom Nachtkästchen. Wieder unten angekommen, probierte ich mein Glück und tatsächlich passte es. Dann tigerte ich ungeduldig auf und ab, bis das Handy endlich genug Saft hatte, um sich anschalten zu lassen.

Ich versuchte, Ordnung in meine Gedanken zu bringen und mir auch nur einen vernünftigen Grund dafür auszudenken, warum mein Mann das Handy einer vermissten Frau in seinem Werkzeugkasten versteckt hatte. Nichts. Es gab keinen einzigen Grund, abgesehen von der offensichtlichen Tatsache, dass er etwas wirklich, wirklich Schlimmes getan haben musste.

Nach etwa zehn Minuten hielt ich den Knopf erneut gedrückt und der Bildschirm leuchtete auf. Ich musste einen plötzlichen Brechreiz unterdrücken in Erwartung der Nachrichten zwischen Suzy und Michael, die ich darauf finden würde, vielleicht schlüpfrig, vielleicht wütend.

Worte tauchten auf dem Bildschirm auf und ich drückte auf den Tasten herum. Aber keine davon konnte den Satz auslöschen, der dort stand: *Auf Werkszustand zurückgesetzt.*

Jemand hatte alle Daten von diesem Handy gelöscht.

Ich ließ es sinken und starrte ins Leere.

Wenn ich mir weiterhin einredete, er sei immer noch der ehrliche, treue Mann, den ich siebzehn Jahre lang geliebt hatte, wäre ich wohl die naivste Ehefrau der Welt. Was sollte ich also stattdessen denken? Dass Michael eine Affäre mit einer Frau gehabt hatte, die verschwunden war ... oder dass Michael eine Affäre gehabt hatte und für ihr Verschwinden verantwortlich war?

Alles, was ich inzwischen wusste, deutete auf Letzteres hin. Die Beweislage war überwältigend und doch sträubte sich etwas in mir. Ich hatte Angst, mich in dem Moment, in dem ich das Schlimmste über Michael annahm, komplett aufzulösen.

Mein Blick wurde von dem bunten Familienporträt an der gegenüberliegenden Wand angezogen. Auf der großen Leinwand waren wir drei zu sehen. Donna hatte uns vor dem Kamin eines örtlichen Pubs fotografiert, in dem unsere beiden Familien sich letztes Weihnachten zum Essen getroffen hatten. Michael hatte den Arm um mich gelegt und den Kopf liebevoll zu mir geneigt. Tansy stand vor uns und ihre Wangen glühten vor Freude. Wir sahen so glücklich aus. Eine rundherum zufriedene Familie. So wollte ich uns in Erinnerung behalten.

Angst schoss durch mich hindurch und mir gefror das Blut in den Adern. Ich konnte nicht zulassen, dass diese und andere Erinnerungen für immer für meine Tochter vergiftet wurden. Welchen Einfluss würde es wohl auf ihre Zukunft haben, wie würden die Leute mit ihr umgehen, wenn ihr Vater als Mörder entlarvt wurde?

Doch jetzt konnte ich sie nur noch damit beschützen, dass ich diese neuen Beweise, die ich gefunden hatte, versteckte und den Detectives etwas vorlog.

Hier trennten sich zwei unvereinbare Pfade und ich stand vor einer Entscheidung.

DREIUNDDREISSIG

18. November 2019

Als ich Tansy am Montagmorgen dabei half, sich für die Schule fertigzumachen, war sie sehr still. Gestern Nacht hatte ich mich vor dem Schlafengehen mit ihr unterhalten, wie Miss Monsall es vorgeschlagen hatte.

»Ich will meine anderen Freunde schon wiedersehen, Mummy«, sagte sie traurig. »Ich will Polly und Jasminder sehen. Aber ich will dich nicht alleinlassen, weil du doch traurig bist, jetzt, wo Daddy tot ist.«

Ich versuchte, mir nicht anmerken zu lassen, wie es mich traf, sie dieses Wort so leichtfertig sagen zu hören. »Natürlich bin ich traurig. Du ja auch«, sagte ich. »Aber Daddy würde nicht wollen, dass wir uns so fühlen, nicht wahr? Was würde er zu uns sagen?«

»Hopp, hopp, auf geht's«, sagte Tansy kläglich und zitierte damit eine von Michaels Lieblingsphrasen, wenn es irgendetwas zu erledigen gab.

»Ganz genau, das würde er sagen.« Ich zog sie an mich. »Und daran müssen wir uns halten. Hopp, hopp, auf zur

Schule, und bald heißt es dann für mich hopp, hopp, auf zur Arbeit.«

Das schien sie zufriedenzustellen, aber heute Morgen war ihre Stimmung wieder gekippt. Mir ging es genauso. Ständig musste ich die schrecklichen Gedanken an Michael beiseiteschieben, daran, was er mit Suzy Baros getan hatte. Ich musste ruhig bleiben, für meine Tochter.

»Die wollen alle bestimmt nicht mehr mit mir befreundet sein«, quengelte sie, während sie Zahnpasta auf ihrer Zahnbürste verteilte.

»Das stimmt doch nicht, mein Schatz«, erwiderte ich liebevoll. »Du hast Ellie und Aleks und noch ganz viele andere Freunde in deiner Klasse.«

Gestern Abend hatten wir Miss Monsall angerufen, um ihr zu sagen, dass Tansy Montagmorgen in die Schule kommen würde. »Die ganze Klasse freut sich schon darauf, dich wiederzusehen, Tansy«, hatte sie gesagt. »Wir haben dich alle sehr vermisst.«

Tansy hatte ihr skeptisch zugehört. »Neben wem darf ich sitzen?«, hatte sie gefragt.

»Neben genau denselben Leuten wie vorher.« Miss Monsall hatte uns erklärt, dass sie Tansys Stuhl freigehalten hatte, damit sich bei ihrer Rückkehr alles so normal wie möglich anfühlte. »Hier wissen alle, dass bei dir etwas ganz Trauriges passiert ist.«

Tansy hatte zwar immer noch nicht überzeugt gewirkt, aber nichts mehr gesagt.

»Du bist so ein tapferes Mädchen, dass du schon wieder zur Schule gehst«, ermutigte ich sie nun, als sie die Zahnpasta ausspuckte. »Daddy wäre so stolz auf dich.« Ich gab mir explizit Mühe, Michael zu Hause dauernd zu erwähnen. Ich wollte, dass Tansy seine Gegenwart in ihrem Zuhause spüren konnte und wusste, dass sie jederzeit über ihn sprechen durfte.

»Ich hab irgendwie Angst, Mummy«, gestand sie mir leise.

»Aber ich will meine Freunde schon wiedersehen und Miss Monsall.«

»Meine tapfere Kleine.« Ich drückte ihr einen Kuss auf den Kopf, dann ging ich in die Hocke und schloss sie fest in meine Arme. »Sobald du in der Schule und bei deinen Freunden bist, geht es dir bestimmt viel besser.«

Sie nickte und verschwand in ihrem Zimmer, um sich umzuziehen.

Ich war ihretwegen auch nervös, sehnte mich aber zugleich danach, ihr wieder etwas Normalität zu schenken. Ich setzte mein ganzes Vertrauen darauf, dass Miss Monsall in der Lage sein würde, sie erfolgreich wieder einzugliedern.

In meinem eigenen Leben wäre etwas Normalität auch dringend nötig, aber das schien mir noch sehr weit entfernt.

Warm eingepackt in Wollmützen, Handschuhen und Schals gingen wir aus dem Haus. Wir verließen die Hauptstraße und liefen den kleinen Hügel hinauf, von dem aus die Schule zu uns herunterblickte. Ein altes, viktorianisches Gebäude mit neuen Kunststofffenstern und elektrischen Toren.

Bald würde ich darüber nachdenken müssen, wieder zur Arbeit zu gehen. Ich hatte bereits mit meiner Vorgesetzten gesprochen, der leitenden Lehrassistentin, und sie hatte gesagt, dass ich mir Zeit lassen sollte. Doch ich sehnte mich nach einem Stück Normalität, um vielleicht zumindest eine Chance zu haben, mich beschäftigt zu halten und meine melancholischen Gedanken an Michael auszublenden.

Obwohl die Schultore offenstanden, hatten sich viele Eltern mit ihren Kindern vor dem Eingang versammelt, statt zu den Klassenzimmern hineinzugehen. Zwei Minuten vor Schulbeginn würde es sie dorthin ziehen, aber im Moment gab es noch ein Wochenende zu besprechen.

Als wir uns näherten, bemerkte ich, dass Kommentare leise

hinter vorgehaltener Hand gemurmelt wurden und Köpfe sich zu uns drehten.

Ich ignorierte die Blicke, aber sie verwirrten mich. Ich ging durch die Menschenmenge und ein paar Leute traten vor, um mir ihr Beileid wegen Michael auszusprechen. Ich bedankte mich bei ihnen und lief weiter, bevor sie noch mehr sagen konnten.

»Mummy, da sind Ellie und Donna«, sagte Tansy. Ihre Hand verkrampfte sich in meiner.

Ellie hatte Tansy ebenfalls entdeckt und kam sofort angerannt, um sie bei der Hand zu nehmen, die Gute. »Komm, wir sagen den anderen Hallo.«

Erleichtert atmete ich aus. Donna sagte: »Entspann dich, Kate. Warum kommst du nicht mit mir ins Larder, damit ich dir einen Tee machen kann?«

Ich verstand, dass sie wahrscheinlich über ihre eigenen Probleme mit Paul reden wollte. Doch für mich bedeutete ein Besuch im Teestübchen, mich noch mehr Leuten zu stellen. Noch mehr neugierigen Blicken und gewisperten Kommentaren, und ich musste doch vermeiden, ihr von meinem Fund zu erzählen. Das war zu ernst.

»Ich muss gleich wieder nach Hause. Es gibt da noch so viel zu organisieren.« Mein Kopf pochte und meine Wollmütze fühlte sich heiß und kratzig an. Ich hatte noch nie eine Panikattacke gehabt und war weit von dem Zustand entfernt, in dem ich Donna letztes Jahr gesehen hatte, als wir in Nottingham in einer Spielhalle gewesen waren und sie dachte, Ellie wäre verschwunden. Trotzdem fühlte ich mich nervös und gestresst. Ich wollte nur noch weg.

»Ich bin da, wenn du mich brauchst, okay? Wenn dir danach ist, können wir uns bald mal auf einen Kaffee treffen.«

Ich traute mich nicht zu sprechen und nickte nur. Donna ging zurück zu der Gruppe Frauen, zu der auch ich noch vor wenigen Tagen ganz selbstverständlich gehört hatte. Ich sah zu ihnen hinüber und die eine oder andere hob grüßend die Hand, aber die meisten wichen meinem Blick aus.

Die Stimmung hier war seltsam. Ich wusste nicht genau, wieso. Vielleicht war ich es, die sich verändert hatte und die Leute nun anders wahrnahm. Vielleicht hatten die Leute einfach so viel Drama zu besprechen. Das Verschwinden von Suzy Baros, Michaels Tod ... wer konnte das schon sagen.

Ich machte mich auf den Heimweg. Kurz vor den Toren kam eine Frau auf mich zu. Sie war etwa Ende vierzig, mollig, hatte ein freundliches Gesicht und ihre taillenlangen Haare waren zu einem Pferdeschwanz gebunden. Dann entdeckte ich das Kind, das hinter ihr herlief.

»Aleks!«, rief ich und breitete meine Arme aus. Er reagierte nicht.

»Leider geht es ihm gerade nicht sehr gut«, sagte die Frau und streckte mir die Hand hin. »Janet Hanson ist mein Name, ich bin Aleks' Pflegemutter.«

»Oh, hallo. Wie schlägt er sich so?« Aleks hielt sich immer noch im Hintergrund. »Sieht aus, als hätte er abgenommen.«

»Es ist immer schwierig, wenn sie sich an eine neue Umgebung gewöhnen müssen.«

Aleks sah mich von der Seite an und wandte den Blick dann wieder ab. Er warf es mir vor, dass ich mein Versprechen, auf ihn aufzupassen, gebrochen hatte. Ich konnte es spüren. Und tatsächlich war es ja noch viel schlimmer, jetzt, wo ich wusste, dass es Michael war, der ihm seine Mutter genommen hatte.

»Es war so furchtbar. Wir haben Aleks aufgenommen und dann ... ist mein Mann gestorben und ...«

»Ja, das hat mir das Sozialamt erzählt. Es tut mir so leid.« Sie tätschelte Aleks' Kopf. »Mein Mann und ich arbeiten viel auf diese Art mit den örtlichen Behörden zusammen. Nehmen kurzzeitig Kinder auf, die schwere Zeiten durchleben.«

Ich sah zu ihm. »Ach, Aleks, es tut mir so leid, dass das passiert ist. Wir vermissen dich.«

Immer noch keine Reaktion. Ich fühlte mich wie die böse Stiefmutter. Es lag in meiner Macht, das alles zu beenden und der Polizei zu erzählen, was ich über meinen Mann wusste. Und wenn ich das tat, würde ich meine eigene Tochter traumatisieren. Es gab hier keine Gewinner. Jemand musste verlieren.

»Er packt das schon«, sagte Janet. »Das braucht nur seine Zeit.«

»Wissen Sie, ob sich bei den Ermittlungen schon mehr ergeben hat?«, fragte ich.

Sie verstand, worauf ich hinauswollte. »Nein. Es gibt wohl noch keine neue Spur.« Sie warf einen raschen Blick zu Aleks und sagte dann in einem etwas fröhlicheren Tonfall: »Hoffentlich wissen wir bald mehr.«

»Ja«, bestätigte ich schwach. »Hoffentlich.« Dann drehte ich mich um und ging davon, bevor ich in Tränen ausbrach.

VIERUNDDREISSIG

28. November 2019

Am Tag der Beerdigung war der Himmel bewölkt, aber immerhin regnete es nicht.

Unten im Flur lagen Blumen und eine Handvoll Karten. Ich hob sie auf, um zu sehen, wer sie geschickt hatte. Donna und Paul, Irene und ein wunderschöner, handgebundener Strauß von der Schule, mit einer Karte, die die Kinder gemacht hatten. Ich klappte die Karten auf. Als ich die Küche betrat, war Donna bereits dabei, Tee zu kochen.

»Hey, alles gut?«, fragte sie und ging zum Kühlschrank, um die Milch zurückzustellen. Sie war blass und dünner, als ich sie seit Langem gesehen hatte. All die Aufregung und die Erinnerungen an Matilda, die dadurch unbarmherzig ans Licht gezerrt wurden, dazu die andauernden Probleme mit Paul, all das forderte seinen Tribut.

»Ja«, erwiderte ich leise.

Sie hielt in ihrer Bewegung inne und sah zu mir herüber. »Mir ist klar, dass heute ein schwerer Tag ist. Aber du siehst ... irgendwie seltsam aus. Schon seit einer Weile.«

»Mir schwirrt ... viel im Kopf herum.« Ich konnte spüren, wie sich Druck in mir aufbaute, das Bedürfnis, mit jemandem zu reden.

Scharfsinnig wie eh und je fragte Donna: »Gibt es da etwas, das du mir verschweigst?«

Als ich zögerte, bohrte sie sofort nach: »Was ist los, Kate? Ich merke doch, dass es was Ernstes ist.«

»Michael hat der Polizei erzählt, dass er zu Hause vorbeigeschaut hat, nachdem er das Fest verlassen hat und bevor er nach Wadebridge gefahren ist. Es gab da eine gewisse Zeitspanne, die infrage stand.«

»Und?«, erwiderte sie schwach.

»Ich habe in den Videos unserer Überwachungskamera nachgeschaut. Er war nicht hier. Er hat nicht zwischendurch zu Hause vorbeigeschaut.«

Donna runzelte die Stirn. »Warum würde er denn deswegen lügen?«

»Das weiß ich nicht. Und ...« Ich biss mir auf die Unterlippe. Ich konnte ihr nicht erzählen, dass ich Suzys Handy in seinem Werkzeugkasten gefunden hatte. Ich konnte es einfach nicht.

»Und?«

»Das Bestattungsunternehmen hat mir seine persönlichen Gegenstände mitgegeben. Er hatte den Entsperrcode seines Handys geändert.«

»Na ja, das muss ja an sich nichts heißen«, entgegnete Donna leichtfertig. »Ich kenne Pauls Code auch nicht, kannte ich noch nie.«

»Wir hatten seit zehn Jahren denselben. Unser Hochzeitsdatum.«

»Kate, hör zu. Mach dich deswegen nicht verrückt. Michael ist nicht mehr hier, leider, und du kannst ihn nicht danach fragen. Kann sein, dass es was zu bedeuten hat, vielleicht aber auch nicht. Du musst dir deine Kraft bewahren, um es durch den heutigen Tag zu schaffen.«

Das würde sie nicht sagen, wenn sie von dem Handy wüsste, das ich gefunden hatte. »Die Leute hier denken, dass Michael Suzy etwas angetan hat. Das weiß ich genau.«

»Das weißt du nicht, das denkst du nur, weil du aufgebracht bist.«

»Aus dem Dorf ist noch keiner vorbeigekommen. Das ist doch komisch. Als würden sie sich von mir fernhalten. Meinst du nicht?«

Donna wandte den Blick von mir ab.

»Was?«, hakte ich nach. »Was denkst du?«

»Nichts. Die Leute wissen wohl oft einfach nicht, was sie sagen sollen.« Sie klang selbst nicht ganz überzeugt.

»Vielleicht denken sie, dass ich etwas über Suzys Verschwinden weiß. Glaubst du das?«

»Ich weiß nicht, Kate«, seufzte sie. »Ich weiß nur, dass alles schrecklich verworren ist.«

Sie sah müde aus, als wollte sie am liebsten einen Monat lang nur schlafen.

»Mensch, jetzt rede ich ja nur auf dich ein. Wie geht es dir?«, wechselte ich das Thema. »Wie läuft es bei euch zu Hause?«

»Ach, na ja.« Ihre Stimme war tonlos und sie wandte mir den Rücken zu. Als sie den Kühlschrank öffnete, sah ich darin ein paar fremde Behälter, die nicht in unser Sortiment passten und selbstgekochte Mahlzeiten enthielten. »Ich habe euch was zu essen mitgebracht.«

»Danke, Donna«, sagte ich. Ich wusste, dass sie es vermied, über ihre eigenen Probleme zu sprechen. »Warum bist du überzeugt, dass Paul eine Affäre hat?«

Sie seufzte. »Ach, wenn ich versuche, das zu erklären, dann hältst du mich nur für verrückt. Für jeden anderen würde das nach nicht viel klingen, aber ich kenne ihn. Ich weiß, wie er tickt.«

»Erzähl's mir trotzdem«, sagte ich.

»Er findet dauernd Gründe, um irgendwo hinzufahren. Sagt Sachen wie ›Muss nur schnell dahin, nur schnell dorthin, bin in einer Stunde oder so wieder da‹. Früher hat er zum Einkaufen seine ausgeleierte alte Jogginghose angezogen und seine Crocs, jetzt zieht er sich schicker an und riecht gut.« Sie lächelte mir zu. »Nichtigkeiten, ich weiß. Aber da ist was. Da ist eindeutig irgendwas.«

»Hat er noch mal was über Scheidung gesagt?«

Kurz herrschte Stille. Normalerweise würde sie mich jetzt anfahren, weil ich das Thema angesprochen hatte, sie aber nicht über Pauls Fehltritte sprechen wollte. Aber heute konnte sie das ja schlecht tun.

Als sie schließlich antwortete, klang es fast leichtfertig: »Er hat das nicht so gemeint, das weiß ich. Weißt du, wir hatten uns gerade gestritten. Ich habe ihm alles Mögliche vorgeworfen und da hat er gerufen: ›Wenn du wirklich so wenig von mir hältst, können wir uns ja genauso gut scheiden lassen.‹ Er hat das seitdem nicht noch mal erwähnt und deswegen tue ich so, als wäre es nie passiert. Ich hoffe, dass er das nur gesagt hat, weil er wütend war.«

Wir setzten uns an den Küchentisch und tranken unseren Tee. Mit dem Zeigefinger malte ich Kreise in die winzige Wasserlache vor mir. Im Haus war es still. Wir hatten die Mädchen heute nicht in die Schule geschickt und Paul hatte angeboten, den Tag freizunehmen und bei ihnen zu Hause auf Tansy und Ellie aufzupassen.

Nach langem Überlegen hatte ich entschieden, Tansy die Beerdigung nicht anzutun. Ich hatte immer wieder denselben Traum gehabt, in dem ich mit ihrer winzigen Hand in meiner vor dem Sarg ihres Daddys stand. Tränen flossen ihr übers Gesicht, während ich versuchte, alle zu überzeugen, dass er unschuldig war. Dass die Polizei etwas missverstanden hatte. Wenn ich sie heute mitnahm, würde sie sich ihr Leben lang daran erinnern, und das wollte ich nicht. Ich wollte, dass sie die schönen Zeiten mit Michael in Erinnerung behielt. Ich hatte mit ihrer Lehrerin, mit Donna und Irene darüber gesprochen und beschlossen, dass es so am besten war. Außerdem hatten wir ja schon unsere eigene kleine Abschiedszeremonie im Wald gehabt, um ihren Daddy in den Himmel zu entlassen.

Irene hatte mich gestern angerufen, um mich wissen zu lassen, dass ihr Ischias sich weit genug beruhigt hatte, dass sie zur Beerdigung kommen konnte.

»Das sind gute Neuigkeiten. Michael hätte sich gewünscht, dass du da bist«, sagte ich dankbar. »Ist die Polizei oben in Wadebridge immer noch sehr beschäftigt?«

»Gestern kamen ein paar Polizisten vorbei, um hier und dort herumzuschnüffeln«, erwiderte Irene. »Ich habe sie vom Küchenfenster aus beobachtet. Ewig standen sie dort, haben auf die Felder geschaut, mal hierhin, mal dorthin gezeigt, bevor sie wieder gegangen sind. Mir schien das Ganze recht sinnlos. Ich vermute, dass sie sich inzwischen an jeden Strohhalm klammern. Bevor sie gegangen sind, habe ich versucht, mehr zum Stand der Ermittlungen zu erfahren. Viel wollten sie nicht sagen, aber für mich war ziemlich offensichtlich, dass sie immer noch davon ausgehen, irgendwann eine neue Spur zu finden.«

Meine Hände begannen zu zittern. Ich klemmte sie unter meine Oberschenkel.

Wir hatten damit gerechnet, dass mehr Zeit bis zu Michaels Beerdigung vergehen würde, aufgrund der Untersuchung des Unfalls durch den Rechtsmediziner. Doch zum Glück war es schneller gegangen als erwartet, da der Fahrer, der aus Belgien stammte, wieder in sein Heimatland zurückmusste. Es gab weder Zeugen noch Videoaufnahmen und nach Feststellung der Todesursache hatte der Rechtsmediziner den Vorfall auf Michaels Todeserklärung als »Unfalltod« eingestuft. Danach war seine Leiche zur Beerdigung freigegeben worden.

Letzte Nacht hatte ich davon geträumt, wie mein Mann

kalt in der Leichenhalle lag, Brust und Bauch von groben schwarzen Stichen übersät. Seine Augen waren ebenfalls zugenäht und er schrie, als er versuchte, sie zu öffnen.

In Schweiß gebadet und keuchend war ich hochgeschossen. Ich hatte mir bewusst Mühe gegeben, die Gedanken beiseitezuschieben, die sich mit jedem Tag anstauten wie ein Tsunami. Der Gedanke, dass Michael sich durchaus absichtlich in den Verkehr geworfen haben könnte, in einem Moment der hellen Panik. Die Frage, ob die Polizei kurz davorgestanden hatte, neue Beweismittel zu finden, wie ich es dann getan hatte.

Jeden wachen Moment stand ich wieder und wieder vor der Entscheidung: *Soll ich lügen und Beweismittel unterschlagen oder die Wahrheit sagen und die Konsequenzen auf mich nehmen?* Mein Problem lag darin, dass diese Konsequenzen nicht nur mich betrafen. Meine sechsjährige Tochter würde für die Sünden ihres Vaters leiden, und das war es, was mich für den Augenblick zum Schweigen verleitete.

Ich hatte mir mein Outfit für die Beerdigung im Gästezimmer zurechtgelegt. Nach dem Duschen ging ich hinein und zog die Tür hinter mir zu. Ich trocknete mir die Haare und strich sie zu einem glatten Knoten zusammen, band sie fest und sprühte Haarspray darauf. Danach legte ich Foundation, Rouge, Mascara und Nude-Lippenstift auf. Es fühlte sich falsch an, mir so viel Mühe zu geben, jetzt, wo er tot war. Ich steckte mir die winzigen Diamantohrstecker an, die er mir nach Tansys Geburt geschenkt hatte. Ich trug sie immer nur zu besonderen Anlässen. Ich zog Unterwäsche und eine blickdichte schwarze Strumpfhose an und zuletzt das schwarze Etuikleid, das seit Ewigkeiten hinten im Schrank hing. Ich hatte noch nie Anlass gehabt, es zu tragen.

Um Hüfte und Taille hing das Kleid zu locker. Wie viel Gewicht ich seit Michaels Tod genau verloren hatte, wusste ich nicht, aber inzwischen fühlten sich all meine Kleidungsstücke weit an.

Ich zog mir eine schwarze Jacke über und schlüpfte in meine schwarzen Samt-Pumps mit Kitten Heels. Dann setzte ich mich auf das Bettende und wartete.

Mein Magen verkrampfte sich, als wir das Haus verließen. Draußen sahen wir ein oder zwei ältere Leute aus dem Dorf, die die Köpfe respektvoll senkten. Meine Augen brannten. In den vergangenen fünf oder sechs Jahren hatte es ein paar Beerdigungen gegeben. Damals hatten die Menschen auf der Straße gestanden, um dem Verstorbenen Respekt zu zollen, hatten Blumen zum Leichenwagen geworfen. Michael hatte jeden Einzelnen hier im Dorf gekannt. Fast jedem davon hatte er über die Jahre den einen oder anderen Gefallen getan. Und wo waren sie nun? Es ging mir dabei weniger um sein Vermächtnis als darum, warum sie alle wegblieben. War die Gerüchteküche nun endgültig im Gange? Falls ja, so war es nur eine Frage der Zeit, bis die Polizei davon Wind bekam. Donna stupste mich an und reichte mir ein sauberes Taschentuch.

Für den Augenblick hatte ich das Video unserer Überwachungskamera gespeichert und Suzys Handy in einer Bettschublade unter Decken und Handtüchern begraben. Doch irgendwann würde ich eine Entscheidung treffen müssen und es musste bald geschehen. Entweder ich vernichtete die Beweise und hielt Michaels Lügen am Leben oder ich gestand, ungeachtet der Konsequenzen.

Die Limousine kroch hinter dem Leichenwagen her, der Michaels schwarzen Weidensarg transportierte. Ich saß mit Donna auf dem Rücksitz, während wir uns einen Weg Richtung Mansfield-Krematorium bahnten, das etwa elf Kilometer entfernt lag. Fünfzehn Minuten Fahrt. Ich wollte nur noch raus aus unserem Dorf. Hinter uns fuhr ein zweiter Wagen mit Michaels Schwester und ihrem Mann, die aus Schottland gekommen waren. In den siebzehn Jahren, die ich meinen

Mann gekannt hatte, hatte ich seine Schwester nur zweimal getroffen. Einmal bei unserer Hochzeit, das zweite Mal nach Tansys Geburt. Als wir uns begrüßt hatten, hatte ich ihr kaum in die Augen sehen können.

Nachdem die Autos auf das Gelände des Krematoriums gefahren waren, kam der Bestattungsunternehmer heraus und ging vor dem Wagen her. Sein Zylinder wippte wie in einer makabren Parodie auf und ab.

Ich fragte mich, wie es Tansy ging. Ich spürte, dass meine Entscheidung, ihr das hier nicht anzutun, richtig gewesen war. Es wäre nicht gut gewesen.

Donna blieb stumm und ich war froh darüber. Sie wusste, dass ich Ruhe brauchte. Ich griff nach ihrer Hand und drückte sie. In ihren Augen sah ich Tränen glitzern und ahnte, dass sie nicht Michael galten. Das hier weckte in ihr bestimmt schmerzhafte Erinnerungen an Matilda und führte ihr die schreckliche Tatsache vor Augen, dass sie ihre geliebte Schwester nie hatte zur Ruhe betten können.

Plötzlich spürte ich den überwältigenden Drang, ihr meinen Fund zu gestehen, diese Last mit ihr zu teilen. Aber sie sah so schwermütig aus. Ich konnte sie in ihrer Trauer nicht noch mehr belasten.

Ich zog einen kleinen Spiegel aus meiner Handtasche und musterte mich. Trotz der Schminke sah mein Gesicht bleich und abgezehrt aus. Auf der fahlen Haut wirkten meine zurückgesteckten Haare noch dunkler als sonst und die schwarze Kleidung schien alles verbleibende Licht aufzusaugen wie ein Schwamm.

Ich erkannte die Frau, die mir da entgegenblickte, kaum wieder. Mir war, als hätte sich auf zellulärer Ebene etwas in mir verändert, tief in mir verhärtet. Und vielleicht hatte es das auch.

Nach dem Gottesdienst gingen wir nach draußen. Ich sah zu, wie sie Michaels Sarg in die Erde hinabsenkten. In diesem Moment schien die Verwandlung in mir komplett.

Ich war nicht länger die Frau eines Mannes, den ich wohl nie richtig gekannt hatte.

Im Alter von vierunddreißig Jahren war ich nun offiziell Witwe.

FÜNFUNDDREISSIG
JAKUB

Sommer 2018

Jakub saß auf einem Klappstuhl im Feld, aß sein Sandwich und schaute in den wolkenlosen blauen Himmel hinauf. Er genoss die englische Landschaft, hörte die Vögel zwitschern und war froh, hier in Wadebridge eine gute Arbeitsstelle gefunden zu haben. Endlich war er angekommen!

Reich war er zugegebenermaßen noch nicht. Eigentlich weit davon entfernt. Aber darauf kam es auch gar nicht mehr an, jetzt, wo seine Wut auf Ana und Oskar mehr oder weniger verflogen war. Trotzdem rief er immer seltener zu Hause an. Seine Mutter bestand darauf, ihm mitzuteilen, was Ana so trieb, und beschrieb ihm das eindrucksvolle neue Haus, in das sie mit Oskar gezogen war. Diese Telefonate ließen ihn immer schwermütig zurück und das konnte er sich nicht leisten, nicht jetzt, wo es ihn all seine Energie kostete, beim Gedanken an die eigene Zukunft positiv und optimistisch zu bleiben.

Weihnachten 2012 war er nach Zalipie zurückgeflogen. Er war mit seiner Familie in die Kirche gegangen und hatte Ana dort mit Oskar gesehen. Der Gedanke, was hätte sein können, versetzte ihm immer noch einen Stich, doch er liebte Ana trotzdem nach wie vor und war betrübt, aber auch erleichtert gewesen, sie glücklich zu sehen. Er war innerhalb kurzer Zeit so viel reifer geworden und froh, dass er die Gelegenheit gehabt hatte, nach England zu gehen. Wenn Ana bei ihm geblieben wäre, hätte er das nie getan, und nun wusste er, dass sie ihn nie geliebt hatte. Nicht wirklich.

Später, als er draußen auf seine Mutter wartete, hatte er Ana plötzlich gegenübergestanden. Er hatte erwartet, dass sie davoneilen und so tun würde, als hätte sie ihn nicht gesehen, aber das tat sie nicht.

»Wie geht es dir, Jakub?«, hatte sie gefragt und ehrlich interessiert gewirkt.

Jakub hatte den Mund geöffnet, um mit seinem neuen Leben zu prahlen, doch er konnte es nicht. Er konnte Ana nicht anlügen, damals, heute und auch morgen nicht.

»Das Leben ist einsam und die Arbeit ist hart, aber ich komme durch«, hatte er gesagt. »Ich hätte nicht gedacht, dass mein Leben so verlaufen würde, aber wer von uns kann schon sagen, was das Leben für einen bereithält?«

»Lass uns ein Stück zusammen gehen«, hatte sie gesagt. »Nur kurz.«

»Aber Oskar ist ...«

»Der ist schon unterwegs zu seinen Freunden und seiner Geliebten. Wodka.«

Ana sah ihm direkt in die Augen. Kurz sah er einen Schatten über ihr schönes Gesicht huschen und ihre Augen verdunkelten sich.

Reue? Bedauern? Dann war der Ausdruck wieder verschwunden und Jakub schimpfte mit sich selbst, dass er sich solchem Wunschdenken hingegeben hatte.

Die kleine weiße Kirche lag am Rand eines lichten Waldes. Er folgte ihr, als sie den Pfad entlang der Bäume einschlug. Sie sprachen über das Dorf und die Bewohner und vermieden es geflissentlich, über das zu reden, was sie früher geteilt hatten. Kein Wort über die verlorenen Hoffnungen und Träume.

Als sie an der Rückseite der Kirche angekommen waren, packte Ana ihn auf einmal bei der Hand und zog ihn zu dem alten Holzschuppen, in dem Jakub und seine Freunde als Kinder Verstecken gespielt hatten.

»Was ... Ana, nein!«

Sie lachte über seinen Schreck und schob die wacklige Tür knarzend hinter ihnen zu. Drinnen war es schummrig, aber dank der Löcher und Spalten in Decke und Wänden fiel etwas Licht ins Innere.

»Ana, wir sollten ...«

»Ssch.« Sie presste ihre weichen, süß duftenden Lippen auf seine und ihr schlanker, fester Körper schmiegte sich an ihn. Gott, wie er sie vermisst hatte. Ihm war klar, dass das Wahnsinn war, dass sie nie zurückholen konnten, was sie einmal gehabt hatten, aber ... für den Moment war er bereit, das zu vergessen.

Sein Verlangen nach Ana durchfuhr ihn wie ein Blitz. Er presste sie gegen die bröckelnde Ziegelsteinwand des Schuppens, während sie sich gegenseitig die Klamotten vom Leib rissen. Die Lust überwältigte sie beide, nichts konnte sie einschränken, nur der schwarze Schatten der unausgesprochenen Reue und der Gedanke daran, was hätte sein können.

So schnell es begonnen hatte, war es auch wieder vorbei, doch Jakub wollte sie nicht gehen lassen. Ana entzog sich seiner sanften Umarmung und seines flehenden Blickes. Sie richtete ihre Kleidung, strich sich das Haar glatt und trat eilig nach draußen.

»Das war ein Fehler«, flüsterte sie. Ihr Blick huschte zwischen den Bäumen umher. »Das dürfen wir nicht noch mal geschehen lassen.« Und schon war sie fort, mit nichts als ihrem süßen Duft und dem Hauch ihrer Küsse auf Jakubs Haut.

Seit Jakub in England angekommen war, war viel passiert. Sein Plan, sich auf einem Bauernhof Arbeit zu suchen statt in einer der seelenlosen Fabriken, war schon am ersten Hindernis gescheitert. Es war ihm nicht gelungen, eine Stelle als Feldarbeiter zu finden. Ein anderer Immigrant aus Polen hatte ihm erklärt, woran das lag.

»Sie wollen alle Leute mit Erfahrung, mein Freund. Es ist ein Teufelskreis. Sie stellen dich nicht ein, bis du weißt, was du tust, und du kannst keine Erfahrung sammeln, bis dir jemand eine Chance gibt.«

»Und was soll ich nun tun?«, hatte Jakub hoffnungsvoll gefragt.

»Nun, für den Anfang solltest du aufhören, die Wahrheit zu sagen«, hatte ihm der Mann mit einem Grinsen geraten. »Du musst nicht direkt lügen, aber du kannst deine Erfahrung ja ein bisschen ausschmücken. Zum Beispiel hast du doch bestimmt in Polen mal Gartenarbeit erledigt?«

Jakub zog eine Grimasse. »Im Schrebergarten meiner Oma, sonst nichts.«

»Perfekt!« Er grinste. »Wenn dich also jemand fragt, dann kannst du sagen, du hast Erfahrung mit Anbau und Pflege von Gemüse. Allgemeine Gartenarbeit und Erntearbeit noch dazu. Da steckt doch ein Körnchen Wahrheit drin.«

Die Aussaat von ein paar Karotten und das Ausgraben einer Handvoll Kartoffeln für den Eintopf waren zwar weit von den erwarteten Erfahrungen entfernt, aber Jakub verstand, was der Mann ihm damit sagen wollte.

Lange Zeit trieb er von einem Job zum nächsten. Eines Tages im Herbst hörte er dann von einem anderen Polen, dass ein Hof in der Nähe seinen Betrieb ausweitete und Arbeiter benötigte, die sofort anfangen konnten. Die Greet Farm lag in Southwell, einem Ort mit Dom, etwa zweiundzwanzig Kilometer nordöstlich von Nottingham.

Fünfundsiebzig Minuten war Jakub mit dem Bus unterwegs und dann musste er die verbleibenden fünf Kilometer zur Farm zu Fuß zurücklegen. Der Farmer war ein schroffer Mann mit Doppelkinn und einem Dreitagebart. Er hatte die nervtötende Angewohnheit, beim Sprechen ständig auf seine Uhr zu sehen.

»Und, haben Sie Erfahrung?«, blaffte er, nachdem Jakub ihm erklärt hatte, dass er einen Job suchte.

»Ja, viel Erfahrung aus meiner Zeit in Polen«, sagte Jakub und hoffte, dass ihn die Hitze, die ihm dabei in die Wangen stieg, nicht verriet. »Landarbeit, Anbau von Gemüse, Ernte.« Der Farmer kniff die Augen zusammen und kratzte sich an den Bartstoppeln. »Wie Sie sehen, bin ich groß und stark. Ich werde nicht schnell müde, nicht so wie andere. Ich scheue mich nicht davor, so lange zu arbeiten, bis alles erledigt ist.«

Das schien ihn zu überzeugen.

»Ich gebe Ihnen zwei Wochen auf Probe«, sagte der Farmer widerwillig. Er hatte bereits das Interesse verloren und entfernte sich. »Mindestlohn, wöchentlich bezahlt, keine Unterkunft. Fängt morgen an, bei Sonnenaufgang sind Sie hier.«

Bevor Jakub ihm dafür danken konnte, dass er ihm eine Chance gab, war der Mann bereits davongegangen und schrie irgendetwas über eine späte Lieferung in sein Handy.

Zehn Monate arbeitete Jakub auf der Greet Farm und erledigte so ziemlich jede Aufgabe, die auf einem Bauernhof so anfiel. Als der Farmer ihm dann mit Bedauern mitteilte, dass aus der geplanten Betriebserweiterung nichts wurde und er Personal einsparen musste, war Jakub bereits in einer weitaus besseren Position, um sich eine neue Stelle zu suchen.

Wadebridge war kein Bauernhof im klassischen Sinne, lediglich ein paar Hektar Land mit ein paar Gebäuden am Rand eines hübschen Dorfes namens Lynwick. Jakub hatte zwei seiner Arbeitskollegen auf der Greet Farm sagen hören, wie entspannt der Verwalter dort angeblich war. »Wenn du hart arbeitest, lässt er dich in Ruhe«, sagte einer der beiden. »Das Problem ist nur, dass er ganz spezielle Vorstellungen hat. Wenn du ihm nicht gleich gefällst, hat er kein Interesse. Aber ich weiß schon, wie ich mit so einem Mann umgehen muss. Am Wochenende statte ich ihm einen Besuch ab und erzähle ihm eine Mordsgeschichte davon, wie talentiert ich bin und dass ich ganz allein auf den Feldern arbeiten kann.«

Jakub wusste nicht einmal ansatzweise, ob er dem Verwalter auf Anhieb gefallen würde, aber er war fest entschlossen, es herauszufinden. Und er würde sicherstellen, dass er noch lange vor dem Wochenende dort auftauchte.

Am nächsten Tag machte er blau und fuhr nach Wadebridge. Ein ganzes Stück musste er durch den Wald gehen und dann einen steilen Hügel hinauf. Er ging über den Hof auf eine Reihe Cottages zu und hielt Ausschau, aber es schien niemand da zu sein. Am Hauptgebäude angekommen, klopfte er an die Tür. Keine Antwort, also klopfte er erneut.

Er wollte sich gerade abwenden, als eine Bewegung am Fenster seinen Blick auf sich zog. Er schaute genauer hin und konnte eine alte Frau ausmachen.

»Hallo?«, rief er. »Ich bin hier wegen der Arbeitsstelle.«

Keine Antwort und als er näher an die Scheibe herantrat, erkannte er, dass die alte Frau verschwunden war. Er schirmte seine Augen mit den Händen ab, um besser ins Innere des Hauses sehen zu können. Drinnen sah er einen Sessel, einen leeren Feuerrost und einen zerkratzten Holztisch.

»Hey! Was machen Sie denn da?«

Er wirbelte herum, aufgeschreckt vom aggressiven Ton dieser Frage. Ein breit gebauter, muskulöser Mann um die vierzig preschte auf ihn zu, die Hände zu Fäusten geballt.

»Tut mir leid!«, entgegnete Jakub rasch und hob die Hände in die Höhe. »Ich habe an der Tür geklopft und dachte, ich hätte jemanden gesehen. Ich hätte nicht durchs Fenster schauen sollen, das war sehr unhöflich von mir.«

Seine demütige Haltung schien dem Mann den Wind aus den Segeln zu nehmen. Sein muskelbepackter Körper erinnerte Jakub eher an einen Wachmann als einen Geländeverwalter.

»Was wollen Sie hier?«, blaffte er.

»Ich bin hier wegen der Arbeitsstelle. Ich musste zwei Busse nehmen und mehrere Kilometer laufen, also hatte ich gehofft, mit jemandem sprechen zu können. Es tut mir wirklich leid, dass wir uns nun so kennenlernen mussten, Mr ...«

»Michael Shaw«, erwiderte er, reichte ihm aber nicht die Hand.

Dieser Mann schien überhaupt nicht so entspannt wie beschrieben, aber er wirkte nun zumindest etwas lockerer und musterte Jakub aufmerksam, als wollte er ihm direkt ins Herz sehen.

»Ein knappes Jahr habe ich auf der Greet Farm in Southwell gearbeitet, aber nun muss Mr Greet Personal einsparen und ich habe gehört, dass Sie jemanden suchen.«

Shaw ließ seine Hände locker herunterhängen. »Ah, dann haben Sie also die Betriebserweiterung auf der Greet Farm geleitet?«

Jakub war nur ein einfacher Feldarbeiter gewesen, geleitet hatte er dort nichts. Er dachte an das Geprahle des Mannes, den er über diesen Job hatte reden hören und an seine Behauptung, dass Shaw von seinen Arbeitern Initiative sehen wollte. Aber Shaw strahlte irgendetwas aus, das ihn das alles noch einmal überdenken ließ.

»Ich habe Mr Greet nur assistiert. Mehr kann ich nicht behaupten, Sir.«

Shaw lachte. »Ich kenne Dan Greet, ich weiß, was für ein Kontrollfreak er ist. Deswegen weiß ich auch, dass Sie mir damit eine ehrliche Antwort gegeben haben. Ich hatte schon mehrere hier, die nur meine Zeit verschwendet haben – solche, die behauptet haben, alles zu können und zu wissen. Kommen Sie, ich zeige Ihnen das Gelände.«

Jakub bekam den Job und war glücklich in Wadebridge. Michael vertraute ihm rasch eine Vielzahl von Aufgaben an und Jakub freute sich sehr, als sein Gehalt aufgestockt wurde. Nur vom Hauptgebäude hielt er sich fern. Ihm war schnell klargeworden, dass Irene, die Besitzerin, ihn nicht mochte. Wann immer er draußen im Hof auf Michael wartete, verhielt sie sich ganz seltsam. Sie beobachtete ihn durch die Vorhänge hindurch und wenn er ihr zuwinkte oder auf eine andere Art versuchte, mit ihr zu kommunizieren, huschte sie schnell davon, ohne ein Wort zu sagen.

Eines Tages fühlte er sich mutig und schnitt das Thema im Gespräch mit Michael an. »Es tut mir leid, wenn ich Mrs Wadebridge auf irgendeine Weise gekränkt habe«, sagte er und legte eine Hand aufs Herz, um ehrliches Bedauern zu zeigen.

»Machen Sie sich ihretwegen keine Sorgen. Sie ist einfach vorsichtig, es gefällt ihr nicht, wenn jemand hier herumschnüffelt. Aber Ihnen kann ich ja vertrauen, oder?«

»Natürlich.« Jakub nickte.

»Stellen Sie keine Fragen, dann müssen wir Ihnen nichts vorlügen.« Michael hatte ihm zugezwinkert und Jakub hatte genickt und wissend gelächelt.

Allerdings war es ihm ein Rätsel, warum sie hier so nervös schienen, und den kryptischen Kommentar seines neuen Chefs verstand er auch nicht. Aber was zählte das schon? Für ihn galt nur, seinen Job zu erledigen, sich aus allem rauszuhalten und das Leben zu vergessen, das er eigentlich geplant hatte.

SECHSUNDDREISSIG

KATE

29. November 2019

Am Tag nach der Beerdigung sah ich DI Helena Price und DS Brewster den kurzen Gartenweg zu unserer Haustür hinaufgehen. DI Price musste etwa in meinem Alter sein, Mitte dreißig. Ich fragte mich, wie sie es schaffte, so selbstbewusst zu sein und mit jeder Situation klarzukommen, in der sie sich wiederfand. Sie war großgewachsen und schlank und ihr braunes, lockiges Haar reichte ihr gerade so bis zu den schmalen Schultern. Sie trug eine schwarze Hose, Schuhe ohne Absatz und eine weite olivgrüne Jacke. Alles an ihr schrie nüchtern und ehrlich. In ihren Augen las ich keine Spur des emotionalen Durcheinanders, das ich in meinem eigenen Spiegelbild erkannte. Brewster war älter, klein und kräftig gebaut. Sein rotes Haar wurde langsam schütter. Er trug einen mattgrauen Anzug und ein Hemd mit schmuddeliger Krawatte. In der Hand hielt er ein Handy.

Ihre Schuhe knirschten auf dem Kiesweg und als sie näherkamen, schien die Luft im Raum zu stocken. Mein Herz pochte im Einklang mit ihren Schritten. Was wollten sie hier?

»Hallo, Mrs Shaw«, sagte Price. Mir war, als müsste sie sich anstrengen, einen neutralen Ton anzuschlagen. »Wir würden gerne kurz mit Ihnen sprechen.«

Der Boden unter mir schien zu schwanken und in meinem Kopf begann sich alles zu drehen.

»Mrs Shaw?« Sie schoss auf mich zu. Meine Beine wollten einfach nicht aufhören zu zittern. »Ist alles in Ordnung? Hier, stützen Sie sich auf mich. Kommen Sie, wir gehen schnell rein.«

»Alles okay«, sagte ich und strengte mich an, etwas gerader zu stehen.

In der Küche setzte ich mich auf einen Hocker. »Worum geht es denn?«

Sie zögerte. »Wenn es Ihnen nichts ausmacht, würden wir Ihnen gerne ein paar Fragen über die Zeit vor dem Tod Ihres Mannes stellen.«

Mein Gesicht war ganz taub unter dem Gewicht meiner Trauer, meiner Scham und Tausender anderer Emotionen. Ich musste das Gesagte erst stumm wiederholen, bevor ich es verstand. »Was für Fragen?«

»Hat Michael sich anders verhalten?«, begann Brewster. »Hat sich seine Stimmung verändert, seine Routine? Irgendetwas, was Ihnen ungewöhnlich vorkam?«

»Ja, ja und ja«, sagte ich, vor Erschöpfung ganz angespannt. »In Wadebridge wimmelte es von Polizisten und Michael fühlte sich unter Verdacht gestellt. Er hat befürchtet, es könnte sich im Dorf herumsprechen, dass Sie und Ihre Leute angedeutet haben, dass er etwas mit Suzy Baros' Verschwinden zu tun hatte. Vor allem das mit dem Schlüsselbund in ihrem Cottage hat ihn aus der Fassung gebracht, weil er ehrlich nicht wusste, wie der dort gelandet ist.«

Mein Herz war schwer und mein Kopf pochte. Ich wünschte, sie würden wieder gehen. Die Lügen steckten mir wie Gräten im Hals.

»Lassen Sie es mich erklären, Mrs Shaw. Wie Sie wissen,

leiten DS Brewster und ich die Ermittlungen im Fall Suzy Baros. Außerdem untersuchen wir das Verschwinden eines anderen Immigranten aus Polen. Es geht um einen Mann namens Jakub Jasinski. Ihr Mann hat angegeben, ihn nicht zu kennen. Sagt Ihnen dieser Name etwas?«

Jetzt saß ich in der Zwickmühle. Sollte ich lügen, um Michaels Aussage zu bestätigen, oder die Wahrheit sagen? Mir war klar, dass alles nur noch schlimmer werden würde, falls sie herausfanden, dass ich gelogen hatte. Aber ich musste an Tansy denken. Es war schon schlimm genug, dass sie ihren Daddy verloren hatte, und wie viel schlimmer wäre es, wenn die Polizei ihm nun noch Jakubs Verschwinden anhängte?

»Mrs Shaw?«, hakte DI Price nach.

Ich beschloss, einen Mittelweg zwischen Lüge und Wahrheit einzuschlagen.

»Ihre endlosen Fragen müssen Michael verwirrt haben. Ich kann mich tatsächlich an einen Arbeiter namens Jakub erinnern, der ein paar Jahre in Wadebridge angestellt war.«

»Da muss er aber ganz schön verwirrt gewesen sein, um jemanden zu vergessen, der so lange für ihn gearbeitet hat.«

Auf ihren Sarkasmus ging ich nicht ein. »Michael hat mir erzählt, er sei ein guter Arbeiter, aber dann ist er eines Tages nicht mehr zur Arbeit erschienen und das war das Ende der Geschichte, danach haben sie nie wieder von ihm gehört. Ich würde das allerdings kaum als Verschwinden bezeichnen. Michael hat mir immer gesagt, dass Gelegenheitsarbeiter oft auf dem Sprung sind. Sie ziehen häufig durchs Land.«

Von der Schauspielerei ging mir fast die Puste aus. Ich musste eine Pause einlegen, tief durchatmen.

Brewster räusperte sich und warf einen Blick in seine Notizen. »Ihr Mann hat behauptet, niemanden mit diesem Namen zu kennen. Er schien sich nicht an Jakub zu erinnern, doch nun erzählen Sie uns, dass er ein paar Jahre lang eng mit ihm zusammengearbeitet hat. Ich frage mich, was der Grund dafür sein kann.«

»Keine Ahnung«, erwiderte ich. Mir wurde plötzlich kalt. Ich sah hinüber zum Kamin und erkannte, dass die letzten warmen Funken erloschen waren. Das Feuer war aus. »Wahrscheinlich hat er es einfach vergessen. Er trifft sich mit so vielen Leuten und hat dort immer viel zu tun.«

»Okay«, sagte er, die Stimme von Zweifeln getränkt. »Jedenfalls sind es nun schon zwei Leute, die vom Arbeitsplatz Ihres Mannes verschwunden sind, Mrs Shaw.«

»Ja«, sagte ich. »Ich weiß.« Mehr brachte ich nicht heraus.

»Es tut uns leid, dass wir so ungelegen kommen mussten, wo doch gestern erst die Beerdigung Ihres Mannes war, aber wir müssen die Sache aufklären. Glauben Sie, Michael könnte sich das Leben genommen haben, weil die Beweislast gegen ihn immer erdrückender wurde?«

»Nein!« Nur mit viel Mühe konnte ich sitzen bleiben. »Das kann ich mir auf keinen Fall vorstellen.« Ich konnte Tansy nicht mit dem Wissen aufwachsen lassen, dass ihr Vater sich das Leben genommen hatte, weil er sich seinen Verbrechen nicht stellen konnte. Und ich glaubte auch nicht, dass er das getan hatte. *Nein. Ganz ausgeschlossen.*

Price musterte mich einen Augenblick, dann standen die beiden auf. »Bitte kontaktieren Sie uns gerne jederzeit, falls Ihnen später noch etwas einfällt«, sagte sie. »Falls Sie sich an irgendetwas erinnern, was uns nützlich sein könnte, sagen Sie uns bitte Bescheid, Mrs Shaw. Ich möchte Ihnen noch mal mein herzliches Beileid aussprechen, allerdings muss ich Sie auch daran erinnern, dass Sie verpflichtet sind, uns in unseren Ermittlungen zu unterstützen. Sie dürfen keine Informationen zurückhalten. Das wird sonst als Beweismittelunterdrückung gewertet und dabei handelt es sich um ein schwerwiegendes Vergehen.«

»Verstanden, klar und deutlich«, entgegnete ich knapp.

Ich wurde das Gefühl nicht los, dass ich schon bald wieder von den beiden hören würde. Ich machte Anstalten, aufzustehen.

Price hob die Hand. »Wir finden selbst nach draußen. Alles Gute, Mrs Shaw.«

Ich stellte mich hinter den Vorhang und sah ihnen nach. Ein kühler Luftstoß küsste meine heißen Wangen. Ich konnte die Kieselsteine unter ihren Füßen knirschen hören, dann blieben sie stehen und stiegen in ihr Auto.

Es nieselte und dennoch schlenderten Leute an unserem Haus vorbei und starrten meine Besucher an. Plötzlich hob eine Frau eine Kamera hoch und schoss ein paar Fotos von mir. Presse. Mir wurde schlecht, ich fühlte mich entblößt und verletzlich.

Erst als die Detectives außer Sichtweite waren, konnte ich wieder richtig atmen. Ich wartete auf die Tränen, aber in meiner Brust spürte ich einen schmerzhaften Knoten. Nichts von dem war Realität, vor allem nicht Michaels Tod.

Michael und ich hatten alles miteinander geteilt. Zumindest hatte ich das gedacht, bis sich herausstellte, dass er ein zweites Leben geführt hatte, das mir völlig unbekannt gewesen war.

Ich setzte mich. Die Wände kamen immer näher, ich fühlte mich so überfordert.

Mein ganzes Leben lang hatte ich immer versucht, das Richtige zu tun. Hatte allen geholfen, wo ich nur konnte, hatte hundertundein Prozent gegeben – und vor allem hatte ich meine Familie geliebt und unterstützt.

Doch nun verriet mir der stetig wachsende Druck der Panik, dass ich so nicht weitermachen konnte. Irgendwann würde der Damm brechen; der Moment der Wahrheit stand schon vor der Tür. Ich konnte es spüren.

SIEBENUNDDREISSIG

30. November 2019

Am Samstag gingen Tansy und ich nach Wadebridge. Entlang der Hauptstraße trafen wir viele Leute aus dem Dorf, die wir schon seit Jahren kannten. Leute, die an diesem Tag schnell ihr Handy aus der Tasche zogen oder die Straßenseite wechselten. Leute, die nicht einmal genug Anstand besaßen, sich nach dem Befinden einer Sechsjährigen zu erkundigen, ganz gleich, was sie nun von Michael oder mir hielten.

Ich reckte den Kopf in die Höhe und lenkte Tansy ab, indem ich über den Film quatschte, den wir später zusammen anschauen wollten. Trotzdem spürte ich den Druck in mir aufsteigen. Der schreckliche Gedanke, dass sich das Dorf langsam gegen uns wendete, lag mir wie ein Stein im Magen.

Wir nahmen den Weg durch den Wald, doch das Mädchen, das sonst vor mir her hopste und Vögel am Zwitschern erkannte, war verschwunden. Missmutig schlurfte sie neben mir her und hielt meine Hand fast ängstlich umklammert. Ihr Blick war auf den Schlammpfad unter ihren Füßen gerichtet und nicht mehr gen Himmel.

Ein Gedanke an den mysteriösen Mann schoss mir durch den Kopf. Wie sicher Tansy sich gewesen war, dass sie jemanden gesehen hatte, und wie ich ihr versichert hatte, dass da niemand war. Doch lange beschäftigte ich mich nicht damit. Der strahlende Stern an meiner Seite hatte seinen Glanz verloren. Mir ging es jetzt nur darum, ihr wieder mehr Sicherheit zu geben.

»Schatz, es wird alles wieder gut«, sagte ich leise. »Du und ich, wir schaffen das.«

Sie antwortete nicht und wir gingen weiter. Dann: »Glaubst du, dass Daddy jetzt im Himmel sitzt und uns beim Spazierengehen zuschaut?«

»Ganz bestimmt«, sagte ich und schob alle unnützen Gedanken an Michael beiseite. »Er wird immer über dich wachen. Wenn du dich einsam fühlst oder traurig oder ängstlich, musst du nur deine Augen schließen und dann siehst du sein Gesicht, als würde er neben dir stehen.«

Sie sah zu mir auf. »Aber das stelle ich mir dann doch nur vor. So, wie ich mir vorstelle, dass ich mit meinen Sylvanian Families-Figuren ein Picknick mache, aber echt ist das nicht.«

»Das ist ... anders«, erwiderte ich und hoffte, dass ich gerade nichts Falsches sagte. »Weißt du, Daddy war ja echt und du hast eine besondere Verbindung zu ihm, die niemand dir je nehmen kann.«

»Und wegen der Verbindung kann ich ihn sehen?«

Ich machte es nur noch schlimmer. Zu kompliziert.

Ich hielt an und hockte mich vor ihr hin, dann nahm ich ihre behandschuhten Hände in meine. »Du kannst immer mit ihm sprechen, in deinen Gedanken. Weißt du, dein Daddy hat dich über alles geliebt, mehr als alles in der Welt, und Liebe stirbt nicht. Liebe kann nie, niemals sterben.«

»Du zerquetschst meine Hände, Mummy«, sagte sie ernst.

»Entschuldige.« Ich lockerte den Griff. »Es ist schwer zu erklären, warum du jemanden bei dir spüren kannst, wenn derjenige im Himmel ist, aber du wirst es selbst erleben. Okay?«

Sie nickte, immer noch etwas verwirrt.

Ich richtete mich auf und wir gingen weiter.

Tansy sagte: »Ellie hat gehört, wie ihre Mummy und ihr Daddy geredet haben, und ihr Daddy hat gesagt, dass mein Daddy eine feste Freundin hatte ... und zwar Suzy, Aleks' Mum.«

Ich stolperte und musste mich an einem Baum festhalten.

»Nein. Das stimmt nicht. Hör mir zu, Tansy.« In ihren Augen las ich so viel Trauer, so viel Verzweiflung. »Dein Daddy hatte keine Freundin. Er hatte mich und dich und er hat uns über alle Maße geliebt. Ganz gleich, was für böse Sachen andere Leute sagen. Okay?«

War es das, was im Dorf getuschelt wurde? Dass Michael eine Beziehung mit Suzy geführt hatte und dass er etwas mit ihrem Verschwinden zu tun haben musste? Sie wussten nichts von den Beweisen, die ich gefunden hatte. Gerade hatte ich angefangen, meine Meinung über Paul zu ändern, und nun stellte sich heraus, dass er uns kein guter Freund war, im Gegenteil. Mir war, als hätte sich das Dorf nun auch noch gegen mich gewendet.

Ich griff nach der Hand meiner Tochter und lief weiter. Setzte einen Fuß vor den anderen. *Mehr muss ich heute nicht schaffen*, sagte ich mir selbst. Immer wieder musste ich den Vater meiner Tochter verteidigen, einen Mann, den ich kaum noch zu kennen glaubte. Nach den Ereignissen der vergangenen Wochen ... Irenes Bemerkungen über ihn und Suzy, sein Schlüsselbund in ihrem Haus, die Zeugenaussage, er sei einfach auf die Straße gelaufen, die Aufnahmen unserer Überwachungskamera, das mit dem Handy ... das hatte alles erschüttert, was ich über ihn zu wissen geglaubt hatte. Und mir blieb einfach keine Zeit, richtig darüber nachzudenken. Alles geschah so unglaublich schnell, es machte mich nervös und meine Nerven waren bis zum Zerreißen gespannt.

»Ellie ist meine allerallerbeste Freundin«, sagte Tansy beim Gehen. »Und Aleks mag ich auch, aber er sagt, dass er nicht mehr mit uns spielen will. Jetzt sitzt er immer nur alleine rum und guckt traurig.«

Als wir den Hügel erklommen hatten und die Cottages in Sicht kamen, machte mein Herz einen Satz, als wollte es jeden Moment stehen bleiben.

»Wer ist denn das da drüben, Mummy?« Mit gerunzelter Stirn blickte Tansy zu dem mittelalten Mann auf dem Feld hinüber, der gerade auf den Rasentraktor kletterte.

»Weiß ich nicht, das müssen wir Irene fragen.«

Ich würde niemals herkommen können, ohne an Michael zu denken. Alles hier erinnerte mich an ihn. Sein Büro, die Felder, um die er nach Feierabend so gern herumgeschlendert war, auf der Suche nach zerbrochenen Zaunlatten oder Grasflecken, die gemäht werden mussten. Leider lebte Irene aber nun mal hier und sie war eine gute Freundin, die auch an Michael gehangen hatte. Ohne ihn und Suzy würde sie sich schwertun, das war mir klar. Also musste ich mir die Mühe machen.

Als wir das Haus betraten, saß Irene auf dem Sofa und hörte eine Diskussionsrunde im Radio. Sie hatte eines ihrer Beine auf einem Hocker hochgelegt. Ich ließ mich ihr gegenüber nieder und sie drehte die Lautstärke herunter.

»Mit dem Ischias ist es jetzt besser, aber nun plagt mich schon wieder die Arthrose im linken Knie«, murrte sie. »Das lässt mir einfach keine Ruhe, ich konnte kaum schlafen. Tansy, mein Schatz, komm doch her.« Sie tätschelte das Sofakissen an ihrer Seite und Tansy setzte sich. Irene öffnete ihre Holzschatulle und reichte ihr ein kleines Amazon-Päckchen, was ihr ein Lächeln einbrachte.

»Ich mache uns einen Tee«, sagte ich und rutschte an den Rand des Sessels.

Während Tansy ihr Päckchen auspackte, blickte Irene zu mir. »Wie geht es euch beiden?«

»Ach, na ja«, erwiderte ich und ließ mich seufzend wieder zurücksinken. »Wir kommen irgendwie durch. Ich weiß selbst nicht, wie genau. Wer ist denn das da draußen auf dem Feld?«

»Ein Farmer aus der Gegend. Er kannte Michael«, sagte sie verlegen. »Er war so nett, mir seine Hilfe anzubieten, bis ich hier alles organisiert habe. Es tut mir leid, dass du ihn so sehen musstest, Kate, das muss einige Erinnerungen geweckt haben. Aber ich versuche nicht, Michael zu ersetzen.«

»Du musst dich nicht entschuldigen«, sagte ich. »Du kannst das Anwesen ja nicht verlottern lassen, das hätte Michael auch nicht gewollt. Er hat sein ganzes Herzblut hier reingesteckt und es hätte ihn schrecklich belastet, wenn du dich nun quälen müsstest.«

»Danke, Kate. Da fällt mir aber ein Stein vom Herzen, dass dich das nicht verletzt.«

Tansy hielt ein Knetset in die Höhe. »Guck mal, Mummy, da sind sogar Herzchenschablonen drin und alles.«

»Ach, wie schön! Irene verwöhnt dich.«

»Nonsens. Sie verdient es, verwöhnt zu werden.« Tansy machte sich daran, die Plastikfolie von dem Set abzuziehen. »Ich kann mich nur zu gut daran erinnern, wie es nach Amos' Tod war. Es hat geholfen, die Beerdigung hinter mich zu bringen. Aber dann spürt man die gähnende Leere, die sie zurückgelassen haben, schlimmer denn je zuvor. Das ist nicht einfach. Nichts davon ist einfach.«

»Es gibt da auch so unendlich viel zu organisieren. Finanzen, Versicherungen, und man muss allen Bescheid sagen, vom Stadtrat bis zur Bank ... Jeden Tag fallen mir hundert neue Aufgaben ein, die ich erledigen muss.« *Und dann waren da noch die anderen Dinge, über die ich nicht sprechen konnte ...*

Irene nickte. »Du schaffst das. Erwarte nicht zu viel von dir selbst. Wenn du Hilfe brauchst, um deine To-do-Liste abzuarbeiten, musst du es mir nur sagen. Und Tansy ist mir hier immer willkommen, das weißt du ja. Weißt du, wie es Aleks geht?«

»Ganz okay. Sie haben eine Pflegefamilie für ihn gefunden. Die Pflegemutter hat sich mir im Schulhof vorgestellt, sie wirkt ganz nett.«

»Das ist gut. Ich vermisse ihn hier oben. Ich wollte noch sagen, dass ich für dich da bin, Kate. Wenn du mal über Michael reden möchtest oder sonst irgendetwas loswerden willst, musst du es mir nur sagen.« Sie warf mir einen eindringlichen Blick zu. »Ich meine das ganz ernst.«

»Vielen Dank. Ich ... eine Sache gibt es, die mich beschäftigt.« Ich sah zu Tansy hinüber, im vollen Bewusstsein, dass sie sehr wohl zuhören konnte, auch wenn es nicht danach aussah. »Die Polizei hat wieder bei uns vorbeigeschaut.«

»Ach?« Irene wirkte überrascht.

»Genau, damit hatte ich auch nicht gerechnet. Jedenfalls wollten sie wissen, ob mir irgendetwas Seltsames an Michael aufgefallen war, wie seine Laune war, solche Dinge. Ich habe ihnen gesagt, dass er niedergeschlagen wirkte und sich Sorgen gemacht hat und dass das wirklich kein Wunder war, weil er sich von der Polizei verfolgt fühlte.«

»Stimmt«, bekräftigte sie. »Und das nur, weil er hier oben in Wadebridge gearbeitet hat.«

»Eben. Aber dann ... dann haben sie mir gesagt, dass sie noch in einem anderen Vermisstenfall ermitteln. Wegen Jakub Jasinski.«

Irene zögerte. »Sehr seltsam.«

»Ja, fand ich auch. Ich habe ihnen erzählt, dass er ein paar Jahre hier gearbeitet hat und dann eines Tages einfach nicht mehr zur Arbeit erschienen ist. So war es ja auch, oder nicht?«

Kurz schwieg Irene, dann sagte sie: »Das weiß ich nicht

mehr, meine Liebe. Michael hat sich, wie du weißt, um all die Gelegenheitsarbeiter gekümmert. Davon habe ich nichts mitbekommen.«

Jakub war lange hier gewesen, immer draußen auf den Feldern unterwegs, aber ich hatte ihn oft genug gesehen, um zu wissen, wer er war, also musste Irene sich doch an *irgendetwas* erinnern.

»Michael hat der Polizei gesagt, er kenne keinen Jakub Jasinski«, erklärte ich. »Ich habe ihn gefragt, warum er gelogen hat, und er meinte, sie hätten ihn sonst nie wieder in Ruhe gelassen. Aber jetzt frage ich mich, ob da nicht mehr dahintersteckte.«

»Also ich an deiner Stelle würde damit gleich wieder aufhören.« Irene warf mir einen ruhigen, offenen Blick zu. »Du musst dir nicht noch zusätzliche Sorgen aufbürden, Kate. Manchmal kann es nicht schaden, ein bisschen vergesslich zu werden, so wie ich. Auf die Art kann einen niemand auf etwas festnageln.«

Was für eine seltsame Antwort. »Willst du damit sagen, dass du der Polizei gesagt hast, du kannst dich auch nicht mehr an Jakub erinnern?«

»Ach, ich weiß gar nicht mehr genau, wer mich was gefragt hat! Was ist eigentlich aus unserer Tasse Tee geworden?«

ACHTUNDDREISSIG

POLIZEIREVIER NOTTINGHAMSHIRE

DI Helena Price saß über ihren Schreibtisch gebeugt, während Brewster sich am Computer durch mehrere Dokumente der britischen Einwanderungsbehörde klickte.

»Also, wir haben jetzt ein paar Sachen. Der zeitliche Ablauf von Jakub Jasinskis Ankunft in Großbritannien, verschiedene Kontaktpunkte, jegliche Interaktion mit Behörden, Arztbesuche, solche Sachen. Er war in Richtung East Midlands unterwegs und dort hört die Spur der vorherigen Ermittlungen auf.«

Price runzelte die Stirn. »Keine Kreditkarten, kein Handy?«

Er schüttelte den Kopf. »Gelegenheitsarbeiter vom europäischen Festland halten sich in der Regel nicht mit Bankkonten auf. Sie regeln alles mit Bargeld – zumindest, bis sie sich irgendwo niederlassen. Meistens liegt ihnen viel mehr daran, sich gleich ein Einkommen zu sichern. Kate Shaw hat inzwischen bestätigt, dass er in Wadebridge war, obwohl Michael Shaw und Irene Wadebridge behauptet haben, ihn nicht zu kennen.«

»Ich glaube, es ist an der Zeit, dass wir uns festes Schuhwerk anziehen und uns da oben ein wenig umsehen.«

Brewster nickte und öffnete ein weiteres Fenster. »Ich hatte gehofft, dass Sie das sagen würden. Wir haben eine tolle Spur von dem Drohnenflug unseres Expertenteams. Ich habe mir schon mal erlaubt, diese Karte zu formatieren und visuell darzustellen. Ausgehend von diesen Koordinaten können wir prognostizieren ...«

»Bitte im Klartext, Brewster.«

»Ich habe einen Kreis um die Bereiche gezeichnet, die für uns interessant sein könnten.«

»Besser. Und was haben Sie dabei gefunden?«

Er deutete auf die Karte. Sie zeigte das Gebiet, das als Wadebridge bekannt war. Darauf war ein hellgrauer Kreis eingezeichnet.

Price blickte auf den Bildschirm und rümpfte die Nase. »Das ist aber ein großes Gebiet.« Sie konnte die Reaktion ihrer Vorgesetzten schon hören. Die Superintendent würde konkrete Beweise fordern, warum sie es für eine gute Idee hielt, Wadebridge umzugraben.

Brewster griff nach der Maus und fuhr mit dem Zeiger zu einer Markierung in der Mitte des Kreises. Er klickte darauf und das Bild vergrößerte sich. Price sah einen Flickenteppich aus Feldern und in der Mitte ein Gebäude. Brewster nickte Richtung Monitor. »Die Drohnenaufnahmen haben ein paar interessante Flecken offenbart, wo die Erde möglicherweise aufgegraben wurde. Auf diesem Feld da. Ich frage mich, ob da oben noch mehr als Jakub Jasinskis Verschwinden für uns interessant sein könnte.«

NEUNUNDDREISSIG
KATE

1. Dezember 2019

Am nächsten Tag ließ ich Tansy beim Frühstück einen Disneyfilm gucken – schließlich war heute Sonntag. Ich sagte ihr, dass sie mich holen sollte, wenn unsere Lieblingsszene kam. Dann setzte ich mich auf die Bettkante und starrte ins Leere, hin und her gerissen zwischen verschiedenen Möglichkeiten. Entweder ich behielt die Videoaufnahmen und Suzys Handy für mich oder ich erzählte der Polizei alles. Ich verlor die Zeit aus den Augen und wurde erst wieder aus meiner Trance aufgerüttelt, als Tansy nach mir rief.

»Mummy, jetzt kommt die Stelle, wo Jasmin auf dem Teppich fliegt.« Sie rief es halbherzig, als hätte sie nicht die Kraft, lauter zu rufen.

Aufgeschreckt sprang ich auf und lief zur Tür, voller Schuldgefühle, dass ich sie einfach allein hatte unten sitzen lassen.

Ich eilte die Treppe hinunter und kam vor der Haustür abrupt zum Stehen. Dort lag ein weißer Briefumschlag auf dem Fußabtreter.

»Mummyy!«, rief Tansy. »Komm. Jetzt!«

»Komme gleich ...«, flötete ich.

Ich hob den Brief auf und drehte ihn um. In ordentlichen Blockbuchstaben stand dort mein Name:

KATE SHAW

Ich fuhr mit dem Finger unter den Klebestreifen und riss den Umschlag auf. Im Innern befand sich ein weißes Blatt Din-A4-Papier, das fein säuberlich gefaltet war. Der Text war mit dem Computer geschrieben worden.

Zu Händen von Kate Shaw

Ein Großteil unserer Dorfgemeinde ist überzeugt, dass Sie wissen, was Ihr Mann, Michael Shaw, dieser armen jungen Frau angetan hat.

Der Ruf unseres Dorfes steht auf dem Spiel. Jeden Tag kommen mehr Leute hier an – inzwischen sogar Reporter. Sie alle wollen herausfinden, was passiert ist, und das Rätsel lösen.

Wir haben guten Grund zur Annahme, dass SIE ÜBER ALLES BESCHEID WISSEN. Wir fordern Sie im Namen Ihrer Tochter und im Namen unserer Dorfgemeinde auf, DIE WAHRHEIT ZU SAGEN. Tun Sie das Richtige und rücken Sie mit der Sprache heraus.

Und dann müssen Sie gehen. Bitte verlassen Sie unser Dorf und finden Sie anderswo ein neues Zuhause.

Sie sind hier nicht mehr willkommen.

Gezeichnet,

die Dorfgemeinde Lynwick

Ich zerknüllte den Brief und ließ ihn fallen, als wäre er Gift in meiner Hand. Er fiel zu Boden. Sie glaubten wirklich, dass Michael Suzy Baros etwas angetan hatte und dass ich davon wusste und ihn beschützte. Ich spürte Wut in mir aufsteigen, bis mir klar wurde, dass ich ja genau das tat.

Welchen »guten Grund« meinten sie? Außer mir wusste niemand von Suzys Handy. Und wenn die Dorfgemeinde davon ausging, dass ich die Finger im Spiel hatte, hinkte die Polizei dann nur einen Schritt hinterher? Und mit wem hatte Paul noch über Michaels vermeintliche Affäre mit Suzy getratscht? Ich würde mit Donna darüber sprechen müssen und wusste jetzt schon, dass das nicht gut ankommen würde.

Tansy erschien im Flur, die kleinen Arme gefaltet, der Mund ungeduldig verzogen. Dieses winzige Menschlein, das mich nun mehr brauchte denn je zuvor.

»Mummy, wann kommst du denn end... oh! Was ist das denn?« Sie schoss auf mich zu, die Hand nach dem zerknüllten Blatt Papier zu meinen Füßen ausgestreckt.

»Nicht anfassen!«, kreischte ich und sie sprang zurück und zog erschrocken die Hand weg. »Tut mir leid, Schatz, das ist nur ... Müll. Fass das nicht an.«

Sie wich zurück und mir fiel auf, wie viel nervöser sie geworden war. Sie hatte eine neue Angst vor dem Unbekannten; eine Erwartung, dass etwas Schlimmes passieren könnte.

»Tut mir leid. Alles ist gut. Du brauchst keine Angst zu haben. Es ist nur ... Lass uns rübergehen und Jasmin beim Fliegen zusehen, okay?«

Sie nahm mich bei der Hand und gemeinsam gingen wir ins Wohnzimmer. Sie drückte auf Play und sah immer wieder verstohlen zu mir, um zu überprüfen, dass ich auch ja aufmerksam zuschaute. Mein Gesicht bestätigte ihr das, aber in meinem Inneren sah es ganz anders aus.

Dieser Brief war mit Bedacht formuliert. Jemand hatte sorgfältig darüber nachgedacht. Das hier war nicht die Art Leute, die Ziegelsteine durchs Fenster warfen oder Hundekot in den Briefkasten steckten. Sie verhielten sich weitaus schlauer und doch waren ihre Worte genauso tödlich und verletzend wie jede physische Aggression.

Sie waren überall um mich und meine Tochter herum. Menschen, unter denen wir einst glücklich gelebt hatten, die uns jetzt aber loswerden wollten. Früher war ich selbst involviert gewesen, wenn die Gemeinde auf heimtückische Weise ihre Ziele verfolgte. Ich hatte von geheimen Treffen gehört, die organisiert worden waren, als ein Nachbarort wegen gemeinsamer Nutzung unseres Gemeindezentrums angefragt hatte. Und davon, wie bestimmte Aktionen geplant wurden, ohne dass jemand Protokoll führte oder eine Liste der Teilnehmenden festhielt. Vor ein paar Jahren hatte die Gemeinde privaten Rechtsbeistand angeheuert, als der damalige Leiter der Grundschule einen Vorschlag für neue Schulzeiten vorgebracht hatte. Die Schulbeiräte hatten seinen Antrag einstimmig abgelehnt und ein halbes Jahr später hatte er seine Kündigung eingereicht, um »sich anderen Tätigkeiten zuzuwenden«.

Die Leute hier stellten sich nicht einfach hin und sagten ihre Meinung. Sie zogen es vor, hinter den Kulissen die Fäden zu ziehen und mit Fantasie und Kontakten zum Ziel zu gelangen. Und in der Regel funktionierte das.

Ich konnte mir gut vorstellen, wer hinter diesem Brief steckte. Mütter aus dem Elternbeirat, Mitglieder des Gemeindevorstands, die wichtigsten Geschäftsleute aus der Gegend. Aber mit Sicherheit würde ich es nie wissen. Ich würde nie erfahren, ob die Person, die mir in der Dorfbäckerei ein Sandwich belegte, Teil dieser nebulösen »Dorfgemeinde« war. Das machte Lynwick zu einem gefährlichen Ort für uns. Zu einem bösen Ort, in dem Tansy nicht aufwachsen sollte.

Wer weiß. Wenn ich die Situation als Außenstehende betrachten würde, fände ich es auch schwer zu glauben, dass eine Ehefrau so naiv und arglos sein konnte. Ich würde wohl auch vermuten, dass sie irgendwie versuchte, ihren Mann in Schutz zu nehmen.

Ich kuschelte mich an Tansys warmen kleinen Körper, sehnte mich verzweifelt nach etwas Trost. Unsere gute, freundliche Tochter. *Für den besten Daddy der Welt*, das hatten wir auf jede Karte geschrieben, die Michael zum Geburtstag oder Vatertag kriegte, weil es die Wahrheit war. Ich hatte felsenfest daran geglaubt, doch jetzt konnte ich den Berg an Beweisen nicht mehr ignorieren, der sich vor mir aufgebaut hatte. Auf mir lastete das Gewicht all der Fragen und all der schweren Unterhaltungen, die ich noch würde führen müssen.

Als der Film vorbei war, brachte ich Tansy ein Glas Milch und einen Keks, dann machte sie sich daran, Prinzessin Jasmin auf dem fliegenden Teppich zu zeichnen.

Ich setzte mich mit einer Tasse Kaffee an den Küchentisch und ließ den Kopf in die Hände sinken. Fünf Minuten. So lange gestattete ich es mir, in Hoffnungslosigkeit zu versinken. Ich dachte ständig an Suzy und Jakub, daran, dass sie beide in Wadebridge gearbeitet hatten, beide aus Polen stammten ... dass Michael sie beide gekannt hatte. Und trotzdem ergab nichts davon Sinn.

———

Am späten Nachmittag kamen Donna und Ellie vorbei. Bald waren die Mädchen mit einem Teeservice und Tansys Kuscheltierbrigade beschäftigt, während wir uns an der Frühstückstheke niederließen. Ich machte uns Kaffee und servierte dazu die Kekse, die Donna mitgebracht hatte.

»Alles okay bei dir?« Donna kniff die Augen zusammen und musterte mich mit sorgenvollem Blick. »Du wirkst ganz aufgewühlt. Aber kein Wunder, schließlich bist du in Trauer.«

Ich nickte. »Gestern waren wir zum ersten Mal ohne Michael oben in Wadebridge und das war einfach so ... komisch. Ein ganz seltsames Gefühl.«

»Das vergeht auch nie. Man lernt nur, damit zu leben.« Sie wandte den Blick von mir ab und sah zum Fenster. »Sogar heute frage ich mich noch, ob wir Matilda doch noch eines Tages finden und zur Ruhe betten werden. Dass wir sie verloren haben, wird immer eine offene Wunde bleiben, bis wir herausfinden, was passiert ist. Ich kann nur beten, dass das geschieht, bevor Mum von uns geht.«

Ich schloss sie in die Arme. »Die Polizei war schon wieder hier«, flüsterte ich ihr ins Ohr. »Die Ermittlungen im Fall Jakub Jasinski nehmen wieder Fahrt auf. Er hat mal oben in Wadebridge gearbeitet. Michael hat mir erzählt, dass er vor etwa einem Jahr ohne Erklärung verschwunden ist. Und obwohl sie es nicht direkt sagen, scheint die Polizei zu vermuten, dass da irgendetwas faul ist.«

»Nein! Willst du damit sagen, dass sie Michael nun auch *sein* Verschwinden anhängen wollen?«

Wieder kochte das Verlangen in mir hoch, mich Donna anzuvertrauen und ihr von Suzys Handy zu erzählen, einen Ausweg zu finden. Ich verzehrte mich danach, diese Last loszuwerden, aber das konnte ich nicht tun, ohne den Verdacht gegen Michael endgültig zu erhärten. Ich unterdrückte den Drang erneut.

»Michael hat sie angelogen. Ich war hier und er hat behauptet, noch nie von Jakub gehört zu haben. Irene hält sich ebenfalls bedeckt, sagt, sie könne sich nicht an seinen Namen erinnern. Ich habe solche Angst, dass Michael etwas mit seinem Verschwinden zu tun hat.«

Ich griff in meine Tasche und zog den Brief von der Dorfgemeinde heraus, den ich wieder geglättet und zusammengefaltet hatte. »Das da lag vorhin im Flur.«

Donna überflog den Brief. Ihre Augen wurden erst ganz weit und verdunkelten sich dann vor Wut. »Weißt du, wer das geschrieben hat? Dazu haben sie kein Recht!«

Ich schüttelte den Kopf und bedeutete ihr, vor den Mädchen leiser zu sprechen. »Bestimmt kann ich einige der Leute erraten, die dahinterstecken. Du doch genauso. Was mich daran stört, ist das mit dem ›guten Grund zur Annahme‹ – es ist so viel schlimmer, sich vorstellen zu müssen, was da wohl geredet wird, als es tatsächlich zu wissen.«

»Ich kann mir gar nicht vorstellen, wie du dich jetzt fühlst, wo noch mehr Probleme einfach so auf deiner Türschwelle landen. Ich sehe, wie sehr dich das mitnimmt und welchen Einfluss das auf Tansy hat.«

Ich hörte mich die Worte sagen, bevor ich sie mir zurechtlegen konnte.

»Donna, ich wollte dir noch sagen, dass Tansy gestern ganz aufgebracht war. Ellie hat ihr erzählt, dass sie dich und Paul hat reden hören. Sie hat Tansy erzählt, dass Paul meinte, Michael hätte eine Freundin gehabt, und zwar Suzy.«

»Oh nein.« Donna wurde blass. »Nein. Das stimmt so nicht, Kate, da muss Ellie etwas falsch verstanden haben. Ich würde mich bestimmt daran erinnern, wenn er so was gesagt hätte.«

Und da war es wieder, so klar wie eh und je. Das sofortige Abstreiten der Möglichkeit, dass Paul irgendetwas Falsches getan haben könnte. Ich wusste mit absoluter Sicherheit, dass Ellie zu jung war, um sich so etwas auszudenken. Sie hatte das gehört und ganz unschuldig an Tansy weitergegeben. So viel war klar. Aber was half es schon, darüber zu diskutieren? Außerdem war da ja noch eine kleine Sache: Paul hatte vollkommen recht. Das konnte ich nicht länger abstreiten, nach den neuen Beweisen, die ich entdeckt hatte. Und doch war da etwas in mir ... eine kleine Stimme, naiv vielleicht oder schlicht und ergreifend dumm, die mir sagte, dass ich an meinem letzten bisschen Hoffnung festhalten sollte, dass Michael doch unschuldig war und nichts Falsches getan hatte.

Reagierten wir alle so, wenn wir mit dem Rücken zur Wand standen? Klammerten uns an den letzten Rest dessen, woran wir bis zum Schluss glauben wollten, glauben *mussten*? Nachdem wir Jahre damit zugebracht hatten, unser ganzes Leben, das Leben unserer Kinder auf der Rechtschaffenheit eines Menschen aufzubauen, lösten wir uns dann alle auf, wenn sich herausstellte, dass diese Person uns eigentlich fremd, ein Monster war? Wenn Michael solch schreckliche Verbrechen begangen hatte, war auch mein Leben Teil einer Lüge gewesen.

Ich ließ meinen Blick schweifen und beobachtete meine Tochter. Sie war in ihr Spiel vertieft und glich doch überhaupt nicht mehr dem sorglosen Mädchen, das sie bis vor Kurzem noch gewesen war. Dass Tansy unter dem Tod ihres Vaters litt, stand außer Frage. Wenn die Polizei nun herausfand, dass sowohl Jakub als auch Suzy etwas Schlimmes zugestoßen war, würde es nur hundertmal schlimmer werden.

Und wenn sie zu dem Schluss kamen, dass ich mehr wusste, als ich zugab ... ich wollte mir gar nicht ausmalen, was dann passieren könnte.

VIERZIG
IRENE

Irene war gerade aus einem schönen zehnminütigen Nickerchen erwacht, als Doris sich einen Weg zu ihr bahnte, um ihr zu sagen, dass sie Besuch hatte.

»Diese zwei Detectives«, wisperte sie. »Ich habe ihnen gesagt, dass du dich hingelegt hast, und gefragt, ob ich ihnen weiterhelfen kann, aber sie haben gesagt, dass sie unbedingt mit dir sprechen müssen, weil dir das Grundstück gehört.«

»Ist schon in Ordnung, Doris«, erwiderte Irene gelassen. »Du kannst sie hereinbitten und ihnen einen Tee anbieten.«

Doris nickte und verschwand. Irene lehnte sich zurück und ließ den Blick über den Garten und die Felder in der Ferne schweifen. Doris war ein angemessener Ersatz für Suzy. Sie war verlässlich, arbeitete hart und suchte in sämtlichen Haushaltsfragen Irenes Rat. Äußerst zufriedenstellend. Langsam fragte sich Irene, ob sie sich nicht gleich für eine reifere Dame als Haushaltshilfe hätte entscheiden sollen. Die jüngeren Frauen schienen ja nur für Probleme zu sorgen.

Sie sah auf, als Doris die beiden Detectives ins Zimmer führte. Sie hatte schon ein paarmal mit den beiden gesprochen und ihnen in allgemeinen Angelegenheiten weitergeholfen. Allerdings hatte ihr Michael dabei immer zur Seite gestanden.

»Guten Tag, Mrs Wadebridge.« DS Brewster hatte eine laute Persönlichkeit und war für Irenes Geschmack etwas zu dreist.

»Schön, Sie wiederzusehen, Mrs Wadebridge«, sagte DI Price hinter seinem Rücken und lächelte ihr nickend zu.

»Bitte, nehmen Sie Platz«, sagte Irene. »Was kann ich für Sie tun?«

Sie setzten sich und Price faltete sorgfältig die Hände ineinander. »Mrs Wadebridge, wie Sie wissen, arbeiten wir hart daran, das Verschwinden von Suzy Baros aufzuklären.«

»In der Tat weiß ich das.« Irene nickte. »Aber nach dem, was ich höre, haben Sie dabei nicht viel Erfolg.« Sie sah Brewster zusammenzucken.

»Nun, wir denken, dass sich das bald ändern könnte«, sagte Price. »Wir sind außerdem daran interessiert, das Verschwinden von Jakub Jasinski aufzuklären. Wir vermuten, dass er für längere Zeit hier gearbeitet hat.«

»Ich habe es Ihnen schon gesagt, Michael hat sich um all das gekümmert«, erwiderte Irene mit Nachdruck und griff nach ihrer Tasse.

Brewster lehnte sich nach vorn. »Genau an diesem Punkt wollten wir nachhaken, Mrs Wadebridge. Wie funktionierte das mit der Bezahlung Ihrer Gelegenheitsarbeiter? Gab es da eine Gehaltsabrechnung oder handelte es sich um eine ... eher informelle Abmachung?«

»Wie gesagt, dafür war Michael zuständig«, wiederholte Irene bedauernd. »Ich weiß gar nicht, wie ich ohne ihn zurechtkommen soll.«

Brewster nickte. »Nun ja. Heute wollten wir Sie über einen Drohnenflug informieren, den eine unserer Einheiten aus der Ferne unternommen hat.«

Irene sah ihn ausdruckslos an.

»Wissen Sie, was Drohnen sind, Mrs Wadebridge?«, fragte Brewster in einem verständnisvollen Ton. »Soll ich Ihnen erklären, was das ist?«

»Wenn Sie damit die unbemannten Luftfahrzeuge meinen, die verschiedenste Aufgaben erfüllen können, vom Ausliefern von Paketen bis hin zur Unterstützung von Polizeiermittlungen oder Militärmanövern, dann danke, aber nein. Ich denke, da bin ich bereits auf dem Laufenden«, entgegnete Irene spitz. »Anscheinend braucht man für ihre Benutzung eine spezielle Lizenz.«

Sie bemerkte, dass DI Price ein Schmunzeln unterdrückte.

Zugegebenermaßen sah Irene nicht mehr viel von der Welt außerhalb des Dorfes, aber sie hörte viel im Radio und hielt sich mithilfe ihrer Zeitungen auf dem Laufenden, was jüngste Entwicklungen anging. Jeden Tag landeten mehrere Ausgaben vor ihrer Tür, von hochintellektuellen Publikationen mit nichts als den harten Fakten bis hin zu den verspielteren Blättern, die sie über die neuesten Prominachrichten und das derzeitige Fernsehprogramm informierten.

Es belustigte sie immer wieder, wie viele Leute – und ja, vor allem Männer – davon auszugehen schienen, dass man ihr alles ganz simpel und langsam erklären musste. Und das, obwohl sie in manchen Fällen sogar schon doppelt so lang am Leben war wie ihre Gesprächspartner.

»Ach, prima. Beeindruckend, wirklich.« Brewster hustete. »Jedenfalls haben wir das Gebiet um Wadebridge herum mit einer Drohne erkundet und dabei einige potenziell interessante Anomalien in der Topografie der ...«

»Eines der Felder sieht aus, als wäre es aufgegraben worden«, unterbrach ihn Price.

»Aufgegraben?« Irene zog eine Augenbraue nach oben.

»Nun ja, es lässt sich nicht eindeutig feststellen. Das Feld wurde gepflügt und nicht bepflanzt. Ist das auch etwas, wofür Michael zuständig war?«

Sie nickte. »Manche der Felder verpachte ich als Ackerland an Farmer aus der Gegend, schon seit Jahren.« Sie starrte aus dem Fenster, genau in Richtung des Ackers, über den sie gerade sprachen.

Brewster breitete eine Luftaufnahme vor ihr aus und deutete auf ein Gebiet, das mit einem roten Umriss gekennzeichnet war. »Um dieses Feld geht es.«

Irene griff nach einer kleinen Holzschatulle. Sie öffnete den Deckel einen winzigen Spalt und steckte ihre Hand hinein. Sie gab einen zufriedenen Laut von sich und zog dann ihre Lesebrille hervor. Sie setzte sie auf, warf einen Blick auf die Luftaufnahme und nahm sie wieder ab.

»Ach ja, dieses Feld habe ich behalten«, sagte sie. »Das ist keiner der verpachteten Äcker.«

»Wir würden dieses Gebiet gerne näher untersuchen«, sagte Brewster. »Wären Sie damit einverstanden, Mrs Wadebridge?«

»Selbstverständlich«, erwiderte Irene, ohne zu zögern. »Sie müssen tun, was Sie nur können, um diesen kleinen Jungen wieder mit seiner Mutter zu vereinen. Wenn Sie in den Feldern Hinweise finden können, dann haben Sie meinen Segen, auch wenn mich der Gedanke erschaudern lässt, was Sie dort zu finden hoffen.«

EINUNDVIERZIG
POLIZEI NOTTINGHAMSHIRE

»Na, das war ja einfacher als befürchtet«, bemerkte Brewster auf dem Weg zurück zum Wagen. »Die Alte war ja ganz nett und hilfsbereit.«

»Ich fand es interessant, dass *die nette Alte* eine Drohne weitaus eloquenter definieren konnte, als Sie es zustande gebracht hätten«, zog Helena ihn auf. »Brewster, ich glaube, die gute Mrs Wadebridge dürfen wir nicht unterschätzen. Es kommt ihr gerade recht, dass sie alles als Michaels Zuständigkeitsbereich abtun kann, aber ich glaube, sie ist viel zu gerissen und neugierig, um nicht genau zu wissen, was auf ihrem Anwesen vor sich geht.«

Als sie sich dem Auto näherten, starrte Helena die Reihe an Cottages an. Im Moment standen sie alle leer. Nichts bewegte sich außer dem gelben Absperrband der Polizei, das sanft im Wind flatterte. Die weitläufigen Felder bildeten einen kargen Hintergrund für die feuchten, dunklen Steinmauern und schattigen, leblosen Fenster.

Sie erschauderte. Schnell ließ sie sich auf dem Beifahrersitz nieder. Sie war eine pragmatische Frau und untermauerte ausnahmslos all ihre Theorien und Annahmen mit Fakten.

Trotzdem würde sie ein ganzes Jahresgehalt darauf verwetten, dass an diesem Ort etwas Schreckliches passiert war.

Sie konnte es spüren, am kalten Windhauch auf ihrem Gesicht und an der gespenstischen Stille.

Sie spürte es tief in sich, bis auf die Knochen.

Wie geplant machten sie beim Polizeirevier Halt, um sich einen Durchsuchungsbeschluss zu holen – Irene Wadebridges Zustimmung hin oder her. »Nur für den Fall, dass die gute Mrs Wadebridge es sich anders überlegt«, murmelte Brewster.

»Sobald wir den Durchsuchungsbeschluss haben, können wir unbesorgt weitermachen«, stimmte Helena zu.

Während er die Straßen entlangfuhr, überlegte Brewster laut: »Ich weiß schon, dass Bauchgefühl für Sie bei Ermittlungen nicht viel zählt, Chefin, aber was halten Sie von Kate Shaw? Glauben Sie, sie weiß etwas darüber, was ihr Mann getan haben könnte ... darüber, dass er wahrscheinlich am Verschwinden von Suzy Baros und Jakub Jasinski beteiligt war?«

Helena verzog das Gesicht und dachte über diese Frage nach, während Brewster an einer Ampel hielt.

»Ehrlich gesagt bin ich mir noch nicht sicher. Kann es noch nicht sagen. Was meinen Sie?«

»Geht mir genauso. Wenn sich herausstellt, dass Shaw einen oder beide umgelegt hat, dann kann ich mir nicht vorstellen, dass seine Frau leichtgläubig und unaufmerksam genug ist, um nicht zumindest ein bisschen seltsames Verhalten zu bemerken. Irgendetwas passt hier nicht zusammen.«

»Ich bin mir sicher, dass sie das bemerkt hätte«, sagte Helena, als sie wieder losfuhren. »Die Frage ist nur, ob sie uns das anvertrauen würde oder ob sie es für sich behält, in der Hoffnung, dass wir zu keinem belastenden Urteil über ihren verstorbenen Mann kommen.«

»Vielleicht zeigt sich ihr wahres Gesicht, wenn wir ihr von den Ausgrabungsplänen erzählen«, mutmaßte Brewster.

Helena nickte. »Das werden wir bald herausfinden.«

Auf dem Heimweg vom Revier machte Helena Halt vor einem kleinen Doppelhaus in Hucknall, dem nächstgelegenen Nachbarort von Lynwick. Brewster hatte ihr dort einen Termin verschafft.

Nach seinem Gespräch mit Aleks Baros' Sozialarbeiterin hatte Brewster ihr erklärt: »Die Hansons haben viel Erfahrung als Pflegefamilie und das Sozialamt wendet sich oft in schwierigen oder ungewöhnlichen Kurzzeitpflegefällen an sie. Ihre eigenen Kinder sind bereits erwachsen und sie nehmen immer nur jeweils ein Kind auf, damit sie ihm ihre ganze Aufmerksamkeit schenken können. Alle fanden, das sei die perfekte Lösung für Aleks.«

Die mittelalte Frau, die Helena die Tür öffnete, hatte lange braune Haare, die ihr freundliches Gesicht wie ein Vorhang einrahmten. »Hallo! Mein Name ist Janet Hanson«, sagte sie mit einem Lächeln. »Kommen Sie rein. Aleks malt gerade am Küchentisch. Wie sich herausstellt, ist er ein talentierter kleiner Künstler.«

Sie führte sie einen kurzen Flur hinunter in eine helle, großzügig geschnittene Küche mit einer Terassentür und einer Sitzgruppe. Ein drahtiger Mann mit Halbglatze und Schnurrbart stand auf und trat auf sie zu. Er trug Sandalen und eine legere Leinenhose. »Bill Hanson«, sagte er.

»Hallo. Ich bin DI Helena Price. Danke, dass Sie diesem Treffen so kurzfristig zugestimmt haben.«

»Gar kein Problem«, entgegnete Janet freundlich. »Ich mache uns eine Kanne Tee. Kamille, grüner Tee, English Breakfast?«

»English Breakfast klingt gut, danke.« Sie ging zum Tisch

hinüber. »Hi, Aleks.« Sie lehnte sich nach vorn, um die detaillierte Zeichnung zu betrachten, in die er vertieft war. »Das sieht ja toll aus. Ein Traktor.«

»Ein Pflug«, sagte Aleks. »Bill hat mich mit zu einem Feld genommen, wo sie so einen hatten.« Er deutete auf das kompliziert wirkende Rollensystem an der Vorderseite. »Das da lockert die Erde und bricht große Klumpen auf.«

Er sah zu Bill hinüber, der zustimmend den Daumen hob. »Echt klug, der Kleine. Gibt sich viel Mühe.«

Helena setzte sich neben ihn. »Du scheinst das hier wirklich super zu machen.« Es tat gut, den Jungen mit anderen Menschen interagieren zu sehen, ohne dazu gedrängt werden zu müssen, wie es zuletzt bei Kate Shaw der Fall gewesen war.

»Ich zeichne gern«, sagte er. »Zu Hause in Polen hatte ich ein Zeichenset. Da waren sechs Bleistifte drin, die waren alle unterschiedlich hart. Zum Zeichnen war das toll.«

Helena zog eine Augenbraue hoch. Aleks schien wie verwandelt. Wenn man einem verletzlichen, nervösen Kind seine Sicherheit zurückgab, konnte es richtig aufblühen. Offensichtlich machten die Hansons ihre Sache ganz hervorragend.

Janet stellte ein Glas Saft vor Aleks und er hielt kurz inne, um ihr zu danken. Helena nutzte die Gelegenheit. »Aleks, glaubst du, du könntest kurz mit dem Zeichnen aufhören, damit wir uns unterhalten können?«

Er legte den Stift sorgfältig ab und griff nach dem Glas. Dann drehte er sich leicht, um sie anzusehen. »Haben Sie meine Mummy schon gefunden?«

»Leider nicht«, sagte sie. »Aber wir hoffen, dass du uns helfen kannst. Als wir uns das letzte Mal unterhalten haben, haben wir über euer Leben in Polen geredet und darüber, was du daran vermisst. Aber nun möchte ich mit dir über die Tage vor dem Verschwinden deiner Mum sprechen. Welchen Eindruck hat sie da gemacht? War sie glücklich in England?«

Aleks überlegte kurz und sagte: »Sie war glücklich in

England, aber sie hat sich auch Sorgen gemacht. Sie hat gesagt, dass wir bald ein schöneres Zuhause finden werden.«

»Schöner als Wadebridge, meinst du?«

Er nickte. »Ich glaube schon.«

»Deine Mum hat sich aber doch gut mit Irene verstanden, oder? Und mit Michael. Was glaubst du, warum sie wegwollte aus eurem Cottage da oben?«

»Sie mochte Michael nicht«, erwiderte er und fuhr geistesabwesend mit den Fingern über sein Glas. »Aber sie hat gesagt, dass sie nett zu ihm sein muss.«

»Ach so«, sagte Helena. »Hat sie dir auch erzählt, wieso?«

»Nein. Sie mochte Kate, Michael aber nicht.«

»Mit Kate hat sie sich also gut verstanden?«

Aleks nickte. »Sie hat gesagt, Kate ist nett. Sie hat auch gesagt, wenn ich mal Probleme habe und sie nicht da ist, dann kümmert sich jemand um mich.«

»Was denkst du, wen sie damit gemeint hat, Aleks?«

Er senkte den Blick. »Ich weiß nicht.«

Helena konnte spüren, wie sich ihr Herz zusammenzog, als wäre sie über etwas gestolpert. Sie musste dieser möglichen Spur nachgehen, auch wenn es riskant war. Der Junge würde sich ihr entweder öffnen oder sofort dichtmachen. »Ich frage mich, warum deine Mum das gesagt hat.« Sie machte eine Pause und sah Aleks an.

Aleks starrte auf den Tisch.

»Vielleicht hat sie sich Sorgen gemacht, dass es dich verletzen könnte, und hat es dir deshalb verheimlicht.«

»Meine Mum hat mir gar nichts verheimlicht«, entgegnete Aleks und sein Gesichtsausdruck verdüsterte sich.

»Wenn doch, dann ist das okay, Aleks«, sagte Helena ruhig. »Vielleicht dachte sie, du bist zu jung oder es verletzt dich.«

»Sie hat mir alles erzählt. Sie hat gesagt, ich bin alt genug, um alles zu wissen.«

Helena nickte. »Gut so. Sie hat dir alles erzählt. Aber sie

hat dir nicht erzählt, warum ihr Polen wirklich verlassen habt und warum sie Michael Shaw nicht mochte.«

Angespanntes Schweigen. Gerade, als Helena zu dem Schluss gekommen war, dass der Junge ihr nichts mehr erzählen würde, stand er auf, die Fäuste geballt, die Wangen feuerrot. »Sie hat ihren Freund Jakub gesucht!«, rief er und ließ all der angestauten Wut und seinem Frust freien Lauf. »Michael wusste, wo Jakub ist, aber er hat es ihr nicht verraten. Er hat bei der Weihnachtsfeier mit ihr geredet und sie zum Weinen gebracht. Und dann ist Mummy weggegangen.« Er begann, haltlos zu weinen. »Aber sie ist immer noch nicht zurück und das ist schon ewig lang her!«

»Alles ist gut, Aleks«, sagte Helena sanft. »Reg dich nicht auf. Du hast alles richtig gemacht und uns sehr geholfen. Wir werden alles nur Menschenmögliche tun, um deine Mum zu finden.«

ZWEIUNDVIERZIG
KATE

2. Dezember 2019

Am Tag nach der Beerdigung hatte ich mit der Schule abgesprochen, dass ich meine Teilzeitstelle am Montag wieder aufnehmen würde. Ich hatte die Kinder so vermisst und auch den Kontakt zu meinen Kollegen und Kolleginnen. Doch nach dem Erhalt des Drohbriefs und angesichts der Tatsache, dass viele Mitglieder des Schulkollegiums im Dorf wohnten oder zumindest in der Nähe, war ich inzwischen sehr angespannt.

An meinen Arbeitstagen hatten Tansy und ich unsere eigene Routine. Ich brachte sie morgens mit Miss Monsalls Erlaubnis ein bisschen früher in die Bibliothek, um mich mit der Lehrassistentin treffen zu können, die unseren Zeitplan und die Lesegruppen organisierte.

Nun saß ich im Lehrerzimmer, während alle um mich herumwuselten, ihre Post aus den Fächern nahmen, über Dienstpläne plauderten und sich vor Schulbeginn noch schnell einen Kaffee gönnten. Ein oder zwei Leute lächelten und nickten mir zu. Ich kannte sie vom Sehen, aber richtig befreundet war ich nur mit den Lehrern der fünften und sechsten Klasse, weil ich ebenfalls mit diesen Klassen arbeitete. Eine kleine Gruppe Kollegen in der Ecke zog meine Aufmerksamkeit auf sich. Ich war mir sicher, dass sie mir ein paar verstohlene Blicke zuwarfen, bevor sie sich wieder ihrem Gespräch widmeten.

Hatte der Brief mich paranoid gemacht? Es war doch gut möglich, dass nur eine Handvoll boshafter Menschen dahintersteckten, die mir das Leben schwermachen wollten. Mit meinen Kollegen hier war ich immer gut klargekommen und ich war mir sicher, dass meine Entscheidung, zurückzukommen, eine gute war, trotz meiner anfänglichen Unsicherheit. Ich musste mich einfach etwas entspannen und mich wieder daran gewöhnen, unter Menschen zu sein, mehr nicht.

Die Tür zum Lehrerzimmer öffnete sich und Jill Chiltern kam herein. Ich arbeitete nun schon seit drei Jahren mit Jill zusammen, seit die letzte Lehrassistentin, die für die Dienstpläne verantwortlich gewesen war, in den Ruhestand gegangen war. Jill machte ihren Job ganz hervorragend, war stets freundlich und hatte immer ein offenes Ohr. Sie ließ den Blick durchs Zimmer schweifen und als sie mich entdeckte, kam sie direkt auf mich zu.

»Kate«, sagte sie und setzte sich mit einem Lächeln zu mir. »Wie geht es Ihnen? Das mit Michael tut mir unendlich leid. Wie kommen Sie und Tansy damit klar?«

»Nun ja, wir nehmen einfach jeden Tag, wie er kommt«, sagte ich, nicht gerade erpicht darauf, über Michaels Tod zu sprechen. »Tansy ist so tapfer und Miss Monsall erzählt mir, dass sie sich in der Schule sehr viel Mühe gibt.«

»Das freut mich zu hören«, sagte Jill und sah zu der Gruppe in der Ecke hinüber. »Sehr sogar.«

Kurz herrschte Stille, die ich schnell füllen wollte. »Ich freue mich schon darauf, wieder in meinen Alltag einzutauchen«, sagte ich. »Werde ich mit derselben Gruppe weiterarbeiten oder ...«

»Genau deswegen wollte ich mit Ihnen sprechen«, sagte Jill und presste die Lippen zusammen. »Während Ihrer Abwesenheit haben wir die Dienstpläne etwas umgekrempelt und, also ... nun ja, uns ist klargeworden, dass wir Sie für den Rest des Trimesters nicht wirklich brauchen. Wir dachten, dass Ihnen eine Pause bestimmt guttun wird, nach allem, was passiert ist.«

»Ehrlich gesagt ist Freizeit im Moment so ziemlich das Letzte, was ich brauche«, erwiderte ich mit einem nervösen Lachen. »Ich freue mich darauf, wieder mit den Kindern zu arbeiten, Jill. Ich habe das so vermisst.«

»Sie waren immer ein geschätztes Mitglied unseres Teams. Wir sind Ihnen sehr dankbar für alles, was Sie für die Kinder getan haben.«

Ihre besänftigenden Worte hatten einen starken Beigeschmack des Vergangenen. Was genau versuchte sie, mir damit zu sagen? Hinter diesem „Umkrempeln", wie sie es genannt hatte, schien mehr zu stecken.

»Ich habe den Eindruck, dass bestimmte Entscheidungen hier bereits getroffen wurden«, sagte ich langsam. »Ich frage mich nur, wieso.«

»Es tut mir so leid, Kate. Mir ... sind hier die Hände gebunden.« Jill hatte Anstand genug, beschämt auszusehen. Offensichtlich war sie nur dazu angehalten worden, die Entscheidung einer höheren Instanz weiterzugeben. »Im nächsten Trimester können wir das erneut besprechen, in Ordnung?«

Mein Herz raste und ich war mir ziemlich sicher, dass meine Wangen glühten, aber mein Tonfall blieb beherrscht. »Schauen Sie, ich bin doch schon da. Kann ich mich nicht wenigstens irgendwie nützlich machen? Es muss ja nichts mit den Lesegruppen zu tun haben.« Ich ließ den Blick durch den Raum schweifen, als mir plötzlich klar wurde, dass das Stimmengewirr inzwischen verstummt war. Nun warfen ohne Zweifel deutlich mehr Leute verstohlene Blicke in meine Richtung.

»Ich weiß Ihr Angebot sehr zu schätzen, aber das ist wirklich nicht nötig«, sagte Jill. Ihr auf und ab wippender Fuß und ihre rastlosen Finger verrieten, wie sehr ihr dieses Gespräch widerstand. Ihr Tonfall allerdings war nun etwas formeller geworden. »Es tut mir leid, dass Sie umsonst hergekommen sind. Das hätten die wirklich vor Ihrem ersten Tag zurück entscheiden können.«

Ich stand auf und drehte dem Rest der Belegschaft den Rücken zu, damit sie mein Gesicht nicht sehen konnten.

»Wer sind denn ›die‹ bitte genau?«

Sie zögerte, schien zu überlegen, ob sie darauf antworten sollte. Dann schien sie sich einzugestehen, dass ich mich nicht würde abwimmeln lassen und sagte: »Die Schulleitung und der Schulrat. Die offizielle Aussage war, dass es nicht mehr angemessen ist, Sie in der Schule arbeiten zu lassen. Tut mir leid, Kate.«

Ich hörte Leute hinter meinem Rücken flüstern und wirbelte herum. Mich packte die Wut darüber, dass sie sich wie Kleinkinder benahmen.

»Was denn?«, sagte ich laut und sah mich um. »Wenn ihr was zu sagen habt, dann seid wenigstens nicht zu feige, es mir ins Gesicht zu sagen.«

Plötzlich schienen alle von ihren eigenen Füßen und Händen fasziniert. Blicke wandten sich von mir ab und die Leute richteten ihre Aufmerksamkeit auf ihre Post und ihre Stundenpläne.

»Ganz schön dreist«, hörte ich jemanden murmeln.

Da wusste ich Bescheid. Irgendwie hatten sie mitbekommen, dass die Polizei Michael wegen Suzy Baros' Verschwinden und möglicherweise auch im Fall Jakub Jasinski verdächtigte.

Und noch schlimmer, sie schienen zu denken, dass auch ich etwas damit zu tun hatte.

―――

Ich kam etwa zu der Zeit zu Hause an, als Tansys erste Stunde begann.

Ich fühlte mich, als hätte ich ein Loch in der Brust. Ich zog die Haustür hinter mir zu und ließ mich auf die Treppe sinken, den Kopf in den Händen vergraben. Ich kämpfte mit Wellen der Übelkeit, die mich schon auf dem Heimweg zu überwältigen drohten.

Was Jill zu mir gesagt hatte, schien auf den ersten Blick völlig legitim. Sie hatten sich neu organisiert. Meine Hilfe wurde mindestens bis zum nächsten Trimester nicht mehr benötigt.

Aber wir wussten beide, welch harte Wahrheit hinter ihren sanften Worten steckte. In der Schule und im Dorf kochte die Gerüchteküche über. Wegen Michael. Und meinetwegen. Sie wollten sich die unvermeidlichen Scherereien sparen, wenn besorgte Eltern davon erfuhren, dass die Frau eines mutmaßlichen Kriminellen unbeaufsichtigten Kontakt mit ihren Kindern hatte.

Gut möglich, dass einer der Schulräte selbst hinter diesem Brief steckte.

Ich hatte keine Chance, mich zu wehren. Ich war eine Teilzeitkraft mit einem befristeten Null-Stunden-Vertrag, die im Klassenzimmer beim Lesen half. Ich hatte keinerlei Rechtsmittel auf meiner Seite.

Die Türklingel ließ mich aufspringen, mein Herz schlug mir bis zum Hals.

Ich sah gar nicht erst durch den Spion, sondern riss die Tür einfach auf.

»Guten Morgen, Mrs Shaw«, sagte DI Price knapp. »Entschuldigen Sie, dass wir hier einfach so auftauchen. Könnten wir trotzdem kurz mit Ihnen sprechen?«

Stumm machte ich Platz, damit sie eintreten konnten. Während ich die Tür hinter ihnen schloss, sah ich zwei Mütter aus unserer Schulgruppe die Köpfe verdrehen und sich auf dem Gehsteig gegenseitig Theorien zuflüstern.

Ich bot den Detectives nichts zu trinken und auch keinen Sitzplatz an. Ich wollte einfach nur, dass sie mir sagten, was sie zu sagen hatten, und dann wieder gingen.

»Es geht mir nicht besonders gut«, sagte ich. »Wird das lange dauern?«

»Nein, nein, überhaupt nicht«, sagte Price mit Blick auf ihren Kollegen.

»Es handelt sich hierbei eigentlich nur um einen Höflichkeitsbesuch«, erklärte Brewster. »Wir wollten Sie darüber informieren, dass wir morgen Nachmittag oben in Wadebridge eine offizielle forensische Freilegung durchführen werden.«

Ich starrte ihn verständnislos an.

»Im Prinzip handelt es sich um eine Ausgrabung, die von erfahrenen Polizeibeamten überwacht wird«, fügte Price hinzu.

»Wie? Graben Sie nach Leichen?«, fragte ich schwach und lehnte mich an die Wand.

»Im Zuge unserer bisherigen Ermittlungen haben wir einen Drohnenflug vorgenommen und dabei auf einem der Felder in Wadebridge Unregelmäßigkeiten im Erdboden festgestellt«, erklärte Brewster. »Das kann bedeutsam sein oder auch nicht, aber wir haben die Befugnis, dem nachzugehen.«

»Außerdem haben wir Irene Wadebridges Einwilligung«, ergänzte Price.

Das ließ mich aufblicken. Irene wusste, was sie vorhatten, und hatte mir nichts davon gesagt?

Etwas kochte in mir hoch, eine Art Panik. Angesichts dieser Ausgrabung, dieser ernsthaften Polizeiermittlung, wich meine Entscheidung, mich bedeckt zu halten, der Erkenntnis, dass ich

Schadensbegrenzung betreiben musste. »Warten Sie kurz«, sagte ich und eilte nach oben. Zwei Minuten später stand ich wieder vor ihnen.

»Das habe ich gefunden. In Michaels Werkzeugkasten.« Ich hielt ihnen mein Fundstück hin. »Das ist Suzy Baros' Handy. Da steht etwas auf Polnisch und ich habe sie schon einmal damit gesehen.«

Im ersten Moment reagierte keiner der beiden. DS Brewster betrachtete das Handy und zog dann gelassen einen Spurensicherungsbeutel aus seiner Tasche. »Legen Sie es bitte hier hinein, Mrs Shaw.«

Ich ließ das Handy in den Beutel fallen und wischte mir die Hand an meiner Hose ab.

»Wann und wo genau haben Sie dieses Beweisstück entdeckt, Mrs Shaw?«, fragte Price knapp.

»Ich habe es heute Morgen gefunden, kurz bevor ich Tansy zur Schule gebracht habe. Ich wollte Sie gerade anrufen, als Sie geklingelt haben.«

»Was für ein Zufall«, sagte Brewster.

»So war es wirklich! Versprochen. Ich musste eine Sicherung auswechseln und ... ich brauchte einen Schraubenzieher, also habe ich in Michaels Werkzeugkasten geschaut und da lag es. Das Handy lag einfach unten in seinem Werkzeugkasten.«

»Und bis dahin wussten Sie nichts davon?« Price runzelte die Stirn. »Sie wussten nicht, dass Michael Suzy Baros' Handy hatte?«

»Nein! Natürlich nicht.« Ich sah, wie Prices Blick hinunter zu meinen Händen wanderte und bemerkte, dass ich sie zu Fäusten geballt hatte. Meine Achselhöhlen klebten und ich musste ständig blinzeln. Meine Augen fühlten sich trocken und wund an. »Ich wusste nichts davon, das schwöre ich. Es war ein absoluter Schock für mich, es dort zu finden.«

»Mrs Shaw, wir werden Ihr Haus durchsuchen müssen«,

sagte Brewster und zog sein Handy aus der Tasche. »Geben Sie uns Ihre Einwilligung, das zu tun?«

»Ja! Also, das würde doch einen schlechten Eindruck machen, wenn ich Nein sagen würde, oder?« Die Detectives sahen sich an. »Hier ist sonst nichts mehr, da bin ich mir sicher.«

»Allerdings wussten Sie bis heute Morgen auch nicht, dass Ms Baros' Handy hier war, oder doch?«, merkte Brewster an.

»Ja. Also, nein. Ich wusste nichts davon, aber hier kann sonst nichts sein. Das ist einfach unmöglich.«

Die Detectives wandten sich zum Gehen.

»Bitte verlassen Sie das Haus nicht, Mrs Shaw«, sagte Price. »Wir wenden uns sofort an unsere Zentrale. Unser Spurensicherungsteam sollte in Kürze bei Ihnen sein.«

»Selbstverständlich«, sagte ich. Mein Herz schlug wie ein Presslufthammer in meiner Brust. »Ist in Ordnung. Danke schön.« Mir wurde ganz schwindlig vor Erleichterung, dass sie mich nicht verhaftet hatten. Als sie in den Flur traten, eilte ich ihnen hinterher. »Kann ich morgen dabei sein?«, brach es aus mir heraus. »Kann ich bei der Grabung anwesend sein, ist das erlaubt?«

»Wir werden die forensische Grabung aus der Ferne überwachen, das Feld selbst wird abgesperrt sein. Ich rate Ihnen, nicht zu kommen«, erwiderte Brewster knapp.

»In der Nähe der Felder ist ein öffentlicher Spazierweg. Sie werden nicht verhindern können, dass die Leute kommen und zuschauen«, sagte ich. Bei der Vorstellung, wie sich diese Neuigkeit verbreitete und das halbe Dorf vorbeikam, wurde mir das Herz ganz schwer.

»DS Brewster hat recht, Mrs Shaw, wir würden Ihnen raten, nicht zu kommen. Aber falls Sie wild dazu entschlossen sind, sollten Sie es uns am besten vorher wissen lassen«, sagte Price mit Bedacht. »Wir können es so einrichten, dass Sie jemand zur Grabungsstätte und wieder nach Hause begleitet.«

»Das wird nicht nötig sein, ich brauche niemanden, der ...«
Als ich in ihre Gesichter sah, wurde mir klar, worauf sie hinauswollten, und meine Worte versickerten im Nichts.

»Es ist besser so, Mrs Shaw«, sagte Brewster leise. »In derlei Situationen erhitzen sich die Gemüter leicht.«

Sie boten mir an, mich vor meinen eigenen Nachbarn, meinen Freunden zu beschützen.

DREIUNDVIERZIG

3. Dezember 2019

Ich stand am Feldrand, flankiert von zwei uniformierten Polizisten. Wir waren auf dem Wadebridge-Anwesen, einem drei Hektar großen Ackerland, mit einem Haupthaus, einer großzügigen Gartenanlage und fünf kleinen Steinhäuschen in einer Reihe.

An dem Ort, an dem mein Mann Michael mehr als zwanzig Jahre lang gearbeitet hatte.

Eiskalter Regen prasselte auf mich herab und lief mir in kleinen Bächen den Rücken hinunter. Meine Jeans waren bereits patschnass und von Nasenspitze und Ohrläppchen tropfte das Wasser herunter. Sehnsüchtig dachte ich an unser Zuhause, nur fünfzehn kurze Gehminuten entfernt. In der sanften Wärme unseres Kamins, das grausige Wetter hinter Vorhängen versteckt und Tansy an mich gekuschelt, könnten wir gemeinsam zum zigsten Mal diese Woche *Der Ickabog* lesen.

Die Szene vor meinen Augen war jedoch eine ganz andere. Meine neue Realität. Eine Welt voller weißer Abdeckplanen, hoch über der Mitte des Feldes gespannt, klinisch sauber und strahlend vor einem Hintergrund aus Schlamm und missmutigen Wolken.

Hinter dieser blickdichten Absperrung hörte ich das dumpfe Grollen des gelben Baggers, der seine schwarzen Zähne tief in die Erde grub und sie dazu zwang, ihre dunkelsten Geheimnisse preiszugeben. Das gleißende Licht der Scheinwerfer erhellte nicht nur den Bereich, der das Interesse der Polizei geweckt hatte, sondern auch einen Großteil des umliegenden Ackers. Der Geruch feuchter, schmieriger Erde verstopfte mir Mund und Nase, und nur mit Mühe konnte ich meinen Würgereiz unterdrücken.

Ich wandte mich von dem Schauspiel ab und warf einen Blick auf die Menschen, die in einer Reihe am Feldweg standen; ein schmaler Trampelpfad, der sich hinter den Cottages entlangschlängelte. In kleinen, neugierigen Grüppchen standen sie da, wanderten mal hierhin, mal dorthin, wechselten ab und an ein paar Worte miteinander und schlenderten dann zur nächsten Gruppe weiter. Ihre Gesichter waren mir zugewandt und ich kannte fast jedes davon. Unverfroren starrten sie mich an, ohne einen Gruß oder die geringste Bestätigung. Leute aus dem Dorf, die genau wussten, was hier geschah. Menschen, die ich früher als Freunde oder zumindest Bekannte bezeichnet hatte; die es nun nicht übers Herz bringen konnten, mir ihr Beileid auszusprechen. Menschen, an deren Seite wir jahrelang friedlich gelebt hatten.

Jetzt setzten sie sich dem erbarmungslosen Wetter aus, um dabei zuzusehen, wie unser Leben unter der Last der Geschehnisse in sich zusammenstürzte. Ihre leuchtenden Handybildschirme tanzten wie Irrlichter im trüben Dunst umher.

Hinter mir: die Presse. Das ständige Blitzen ihrer Kameras war irritierend und alle paar Sekunden riefen sie meinen Namen, in einem bizarr familiären Ton, schrill und unerwünscht.

»Kate! Wissen Sie, was man hier finden wird?«

»Wer passt auf Ihre Tochter auf, Kate? Wo ist Tansy?«

Für diese Menschen war mein Leben plötzlich ein offenes Buch, für alle einsehbar. In ihren Augen war ich kein Mensch mehr, nur noch Thema des Tages, eine Schlagzeile. Die Protagonistin einer grausigen, blutrünstigen Geschichte, die jeder hören wollte.

Ich sah nicht zu ihnen hinüber. Tat so, als hätte ich ihre Rufe nicht gehört. Ich schlug den Kragen meiner alten Wachsjacke hoch und schob meine nackten Hände in die Taschen. Meine rechte Hand stieß auf etwas Weiches, ein kleines Knäuel, und das Gefühl versetzte mir einen Stich ins Herz. Tansys Wollhandschuhe, vor ein paar Wochen in meiner Jackentasche vergessen; an dem Tag, als wir hierher spaziert waren, um ihrem Daddy ein paar Sandwiches zu bringen und für ihr Herbarium ein wenig Schafgarbe zu sammeln.

Bittere Galle stieg mir die Kehle hoch und ich verschloss die Augen vor dem, was noch kommen würde, vor dem, was meine sechsjährige Tochter noch alles würde durchmachen müssen.

»Mrs Shaw? Ich bin von der *Daily Mail*«, erklang die Stimme eines Mannes, näher als die der anderen. Er klang freundlich, mitfühlend. »Hatten Sie irgendeine Ahnung davon, was Ihr Mann getan hat? Wir können Ihnen dabei helfen, Ihre Seite der Geschichte zu erzählen. Damit die wilden Spekulationen aufhören. Was halten Sie davon?«

Ich drehte mich nicht um.

Gestern hatte die Polizei unser Haus durchsucht. Ich hatte Donna angerufen und gebeten, Tansy von der Schule abzuholen und bei sich übernachten zu lassen, damit ich das dabei entstandene Chaos wieder aufräumen konnte. Es hatte mich Stunden gekostet. Sie hatten jeden Zentimeter durchwühlt, hatten sogar die Teppiche und Bodenbretter angehoben. Sie hatten unser Gartenhäuschen ausgeräumt und die Garage fast bis auf den Grundstein zerlegt.

Vor dem Haus hatte sich eine Meute an Journalisten angesammelt, die die Straße blockierten und vorbeikommende Autofahrer zur Weißglut trieben. Ich hatte das Haus nicht verlassen, hatte mich nur in eine Ecke unserer Küche gesetzt und in den Garten hinausgestarrt. Zweimal war ich ins Wohnzimmer gegangen, um einen Blick durch die Vorhänge zu werfen. Draußen standen Leute aus dem Dorf in Gruppen beisammen. Manche hatten Kaffeebecher aus Donnas Teestübchen in der Hand. Sie unterhielten sich und sahen mit verzerrten Gesichtern und spöttischen Blicken zum Haus.

Bei der Durchsuchung war nichts gefunden worden. Die Polizei hatte manche von Michaels Kleidungsstücken mitgenommen, seine Schuhe und unseren gemeinsamen Laptop. Aber es waren keine Überraschungen ans Licht gekommen und sie hatten keine weiteren Besitztümer von Suzy Baros gefunden. Meine Erleichterung war groß, aber zugleich fühlte ich mich verletzt, entblößt, der offensichtlichen Feindseligkeit der Welt dort draußen ausgesetzt.

Der Regen prasselte immer heftiger zu Boden, der kalte Wind biss mir in die Wangen, aber das körperliche Unbehagen war mir willkommen. Das Geräusch des Baggers füllte meinen Kopf, ein erbarmungsloses Dröhnen, und mit jeder Sekunde kamen wir dem Moment näher, in dem das Grauen offenbart wurde. Ich fürchtete ihn, während die anderen begierig darauf warteten.

Und dann – ein Zischen, das Grollen eines ersterbenden Motors, plötzliche Stille.

Für ein paar Sekunden hing tiefes Schweigen über der Menge. Dann erklangen laute Rufe hinter der Abdeckplane, alarmiert, beunruhigt.

Die Meute an Schlagzeilenfressern hinter mir explodierte und schob sich nach vorn. Die Kameras der Presseleute blitzten ununterbrochen auf, sodass wir auf einmal in taghelles Licht getaucht waren. Ihre Stimmen wurden eins, alle schrien meinen Namen, forderten meine Aufmerksamkeit. Forderten Antworten.

Mehrere Polizeibeamte bildeten eine formlose Kette hinter mir, um die Pressemeute zu bändigen.

»Was ist los?«, flüsterte ich meinen Begleitern heiser zu. »Heißt das, sie haben was gefunden?«

Keiner der Beamten gab mir eine Antwort.

Ein paar Meter entfernt sprach DI Price aufgeregt, aber in leisem, vertraulichem Ton in ihr Handy. Bevor ich ihre Aufmerksamkeit auf mich ziehen konnte, hatte sie den Anruf schon wieder beendet und war hinter der Absperrung verschwunden. Meine Nase war inzwischen hoffnungslos verstopft und ich musste durch den Mund nach Luft schnappen.

Lauter werdendes Gemurmel hinter mir. »Haben sie was gefunden?«, rief ein Mann vom Trampelpfad herüber. »Eine Leiche?«

Das Funkgerät des Polizeibeamten neben mir erwachte knisternd zum Leben und er trat zur Seite und sprach hinein. Wieder knackte das Funkgerät, aber ich konnte nicht verstehen, was ihm mitgeteilt wurde. Ich schickte ein stummes Gebet gen Himmel: *Bitte, Gott, mach, dass sie sie nicht gefunden haben.*

Doch es hing eine düstere Vorahnung in der Luft und mir war klar, dass es schlechte Nachrichten sein würden. Sehr schlechte.

Der Polizist mit dem Funkgerät kam zurück und flüsterte seinem Kollegen etwas zu. Dieser gab einen leisen Pfiff von sich. »Scheiße«, sagte er und schüttelte den Kopf, offensichtlich erschüttert.

»Was ist? Was haben sie gefunden?« Panik brannte in mir auf und sammelte sich wie Rauch in meinen Lungen, bis ich fast daran erstickte. »Ich habe ein Recht, das zu wissen.«

Die Polizisten tauschten einen Blick aus und schließlich drehte sich einer zu mir. Sein Gesicht gab nichts preis.

»Das erfahren Sie noch früh genug, Mrs Shaw. Machen Sie sich darum mal keine Gedanken«, sagte er kühl und blickte auf die Reporter hinter uns. »Ich versichere Ihnen, dass morgen früh das ganze Land darüber sprechen wird.«

VIERUNDVIERZIG

4. Dezember 2019

Als ich am nächsten Tag aufwachte, tat mir alles weh. Mein Kopf, mein Bauch, sogar meine Finger und Zehen schmerzten. Ich lag im Bett und spürte, dass ich mich bewegen sollte, aber ich wusste, dass es nicht möglich war. Noch nicht. Obwohl ich es Paul übelnahm, dass er vor Ellie über Michaels angebliche Affäre gesprochen hatte, dachte ich nun mit tiefer Dankbarkeit an ihn und Donna, die Tansy gestern Nachmittag bei sich behalten hatten und sie dann auch dort übernachten ließen.

Das Telefon klingelte und ich ging ran, ohne nachzudenken. »Hallo?«

»Mrs Shaw, ich rufe vom *Mansfield Sentinel* an. Möchten Sie einen Kommentar dazu abgeben, was die Polizei gestern in ...«

Ich legte auf und knallte das Telefon hin. Nur Sekunden später klingelte es erneut. Ich zog den Stecker aus der Wand. Ein Blick auf mein Handy verriet mir, dass ich Dutzende entgangene Anrufe hatte, und das um kurz nach acht Uhr morgens.

Reporter. Gestern hatten die Polizeibeamten vorausgesagt, dass die Ergebnisse ihrer Grabung heute die Schlagzeile in allen Zeitungen ausmachen würde.

Ich konnte mich kaum daran erinnern, wie ich gestern ins Bett gegangen war. Im meinem Kopf dröhnte immer noch der Polizeibagger, unterlegt von den vorwurfsvollen Rufen der Presse und der Dorfgemeinde. Ich war danach zu Donna gegangen und vor ihrer Haustür in Tränen ausgebrochen. Donna hatte mich nach drinnen geführt.

Mir war nicht klar gewesen, dass Tansy mich von der Küche aus beobachtete, das Gesicht vor Sorgen und Schmerz so verzerrt, wie es bei einer unschuldigen Sechsjährigen niemals sein sollte. Innerhalb drei kurzer Wochen hatte sich ihr geordnetes, verlässliches Familienleben in das reinste Chaos verwandelt. Und nun das ... Welche Auswirkungen würde das hier auf ihre Zukunft haben?

Sie war zu mir herübergeeilt und mir in die Arme gefallen. »Ich hab dich so, so lieb«, hatte ich in ihr sauberes, weiches Haar geflüstert.

»Mummy, was ist los?«, hatte sie gejammert und ihre kleinen Hände in meine gekrallt.

»Alles in Ordnung«, hatte ich gesagt und ihr einen Kuss auf die Wange gedrückt. »Mummy geht es nur gerade nicht so gut. Ich muss mich nur ausruhen, dann ist alles wieder okay.«

»Schatz, geh und spiel wieder mit Ellie. Ich mache deiner Mummy eine Tasse Tee«, hatte Donna gesagt.

Nachdem sie mein künstliches Lächeln noch einen Augenblick gemustert hatte, war Tansy dieser Aufforderung nachgekommen.

Jetzt, wo wir sie so brauchten, konnte ich Donnas Unterstützung nichts nachsagen. Sie war der einzige Mensch, auf den ich mich wirklich verlassen konnte, und ich war ihr unendlich dankbar.

Sie hatte mir einen Tee gebracht.

»Ist Paul zu Hause?«

Sie hatte genickt. »Er ist oben. Ziemlich ungewöhnlich. In letzter Zeit scheint er fast nie zu Hause zu sein!« Ihr düsterer Blick verriet ihren unbeschwerten Tonfall.

»Aber dass er sich Urlaub genommen hat, um auf Tansy aufzupassen, ist schon echt nett von ihm.«

Daraufhin hatte Donna das Gesicht verzogen. »Das habe ich auch gedacht, aber er ist nur noch unterwegs. Ständig hat er neue Ausreden parat, warum er wieder weg muss. Wie gesagt, das kenne ich schon von seiner früheren Affäre. Erzähl mir doch, was oben in Wadebridge passiert ist.«

Ich hatte ihr alles über die forensische Grabung berichtet, über die grässlichen Geräusche, den Geruch der feuchten Erde, die Zuschauer. »Das halbe Dorf war da, um zuzuschauen, ganz im Ernst. Die Presse ist halb durchgedreht und als der Bagger stillstand und uns klar wurde, dass sie etwas gefunden haben, haben die Polizisten mich ohne ein Wort abgeführt.«

»Glaubst du, sie haben eine Leiche gefunden?«

»Ich vermute es. Die Polizisten sind überall herumgewuselt und sie konnten es kaum abwarten, mich aus dem Weg zu haben und die Menschenmenge wegzuscheuchen.«

»Glaubst du ... es ist Suzy Baros?«

Ich hatte auf meine Hände hinabgestarrt und genickt. »Ich darf gar nicht darüber nachdenken, Donna. Ich kriege das einfach nicht in meinen Kopf, dass Michael etwas damit zu tun hatte, was Suzy zugestoßen ist. Das passt einfach nicht. Einer der Polizisten hat durchblicken lassen, dass der Fund morgen in aller Munde sein würde.«

Nun öffnete ich meine Anrufliste und wählte Donnas Nummer.

Ihre erste Frage an mich war: »Hast du etwas schlafen können?«

»Ich weiß nicht genau. Ich fühle mich, als hätte ich die

meiste Zeit wachgelegen, aber als ich gestern nach Hause gekommen bin, war ich so erschöpft. Wie geht's Tansy?«

»Gut. Die beiden haben gerade gefrühstückt und sind jetzt bereit für die Schule. Paul wird sie hinbringen und mit Miss Monsall über die Grabung sprechen, nur für den Fall, dass irgendwer deswegen etwas zu Tansy sagt. Ich habe mit ihr darüber gesprochen, dass ihre Mummy im Moment Ruhe braucht, und sie hat das komplett verstanden, du brauchst dir also keine Sorgen machen.«

»Danke, Donna. Ich weiß nicht, was ich ohne dich tun würde.« Paul hingegen ... Ich hatte keine Ahnung, auf wessen Seite er stand. Ich fragte: »Wie läuft es bei euch?«

Ihr war klar, was ich damit meinte. »Im Moment steht er unter der Dusche. Gestern hatte er anscheinend einiges zu erledigen und Termine wahrzunehmen«, sagte sie und ihre Worte trieften vor Ironie. »Wenn ich ihn frage, wo er war, gibt er mir so richtige Politikerantworten. Redet ganz viel, sagt dabei aber überhaupt nichts. Heute bin ich den ganzen Tag im Larder, aber Paul wird zu Hause in Zoom-Meetings feststecken, da kann ich mich wenigstens damit beruhigen, dass ich weiß, wo er ist. Wir können uns unterhalten, wenn ich die Mädchen später vorbeibringe. Aber genug von mir, ich mache mir eher Sorgen um dich. Hast du online schon nachgesehen?«

»Nein, aber ... ich habe Angst davor«, gestand ich. »Ich wollte zuerst dich anrufen, bevor ich nachgucke. Ich habe einfach schreckliche Angst, was ich finden könnte.«

»Ich habe schon nachgeguckt«, sagte sie. »Soll ich es dir sagen?«

»Okay«, erwiderte ich unsicher.

»Die Leute sind auf jeden Fall der Meinung, dass sie etwas gefunden haben ... höchstwahrscheinlich Suzy Baros' Leiche. Außerdem fangen manche an, über Jakub Jasinskis Verschwinden zu spekulieren. Allerdings scheinen alle noch auf konkrete Beweise zu warten.« Sie verstummte. »Das wirbelt bei mir alles wieder auf. Ich kann gar nicht daran denken, was Matilda zugestoßen sein könnte. Aber ich wollte herausfinden, was sie sagen, deinetwegen ... damit du dich nicht damit quälen musst, was du herausfinden wirst.«

»Das tut mir so leid, Donna«, sagte ich. »Bitte, mach es dir nicht noch schwerer, um mir zu helfen. Ich muss mich der Wahrheit stellen. Aber ich werde nicht mit der Presse sprechen und für den Moment halte ich mich von den sozialen Medien fern.«

»Ich muss dich aber warnen, Kate. Die Leute aus dem Dorf können feindselig sein. Ich habe so manches gehört und mache mir Sorgen, dass sie dich hinter verschlossener Tür vor Gericht stellen und verurteilen könnten.«

»Ich weiß schon, dass die Leute munkeln, Michael hätte Suzy umgebracht, und ich hätte die ganze Zeit Bescheid gewusst.«

Meine Offenheit schien sie zu überraschen. »Das ist wie aus einem Fernsehkrimi.«

Panik stieg in mir auf. Unsere eigene Gemeinde hatte sich gegen uns gewandt. Alle hielten Michael für schuldig. Und nun versuchten sie, mich ebenfalls den Wölfen zum Fraß vorzuwerfen. In meinem Kopf war einfach nicht genug Platz, um mit alldem umzugehen.

»Ich kann Paul oben am Telefon hören«, sagte Donna plötzlich. »Ich muss lauschen.«

»Dann bis später. Ich ruf dich nachher an, damit wir uns wegen Tansy absprechen können.«

»Kein Stress, die beiden spielen gern miteinander. Muss jetzt Schluss machen, bis später!«

Ich legte auf und wischte auf dem Handy nach unten, um meine Benachrichtigungen zu sehen. Mein Bildschirm füllte sich mit verpassten Anrufen und Facebook-Meldungen. Ich ignorierte sie alle und ging direkt zur Seite des *Sentinel*. Sekunden später hatte ich gefunden, was ich suchte.

NEUE ENTWICKLUNG IN VERMISSTENFALL: MENSCHLICHE ÜBERRESTE GEFUNDEN

Auf einem Anwesen, das regional als Wadebridge bekannt ist, hat die Spurensicherung menschliche Überreste gefunden. Der Fundort liegt auf einem Hügel, etwa einen halben Kilometer vom historischen Dorfzentrum des Ortes Lynwick entfernt.

Die Grabung des Polizeireviers Nottinghamshire geschah in Zusammenhang mit dem Fall Suzy Baros, einer Frau aus Polen, die vor über einem Jahr mit ihrem kleinen Sohn nach Großbritannien gezogen ist. Baros gilt seit einem Dorffest zum Einläuten der Weihnachtszeit als vermisst.

DI Helena Price, Ermittlungsleiterin und Verantwortliche für die Grabung in Wadebridge, gab gegenüber dem Sentinel an: »Es ist noch zu früh, um einen Kommentar über unseren gestrigen Fund abzugeben. Für den Moment kann ich nur bestätigen, dass die Suche nach Suzy Baros weiterhin läuft.«

Ich scrollte nach unten und obwohl ich wusste, was für eine schlechte Idee das war, las ich die Kommentare unter dem Artikel.

BookClubStar55: *Diese vermisste Polin hat in einem der Cottages in Wadebridge gewohnt und jetzt hat die Polizei in Wadebridge menschliche Überreste gefunden. Wir wissen doch alle, wer das Gelände im Namen der Besitzerin verwaltet hat. Michael Shaw! Die Nottser Polizisten müssen endlich ihr Hirn einschalten! Kommt schon!*

FootieFan_MU: *Der hat sich bestimmt vors Auto geworfen, um sich aus der Schlinge zu ziehen.*

SarahJ1968: *Da muss doch jemand drüber Bescheid gewusst haben. Vielleicht seine Frau?!*

ThomasSkinner: *Die war gestern bei der Grabung dabei und konnte keinem in die Augen sehen. Dreimal dürft ihr raten, wieso!!!*

Ein eingehender Anruf unterbrach meine Onlinerecherche. Auf dem Bildschirm stand *DI Helena Price* und mir fiel wieder ein, dass ich ihre Nummer vor einer Weile abgespeichert hatte, als sie mir ihre Visitenkarte gegeben hatte.

»Mrs Shaw?«, sagte sie, als ich das Gespräch annahm. »Hier spricht DI Helena Price. Ich rufe Sie an, weil ich Ihnen persönlich mitteilen wollte, dass wir bei unserer forensischen Grabung gestern leider menschliche Überreste entdeckt haben.«

»Ja, das habe ich gerade online im *Sentinel* gelesen«, erwiderte ich kühl. Schade, dass sie mich nicht hatten vorwarnen können.

»Ich wollte Sie fragen, ob Sie heute Nachmittag aufs Revier kommen könnten. So gegen vier? Wir haben einige Fragen an Sie, die uns bei unseren Ermittlungen helfen könnten.«

Ich seufzte. Würde das denn nie ein Ende nehmen? »Ich kann um vier da sein.«

»Vielen Dank. Außerdem wollte ich Ihnen einige streng vertrauliche Informationen zukommen lassen, die der Presse noch nicht bekannt sind. Ich muss Sie darum bitten, diese Informationen für den Moment für sich zu behalten.«

»Verstanden«, bestätigte ich und hielt die Luft an.

»Wie schon gesagt, haben wir gestern menschliche Überreste gefunden. Genauer gesagt, die Überreste zweier Menschen.«

»Was?«

»Die Leiche eines kürzlich verstorbenen Mannes mit polnischem Pass und die einer weiblichen ...«

»O Gott, nein«, keuchte ich und schlug die Hand vor den Mund. Also hatten sie tatsächlich Suzy Baros' Leiche gefunden. Meine Gedanken flogen zu Aleks und mein Herz zog sich schmerzhaft zusammen.

»Unser forensischer Anthropologe hat bestätigt, dass es sich um die Überreste einer weiblichen Person handelt, um die eines jungen Mädchens, das vor längerer Zeit verstorben ist.«

Stille senkte sich auf unser Gespräch, als ihre Worte zu mir durchdrangen. Die Überreste eines jungen Mädchens. In Lynwick gab es nur ein einziges junges Mädchen, das vermisst wurde, und zwar seit dreiundzwanzig Jahren. Matilda. Matilda Spencer. Donnas verschwundene Schwester.

FÜNFUNDVIERZIG

Ich ließ das Handy sinken und versuchte vergeblich, das zu verarbeiten, was DI Price mir gerade erzählt hatte. Ich begann, mich selbst zu hinterfragen und alles, was ich über Michael und Irene Wadebridge zu wissen geglaubt hatte. Die Geschichten, die er mir über seine Kindheit hier im Dorf erzählt hatte. Ich wusste, dass alles rund um Matildas Verschwinden für ihn immer in klarer Erinnerung geblieben war. Als Matilda verschwand, war Michael noch jung gewesen. Er musste damals um die fünfzehn gewesen sein. Alt genug, um ihr etwas anzutun, wenn er gewollt hätte.

Ich hatte bemerkt, dass Donna mit jedem Tag mehr zu verblassen schien. Sie hatte abgenommen und ihre Haut war bleicher als sonst. Sogar ihr feuerrotes Haar schien stumpfer zu werden, als würde sie sich langsam in einen Schatten ihrer selbst verwandeln. Es war das ständige Grübeln über Paul. Was würde also dieser neue Schock mit ihr machen? DI Price hatte nicht bestätigt, dass es Matildas Leiche war, aber meines Wissens gab es hier keine anderen vermissten Kinder. Die männliche Leiche war eindeutig die Jakub Jasinskis, aber die Polizei würde nichts bekanntgeben, solange sie nicht den offiziellen rechtsmedizinischen Befund hatten, und das konnte noch Tage dauern, wenn nicht länger.

Ich konnte Donna unmöglich sagen, was ich wusste. Im unwahrscheinlichen Fall, dass es sich doch nicht um Matilda handelte, würde ihr das den Rest geben. Ich konnte es nicht riskieren, ihr Leben zu zerstören, nicht, solange die Polizei nicht eindeutig Bescheid wusste.

Ich schwamm im Meer meiner Trauer für einen Mann, den ich zu kennen geglaubt hatte, und versuchte, nicht zu ertrinken. Sorgen um die Zukunft meiner Tochter lasteten auf mir. Und mitten in alldem erstickte Donna langsam an den Schrecken ihrer Vergangenheit.

»Ich war beim Arzt, er hat mir wieder Beruhigungspillen verschrieben. Außerdem hat er mir ein paar starke Schlafmittel empfohlen, damit ich mir wieder einen Schlafrhythmus angewöhnen kann«, hatte sie mir vor ein paar Tagen erzählt, als ich sie nach ihrem Befinden gefragt hatte.

»Und hilft das?«

»Die letzten paar Nächte hat das super geklappt, aber ich darf nicht Auto fahren, während ich sie nehme, also werde ich das nicht lange tun. Ich stecke in der Zwickmühle.«

Suzys Verschwinden hatte sie in die Albträume ihrer Jugend zurückgestoßen, als vor dreiundzwanzig Jahren ihre Schwester verschwunden war. Diese Zeit hatte sie in ihren Fängen und beeinflusste sie bis heute. Und obwohl sie es noch nicht wusste, würde diese Tragödie sie schon bald wieder einholen.

Ich sank auf dem Sofa in einen unruhigen Schlaf, aus dem ich schweißüberströmt und mit rasendem Herzschlag erwachte. Ich musste einkaufen gehen. Ich hatte zu Hause alles schleifen lassen und konnte Tansy nichts zu essen anbieten, wenn sie später heimkam.

Als ich mit einer Tüte voller Leckereien für die Mädchen vom Supermarktparkplatz fuhr, reihte ich mich in eine kleine Autoschlange ein, um an der Kreuzung nach rechts abzubiegen. Ein vertrauter silberfarbener BMW stach mir ins Auge und ich sah Paul an mir vorbeirauschen. Er sang lauthals irgendeinen Song mit. Für jemanden, dem Michaels Tod laut Donnas Aussage sehr zu schaffen machte, schien er erstaunlich sorglos und unbeschwert.

Meine Neugier war geweckt. Ich wechselte die Spur und bog nach links ab, um ihm zu folgen. Ein anderes Auto war zwischen uns und ich reihte mich dahinter ein. Donna hatte mir erzählt, Paul würde zu Hause den ganzen Tag in Zoom-Meetings feststecken, aber das konnte ich so nicht bestätigen.

Er fuhr Richtung Autobahn. Inzwischen hatten sich noch ein paar weitere Autos zwischen uns geschlängelt, sodass ich ihn zwar immer noch gut sehen konnte, aber besser verborgen war. Obwohl der Himmel düster war und ich mehr Licht im Auto hätte vertragen können, klappte ich meine Sonnenblende herunter.

Er nahm die M1 Richtung Norden und trat sofort kräftig aufs Gaspedal. Ich beschleunigte, bis ich die Geschwindigkeitsbegrenzung erreicht hatte, aber da hatte er schon hundertzehn Stundenkilometer überschritten und war auf die Überholspur gewechselt. Mir blieb nichts anderes übrig, als auf hundertdreißig zu beschleunigen, obwohl mir und meinem Auto dabei alles andere als wohl war. Mir war bewusst, dass wir auf eine Ausfahrt zuhielten, und wenn ich nicht nah genug an ihm dranblieb, könnte ich ihn aus den Augen verlieren. Doch die Sorge war unbegründet, er fuhr an der Ausfahrt vorbei und weiter nach Norden.

Ich trat das Gaspedal durch und hoffte auf das Beste. Ich war noch nie gern Autobahn gefahren und so schnell schon gleich gar nicht. Mein kleiner Ford Fiesta vibrierte inzwischen und mir war klar, dass er das nicht mehr lange mitmachen würde. Dann sah ich zu meiner großen Erleichterung, dass Paul die Spur wechselte und seine Geschwindigkeit drosselte, um die Autobahn an der Anschlussstelle 29 zu verlassen.

Ich ließ zwei Autos zwischen uns einfädeln. Er fuhr etwa einen halben Kilometer auf der A617 und bog dann in eine Seitenstraße ab. Nun war nur noch ein anderes Auto zwischen uns und als es abbog und mich allein mit Paul zurückließ, schlug mir das Herz bis zum Hals. Ich wollte mich nicht verraten. Zwar war ich zu weit entfernt, als dass er mich im Rückspiegel hätte erkennen können, aber ich wusste nicht, wie aufmerksam er auf Autos achtete. Er wusste, dass ich einen roten Ford Fiesta fuhr – allerdings war das ein recht gewöhnliches Modell.

Ich sah Straße um Straße mit zahlreichen Wohnhäusern an uns vorüberziehen. Das hier war für mich unbekanntes Terrain. Ich kannte mich in Chesterfield nicht aus und war erst wenige Male hier gewesen, um an einem freien Abend ins Restaurant zu gehen oder zum Shoppen im Einkaufszentrum am Ortsrand. Aber die Straßen in dieser Wohnsiedlung waren mir nicht vertraut.

Wollte Paul jemanden besuchen? Donna hatte darauf beharrt, dass er ihr erneut untreu war, dass sie die Zeichen erkannt hatte. Mein Herz raste. Was sollte ich tun, falls dem so war – falls wir zum Haus seiner Mätresse unterwegs waren? Falls sie zur Tür kam, würde ich aus dem Auto steigen und die beiden anschreien? Natürlich nicht. Warum also war ich hergekommen? Es war Paul gewesen, der im Eifer des Gefechts von Scheidung gesprochen hatte. Aber dennoch mochte es für Donna hilfreich sein, legal gesehen, wenn ich bezeugen konnte, dass er tatsächlich eine Affäre hatte.

Ich war ihm aus freien Stücken bis hierhin gefolgt und nun wurde ich nervös, was ich herausfinden würde. Der Gedanke, zu sehen, wie meine beste Freundin betrogen wurde, gefiel mir überhaupt nicht, und in ihrem derzeitigen instabilen Zustand würde diese neue Information ihr den Rest geben. Andererseits steckte ich nun schon zu tief drin, um umzudrehen. Ich würde jetzt sehen, was Sache war, und falls ich etwas Unanständiges herausfand, würde ich eine Nacht darüber schlafen und dann entscheiden, was ich damit anstellte.

Ich hatte erwartet, dass Paul jeden Moment langsamer werden und in die Einfahrt eines der vielen neuen Einfamilienhäuser rollen würde, an denen wir vorbeikamen, aber er fuhr immer weiter. Bog links ab, dann rechts, fuhr wieder geradeaus und nun merkte ich, wie sich die Umgebung veränderte. Die Häuser hier waren älter, Doppelhäuser, ehemalige Sozialwohnungen, und dann bogen wir in eine Straße heruntergekommener Reihenhäuser ein, die mit »Zu vermieten«-Schildern verziert waren. An manchen Häusern hingen sogar mehrere, wahrscheinlich wurden dort Einzimmerwohnungen angeboten.

Wir fuhren auf die nächste Kreuzung zu, als Paul plötzlich unerwartet langsamer wurde und rechts ranfuhr. Sein Wagen kam vor einem schmuddeligen China-Imbiss mit einem roten »Geschlossen«-Schild im Fenster zum Stehen. Ich trat auf die Bremse, entdeckte eine kleine enge Seitenstraße auf der linken Seite und fuhr hinein. Er war noch nicht aus dem Auto gestiegen. Schnell machte ich eine Kehrtwende, damit ich ihn im Auge behalten konnte. Dann schaltete ich den Motor ab und wartete. Ein Blick auf die Uhr am Armaturenbrett verriet mir, dass es zwölf nach zwölf war.

Einen Moment später stieg er aus, strich sich mit der Hand durchs Haar und ging um sein Auto herum zum Kofferraum. Er öffnete ihn und nahm eine Einkaufstüte und einen Strauß Supermarktblumen heraus. Dann schloss er den Kofferraum und verriegelte sein Auto.

Kurz sah es so aus, als würde er zum China-Imbiss gehen, aber dann drückte er neben dem Imbiss ein Gartentor auf, von dem die grüne Farbe abblätterte, und verschwand in einem schmalen Durchgang. Ich sah die Straße hinauf und hinunter und entdeckte überall solche Gartentore. Anscheinend waren wir hier im Land der Einzimmerwohnungen. Ich zog mein Handy aus der Tasche, öffnete die Kamera und zoomte so nah heran, wie ich nur konnte, um ein Foto von dem Gartentor zu machen. Dann vergrößerte ich das Bild auf meinem Display, bis ich die zwei Hausnummern auf dem Tor erkennen konnte: 13a und 13b.

Ich wartete. Zwölf Uhr zweiundzwanzig. Ich wartete weiter. Zwölf Uhr neunundzwanzig.

Was, wenn er vorhatte, den ganzen Nachmittag dort zu verbringen? Ich konnte nicht ewig hier herumsitzen und warten. Immerhin hatte ich jetzt schon etwas Handfestes für Donna, falls sie sich bei Pauls Geliebter melden wollte. Trotzdem konnte ich mich noch nicht überwinden, wegzufahren.

Zwölf Uhr achtunddreißig.

Die Minuten krochen so unendlich langsam dahin, wenn man nur tatenlos auf jemanden warten konnte. Mein Kindle lag in meiner Handtasche und ich erwog, es herauszuholen. Doch um zwölf Uhr zweiundfünfzig tauchte Paul wieder hinter dem grünen Gartentor auf. Ich machte ein paar Fotos zum Beweis, während er auf die Straße hinaustrat. Als er sich umdrehte, konnte ich im Schatten des Durchgangs eine weitere Person stehen sehen.

Paul sagte etwas und hob die Hände zu einer »Was soll ich denn tun?«-Geste, und kurz darauf trat die Frau aus dem Schatten heraus.

Mir entfuhr ein leises Keuchen und ich schlug die Hand vor den Mund. Mit zitternden Fingern gelang es mir, noch ein paar Fotos zu machen, bevor mir das Handy aus der Hand glitt. Ich presste den Kopf gegen die Nackenstütze und versuchte, aus der Szene vor meinen Augen schlau zu werden.

Dort im Durchgang stand Suzy Baros.

SECHSUNDVIERZIG

Ich war wie betäubt. Nachdem Paul weggefahren war und Suzy das Gartentor zugezogen hatte und wieder im Haus verschwunden war, blieb ich in meinem Auto sitzen und starrte ins Leere.

Mein ganzer Körper begann zu kribbeln. All die Tage, all das Chaos auf der Suche nach ihr. Ich hatte mich vollends überzeugen lassen, dass Michael etwas Schreckliches getan hatte, und nun stand sie einfach dort. Sie hatte sich versteckt, hatte uns ausgelacht.

Und Paul wusste die ganze Zeit Bescheid.

Ich warf einen Blick auf die Uhr. Bis etwa halb fünf waren Tansy und Ellie nach der Schule mit Tanz- und Theaterunterricht beschäftigt, ich hatte also noch ein bisschen Zeit, bevor ich zu Hause sein musste. Donna würde die Mädchen abholen und nach meinem Termin auf dem Polizeirevier um vier mit Ellie zum Abendessen zu uns kommen.

Doch im Moment hatte ich andere Sorgen als die Pizza, die ich später machen würde. Ich wollte Donna anrufen und ihr alles erzählen. Ich wollte die Polizei informieren und zusehen, wie sie Suzy unter Vorwurf der Justizbehinderung aus dem

Haus zerrten. Voll Bitterkeit dachte ich daran, wie sie Michael zugesetzt hatten, weil sie dachten, er hätte etwas mit ihrem Verschwinden zu tun. Ich wollte in dieses Haus stürmen und meine Hände um ihren mageren Hals schlingen für das Leid, das sie Aleks angetan hatte, während sie sich mit Paul Thatcher ein paar heiße Wochen gemacht hatte.

Am Ende tat ich nichts davon. Ich saß einfach nur da, dachte über alles nach, bis ich das Gefühl hatte, die richtige Entscheidung getroffen zu haben.

Ich stieg aus dem Auto und sperrte es ab. Mit meiner Handtasche über der Schulter überquerte ich die Straße und ging auf das grüne Gartentor zu.

13a und 13b.

Welche war die richtige? Ich schob das Tor auf und trat in den feuchtkalten, dunklen Durchgang. Meine Schritte hallten zwischen den engen Hauswänden und ich zitterte, mehr in Erwartung meiner Auseinandersetzung mit Suzy als wegen der Kälte. Am Ende des Durchgangs war ein winziger Hinterhof mit zwei heruntergekommenen braunen Türen. Unkraut bahnte sich seinen Weg durch Risse im Beton und in einer Ecke bildeten Pizzakartons und Bierdosen einen nassen Haufen.

Ich musterte die Türen. 13a zur Linken, 13b zur Rechten. Beide wirkten gleichermaßen trist und verwahrlost. Es gab keine Türklingeln, also klopfte ich bei 13a. Keine Reaktion. Ich klopfte erneut, ohne Erfolg. Ich versuchte es bei 13b und dort öffnete mir ein junger Mann, mit Kopfhörern in der einen und einem Handy in der anderen Hand.

»Ja?« Er schien Anfang zwanzig zu sein. Unter seinen Augen lagen tiefe Schatten, sein schmutzig weißes T-Shirt war mit Flecken übersät und seine Baumwollhose warf Beulen um die Knie. Er blinzelte mich verschlafen an.

»Entschuldigung, falsche Tür«, sagte ich. Noch bevor ich meinen Satz beendet hatte, war die Tür auch schon wieder geschlossen.

Ich atmete tief ein, richtete mich kerzengerade auf und klopfte erneut bei 13a. Ich klopfte und klopfte. Wenn ich sie nicht gerade erst gesehen hätte, wäre ich gegangen. Aber ich wusste, dass sie da war, dass sie sich vor der Polizei versteckte und vor einem sehr aufgewühlten kleinen Jungen.

»Suzy, ich weiß, dass du da bist. Mach die Tür auf. Ich bleib den ganzen Tag hier, wenn es sein muss. Oder soll ich lieber die Polizei rufen?« *Poch, poch, poch.*

Ich hatte Fragen und sie würde sie mir beantworten, ob sie wollte oder nicht. Es war Zeit, dass sie für ihr egoistisches, hinterlistiges Verhalten zur Verantwortung gezogen wurde.

Als ich die Faust erneut hob, um gegen die Tür zu klopfen, wurde sie aufgerissen und Suzy stand vor mir. Sie war abgemagert und bleich. Ihr Haar war kürzer und unschön geschnitten. Von ihrem ehemals gepflegten Aussehen war nichts mehr zu erkennen. Sie trug zerrissene Jeans und einen schlabberigen Pullover, der ihr mindestens drei Nummern zu groß war. Wir sahen einander in die Augen. Ich biss die Zähne zusammen.

»Lass mich in Ruhe«, sagte sie ängstlich. »Du hast kein Recht, hier zu sein.«

»Ich habe jedes Recht, hier zu sein.« Ich trat auf sie zu. Sie versuchte, die Tür vor mir zuzuknallen, aber ich klemmte meinen Fuß in den Spalt und trat sie wieder auf.

»Geh weg! Geh weg oder ich ... ich ...«

»Oder was, Suzy? Oder du rufst die Polizei? Die werden sich bestimmt tierisch freuen zu hören, dass du gesund und munter bist. Und was ist mit Aleks? Wirst du ihn auch anrufen und ihn daran erinnern, dass er eine Mutter hat? Dann kann er heute vielleicht mal glücklich ins Bett gehen und muss sich nicht wieder in den Schlaf weinen.«

»Hör auf!« Sie legte die Hände vors Gesicht.

Ich betrat die Wohnung und sie wich zurück, wich vor mir zurück. Ich schloss die Tür und verzog das Gesicht, als mir ein feuchter, saurer, unreiner Geruch in die Nase stieg. Ich stand in einem großen, verschmutzten Zimmer. Auf der einen Seite befanden sich ein Waschbecken, ein Ofen und ein Minikühlschrank, auf der anderen ein durchgesessenes Sofa und ein Esszimmerstuhl mit hoher Lehne vor einem Heizstrahler. Hier drin war es eiskalt und der Teppichboden mit dunklen Flecken übersät, die eine Kruste gebildet hatten.

»Warum bist du hier?«, fragte ich forsch. »Was ist passiert?«

Sie ballte die Hände zu Fäusten und öffnete den Mund, um mich erneut anzufahren.

»Ich geh hier nicht weg, bis du mir erklärst, warum du in dieser Absteige sitzt und nicht zu Hause bei Aleks, der schrecklich leidet und dich mit jedem Tag mehr vermisst.«

Sie fiel vor meinen Augen in sich zusammen, als hätten ihre Knochen sich aufgelöst. Sie ließ sich auf das Sofa fallen und presste erneut die Hände vors Gesicht.

»Ich weiß gar nicht, wo ich anfangen soll«, heulte sie. »Paul hat mich nicht gehen lassen. Er sagt, wenn ich jetzt gehe, lande ich im Gefängnis.«

»Fang ganz von vorne an.« Ich setzte mich auf den Stuhl. Irgendwie musste ich meine unübersehbare Wut zügeln, sonst würden wir nicht weiterkommen. »Erzähl mir, warum du nach England gekommen bist, und versuch es diesmal mit der Wahrheit.«

»Ich habe die Liebe meines Lebens kennengelernt, als ich noch zur Schule ging«, sagte sie. »In Polen haben sie mich Ana genannt, als Spitzname für Zuzana. Wir waren zusammen, seit wir dreizehn waren. Wir haben im selben Dorf gewohnt, unsere Familien kannten sich und ... na ja, alle sind einfach immer davon ausgegangen, dass wir eines Tages heiraten und Kinder kriegen würden. Aber als ich achtzehn war, hat mir ein anderer Mann den Kopf verdreht. Oskar. Er schien so aufregend. Er hatte zwischenzeitlich in einer anderen Gegend gewohnt, war ein bisschen protzig. Das hat mir gefallen. Im Vergleich zu ihm schienen alle anderen Männer langweilig.

Jedenfalls habe ich ihn letztendlich geheiratet und dann kam Aleks.«

Das klang für mich alles recht gewöhnlich, aber ihr Gesicht blieb sorgenvoll verzogen.

»Die Jahre vergingen und mir wurde klar, dass Oskar nicht der Mann war, für den ich ihn gehalten hatte. Hinter seiner schillernden Fassade versteckte sich ein gestörter Mann, der lieber mit den Fäusten sprach als mit Worten. Und er hatte mit sehr zwielichtigen Leuten zu tun. Das Geld für sein Luxusauto und das Haus hatte er nicht mit seiner Arbeit in einer Autofabrik verdient, wie ich immer angenommen hatte, sondern auf andere Art. Ich habe nie nachgefragt, womit genau.« Suzy warf mir einen Blick zu und sah dann wieder weg, als schämte sie sich, mir in die Augen zu sehen. »Ich war gefangen in einer gewalttätigen Ehe. Ich wollte mit Aleks fortgehen, aber Oskar hat gesagt, er würde uns überall finden und wenn er dann mit mir fertig wäre, würde mich kein anderer Mann mehr wollen.«

»Aber du hast es nach Großbritannien geschafft?« Ich bemühte mich um einen neutralen Ton, um mehr Informationen aus ihr herauszukriegen. Aber ich war nicht sicher, ob ich ihr auch nur ein Wort glauben konnte. Schließlich saß hier eine Frau vor mir, die alle belogen hatte, auch mich und ihren kleinen Sohn, als sie ihr Verschwinden während des Dorffests eingefädelt hatte.

»Ich habe meine erste Liebe nie vergessen und mit jedem Jahr, das verging, habe ich meine Entscheidung, ihn zu verlassen und Oskar zu heiraten, immer mehr bereut. Ich bin zu seiner Familie gegangen und habe nach seinen Kontaktdaten gefragt. Sie haben mir gesagt, dass sie immer seltener von ihm hören und sich Sorgen um ihn machen. Da hat es mich gepackt, ich musste einfach herkommen und versuchen, Jakub zu finden.«

»Ohne den geringsten Anhaltspunkt, wo er sein könnte?«, fragte ich skeptisch.

»Ja! Ich ... keine Ahnung, ich habe es einfach gespürt, jetzt oder nie. Ich wusste, dass ich möglicherweise zu spät bin, dass ihm etwas zugestoßen sein könnte, aber ich wusste auch, dass ich es versuchen musste.« Sie sah auf ihre Hände hinab. »Ich hätte mir nie verzeihen können, wenn ich es nicht versucht hätte.«

Sie hätte mir leidgetan, wenn ich nicht dieses Bild von Aleks im Kopf gehabt hätte, wie er in seinem geliehenen Schlafanzug dasaß, ein Häufchen Elend, dem stumme Tränen über das Gesicht kullerten.

Sie sah zu mir hoch und fragte leise: »Hast du Jakub gekannt?«

»Nicht wirklich«, erwiderte ich. »Ich habe ihm nur ein paarmal Hallo gesagt. Michael hatte ihn in Wadebridge als Arbeiter angeheuert ...« Meine Worte versickerten im Nichts, als mir der Zusammenhang klar wurde. Sie war nach Wadebridge gekommen, um Jakub zu finden. »Eines Tages ist er nicht zur Arbeit erschienen und das war's dann. Michael hat mir erzählt, dass Arbeiter aus dem Ausland das oft so machen. Sie ziehen viel herum. Manche gehen wieder nach Hause.«

Sie nickte. »Aleks und ich haben uns davongestohlen wie Diebe in der Nacht – so nennt man das hier wohl. Oskar war mit seinen Freunden saufen, in irgendeiner Bar. Das war nicht im Dorf, sie hatten sich Zimmer gebucht und er wollte erst am Morgen zurückkommen. Von diesem Plan hatte ich schon seit Wochen gewusst, also konnte ich alles für unsere Flucht vorbereiten. Meine Eltern sind beide tot und ich konnte sonst niemandem erzählen, dass wir gehen würden. Ich wollte nicht, dass sie dann irgendwelche Informationen vor Oskar geheim halten müssten.« Sie ließ den Blick wieder sinken. »Er kann sehr überzeugend sein. Auf die schlimmstmögliche Art.«

»Jakubs Eltern wussten nicht, dass du hierherkommen würdest?«

»Nein. Ich habe extra betont, dass ich für einen gemeinsamen Schulfreund nach Jakubs Kontaktdaten gefragt hätte, weil der sich bei ihm melden wolle. Ich wollte unbedingt vermeiden, dass Oskar irgendwelche Informationen aus ihnen rausquetscht.« Suzy nickte langsam. »Bevor ich nach Großbritannien gegangen bin, habe ich mehrere polnische Onlineforen besucht. So habe ich herausgefunden, dass Jakub in den East Midlands war. Ich habe alle, mit denen ich gesprochen habe, darum gebeten, unser Gespräch niemandem gegenüber zu erwähnen. Ich habe ihnen erklärt, dass ich mit meinem kleinen Sohn aus einer gewalttätigen Ehe fliehen musste. Ich war nicht die Einzige, das haben schon viele Frauen vor mir gemacht. Ich bin hergekommen und habe mit der Suche begonnen, nach Jakub ... Tut mir leid, ich brauche eine kurze Pause.«

Sie verstummte für einen Moment und schloss die Augen. Ich wollte sie antreiben, wollte erfahren, was zwischen ihr und Michael gewesen war. Inzwischen hatte sie in Paul offensichtlich einen neuen Bettgefährten gefunden, aber ich hatte da noch ein paar Fragen über meinen eigenen Mann. Ich warf einen Blick auf die Uhr. Noch blieb mir genug Zeit.

»Ich war noch nicht lange hier, als ich von Freunden aus Polen hörte. Sie wollten alle wissen, wo ich bin, und haben mir erzählt, dass Oskar vermutete, wir wären nach Großbritannien gegangen. Er war fest entschlossen, uns aufzuspüren«, fuhr Suzy fort. »Ich hatte schreckliche Angst. Ich bin ständig weitergezogen, aber das war nicht gut für Aleks und ich habe mir Sorgen wegen seiner Schulbildung gemacht. Er hat sich sehr zurückgezogen und wurde nervös. Egal, wo ich nachgefragt habe, ich bin einfach nicht weitergekommen. Jakub schien sich in Luft aufgelöst zu haben. Keiner hatte von ihm gehört, keiner wusste, wo er sein könnte.«

Ich dachte an ihren ersten Besuch bei uns. Wie nervös sie gewirkt hatte, mein Gefühl, dass sie sich vor etwas oder jemandem aus ihrer Vergangenheit versteckte.

»Doch dann hatte ich endlich Glück«, sagte sie. »Ich habe

mich in einem Forum mit jemandem unterhalten und er hat mir in einer E-Mail den Namen einer Frühstückspension verraten, in der Jakub seines Wissens gewohnt hatte. Noch am selben Tag ging ich hin. Die Bewohner waren alles Polen, aber es war nichts als eine weitere Sackgasse. Keiner konnte mir helfen. Ich habe mich dort in den Aufenthaltsraum gesetzt und bin vor lauter Trauer und Frust in Tränen ausgebrochen, und auch vor Angst, dass ihm etwas Schlimmes zugestoßen sein könnte. Ich dachte, dass Oskar vielleicht aus Eifersucht jemanden angeheuert hatte, ihn umzubringen. Wahnsinnig genug ist er, keine Frage.«

Sie bot mir ein Glas Wasser an, das ich ablehnte. Sie holte sich selbst eines und setzte sich wieder zu mir.

»Dann kam ein Mann namens Pawel auf dem Weg nach draußen an mir vorbei. Seine gütigen Worte werde ich nie vergessen: ›Liebes, warum weinst du denn so?‹ Da ist all mein Frust über die Suche nach Jakub aus mir herausgesprudelt. Er hat seinen Hut und seine Jacke abgenommen und sich zu mir gesetzt. Er hat mir erzählt, dass er sich ein Zimmer mit Jakub geteilt hatte. Als Pawel von einem kurzen Heimaturlaub zurückkam, war Jakub bereits verschwunden, ohne eine Nachricht oder Kontaktdaten zu hinterlassen. Ich habe ihn gefragt, warum sonst niemand etwas über ihn wusste, und er hat mir erklärt, dass das in der polnischen Gemeinde immer so gehandhabt wurde. Nichts sehen, nichts hören. Er wusste, dass die Polizei herumgeschnüffelt hat, aber seine Standardantwort war immer, dass er nichts wusste.« Sie sah mich an und bemerkte meinen verwirrten Gesichtsausdruck. »In unserer Gemeinschaft gibt es Leute, die sich verstecken müssen, die illegal arbeiten. Wir passen aufeinander auf.«

»Aber dir hat er von Jakub erzählt?«

Suzy nickte. »Er hat gesagt, ich hätte ihm so leidgetan, wie ich mit meinem kleinen Kind weinend dasaß. Ich danke Gott für diesen Mann. Er hat mir erzählt, dass Jakub auf einem

Anwesen namens Wadebridge am Rand eines kleinen Dorfes gearbeitet hätte, etwa vierzehn Kilometer entfernt. Mehr wusste er nicht.«

»Also bist du deswegen nach Lynwick gekommen. Auf der Suche nach Jakub.«

»Genau. Pawel hat seine Kontakte spielen lassen und herausgefunden, dass Irene Wadebridge über eine Agentur Haushaltshilfen anheuert. Diese Agentur beschäftigt viele Arbeiter aus Polen. Ich habe mich dort registriert und mir ein Zimmer in einer kleinen Pension in nächster Nähe zum Dorf gemietet. Die Managerin hat mich anstelle einer anderen Arbeiterin eingesetzt, der sie Reisekosten erstatten musste. So kam ich auf Irenes Dienstplan. Während meiner Arbeit stellte sich heraus, dass Irene und ich gut miteinander auskommen. Sie ist so freundlich und ich habe sie ehrlich gern, habe auch gern für sie gearbeitet. Auch mit Aleks ist sie prima umgegangen. Sie hat mir eines ihrer Cottages angeboten, wenn ich mich dazu entschied, direkt für sie zu arbeiten. Sie war es leid, dass die Agentur ihr ständig neue Leute schickte. Aber als ich sie nach Jakub gefragt habe, meinte sie, das überließe sie alles ihrem Grundstücks- und Landverwalter. Sie sagte, sie hätte nichts damit zu tun, welche Arbeiter er einstellte und feuerte.«

»Und da hast du beschlossen, dich mit Michael bekannt zu machen.« Viel mehr konnte ich nicht sagen, sonst hätte es mich zu sehr gedrängt, sie zu erwürgen. Aber ich musste sie am Reden halten und alles herausfinden, was ich nur konnte.

»Ja, ich hab angefangen, mich mit Michael zu unterhalten. Hab versucht, mehr über Jakub herauszufinden, aber ...«

»Moment, Moment, du kannst das mit Michael nicht einfach so abtun. Meiner Ansicht nach ist er gestorben, weil all diese drohenden Anschuldigungen auf ihm gelastet haben. Er war verwirrt und panisch. Er hat seine Unschuld beteuert, aber es sind immer mehr Beweise aufgetaucht, die ihn mit deinem angeblichen Verschwinden in Verbindung brachten.«

»Es tut mir leid, Kate. Ich wollte nur herausfinden, warum er mir nichts über Jakub erzählen wollte.«

»Aber da war noch mehr, oder?« Mein Atem ging immer schneller, als mir all die »Beweise« einfielen, die sich im Fall dieser mysteriös verschwundenen Frau angehäuft hatten, die hier wohlbehalten vor mir saß. »Am Abend, als du augenscheinlich verschwunden bist, hat die Polizei seinen Schlüsselbund in deinem Cottage gefunden. Ich habe dein Handy in seinem Werkzeugkasten entdeckt! Nun schäme ich mich, dass ich eine Zeit lang an ihm gezweifelt habe, weil jetzt, wo ich all das hier sehe ...«, ich deutete mit einer umfassenden Geste in den Raum, »wo ich sehe, wie hinterlistig du all das eingefädelt hast, da frage ich mich, ob du ihm das nicht absichtlich in die Schuhe geschoben hast! Wolltest du die Polizei glauben lassen, dass er etwas mit deinem Verschwinden zu tun hatte?«

»Ja!«, rief sie und schlug dann die Hand vor den Mund. »Bitte, hör mir zu. Ich hab versucht, Michael Fragen zu Jakub zu stellen, aber er wollte nicht mit mir darüber sprechen. Kein einziges Mal. Irene hatte schon bestätigt, dass Jakub in Wadebridge gearbeitet hat, auch wenn sie nicht wusste, wie nah ich ihm stand.«

»Irene hat mir erzählt, wie gemütlich du nachmittags mit Michael geplaudert hast und dass du ihm geholfen hättest, Lieferanten anzurufen. Irene meinte, du wärst verknallt, in *meinen Mann*!«

»Nein! Es stimmt, dass ich jede Gelegenheit genutzt habe, um mit Michael zu reden. Das war der einzige Grund, warum ich all das getan habe. Ich musste eine Möglichkeit finden, mit ihm zu sprechen und ihm Informationen zu Jakub zu entlocken. Irene hat sich getäuscht. Sie hat gesehen, wie ich versucht habe, Zeit mit ihm zu verbringen, und sie hat zu viel hineininterpretiert. Mein Herz gehört Jakub. Mir ist inzwischen klar, dass es schon immer so war. Er ist der einzige Mann, an dem mir etwas liegt.«

Ich stieß ein scharfes, bitteres Lachen aus. »Ja, sehr überzeugend, jetzt, wo du auch noch eine Affäre mit Paul Thatcher hast. Für dich tun es immer die Männer anderer Frauen, nicht wahr? Donna hat mir gesagt, wie hinterhältig du bist und dass man dich im Auge behalten muss. Und nun sieh mal einer an – wie recht sie doch hatte!«

»Das ist ... es ist nicht so, wie du denkst«, stammelte sie und verknotete die Finger ineinander. »Ich habe versucht, Michael Informationen über Jakub zu entlocken. Ich wusste, dass irgendwas nicht stimmte. Er hat mir etwas verheimlicht, das konnte ich spüren. Eines Tages hab ich wieder versucht, mit ihm zu reden, und da wurde er wütend. Er hat gesagt, wenn ich ihn damit nicht in Ruhe ließe, würde er mit Irene sprechen und sie überreden, mir zu kündigen und mich aus dem Cottage zu schmeißen.«

»Da lief also sonst nichts zwischen euch?«, fragte ich schwach.

»Michael konnte mich nicht ausstehen, ehrlich. Aber ... ich wurde deswegen so wütend und traurig und ... hab mich Paul anvertraut. Dass er auf mich stand, war ja nicht zu übersehen. Ich war freundlich ihm gegenüber, hab ihn aber auch nicht ermutigt. Doch an diesem Tag bin ich ihm unten im Dorf begegnet und er hat mich gefragt, was los ist. Da hab ich ihm erklärt, dass ich nach einem alten Freund aus Polen suche und absolut sicher bin, dass Michael irgendetwas weiß, es mir aber nicht sagen will. Und da hat Paul sich einen Plan ausgedacht.«

»Und zwar ...?«

»Kate, es tut mir so leid. Wenn ich gewusst hätte, was mit ...«

»Was für einen Plan?«, fragte ich durch zusammengebissene Zähne.

»Paul hat vorgeschlagen, dass ich für kurze Zeit verschwinden soll. Nur für ein paar Tage. Ich sollte ein paar Hinweise hinterlassen, gerade genug, dass die Polizei Michael befragen würde. Paul würde in der Zwischenzeit anonym auf dem Revier anrufen und sagen, dass Michael über Jakub Bescheid wüsste. Die Polizei würde er nicht ignorieren können, nicht so wie mich, verstehst du? Er wäre gezwungen, mit der Sprache herauszurücken.« Sie warf mir einen verstohlenen Blick zu. »Es tut mir leid, Kate, ich ...«

»Und in der Nacht, in der du verschwunden bist, wie hast du das hingekriegt?«

»Ich hatte eine Tasche mit anderen Klamotten und einer dunklen Perücke gepackt. Paul hat sie zwischen den Bäumen deponiert, in meiner Nähe. Im richtigen Moment bin ich dort hingelaufen und habe mich umgezogen, dann habe ich auf der anderen Seite auf Paul gewartet, der mich mitgenommen und zu der Wohnung gefahren hat, die er gemietet hatte. Allem Anschein nach hatte ich mich damit einfach in Luft aufgelöst. Aber ich hatte immer noch meine Zweifel. Ich bin Michael begegnet, als er das Fest verlassen hat.«

»Nachdem Irene ihn wegen der Überschwemmungsgefahr angerufen hat?«

»Genau. Ich habe ihm gesagt, dass ich ihm noch eine letzte Chance gebe, mir die Wahrheit über Jakub zu erzählen. Eine halbe Ewigkeit habe ich ihn angebettelt. Zum Schluss dachte ich wirklich, er würde es mir endlich verraten, aber dann hat er nur gesagt, ich solle mich verziehen, und ist abgerauscht.«

Das muss die Verzögerung gewesen sein, die Michael mit seinem Abstecher zu Hause erklärt hatte. Den, den unsere Überwachungskamera widerlegt hatte.

»Und Aleks? Was dachtest du, was mit deinem Sohn passiert, während du untertauchst?«

»Ich hab ihm gesagt, dass Mummy kurz verschwinden muss, aber dass ich auf jeden Fall zurückkommen werde, egal, was passiert. Dass er immer daran denken soll, ganz gleich, was die Leute sagen. Und dass er unser Geheimnis für sich behalten muss. Er war es schon gewöhnt, nichts über unser Leben in

Polen zu verraten, für den Fall, dass Oskar herausfinden könnte, wo wir sind. Das war also nur eine neue Version desselben Geheimnisses. Paul hat mir versichert, dass er Donna überzeugen würde, Aleks mit zu sich nach Hause zu nehmen, und dass es ja nur ein paar Tage dauern würde.«

»Ich kann es nicht fassen, dass du ihm das angetan hast. Ist dir klar, was für bleibende psychische Schäden das hinterlassen könnte?«

Von einer Sekunde zur anderen war die sanfte Suzy, die ich kannte, verschwunden. »Bestimmt nicht so viel Schaden wie ein Leben mit einem Brutalo, der regelmäßig seine Mutter verprügelt und auch hin und wieder die Hand gegen Aleks selbst erhebt!« Sie zog eine Grimasse. »Ihr Leute mit eurem Schwarz-Weiß-Denken. Dies macht man nicht, das macht man nicht ... im echten Leben tut man, was man tun muss, um zu überleben. Dass Aleks über seine Vergangenheit lügen muss, ist ein kleiner Preis für unsere Sicherheit und ein Leben, in dem wir nicht misshandelt werden.«

Ich war fest entschlossen gewesen, ihr meine Meinung zu geigen, aber ihre Worte hatten Macht. Meine eigene Kindheit hatte mir auch geschadet und ich hatte getan, was ich zum Überleben tun musste. Ich verstand, was sie mir sagen wollte, aber ihr Egoismus verblüffte mich.

»Und was ist mit dir und Paul?«, fragte ich rasch, darauf erpicht, ein neues Thema anzuschneiden. »Seid ihr zusammen?«

Suzy verzog das Gesicht. »Keine Chance. Allerdings denkt er, dass wir zusammen sein werden, wenn das hier vorbei ist. Wir haben nicht miteinander geschlafen, ich hab ihm gesagt, es soll etwas Besonderes sein, nicht hier in diesem Loch. Aber ich küsse ihn. Das muss ich. Er sagt, so jemanden wie mich hätte er noch nie getroffen, und dass er mich liebt. Das musste ich erwidern. Außerdem kümmert er sich so rührend um Aleks, während ich weg bin.«

»Hat er dir das erzählt?« Ich lachte bitter. »Er hat dich reingelegt. Aleks ist in einer Pflegefamilie, schon seit einer Weile. Deine Abwesenheit hat deinem Sohn das Herz gebrochen.«

Sie gab einen erstickten Laut von sich, wie ein Kätzchen in Not. »Nein!«

»Ein paar Tage hat Aleks bei uns gewohnt und nach Michaels Tod haben Donna und Paul sich kurz um ihn gekümmert. Dann hat das Sozialamt darauf bestanden, dass er vorübergehend in eine Pflegefamilie kommt.«

Eine Träne lief ihr über die bleiche Wange.

»Du bist nicht die erste Frau, die Paul angelogen hat, und du wirst nicht die letzte sein«, sagte ich spöttisch. »Wusstest du, dass er Donna gegenüber von Scheidung gesprochen hat? Zwar mitten im Streit, aber du solltest lieber daran denken, dass hier eine Ehe und die Gefühle anderer Leute auf dem Spiel stehen. Was du dir wünschst, ist nicht alles, was zählt.« Ich musterte sie. Sie sah so dürr aus, so blass und verletzlich, aber ich konnte ihr nicht verzeihen, was sie Michael und auch Aleks angetan hatte.

Ihr Mund klappte auf. »Das wusste ich nicht, nichts davon, ehrlich.«

»Du willst mir also erzählen, dass Paul sich in all das hier hat verwickeln lassen, weil er scharf auf dich ist?«

»Nicht nur. Er hat mir gesagt, dass er Michael hasst und ihm nie verzeihen wird, dass er Donna Geschichten über ihn erzählt hat. Er hat all die Zeit auf den Moment der Rache gewartet.«

»Geschichten erzählen, so nennt er das also, wenn jemand die Ehefrau über eine von vielen Affären informiert.« Ich schnaubte. »Was ihr euch hier alles aufgehalst habt, ist doch völlig überzogen. Wie ihr beide gelogen und dein Verschwinden eingefädelt habt ...«

»Wir haben nicht geahnt, dass es so aus dem Ruder laufen würde«, stöhnte Suzy. »Michaels Tod, der riesige Presserummel, die Polizeiermittlung ... wir hätten nie gedacht, dass sich das so hochschaukeln würde. Plötzlich saß ich in der Falle. Ich hab hier kein Handy, keinen Computer, alle Informationen über das, was im Dorf vor sich geht, kriege ich von Paul.«

»Komm zurück. Jetzt, mit mir«, sagte ich. »Ich gehe mit dir zur Polizei. Das alles muss jetzt ein Ende nehmen.«

»Aber ... Jakub. Ich muss Jakub finden.«

Ich holte tief Luft. »Ich weiß nicht genau, wie ich es dir sagen soll, Suzy«, sagte ich leise. »Die Polizei hat gestern zwei Leichen gefunden, die in Wadebridge begraben waren. Sie vermuten, dass eine davon Jakub ist.«

SIEBENUNDVIERZIG

Ich half Suzy dabei, ein paar Sachen zu packen. Sie hatte eingewilligt, mit zu mir zu kommen.

»Das geht jetzt schon zu lange«, sagte sie. »Wenn Jakub tot ist, gibt es keinen Grund mehr für mich, von Aleks fortzubleiben. Es ist Zeit, zurückzugehen.« Ihr Gesicht war tränenüberströmt und sie machte einen geschlagenen Eindruck. So viele Leute waren verletzt worden – und wofür? »Können wir ihn sofort abholen?«

Ich schüttelte den Kopf. »So funktioniert das nicht. Zuerst musst du mit der Polizei sprechen. Die müssen die Ermittlungen einstellen und du musst mit Ärger rechnen, weil du ihre Zeit verschwendet hast.«

»Ich hab was Falsches getan und weiß, dass ich dafür büßen muss. Aber ich muss Aleks sehen.«

»Die Polizei wird dem Sozialamt Bescheid geben. Die entscheiden, wann du Aleks wiedersehen darfst. Ein Schritt nach dem anderen.« Sie hatte es bisher ja auch ohne ihn ausgehalten. Mein Mitleid ihr gegenüber hielt sich in Grenzen.

Auf dem Heimweg erzählte Suzy im Auto weiter: »Pawel, aus der Pension, war so gut zu mir. Er hat Aufrufe an alle polnischen Gemeinden innerhalb Großbritanniens gestartet, um Jakub zu finden. Nun muss ich ihm die schlimme Nachricht überbringen, und Jakubs Mutter auch. Das wird ihr das Herz brechen.«

»Und was ist mit Paul?«, fragte ich.

»Ich bin nicht an ihm interessiert. Mein Herz muss sich von Jakub erholen. Er war die Liebe meines Lebens.« Sie sah so verloren aus, so traurig, dass ich am liebsten angehalten und sie getröstet hätte. Doch dann fiel mir wieder ein, was für höllische Tage Michael hatte durchstehen müssen, als die Polizei dachte, er hätte etwas mit ihrem Verschwinden zu tun. Und auch der anonyme Brief der Dorfgemeinde, die dasselbe glaubten. Und der arme Aleks, dessen Schmerz ihm lebenslange Schäden zugefügt haben könnte. Ich fuhr weiter. Wir mussten dieses Schlamassel schleunigst entwirren.

An Donna durfte ich gerade gar nicht denken. Neben Pauls Verrat kam noch die Möglichkeit hinzu, dass Matildas Leiche entdeckt worden war, nach all den Jahren. Ich machte mir ernsthafte Sorgen um Donnas seelischen Gesundheitszustand. Nun, da ich wusste, wie Paul in all das verwickelt war, wollte ich Tansy so schnell wie möglich zu mir holen. Wahrscheinlich würde Ellie ebenfalls bei uns bleiben müssen, während ihre Eltern ihr persönliches Chaos bewältigten.

Ich hielt vor dem Haus und bemerkte sofort den klapprigen alten Ford Escort, der ein Stück die Straße hinauf geparkt war. Darin saßen zwei Männer und ich vermutete, dass es sich um Reporter handelte.

»Lass uns reingehen«, sagte ich zu Suzy. »Vorhin hingen hier lauter Presseleute rum.«

Drinnen angekommen, machte ich uns etwas zu trinken und wählte dann, mit einer sehr nervösen Suzy an meiner Seite, die Nummer von DI Helena Price.

Sie ging nicht ran, ich wurde zur Mailbox weitergeleitet.

»Hallo, hier spricht Kate Shaw. Ich werde nicht um vier

aufs Revier kommen können. Ich habe eine wichtige Entdeckung gemacht und bin gerade erst zu Hause angekommen. Bitte kommen Sie her, so schnell Sie können. Es ist wichtig.«

Bevor Suzy und ich uns setzen konnten, klopfte es an der Tür. Ich sah durch den Spion und erkannte einen der Männer aus dem Auto, das mir kurz zuvor aufgefallen war.

»Gehen Sie weg. Ich möchte nicht mit Ihnen sprechen«, rief ich durch die geschlossene Tür hindurch. »Die Polizei ist auf dem Weg hierher.«

»Ich bin hier, um mit Suzy zu sprechen«, rief der Mann. »Sagen Sie ihr, es ist Pawel, aus der Pension.«

»Bitte, lass ihn rein!«, bettelte Suzy.

Ich öffnete die Tür. Ein zweiter Mann trat vor und ich keuchte überrascht auf, weil ich ihn sofort wiedererkannte. Suzy gab ebenfalls einen schockierten Laut von sich und stolperte nach hinten. Dann flog sie ihm in die Arme.

»Jakub! Sie haben gesagt, du wärst tot!«

Der ältere Mann sah zu mir. »Ich denke, wir sollten die beiden kurz allein lassen.« Er sprach mit kräftigem Akzent. »Es ist lange her, dass sie beieinander waren. Ich heiße Pawel.«

Ich gab ihm die Hand. »Kate Shaw«, erwiderte ich. Kurz hielt ich inne, darauf erpicht, meine eigenen Fragen loszuwerden, dann führte ich ihn zögernd in die Küche. »Wie haben Sie ihn gefunden?«

»Es hat viele Monate gedauert. Nachdem die Polizei erstmals vor etwa sechs Monaten in der Frühstückspension aufgetaucht war, habe ich angefangen, herumzufragen. Als Suzy dann kam, habe ich noch intensiver nach ihm gesucht. Er hat in Schottland gearbeitet, aber es hatte sich herumgesprochen, dass Suzy hier ist, und er hat sich schon auf den Weg zurück gemacht. Er hat mir gesagt, dass er sogar im Wald rund um Wadebridge nach ihr Ausschau gehalten hat, nachdem er gehört hat, dass sie nach Großbritannien gekommen war, um ihn zu suchen.«

Plötzlich fiel mir der mysteriöse Mann im Wald wieder ein ... Anscheinend hatte Tansy doch recht gehabt, und ich hatte an ihr gezweifelt.

»Ich musste erst mal sicherstellen, dass all das tatsächlich der Wahrheit entsprach, bevor ich ihr Bescheid geben konnte.«

»Warum sind Sie nicht zur Polizei gegangen?«

Er schüttelte den Kopf. »So lösen wir unsere Probleme hier nicht.«

Jakub und Suzy kamen Hand in Hand in die Küche geschlendert. In ihren Gesichtern war die Glückseligkeit darüber, einander gefunden zu haben, so offensichtlich zu erkennen, dass sogar mir das Herz ein wenig schmolz, trotz all des Durcheinanders und all des Leids, das sie verursacht hatten. Die Sehnsucht nach Michael war stark, aber ich schluckte sie mit dem Rest meiner Trauer hinunter.

»Die Polizei müsste bald hier sein«, sagte ich. »Setzen wir uns doch und versuchen, endlich zu begreifen, was eigentlich passiert ist.«

ACHTUNDVIERZIG
POLIZEIREVIER NOTTINGHAMSHIRE

Helena und Brewster gingen den Gang hinunter und kamen vor dem Büro von Detective Superintendent Della Grey zum Stehen.

»Sind Sie bereit, Brewster? Wir haben alle Fakten parat, oder?« Helena streckte die Hand aus, um seine Krawatte zu richten.

»Bin bereit, Chefin.« Er nickte.

Helena klopfte an die Tür und öffnete sie. Greys Kopf schoss in die Höhe und sie ließ den Stift sinken. Ihr Schreibtisch stand vor dem Fenster, doch sie hatte den weiten Feldern hinter dem Polizeirevier den Rücken zugekehrt. Ihr kurzgeschnittenes silbernes Haar glänzte im Licht, als sie sich zurücklehnte und die Arme verschränkte.

»Setzen Sie sich. Wie ist der aktuelle Stand, Helena?«

»Wie Sie wissen, wurden im Zuge unserer forensischen Grabung zwei Leichen entdeckt. Ein erwachsener Mann und ein junges Mädchen, möglicherweise im Teenageralter.«

Grey nickte knapp. »Aber immer noch keine Spur von Suzy Baros?«

»Leider nein. Wir haben die gefundenen Überreste mit

Dringlichkeitsvermerk zur Analyse geschickt und erwarten Ergebnisse innerhalb von achtundvierzig Stunden. Aber wir gehen davon aus, dass es sich um Matilda Spencer, ein Mädchen aus dem Dorf, und Jakub Jasinski handelt, der vor sechs Monaten als vermisst gemeldet, aber schon seit etwa einem Jahr nicht mehr gesehen wurde.«

»Matilda ist vor dreiundzwanzig Jahren auf dem Heimweg von der Schule verschwunden?« Grey runzelte die Stirn, griff nach einem der Papiere und las die handschriftlichen Notizen darauf.

»Genau«, sagte Helena.

»Und Jasinski ist ebenfalls spurlos verschwunden, gefolgt von der letzten verschwundenen Dorfbewohnerin, Suzy Baros.« Grey legte die Notizen beiseite. »Für ein so kleines Dorf zweifellos ungewöhnlich. Gibt es eine Verbindung zwischen den beiden Opfern?«

»Nicht, dass wir wüssten«, sagte Brewster. »Wie Sie wissen, ist Michael Shaw, der Grundstücks- und Landverwalter in Wadebridge, vor drei Wochen bei einem Autounfall gestorben. Er ist im Moment das einzige klare Bindeglied.«

»Als Matilda verschwand, war Shaw erst fünfzehn«, ergänzte Helena. »Das schließt zwar nicht aus, dass er sie entführt hat, allerdings wäre es ungewöhnlich, dass ein Täter so lange wartet, bis er das nächste Opfer sucht, und dann einen erwachsenen Mann.«

»Hmm.« Grey griff nach ihrem Stift und tippte nachdenklich damit auf den Schreibtisch. »Wissen die Familien schon Bescheid?«

»Das steht als Nächstes an«, erwiderte Helena. Ihr graute davor. In solchen Situationen wurden die Familien normalerweise über einen Fund informiert, um sie auf das Schlimmste vorzubereiten, vor allem, wenn es um Kinder ging. Die endgültige Bestätigung würde dann mit den Pathologiebefunden kommen.

»Und Shaws Frau ... Kate, nicht wahr? Meines Wissens war sie bei der Grabung anwesend.«

Helena nickte. »Wir haben ihr davon abgeraten, aber sie ist trotzdem aufgetaucht. Sie kommt heute um vier aufs Revier. Nachdem sie bereits zugegeben hat, Jakub Jasinski gekannt zu haben, werden wir eine offizielle Vernehmung mit ihr durchführen.«

»Fünfzehn Jahre lang mit Michael Shaw verheiratet und keinen blassen Schimmer, was er alles angestellt haben könnte«, sagte Grey sarkastisch. »Kaufen wir ihr das ab?«

Brewster meldete sich zu Wort: »Wenn Shaw beide umgebracht hat, dann ist es schwer vorstellbar, dass Kate nicht zumindest einen Verdacht hatte. Allerdings haben wir keine konkreten Beweise, um sie mit den Verbrechen in Verbindung zu bringen, vom eventuellen Unterschlagen von Beweismitteln mal abgesehen.«

»Was ist mit der Grundbesitzerin, Irene Wadebridge?«

»Mit ihr werden wir heute Nachmittag auch sprechen«, versicherte Helena. »Sie behauptet ebenfalls, nichts über das zu wissen, was in Wadebridge so vor sich ging. Angesichts ihres Alters und ihres Gesundheitszustandes ist das schon etwas glaubhafter.«

»Wir treffen uns morgen früh erneut, um acht«, sagte Grey und griff nach einem der Dokumente auf ihrem Schreibtisch. »Viel Glück für später. Wird bestimmt nicht leicht für die Spencer-Familie.«

»Es ist nur noch Matildas Schwester übrig, Ma'am«, sagte Helena, während sie und Brewster aufstanden. »Matildas Vater ist fünf Jahre nach ihrem Verschwinden gestorben und die Mutter leidet unter fortgeschrittener Demenz; sie ist in einem Pflegeheim untergebracht.«

»Traurig, traurig«, murmelte Grey und wandte sich dann demonstrativ wieder ihren Papieren zu.

Als sie das Büro verließen, warf Brewster einen Blick über

die Schulter und sagte dann: »Die muss einen Stein haben, wo bei anderen das Herz sitzt.«

Helena grinste. »Sie ist schon in Ordnung. Ich denke, das ist nur Show. Harte Schale, weicher Kern. Einer der Streifenpolizisten hat mir mal erzählt, dass er sie mit zwei kleinen Hunden hat spazieren gehen sehen. Mit pinken Schleifen im Fell!«

»Was? Niemals!« Brewster lachte auf und als sie sich dieses seltsame Bild vorstellte, fiel Helena ebenfalls mit ein.

»Ach, übrigens, Helena?« Die beiden zuckten sichtlich zusammen, als Grey ihnen hinterherrief. »Machen wir morgen lieber acht Uhr dreißig. Ich muss noch mit meinen Hunden raus.«

»Kein Problem, Ma'am«, erwiderte Helena und schluckte.

Greys harter Blick bohrte sich in Brewsters Gesicht, dann nickte sie knapp und verschwand wieder in ihrem Büro.

»Glauben Sie, sie hat uns gehört?«, zischte Helena mit weit aufgerissenen Augen und beschleunigte ihren Schritt.

»Nee. War nur Zufall, Chefin, keine Sorge«, versicherte Brewster wenig überzeugt. »Bestimmt haben Sie recht, harte Schale, weicher Kern und so.«

Brewster holte den Wagen und fuhr vor das Revier, wo Helena schon auf ihn wartete.

»Die Thatchers wohnen in der Main Street, in einem der größeren Häuser dort, wo man ins Dorf reinfährt«, sagte sie und ließ sich auf dem Beifahrersitz nieder. »Donna Thatcher hat ein Teestübchen im Dorf. Wenn sie also nicht zu Hause ist, finden wir sie wahrscheinlich dort. Allerdings wird das hoffentlich nicht nötig sein.« Das, was sie zu überbringen hatten, sollte am besten im Privaten besprochen werden, bei Donna Thatcher zu Hause.

»Sie wartet wahrscheinlich schon darauf, diese Nachricht

irgendwann zu bekommen«, sagte Brewster traurig. »Sie muss doch schon seit Jahren ahnen, dass ihre Schwester nicht mehr wiederkommen wird.«

Helena seufzte. »Ach, Brewster, meiner Erfahrung nach hören die Leute nie auf zu hoffen. Hoffnung ist eine der mächtigsten Emotionen, die wir Menschen haben, aber in einer Situation wie dieser kann sie den Schmerz oft nur verstärken. Bis die schlimmste aller Nachrichten kommt, besteht wohl immer noch eine Chance, ganz gleich, wie gering.«

Brewster drückte auf einen Knopf und ein Titel von *The Best of Neil Diamond* erfüllte das Auto. Helena wollte sich schon beschweren, doch dann lehnte sie sich zurück und verlor sich in der Musik. Sie versuchte, nicht daran zu denken, dass sie im Begriff war, Donna Thatchers Tag zu ruinieren. Ach was, ihre Woche – vielleicht ihr ganzes Jahr und sogar noch mehr.

Zehn Minuten später parkte Brewster in einer großzügigen Einfahrt hinter einem silberfarbenen BMW. Helena stieg aus und gönnte sich kurz einen Moment der Bewunderung angesichts dieses traditionellen Hauses, das im Arts-and-Crafts-Stil erbaut worden war, wahrscheinlich gegen Ende des neunzehnten Jahrhunderts. Ein asymmetrisches Dach und mehrere kleine Giebel verliehen dem Gebäude einen besonderen Charme.

So ein Haus stellte sie sich in ihren Träumen vor. Vielleicht eines Tages, wenn sie den Richtigen gefunden hatte und sie sich ein gemeinsames Leben aufbauten. Im Moment fuhr sie allerdings noch jeden Abend zurück in die Zweizimmerwohnung mit dem Leck im Dach und dem kleinen, seelenlosen Garten, den sie mit ein paar Topfpflanzen aufzuhübschen versucht hatte. Manchmal gab sie sich Tagträumen hin, wie es in ein paar Jahren sein könnte, wenn sie ihren Partner fürs Leben fand. Man darf ja träumen, dachte sie immer.

»Bereit, Chefin?« Brewster legte den Kopf schief, als versuchte er, ihre Gedanken zu lesen.

»Klar.« Sie richtete sich auf und ging auf die Haustür zu. »Auf geht's.«

Brewster klingelte und eine kleine Frau mit schulterlangem rotbraunem Haar und Sommersprossen öffnete die Tür. Ihr anfängliches Lächeln glitt ihr vom Gesicht, als er ihr seinen Polizeiausweis hinhielt.

»DS Brewster und DI Price vom Polizeirevier Nottinghamshire. Sind Sie Donna Thatcher?«

»Ja. Ich ...« Sie warf einen Blick in den Flur. »Ich komme kurz raus, dann können wir ...«

»Wir würden gerne reinkommen und mit Ihnen sprechen, Mrs Thatcher«, sagte Helena leise.

»Oh! Ich ...« Ihre Augen verdunkelten sich. »Es geht doch nicht um die Grabung gestern, oder? Das ist nicht ...«

»Wenn wir einfach reinkommen könnten, Mrs Thatcher«, sagte Brewster und setzte einen Fuß über die Türschwelle.

»Natürlich. Entschuldigen Sie, kommen Sie rein.« Sie sah auf ihre Armbanduhr. »Ich muss die Kinder heute von der Schule abholen, aber ein bisschen Zeit habe ich noch bis dahin. Folgen Sie mir.«

Donna Thatcher wirkte auf Helena wie ein Aufziehspielzeug, an dessen Feder jemand gedreht hatte, um es dann ohne Ziel herumzischen zu lassen. Sie führte die beiden Detectives in eine helle, luftige Küche mit grauen Schränken im Shaker-Stil und einer Glasfront mit Falttür, durch die man in den Garten sehen konnte.

»Ist im Moment noch jemand im Haus?«, fragte Brewster. »Oder sind Sie allein?«

»Mein Mann ist oben in seinem Büro und telefoniert. Er verkauft Küchen und ist viel unterwegs. Das hier ist eines seiner Modelle.« Sie deutete im Raum herum. »Er ist gut in seinem Job. Allerdings ... nun ja, der Job verlangt ihm viel ab. Oh, Entschuldigung, Sie müssen mich ja für schrecklich unhöflich halten! Hätten Sie gern eine Tasse Tee? Oder ein Glas Wasser? Oder ...«

Helena trat zu Donna und legte ihr eine Hand auf den Arm. »Wir brauchen nichts. Bitte, setzen Sie sich doch einen Moment, Mrs Thatcher. Wir haben Ihnen etwas Wichtiges mitzuteilen.«

»Nein! Sagen Sie nicht ... Worum geht es? Ist es wegen der Grabung? Gibt es Neuigkeiten über Suzy?«

Helena sprach langsam und ruhig: »Gestern haben wir auf dem Wadebridge-Anwesen eine forensische Grabung durchgeführt. Wir haben dabei menschliche Überreste gefunden und ...«

»Nein!«, krächzte Donna. »Das war nicht sie, oder? Es war nicht ...«

»Es tut mir wirklich leid, aber wir vermuten, dass wir die Leiche Ihrer Schwester Matilda Spencer gefunden haben.«

Donna Thatchers Kopf sank nach hinten, ihr Mund öffnete sich und sie gab ein schauderhaftes Heulen von sich. Die Härchen in Helenas Nacken stellten sich auf und sie bemerkte, dass sogar der sonst recht lärmresistente Brewster leicht zusammenzuckte. Donna verstummte abrupt und sah zur Tür. Vielleicht machte sie sich Sorgen, sie könnte das Telefonat ihres Mannes gestört haben. Helena beobachtete, wie sie tief einatmete und sich sammelte.

»Im Moment führen wir forensische Untersuchungen mit einem DNA-Abgleich durch«, sagte Brewster. »Bis wir das Ergebnis dieser Untersuchungen haben, können wir es nicht eindeutig bestätigen, aber bei unserem Fund handelt es sich um ein junges Mädchen, das Matildas Angaben entspricht.«

»Was haben Sie dort gefunden, nach all der Zeit?« Donna führte die Hände ruckartig zum Mund. »Was ist von ihr übrig?«

»Tun Sie sich das nicht an, Mrs Thatcher«, riet Helena ihr leise. »Erinnern Sie sich lieber so an Matilda, wie sie früher war.«

Helena hatte Bilder gesehen und Beschreibungen von Donnas Schwester gelesen, also wusste sie, dass ihr feuerrotes Haar ihr markantestes Erkennungsmerkmal gewesen war.

Als Helena gestern in das tiefe, feuchte Grabungsloch geblickt hatte, hatte sie nichts als kleine, schmutzige Knochen gesehen. Mehr war nicht übrig geblieben von diesem jungen Mädchen, das so viel Liebe und Fürsorge von einer Schwester erfahren hatte, die offensichtlich immer noch genauso um sie trauerte wie an dem Tag, an dem sie verschwand.

NEUNUNDVIERZIG

Zurück im Auto saßen Helena und Brewster einen Moment schweigend nebeneinander und warteten, bis sich die bedrückende Stimmung etwas gelichtet hatte.

»Scheiße, war das hart«, sagte Brewster und atmete geräuschvoll aus.

»Richtig hart«, stimmte Helena zu und holte tief Luft. »Weiter geht's, Brewster. Zeit für unser Gespräch mit Irene Wadebridge.«

Brewster ließ den Motor an und fuhr rückwärts aus der Einfahrt. An der Straße hielt er an, um nach anderen Autos Ausschau zu halten.

»Diese Seite ist frei«, sagte Helena, woraufhin er den Wagen auf die Straße lenkte und das Gaspedal durchdrückte.

»Ich könnte unterwegs Kaffee und Muffins holen, wenn Sie möchten«, schlug er hoffnungsvoll vor. »Damit wir nicht unterzuckern, wissen Sie. Bei dieser Art Arbeit wäre das nicht gut.«

»Zum Glück habe ich einen Apfel in meiner Handtasche«, erwiderte Helena und griff nach ihrem Handy. »Aber nette Idee, Brewster.« Sein Gesicht fiel in sich zusammen und sie hörte seinen Magen knurren. »Kommen Sie, wir bringen den

Besuch in Wadebridge hinter uns und dann können Sie sich was zu futtern besorgen, bevor wir zu unserem Gespräch mit Kate Shaw fahren. Wie klingt das?«

»Toll«, entgegnete er bedrückt.

Helena rief die Mailbox an und hörte eine Nachricht ab.

»Na super!« Sie schleuderte das Handy in ihre Handtasche zurück. »Das war Kate Shaw. Sie wird doch nicht um vier aufs Revier kommen. Anscheinend hat sie ›eine wichtige Entdeckung gemacht‹ und wir sollen schnell zu ihr nach Hause kommen.«

»Das geht gar nicht«, knurrte Brewster. »Ich frage mich, was ihrer Meinung nach wohl eine ›wichtige Entdeckung‹ sein könnte.«

»Na ja, jetzt, wo wir schon fast da sind, können wir erst mal mit Irene Wadebridge sprechen und auf dem Rückweg zum Revier bei Kate Shaw vorbeischauen.«

In Wadebridge angekommen, klopften sie an die Tür und warteten. Als niemand antwortete, klopfte Brewster erneut.

»Scheint keiner da zu ...«

»Moment.« Helena neigte den Kopf zur Seite und drehte ihr Ohr zur Tür. »Ich glaube, ich habe was gehört.«

Eine Stimme rief: »Bin fast da, Sekunde!«

Sie hörten, wie auf der anderen Seite ein Riegel zur Seite geschoben und ein Schlüssel gedreht wurde, dann öffnete sich die Tür einen Spalt und Irene Wadebridge spähte hinaus.

»Was kann ich für ... Ach, Sie sind es, Detective Inspector Price! Kommen Sie rein, meine Liebe.« Sie funkelte Brewster und die Flecken der letzten Mahlzeit auf seinem Revers an. »Sie ebenfalls, wenn es sein muss.«

Helena musste über Brewsters übermäßig beleidigte Miene schmunzeln, als sie an ihm vorbei ins Haus trat. Drinnen roch es muffig. Nicht modrig, nur abgestanden und staubig aufgrund mangelnder Durchlüftung. Volle Mülltonnen und Stapel gefalteter Zeitungen säumten den Flur und reduzierten dessen eigentlich großzügige Bodenfläche auf einen schmalen Gang.

»Kommen Sie in die Küche«, sagte Irene und schlurfte auf einen Gehstock gestützt vor ihnen her. »Meine Arthrose plagt mich heute sehr, also kann ich Ihnen leider nichts zu trinken anbieten.«

»Möchten Sie eine Tasse Tee?«, fragte Helena, als sie die Küche erreichten. »Brewster kann Ihnen da gerne behilflich sein.« Sie warf ihm ein Lächeln zu.

»Ach, wie nett. Das wäre ganz reizend.« Irene sah zu ihm hinüber. »Bitte mit einem halben Teelöffel Zucker. Und bei der Milch muss es genau passen, nur einen kleinen Schuss, nicht zu stark. Oh, und gießen Sie in meine Tasse die Milch zuerst ein. Halbfett. Können Sie sich das alles merken?«

»Das müsste ich gerade noch hinbekommen, Mrs Wadebridge«, erwiderte er trocken.

Helena wandte den Blick ab und unterdrückte das Lachen, das in ihrer Kehle aufsteigen wollte.

»Setzen wir uns doch«, sagte sie und streckte den Arm aus. »Kann ich Ihnen irgendwie helfen?«

»Nein, nein. Ich komme schon zurecht, nur eben langsam.« Irene runzelte die Stirn. »Doris hätte heute Vormittag eigentlich vorbeikommen sollen, aber sie musste ihre Katze zum Tierarzt bringen. Das arme Kerlchen kämpft schon wieder mit Haarballen. Aber später kommt sie her.«

»Nun, falls wir in der Zwischenzeit irgendetwas für Sie tun können, sagen Sie uns bitte Bescheid«, sagte Helena. Sie wartete, bis sich die alte Dame in einem abgenutzten, aber gemütlich aussehenden Sessel niedergelassen hatte, und setzte sich dann neben ihr auf ein ebenso verschlissenes Sofa. »Also, Mrs Wadebridge, wie Sie wissen ...«

»Bitte, nennen Sie mich doch Irene.«

»Wie Sie wissen, Irene, haben wir gestern Nachmittag auf einem Ihrer Felder eine forensische Grabung durchgeführt.«

»Ja, und danach hat niemand mir auch nur ein Wort darüber erzählt«, warf Irene mit einem recht verärgerten Gesichtsausdruck ein. »Ich hatte erwartet, alles über den Fund zu hören, aber Ihre Leute sind einfach abgeschwirrt und haben mir nur einen Zettel in den Briefschlitz gesteckt, dass ich nicht zur Grabungsstelle gehen soll. Weitergeholfen haben mir nur die Reporter.«

»Ach?«

»Ja, ein netter Mann vom *Mansfield Sentinel* hat bei mir geklopft. Er hat mir erzählt, dass die Polizei etwas gefunden hätte, möglicherweise Suzy Baros' Leiche. Ganz schrecklich.«

»Na so was«, bemerkte Brewster, über den Teekessel gebeugt. »Sie sollten besser nicht mit der Presse sprechen, Mrs Wadebridge. Die führen einen mit ihren Theorien nur in die Irre.«

»Ich habe nur deshalb mit ihm gesprochen, weil er mich ein bisschen an Michael erinnert hat. Er wirkte genauso freundlich und vernünftig.« Sie starrte auf ihre Hände hinab und verstummte.

Brewster brachte den Tee herüber und stellte ihn vor Irene auf einen niedrigen Tisch.

»Michael muss Ihnen sehr fehlen«, sagte Helena leise.

»Ich vermisse ihn sehr«, sagte sie, ohne aufzusehen. »Wissen Sie, ich kenne ihn schon, seit er ein junger Mann war. Amos, mein verstorbener Ehemann, hat ebenfalls große Stücke auf ihn gehalten. Wir beide konnten keine eigenen Kinder bekommen und so wurde Michael für uns wie eine Art Adoptivsohn. Dann habe ich meinen Amos verloren und nun auch Michael.«

Helena nickte. »Verstehe.«

Irene blickte auf und Helena erkannte, dass Tränen in ihren Augen glänzten. »Michael hat sich um alles gekümmert.

Um die Cottages, um das Grundstück und auf seine eigene Art auch um mich. Manchmal hat er sich einfach nur zu mir gesetzt und bei einer Tasse Tee mit mir geplaudert, aber für mich hat das einen riesigen Unterschied gemacht.«

Helena holte tief Luft. Um die Einsamkeit alter Menschen zu durchbrechen, brauchte es oft nicht mehr als ein paar Worte, ein Lächeln. Vielleicht eine kurze Unterhaltung, ein Hallo auf der Straße. Wenn die Menschen in ihrem geschäftigen Alltag nur begreifen könnten, was für einen Eindruck eine nette Geste hinterlassen konnte, egal wie klein. Wie das eine einsame Seele durch einen langen, stummen Abend bringen konnte.

Helena zwang sich, ihre Aufmerksamkeit wieder auf ihre derzeitige Aufgabe zu richten. Was als Nächstes kam, war nicht einfach, aber leider nötig. »Irene, es tut mir wirklich leid, Ihnen das sagen zu müssen, aber wir haben in der Tat menschliche Überreste auf Ihrem Grundstück gefunden.«

Irene schlug eine Hand vor den Mund. »Oh, das arme Ding. Wie grauenvoll.«

»Es handelt sich nicht um Suzy Baros«, sagte Helena. »Wir vermuten, dass es sich um die Leiche von Matilda Spencer handelt, einem Mädchen aus dem Dorf, das vor dreiundzwanzig Jahren auf dem Weg von der Schule nach Hause verschwunden ist«, sagte Brewster.

»Ich dachte, Sie würden mir sagen, es ist Suzy. Das ist ja schrecklich, oh, wie schrecklich«, rief Irene, zog ein Taschentuch aus ihrem Ärmel und tupfte sich damit die Augen ab. »Die arme Familie ... Oh, wie mich das aufregt, dass die Person, die ihr das angetan hat, sie hier, auf dem Wadebridge-Anwesen, begraben hat!«

»Außerdem haben wir die Leiche eines polnischen Mannes gefunden. Wir gehen davon aus, dass es sich um Jakub Jasinski handelt«, fuhr Brewster fort. »Der Mann, der zwei Jahre hier gearbeitet hat und an den Sie sich laut eigener Aussage nicht erinnern.«

»Ach du meine Güte, ja!« Irene reckte den Zeigefinger in die Höhe. »Der Schock muss die Erinnerung wachgerüttelt haben. Michael war irritiert davon, dass er Jakub eine Chance gegeben hatte, nur damit er dann einfach so verschwindet.«

Helena beobachtete sie genau. Anscheinend konnte Irene sich plötzlich wie durch ein Wunder an die Details erinnern, nun, da ihr klar wurde, dass sie nach dem Fund von Jakub Jasinskis Leiche nicht länger abstreiten konnte, dass er hier gewesen war.

»Irene, ich muss Ihnen jetzt eine schwierige Frage stellen, aber ich hoffe, Sie können verstehen, dass ich das fragen muss«, sagte Helena mit aufrichtiger Anteilnahme. »Denken Sie, dass Michael Shaw etwas mit dem Tod von Matilda Spencer und Jakub Jasinski zu tun hatte? Denken Sie, er könnte Suzy Baros entführt haben?«

Irene öffnete den Mund, um zu antworten, dann zögerte sie. »Wissen Sie, ich habe Michael geliebt wie einen Sohn. Ich habe ihn beschützt, als ich das nicht hätte tun sollen. Er konnte sehr launisch sein, jähzornig. Man hätte es gar nicht glauben wollen, wie er manchmal wegen diesem oder jenem in die Luft gegangen ist.«

»Können Sie uns ein Beispiel dafür geben?«, hakte Brewster nach.

»Wenn ihn jemand geärgert hat oder nicht das tat, was er wollte, konnte er richtig wütend werden.« Irene verstummte kurz und sprach dann in einem leisen, ernsten Tonfall weiter. »Um Ihre Frage also zu beantworten, ja, ich glaube schon. Ich könnte mir vorstellen, dass Michael für ihren Tod verantwortlich war. Er war der Einzige, der Zutritt zu den Ländereien hatte. Ohne sein Wissen hätte niemand sonst dort zwei Leichen vergraben können, das hätte er bemerkt.«

»Matilda liegt dort schon seit langer, langer Zeit«, rief Brewster ihr ins Gedächtnis. »Damals war Michael erst fünfzehn Jahre alt.«

Irene runzelte die Stirn. »In dem Alter war er schon ein kräftiger junger Mann. Sein Vater hat Amos gekannt und Michael ist damals oft mit ihm hier oben gewesen.«

»Und Suzy Baros?«, fragte Helena.

»Zwischen uns gesagt, hatte ich schon so einen Verdacht, dass Michael mit ihrem Verschwinden etwas zu tun gehabt haben könnte«, erwiderte Irene schwach.

»Wieso das?«

»Nun ja, er hat ständig mit ihr geredet und wenn ich dann gefragt habe, worüber sie gesprochen haben, ist er mir immer ausgewichen. Ich kannte ihn lange genug, um zu erkennen, wenn er etwas zu verheimlichen versuchte.«

»Und dennoch haben Sie uns gegenüber nichts davon erwähnt, auch nicht im Gespräch mit den anderen Polizeibeamten, die hier gearbeitet haben.« Brewster runzelte die Stirn.

»Im Nachhinein ist man immer schlauer«, erwiderte sie leise. »Ich neige dazu, anderen Menschen zu vertrauen. Vielleicht etwas altmodisch.« Sie tupfte sich erneut mit ihrem Taschentuch die Augen ab.

»Es scheint, als hätte ich einem Monster bei mir Unterschlupf gewährt ... und ich habe es nicht einmal gewusst.«

»Also wenn Sie mich fragen, war ihre Reaktion äußerst seltsam«, sagte Brewster, als sie wieder im Auto saßen. »Wie sie sich ihre nicht vorhandenen Tränen abgetupft hat. Und sie schien sich jede Antwort äußerst gründlich zu überlegen.«

»Vielleicht war sie nur nervös«, entgegnete Helena und schnallte sich an. »Aber ich glaube, Sie haben recht. Sie war nicht halb so aufgebracht, wie zu erwarten gewesen wäre. Und nun auf zu Kate Shaw. Mal sehen, was für eine welterschütternde Entdeckung das ist, die nicht warten kann.«

FÜNFZIG

KATE

Wir waren im Wohnzimmer in unser Gespräch vertieft, als es an der Tür klingelte.

»Sekunde«, sagte ich seufzend, als ich das Zimmer verließ. Ich öffnete die Tür und eine tränenüberströmte Donna fiel mir in die Arme.

»Kate, sie haben sie gefunden«, schluchzte sie. »Sie haben Matilda gefunden, nach all den Jahren.« Wir standen zusammen im Flur und sie schnäuzte sich geräuschvoll die Nase. »Ich habe es gewusst. Als sie vor der Tür standen, habe ich es einfach gewusst.«

»Sind sie sicher, dass sie es ist?«

»So sicher, wie sie im Moment sein können. Sie machen noch irgendwelche Tests, aber ... anscheinend passt alles. Ein junges Mädchen, und ... O Gott, ich kann es gar nicht fassen. Das habe ich mir gewünscht und doch kann ich es nicht ertragen, darüber nachzudenken. Kann den Gedanken nicht ertragen, dass sie so nah bei mir war, an diesem kalten, dunklen Ort. Und so nah an Mum und Dad, als sie noch hier im Dorf gelebt haben.«

Das war wirklich eine unvorstellbar grausame Wendung.

»Es tut mir so leid, Donna.« Sie vergrub ihr tränennasses Gesicht an meiner Schulter. »Sind die Mädchen bei Paul?«

Sie nickte und sprach mit gedämpfter Stimme an meiner Schulter: »Er hat sie von der Schule abgeholt und passt auf sie auf, während ich hier ...« Donna hielt inne und lauschte. »Hast du Besuch?«

Ich nickte. »Suzy ist hier, Donna.«

»*Was?*«

»Ja. Sie ist gesund und munter. Sie hatte sich versteckt. Jakub Jasinski ist auch hier. Sie sind gerade dabei, alles zu erklären.«

»Das möchte ich hören«, sagte sie, richtete sich auf und wischte sich mit dem Handrücken die Tränen aus dem Gesicht. »Ich will wissen, was passiert ist, nach all dem Ärger, den sie verursacht hat.«

»Donna, du bist viel zu aufgebracht, nach dieser schrecklichen Nachricht über Matilda. Bitte, geh nach Hause und ...«

»Ich will nicht nach Hause. Die Mädchen sind versorgt und ich muss ein bisschen rauskommen, um den Kopf freizukriegen.«

»Ich muss dich warnen, Donna, was Suzy zu sagen hat, wird dich überraschen. Es wird dich verletzen.«

Sie gab einen abfälligen Laut von sich. »Ich kann dir versprechen, dass nichts von dem auch nur annähernd dem gleichkommen kann, was ich eben erfahren habe.«

Ich überlegte kurz. »Hör zu, ich muss dir da was erklären. Lass uns erst mal in die Küche gehen.«

Donna schüttelte den Kopf. »Ich geh da jetzt rein.« Sie marschierte auf das Wohnzimmer zu.

Als ich mich umdrehte, um die Haustür zu schließen, sah ich die beiden Detectives, Price und Brewster, heranfahren. Hatte ja lang genug gedauert. Wahrscheinlich hatten sie meine »wichtige Entdeckung« unterschätzt. Nun ja, hiermit würden sie jedenfalls nicht rechnen.

Was für ein Anblick, als ich die Detectives an der Haustür mit einem »Schön, dass Sie da sind. Suzy Baros ist hier.« begrüßte und ihnen die Gesichtszüge entgleisten. Dann sagte ich: »Am besten kommen Sie einfach rein.«

Als wir das Wohnzimmer betraten, sahen alle auf und Suzy klammerte sich an Jakubs Arm, als ich die Ankunft der Detectives bekanntgab.

Ich stellte ihnen die beiden Männer aus Polen vor und Suzy ebenfalls, die sie ja trotz ihrer intensiven Suche nie persönlich kennengelernt hatten. Brewster stieß ein leises Pfeifen aus und fixierte sie mit einem kalten Blick. »Na, das ist ja eine interessante Versammlung hier.«

Donna funkelte Suzy wütend an und ich stand unschlüssig an der Tür. Ich wurde das Gefühl nicht los, dass das hier alles meine Schuld war. Ich war diejenige, die Paul verfolgt und Suzy hierhergebracht hatte, wo ich doch genauso gut die Polizei hätte rufen können, damit die sich um alles kümmerte.

DI Price räusperte sich. »Ms Baros, hat einer der hier anwesenden Männer Ihnen ein Leid angetan, Sie davon abgehalten, nach Hause zu kommen, oder Sie auf eine sonstige Art unter Druck gesetzt?«

Suzy lächelte schwach und legte Jakub die Hand aufs Bein. »Nein, selbstverständlich nicht.«

Da zeigte die sonst so ruhige, freundliche Price plötzlich, was in ihr steckte. »Dann erklären Sie uns bitte, wo Sie sich in den vergangenen dreieinhalb Wochen aufgehalten haben, während Ihr Sohn in einer Pflegefamilie untergebracht wurde und das Polizeirevier Nottinghamshire eine großangelegte Ermittlung zu Ihrem Verbleib angestoßen hat.« Ihr sachlicher Tonfall hatte eine gefährliche Schärfe.

Suzy riss die Augen weit auf. »Das war nicht meine Schuld, das war ... die Idee dazu hatte jemand anderes.«

»Aha. Und wer?«

Suzy warf erst mir und dann Donna einen verstohlenen Blick zu. Sie ließ den Kopf hängen. »Das würde ich lieber nicht sagen.«

»Schon klar.« Brewster verschränkte die Arme vor der Brust. »Leider bleibt Ihnen nichts anderes übrig, als uns die Wahrheit zu sagen. Sonst haben wir jedes Recht, Sie wegen Justizbehinderung zu verhaften.«

Bei seinen Worten wurde Suzy kreidebleich, blieb aber trotzdem ganz still sitzen und presste nur die Lippen aufeinander.

Ich sah zu Donna hinüber. »Es tut mir leid, dass ich dir das sagen muss, aber Paul war derjenige, der ihr dabei geholfen hat, sich zu verstecken.«

Donna fiel die Kinnlade herunter. »Was zum Teufel?«

»Ich hab ihn vorhin in seinem Auto gesehen, Donna. Du hattest mir doch erzählt, dass er den ganzen Tag zu Hause in Meetings feststecken würde, und nach all dem, was du mir erzählt hast, über deine Vermutungen, hab ich spontan beschlossen, ihm zu folgen.«

»Und wo hat Sie das hingeführt, Mrs Shaw?«, fragte Brewster.

»Zu einer Wohnung in Chesterfield«, erwiderte ich. »Er ist mit einer Tüte voller Lebensmittel reingegangen und dann habe ich gewartet. Ich dachte ...«, ich warf Donna einen bedauernden Blick zu, »ich dachte, er hätte eine Affäre. Als er wieder nach draußen kam, konnte ich Suzy im Schatten hinter ihm stehen sehen. Ich hab gewartet, bis Paul weg war, und dann bin ich reingegangen, um sie zur Rede zu stellen.«

»Es tut mir leid, Donna«, sagte Suzy leise. »Ich schwöre dir, dass zwischen uns nichts war. Ich hab keine Affäre mit deinem Mann. Er hat gesagt, dass er mir helfen will, und dann hat er mich davon abgehalten, wiederzukommen. Er hat mir erzählt, dass Michael tot und das Ganze total aus dem Ruder gelaufen ist. Er hat gesagt, wenn ich mich nicht weiter verstecke, muss ich ins Gefängnis.«

»Ich denke, du fängst jetzt besser mit dem Erklären an«, sagte Donna. Ich kannte sie gut genug, um die brodelnde Wut unter ihrer ruhigen Maske zu erkennen. Fast, als sähe sie in Suzy all die Seitensprünge, all die Frauen, mit denen Paul sie betrogen hatte.

»Ich denke, dass wir uns am besten erst mal alle wieder beruhigen sollten«, entgegnete Price mit Nachdruck. »Wir haben jetzt zwei Möglichkeiten. Entweder wir verhaften alle hier Anwesenden und bringen Sie aufs Revier, oder wir unterhalten uns wie Erwachsene, um herauszufinden, was genau passiert ist.«

»Ich würde gern für mich selbst sprechen«, sagte Suzy.

»Dann lassen Sie uns ganz von vorne anfangen«, sagte Brewster und zog sein Notizbuch hervor.

»Mein Name ist Zuzana Baros. Hier kennen mich die Leute als Suzy, doch in Polen haben sie mich Ana genannt. Jakub und ich sind zusammen aufgewachsen. Er war meine Jugendliebe.«

Jakub drückte sanft ihre Hand. »Ich war ein Idiot. Ich habe zugelassen, dass Ana sich in einen anderen verliebt und ihn geheiratet hat. Er hieß Oskar Krol.«

»Oskar hat mir komplett den Kopf verdreht und wir haben schnell geheiratet. Aber er war ein grausamer, liebloser Mann und nach einigen Jahren Ehe bin ich aus Polen geflohen, um einem Teufelskreis häuslicher Gewalt zu entkommen.« Suzy hielt inne, ihr schien der Atem auszugehen. Jakub nickte ihr ermutigend zu, damit sie fortfuhr. »Er hat mir oft gesagt, wenn ich ihn verlasse, jagt er mir nach und bringt mich und meinen Sohn um. Ich bin nach Großbritannien gekommen, um Jakub zu finden, und irgendwie hat es sich in der polnischen Gemeinde herumgesprochen. Ich hab gehört, Oskar würde nach England kommen und versuchen, mich zu finden.«

»Deswegen schienst du immer so nervös, wenn du im Dorf unterwegs warst«, murmelte ich. Zumindest das ergab nun Sinn.

»Ja. Ich musste Aleks erklären, dass er keine Erinnerung an sein Leben in Polen haben darf, zumindest für eine Weile, bis wir Jakub gefunden haben. Er ist noch so klein, aber er hat gesagt, dass er das verstanden hat.«

»Er hat sein Versprechen gehalten«, sagte Price traurig. »Wir hatten Schwierigkeiten, nach Ihrem Verschwinden irgendetwas aus ihm herauszubekommen.«

»Ich hatte gehofft, Oskar würde der Jagd nach uns schnell müde werden, aber er hat einfach nicht aufgegeben. Letztes Jahr hat er über einen seiner zwielichtigen Kontakte von der Frühstückspension Devonshire erfahren, wo Jakub gewohnt hat, und Pawel hier hat Jakub beschützt.«

»Ich habe gelogen und gesagt, dass er schon weitergezogen wäre«, erklärte Pawel. »Oskar ist nicht gerade sanft mit mir umgesprungen, aber ich schwöre, dass ich ihm nichts von Wadebridge erzählt habe.«

»Als ich Pawel endlich gefunden hab, hat er mir erzählt, dass Jakub in Wadebridge gearbeitet hat«, sagte Suzy. »Ich hab ein Cottage von Irene gemietet und – darauf bin ich nicht stolz – Michael unter Druck gesetzt, damit er mir erklärt, was aus ihm geworden ist. Ich hatte das ungute Gefühl, dass er mich anlügt und mir etwas verheimlicht. Irgendwann hatte er mich satt und meinte, er würde Irene dazu bringen, dass sie uns wegschickt. Ich hatte Angst, dass er das tatsächlich tut, und hab ihm gedroht. Wenn er mir nicht die Wahrheit über Jakub sagt, würde ich seiner Frau erzählen, dass er sich an mich rangemacht hätte. Tut mir leid, Kate«, sagte sie, schaute mir dabei aber nicht in die Augen. »Mit der Zeit bekam ich den Eindruck, dass Michael Jakub irgendetwas angetan hatte. Donnas Mann, Paul, hing ständig um mich herum, um mit mir ins Gespräch zu kommen. Wann immer ich ins Dorf runterging, schlug er vor, dass wir irgendwo was trinken gehen. Bei einer dieser Gelegenheiten hab ich ihm dann schließlich alles erzählt.«

»Du hättest doch mit mir reden können, oder mit Kate«, fuhr Donna sie an. »Aber nein, stattdessen musstest du mit meinem Mann rumflirten.«

»Nein! So war das nicht«, widersprach Suzy flehend, aber mir war klar, dass Donna sich ihren Worten verschlossen hatte. »Paul war beharrlich, also haben wir uns diesen Plan ausgedacht: Wenn ich verschwinde, würde die Polizei ein Auge auf Michael und Wadebridge werfen, und dann würde ich endlich herausfinden, was passiert ist. Paul hat gesagt, er bringt mich an einen sicheren Ort und Aleks könnte sich mir bald anschließen.« Sie sah von einem Detective zum anderen. »Paul hat mir versichert, dass er und Donna sich um Aleks kümmern und er Rache an Michael nehmen wolle, weil der Donna vor einiger Zeit erzählt hätte, dass Paul eine Affäre hatte. Er hat gesagt, wenn ich verschwinde und die Polizei die Hinweise findet, die wir gepflanzt haben – der Schlüsselbund in meinem Haus und mein Handy in seinem Werkzeugkasten –, dann müssen sie sich Michael genauer anschauen, und wenn er irgendwas mit Jakubs Verschwinden zu tun hatte, würde das garantiert dabei herauskommen.«

»Doch heute hat Kate Shaw ihr kleines Komplott aufgedeckt und beendet«, warf Price ein. »Warum haben Sie so lange gewartet? Seit über drei Wochen muss Ihr kleiner Sohn ohne Sie auskommen. Das hat ihn ganz schön traumatisiert.«

»Ich hatte weder Handy noch Fernseher. Paul hat mir versichert, dass es Aleks gut geht, dass er bei ihnen wohnt und er und Donna sich um ihn kümmern. Er meinte, es wäre alles schiefgegangen. Dass Michael sich wahrscheinlich das Leben genommen hat, weil die Polizei ihm die Schuld an meinem Verschwinden gegeben hat. Paul hat gesagt, wir würden beide ins Gefängnis kommen.«

»Jakub, Ihre Familie hat Sie vor sechs Monaten als vermisst

gemeldet. Erste Ermittlungen sind damals im Sande verlaufen, weil es keine Spuren gab. Nun wissen wir, wieso«, sagte Brewster streng. »Vor Kurzem haben wir die offizielle Suche nach Ihnen erneut aufgenommen. Möchten Sie uns vielleicht verraten, wohin Sie ein Jahr lang verschwunden sind, ohne irgendjemandem Bescheid zu sagen, nicht einmal Ihrer eigenen Familie?«

Jakub seufzte. »Ich fürchte, das ist eine längere Geschichte.«

»Noch eine. Na, heute ist Ihr Glückstag, Mr Jasinski«, erwiderte Brewster sarkastisch. »Wir haben Zeit.«

EINUNDFÜNFZIG
JAKUB

Herbst 2018

Für Jakub ging es in Wadebridge bergauf. Es hatte eine ganze Weile gedauert, aber nun fühlte er sich endlich als Teil des Teams. Irene hatte angefangen, auch ihm eine Tasse Tee zu bringen, wenn sie Michael eine brachte. Vorher hatte er sich mit Wasser aus dem Wasserhahn an der Hauswand begnügen müssen. Eins führte zum anderen und irgendwann wurde er zu einer Scheibe Toast am Morgen oder auf ein bisschen Gebäck am Nachmittag eingeladen.

Er vermutete, dass diese kleinen Gesten Irene nicht viel bedeuteten, aber für ihn machten sie einen entscheidenden Unterschied. Dadurch fühlte er sich wertgeschätzt und zugehörig. Das hier kam dem Familienleben am nächsten, das er in Polen gehabt hatte.

Michael und er verstanden sich gut. Jakub kam Michael nicht ins Gehege und erledigte seine Arbeit gewissenhaft. Bald hörte Michael auf, ihm Befehle zu erteilen, und nahm sich die Zeit, alles mit ihm zu besprechen. Manchmal fragte er sogar nach seiner Meinung, wie sie ein Stück Grasland bepflanzen oder einen Teil des Daches neu decken sollten.

Jakub arbeitete ohne Blick auf die Uhr. Es zog ihn ja sowieso nichts zurück in die seelenlose Frühstückspension. Dort gab es für ihn nichts zu tun, als seinem Zimmerkollegen Pawel beim Schmieden von Zukunftsplänen zuzuhören, die sich nie zu erfüllen schienen. Er wusste, wie sehr Michael es schätzte, dass er so lange blieb, bis der Job erledigt war.

Eines Abends hatten sie lange Stunden damit verbracht, einige geplatzte Wasserrohre in der Einfahrt zu ersetzen.

»Das reicht für heute«, hatte Michael gesagt. »Wann kannst du morgen hier sein? Wir sollten das gute Wetter ausnutzen, um hier abzuschließen, und morgen Nachmittag soll es regnen.«

»Ich würde gerne früh kommen, aber ich muss schauen, wann der erste Bus fährt.«

Irene hatte ihm für die Nacht ein Zimmer angeboten. »Dann brauchen Sie nicht den ganzen Weg zurück zur Pension fahren, nur um wenige Stunden später schon wieder herzukommen.«

»Danke, Irene«, hatte Jakub strahlend erwidert. »Ich bin Ihnen sehr dankbar.«

Das war das erste Mal von vielen gewesen und sie hatten länger zusammengesessen und geplaudert, als Jakub lieb war. Irene war von seinen Geschichten über sein Leben in Polen fasziniert. Dass er dort übernachtete, wenn sie lange gearbeitet hatten, wurde bald zur Gewohnheit.

»Nach Neujahr, wenn die Urlauber fort sind, können Sie eines der Cottages günstig mieten«, hatte sie Jakub versprochen und er war vor Freude ganz außer sich gewesen.

Irene hatte ihm erklärt, dass sie auf der Warteliste stand, um eine neue Hüfte zu bekommen, und schließlich war es so weit. Michael hatte zugestimmt, für die Woche im Haupthaus zu wohnen, um sich um alles zu kümmern, während sie im

Krankenhaus war. Seine Frau, Kate, und ihr Kind würden derweil zu Hause bleiben, und Irene hatte gesagt, Jakub könne in einem der leerstehenden Cottages wohnen.

Ein paar Tage, nachdem Irene fort war, war Jakub von einem Poltern vor seinem Häuschen aus dem Schlaf gerissen worden. Schon seit einer Weile wurde er das ungute Gefühl nicht los, beobachtet zu werden, aber das hier war neu.

Er stieg aus dem Bett und ging zum Fenster. Als er ein Licht im Haupthaus sah, zog er sich rasch an und rannte nach draußen. Beim Haus angekommen, bemerkte er, dass die Hintertür offenstand, dann hörte er Michael einen Schrei ausstoßen. Ein großer, breitschultriger Mann stand mit dem Rücken zu Jakub, eine Schrotflinte auf Michael gerichtet.

Jakub eilte zu ihm und sprang von hinten auf den muskulösen Mann zu. Als dieser sich umdrehte und Jakub die Flinte auf den Kopf schlug, erhaschte Jakub einen Blick auf sein Gesicht. Diese wilden Augen, der Hass, der ihm ins Gesicht geschrieben stand. Ein Zittern fuhr ihm in die Knie und die Welt begann, sich zu drehen.

Die Zeit schien stillzustehen, als Oskar Krol, sein alter Feind, der Mann, der seine geliebte Ana geheiratet hatte, die Flinte auf ihn richtete und zum Schuss ansetzte. Dann erklang das Donnern von Michael Shaws eigenem Gewehr und Oskar sank zu Boden.

Jakub erklärte Michael, wer Oskar war und dass er bereits vermutet hatte, dieser könne nach England kommen, um ihn zu töten, nachdem ein Freund ihm erzählt hatte, dass Ana Oskar verlassen hatte. Gemeinsam begruben sie ihn auf dem Wadebridge-Acker und schrubbten die Küche.

»Wenn die Polizei seiner Spur bis hier folgt und du dann noch da bist, werden sie definitiv denken, dass du etwas mit seinem Verschwinden zu tun hast«, sagte Michael. »So ungern ich das auch sage, Jakub, wir sind beide besser dran, wenn du verschwindest.«

Am nächsten Tag hatte Jakub Wadebridge endgültig verlassen. Er hatte sein Handy zertrümmert und gewartet, bis Pawel aus dem Zimmer war, bevor er seine Besitztümer zusammensammelte und nach Schottland ging.

Nach dem, was er getan hatte, war die Scham zu groß, um nach Polen zurückzukehren oder seine Familie zu kontaktieren, und so war er seitdem auf der Flucht.

ZWEIUNDFÜNFZIG

KATE

Die Detectives nahmen Suzy und Jakub mit aufs Revier.

»Mit Ihnen wollen wir auch noch mal sprechen, Mrs Shaw«, hatte Price zu mir gesagt. »Die mutmaßliche Entführung von und den Mord an Matilda Spencer gilt es nach wie vor aufzuklären und wir müssen herausfinden, ob Michael irgendetwas damit zu tun hatte.«

Ich nickte. Ich war das alles so leid. Ich konnte Michael nicht mehr verteidigen. Die Polizei musste nun ihren Job machen und ihn von jedem Verdacht freisprechen. Mir wurde klar, dass ich die Last der Verantwortung ablegen und zulassen musste, dass sich unser Justizsystem um alles Weitere kümmerte. Plötzlich löste sich die Anspannung in meinen Schultern und mein Kiefer lockerte sich.

Sie wandten sich an Donna.

»Wir müssen heute außerdem mit Ihrem Mann sprechen«, sagte Price. »Sie hatten erwähnt, dass Kinder bei Ihnen im Haus sind?«

Donna nickte. »Ich fahre gleich nach Hause.«

»Ich wünschte, du könntest hierbleiben, damit wir reden können«, sagte ich.

»Mein Kopf platzt gleich«, antwortete sie leise. »Zuerst Matildas Leiche und nun all das über Paul ... ich kann gerade nicht mehr klar denken. Vielleicht morgen.«

Ich konnte mir kaum vorstellen, wie mies sie sich fühlen musste.

Als sie weg war, beschloss ich, nach Wadebridge zu fahren und Irene zu erzählen, was passiert war. Ich war schon zu lang nicht mehr dort gewesen. Ich war so mit meinen eigenen Problemen beschäftigt gewesen, dass ich ganz vergessen hatte, dass sie außer ihrer neuen Haushaltshilfe Doris gerade niemanden hatte.

Ich fuhr zum Anwesen hoch und mein Herz wurde schwer vor Trauer, als ich Michaels Büro passierte. Ich klopfte an die Tür und betrat dann den Flur.

»Irene? Hallo?«

Keine Antwort. Ich streckte meinen Kopf ins Wohnzimmer hinein und entdeckte sie in ihrem Sessel, in tiefen Schlaf gesunken.

In der Küche herrschte ein ganz schönes Durcheinander. Doris gab sich Mühe, aber sie war ja selbst schon Ende sechzig und ich ahnte, dass ihr die Arbeit schwerfiel. Ich setzte Wasser auf und räumte das schmutzige Geschirr in die Spülmaschine. Dann leerte ich den Mülleimer aus und brachte das Altglas nach draußen. Es fühlte sich gut an, ein bisschen in Hausarbeit zu versinken. Mein Gehirn hatte in letzter Zeit so viele Überstunden einlegen müssen.

Ich machte Irene einen Tee und trug ihn zu ihr hinüber, aber sie schlief immer noch. Es machte mir Sorgen, dass sie die Tür nicht abgesperrt und nicht einmal ansatzweise bemerkt hatte, dass ich ins Haus gekommen war. Ohne das Kaminfeuer war es ziemlich kalt hier drin, also nahm ich eine Decke vom Boden und legte sie Irene über den Schoß. Ich sah hinunter und erkannte, dass die Decke auf der kleinen, kunstvoll geschnitzten Holzschatulle gelegen hatte, die sie so gernhatte.

Ich warf ihr einen Blick zu, aber sie schlief noch immer tief und fest. Zweifellos hatte all die Aufregung mit der Polizei sie ganz schön mitgenommen. Ich griff nach der Schatulle, um sie außer Reichweite ihrer Füße zu stellen, und sie glitt mir aus den Fingern. Der Deckel öffnete sich und ein paar Gegenstände fielen heraus. Ich trug die Schatulle zur Couch hinüber und legte Irenes Lesebrille und eine Packung Pfefferminzbonbons wieder hinein.

Und da entdeckte ich all die zusammengefalteten Zeitungsartikel. Ich zog den obersten heraus. Die Artikel waren alt, so viel war anhand des altmodischen Layouts und der verblassten Tinte offensichtlich ... Vorsichtig schlug ich das Papier auseinander, um es nicht entlang der tiefen Falten zu zerreißen. Dann las ich die Überschrift.

JUNGES MÄDCHEN NACH DREI TAGEN IMMER NOCH VERMISST

Die dreizehnjährige Matilda Spencer, die letzten Freitag nach der Schule spurlos verschwand, konnte immer noch nicht gefunden werden, trotz umfassender Polizeiermittlungen und Befragungen aller Bewohner des Dorfes Lynwick. Matilda ist einen Meter fünfzig groß und hellhäutig. Sie hat feuerrotes langes Haar, das sie oft in Locken trägt. Sie wurde zuletzt nach der Schule auf dem Weg zur Schulbibliothek gesehen.

Die Polizei bittet um sachdienliche Hinweise.

Ich spürte einen Kloß in meinem Hals und mein Atem ging immer flacher. Ich faltete den nächsten Artikel auseinander.

MATILDA IMMER NOCH VERMISST

Die vermisste Matilda Spencer, die letzten September nach der Schule verschwunden ist, konnte auch nach über einem halben Jahr nicht gefunden werden.

»Diese Qual kann niemand verstehen, der nicht schon selbst ein Kind verloren hat«, gab ein Stellvertreter der Spencer-Familie an. »Wir wollen Matilda einfach nur wiederhaben. Falls jemand sie hat, kann er sie einfach in der Nähe des Dorfes freilassen. Wenn jemand von Ihnen auch nur die kleinste Information hat, die uns bei der Suche helfen könnte, dann bitten wir Sie inständig, sich bei der Polizei zu melden.«

Das Polizeirevier Nottinghamshire appelliert an alle Mitbürger, sich mit Informationen zu melden, gerne auch anonym.

Da waren noch weitere Artikel, etwa zwei oder drei pro Jahr. In jedem davon wurde Matildas Verschwinden beschrieben und alle endeten mit der wiederholten Bitte des Polizeireviers Nottinghamshire um Hinweise.

Ich nahm den letzten Zeitungsausschnitt aus der Schatulle und starrte auf das, was sich darunter auf ein Stück schwarzen Samt schmiegte. Ich nahm es heraus und betrachtete es auf dem Untergrund meiner bleichen Hand. Eine Haarsträhne. Feuriges Rot, an einem Ende sorgfältig von einem dünnen pinken Band zusammengehalten.

Mir wurde schlagartig eiskalt und ich begann zu zittern. Das hier waren nicht nur ein paar einzelne Haare, sondern eine dicke Locke, die an einem Ende grob abgehackt worden war. Mir wurde ganz seltsam zumute. Meine Haut kribbelte, als würde eine Armee Insekten auf mir herummarschieren, sich in die Falten meiner Haut bohren, in all die versteckten Winkel, aus denen ich sie nie wieder würde verscheuchen können.

Eines war mir ohne den geringsten Zweifel klar. Das hier war eine Haarsträhne von Matilda Spencer.

DREIUNDFÜNFZIG

Mein erster Instinkt war, die Polizei zu rufen. Aber was dann? Obwohl ich in jeder Faser meines Körpers spürte, dass ich hier Schreckliches herausgefunden hatte, bestand immer noch die, wenngleich unwahrscheinliche, Möglichkeit, dass die Zeitungsartikel und Matildas Haarsträhne nur einer makabren Faszination Irenes entsprangen. Falls ich die Polizei rief und Irene dichtmachte, würden wir nie herausfinden, was mit Matilda geschehen war. Donna würde nie endgültig Frieden finden. Ich musste es schlauer angehen. Ich musste Irene mit ihren eigenen Waffen schlagen. Sie gab sich als hilflose alte Frau und trug doch Geheimnisse mit sich herum, die eine Familie ihren Frieden und ein junges Mädchen sein Leben gekostet hatte. Selbst, wenn sie damit auf irgendeine Weise Michael beschützt hatte, musste ich die Wahrheit herausfinden. Mir war endlich klar geworden, dass es nicht an mir lag, die Ehre meines Mannes reinzuhalten. Was auch immer er getan hatte, traf keinerlei Aussage über mich selbst oder die tiefe Unschuld unserer Tochter.

Innerhalb weniger Minuten hatte ich mir meinen Plan zurechtgelegt. Ich stellte die Schatulle neben Irene auf den

Boden und polterte dann ein wenig herum, augenscheinlich mit Aufräumen beschäftigt, bis sie sich rührte.

»Ich wollte dich besuchen kommen und habe dir einen Tee gemacht«, sagte ich. »Tut mir leid, falls ich dich geweckt habe.«

»Ach, ich bin froh, dass du mich geweckt hast. Wenn ich nachmittags zu lange schlafe, komme ich nachts nicht zur Ruhe.«

Ich zog mein Handy aus der Tasche, tippte auf den Bildschirm und legte es neben Irene auf den Tisch. Dann setzte ich mich ihr gegenüber. »Wir sind nun schon lange befreundet, nicht wahr?«

Sie warf mir über den Rand ihrer Tasse hinweg einen Blick zu. »Ja, das sind wir.«

»Irene, wenn es okay ist, möchte ich gerne komplett ehrlich mit dir sein.«

»Ja, selbstverständlich!«

Ich stand auf, ging zu ihr hinüber und hob die Schatulle vom Boden auf.

»Oh! Was machst du ...« Sie sah nach unten, entdeckte die Decke auf ihrem Schoß und erkannte den Zusammenhang. »Du hast meine Schatulle gefunden.«

»Mehr als das, Irene. Ich habe reingeschaut.«

Ihr Gesicht fiel in sich zusammen. »Das sind nur ein paar Zeitungsartikel über Ereignisse, die hier in der Gegend passiert sind.« Ihr Blick verdüsterte sich. »Du hättest nicht hineinschauen sollen. Das ist mein Privatbesitz.«

»Es tut mir leid. Aber ... Ach, Irene, ich habe die rote Haarsträhne gesehen. Matildas Haarsträhne.«

»Wer? Das sind nicht Matildas Haare.«

»Wessen dann?«

»Das geht dich nichts an.« Sie versuchte, sich aus ihrem Sessel zu stemmen, ohne Erfolg.

»Ich weiß, dass das Matildas Haare sind, Irene. Aber ich

wollte dir gegenüber ehrlich sein und dir sagen, dass ich es verstehen kann. Das ist allein deine Angelegenheit.«

Sie kniff die Augen zusammen. »Worauf willst du hinaus?«

»Auf nichts. Weißt du, vor Michaels Tod wäre ich bei dem Anblick in Panik geraten. Aber jetzt bin ich eine Witwe, genau wie du, und ich weiß einiges über Michael, von dem niemand sonst wissen darf. Etwas, von dem ich mir wünsche, er hätte es nicht getan, was meiner Liebe ihm gegenüber aber keinen Abbruch tut.«

»Was denn?«, fragte Irene interessiert.

»Du zuerst«, sagte ich. »Ich habe deine Schatulle gefunden, also erzähl du mir erst, was mit Matilda Spencer passiert ist, und dann erzähle ich dir, was mit Suzy Baros passiert ist.«

Sie riss die Augen auf, gespannt auf meine sensationellen Neuigkeiten, und ich dankte dem Schicksal dafür, dass sie noch nicht wusste, dass Suzy bereits wohlbehalten wieder aufgetaucht war.

»Das ist lange her«, sagte sie widerwillig. »Ich kann mich kaum noch erinnern.«

»Das kann ich verstehen. Ich glaube, wenn wir uns nicht erinnern wollen, wird es sogar noch schwieriger. So war es in meinem Fall zumindest.«

Sie musterte mich aufmerksam und nickte langsam. Mir war klar, dass sie abzuschätzen versuchte, ob sie mir vertrauen konnte.

»Weißt du, es war ja nicht so, als hätte Michael Suzy wehtun *wollen*. Ich weiß, dass er ein guter Mensch war. Er hat Tansy und mich so gut behandelt. Die Leute sehen ein Opfer und denken automatisch, diese Person muss wunderbar und unschuldig gewesen sein. Weißt du, was ich meine?«

Sie nickte. »Ja. Es interessiert niemanden, ob dich jemand dazu gebracht hat. Sie wissen nicht, wie sich das anfühlt, bis sie selbst in so einer Situation stecken.«

»Die Polizei will schon wieder mit mir sprechen. Ganz

gleich, ob sie mich einsperren oder mich noch tausendmal befragen, ich werde Michael nicht verraten. Ich werde sein Andenken nicht beschmutzen. Verstehst du das?«

Sie lehnte sich nach vorn. »Ja, Kate, das verstehe ich sogar sehr gut. Aber die meisten würden es nicht verstehen. Die meisten Menschen wissen nicht, wie es ist, den wichtigsten Menschen in ihrem Leben verloren zu haben.«

Ich dachte an Donna, und die Ironie von Irenes Aussage versetzte mir einen Stich.

»Michael war ein guter Mann und ich werde ihn immer lieben – ganz gleich, was er getan hat.«

Kurz saßen wir einfach schweigend beieinander und ich konnte spüren, dass sie überlegte, mir die Wahrheit zu sagen. Endlich begann sie zu sprechen.

»Weißt du, die Leute hier haben nie erkannt, was für eine Primadonna Matilda Spencer war. Sie mag vielleicht erst dreizehn gewesen sein, aber in Wirklichkeit war sie eine hinterhältige junge Frau. Gib dich da nur keinen Illusionen hin.«

»Also genau wie Suzy Baros.« Ich hatte meinen Rhythmus gefunden und sie ging darauf ein. Ich konnte spüren, wie sie immer stärkeres Vertrauen zu mir fasste. »Suzy war nach außen hin die kleine Miss Sonnenschein, aber sie hat Michael so zugesetzt. Sie war in ihn verknallt, genau, wie du es gesagt hast, und als er sie abgewiesen hat, hat sie ihm gedroht, mir zu erzählen, er hätte sich an sie rangemacht. Wusstest du das?«

»Nein!«, erwiderte Irene schockiert. »Ich muss gestehen, dass ich auf ihren Charme reingefallen bin, aber ... Diese kleine Ratte Matilda, die hat damit gedroht, zur Polizei zu gehen. Sie ... sie hat meinem Amos vorgeworfen, sie unanständig berührt zu haben.«

»Ach nein!«

»Oh doch. Er ist in Tränen ausgebrochen und hat mir erzählt, wie er sie aus Versehen gestreift hat. Und, mein Gott, er hat sich doch entschuldigt. Es war ein Unfall. Aber das war ihr nicht genug, sie hat darauf bestanden, dass sie zur Polizei gehen würde, und Amos ... das hätte ihn ruiniert! Sein Vater hätte ihn enterbt. Die Leute aus dem Dorf hätten ihn gelyncht.«

»Armer Amos. Was für eine schreckliche Angelegenheit.« Ich verzog das Gesicht zu einem Ausdruck gespielter Anteilnahme. »Was hat er getan?«

»Es war meine Idee«, sagte sie selbstzufrieden. »Ich habe im Dorf mit ihr gesprochen und ihr gesagt, dass sie mich am nächsten Tag nach der Schule treffen soll. Neben dem Schulgebäude war ein Pfad unter ein paar Bäumen. Ich habe ihr gesagt, ich würde ihr etwas Geld geben, wenn sie nur nicht zur Polizei ginge. Aber wenn sie jemandem davon erzählen würde, wäre unser Deal null und nichtig. Am nächsten Tag wartete Matilda schon am vereinbarten Ort. Du hättest ihren gierigen Blick sehen sollen, als sie mich entdeckt hat. Sie hat gesagt, fünfhundert Pfund, hier und jetzt. Sie ist laut geworden und unter den Bäumen hervorgetreten, als ich gesagt habe, dass diese Summe völlig inakzeptabel sei. ›Ich gehe sofort zur Polizei‹, das hat sie gezischt. Wir hatten schon erwartet, dass sie uns Probleme bereiten würde, deswegen hatte Amos sich mit einem chloroformgetränkten Tuch zwischen den Bäumen versteckt. Nur für den Fall. So schnell habe ich noch niemanden umkippen sehen. Wir haben sie ins Auto gepackt und hierhergebracht.«

Ich musste mich sehr um einen neutralen Gesichtsausdruck bemühen. Wie grausam. Wie schrecklich die Angst gewesen sein muss, die Matilda ausgestanden hatte.

»Was ist dann passiert?«

»Sie war selbst schuld. Wir wollten nur mit ihr reden, ihr eine vernünftigere Summe anbieten und sicherstellen, dass sie etwas unterschreibt, in dem sie schwört, dass Amos sie nie angefasst hat. Er war einer der Grundpfeiler unserer Gemeinde, Teil des Schulrats. Das hätte ihn ruiniert. Wir hatten vor, sie hier oben wieder zur Vernunft zu bringen.«

»Natürlich«, stimmte ich zu.

»Als sie das Bewusstsein wiedererlangte, hatten wir gar keine Zeit, ihr unser Angebot zu unterbreiten, denn sie sprang auf und rannte davon. Amos hat nach ihr gegriffen und da hat ihn dieses kleine Biest doch einfach in die Hand gebissen. Mein Schlag war eine rein instinktive Reaktion ... ich habe vorher gar nicht darüber nachgedacht.«

»Du hast sie niedergeschlagen?«, bohrte ich nach.

»Ja.« Sie zögerte. »Ich hatte zu dem Zeitpunkt einen Schürhaken in der Hand, weil ich das Feuer anfachen wollte. Sie hat das Bewusstsein verloren und ist gegen den gusseisernen Kamin geknallt.« Sie nickte in Richtung des Kamins vor meinen Füßen, mit dem polierten Eisengitter, und ich zog meine Beine auf das Sofa. Genau hier, in diesem Zimmer, war Matilda ums Leben gekommen. All die Jahre, die wir hier gesessen hatten ... Tansy hatte hier gespielt, hatte sich dort auf den Boden gesetzt, um zu malen und zu basteln. Das war ... einfach unvorstellbar.

»Was habt ihr gemacht, als sie hingefallen ist?« Es kostete mich große Mühe, einen ruhigen Tonfall beizubehalten.

»Dass sie dabei draufgegangen ist, war nicht zu übersehen. Ihre Augen waren weit aufgerissen und starr. Während Amos im Schuppen nach einer Plane suchte, um sie einzuwickeln, war ich ein paar Minuten mit ihr allein. Als sie so dalag, wirkte sie so jung, so hilflos, genau wie die Tochter, die ich so geliebt hätte, der wir ein so gutes Leben gegeben hätten.« Irene hatte schon früher darauf angespielt, dass sie gerne ein Kind gehabt hätte, aber dass es nicht hatte sollen sein. »Ich weiß noch, wie ich ihre bleiche Haut berührt habe, sie war so weich, und ihre Haare ... diese wunderschönen Haare! Ich habe mir eine Locke davon abgeschnitten, als Erinnerung an sie. Amos hat davon nie etwas gewusst. Er hätte das nicht verstanden. Im Tod habe ich ihr vergeben, verstehst du? Dafür, dass sie uns ruinieren wollte.« Sie starrte ins Nichts, das Gesicht von milder Güte erfüllt.

Ich musste sie weiter antreiben. »Und dann kam Amos mit der Plane zurück?«

»Genau. Ich habe ihm geholfen, sie einzuwickeln und rauszuziehen. Er hat bis Mitternacht gegraben, es schien gar kein Ende zu nehmen. Er hat gewartet, bis es dunkel war, und es mit einem Spaten gemacht, weil er dachte, laute Maschinen und Lichter würden nur Aufmerksamkeit auf sich ziehen.«

»Hat Michael zu dem Zeitpunkt schon hier gearbeitet?«

»Nein. Michael kam erst einige Jahre später nach Wadebridge, er hat nie gewusst, was mit Matilda geschehen ist. Aber wenn wir ihn darum gebeten hätten, hätte er uns geholfen, das weiß ich genau.«

Abscheu und Wut wirbelten gefährlich in mir durcheinander. »Wie seid ihr damit umgegangen, Matildas Familie im Dorf zu begegnen? Die Suche nach ihr muss alle so aufgewühlt haben.«

»Wir haben mitgemacht«, sagte Irene schlicht. »Wir haben der Familie Essen und sonstige Spenden geschickt, wie alle anderen auch. Eines Tages habe ich im Dorf mit der kleinen Donna gesprochen. Sie war ganz außer sich, weil sie ihre Schwester nicht wie geplant nach der Schule getroffen hatte. Ich habe ihr gesagt, dass es nicht ihre Schuld ist und sie sich deswegen nichts vorzuwerfen hat. Ich habe versucht, ihr zu helfen, aber natürlich hat sie mir nicht zugehört. Wir waren auch traurig, auf unsere Art.«

»Und das war's? Amos hat Matilda begraben, ihr habt alles aufgeräumt und dann wart ihr glücklich bis an euer Lebensende?« Schnell zügelte ich meine Wut wieder, ich musste unbedingt einen neutralen Eindruck machen, bis ich all die Informationen hatte, die ich brauchte. »Amos und du, zwei gute Menschen. Das muss euch doch belastet haben.«

»Hat es natürlich! Genau das meine ich doch, Kate. Wir waren gute Menschen und rundherum glücklich, bis diese schamlose kleine Lügnerin angetanzt kam und uns mit ihren Drohungen zu ruinieren versuchte. Es ist alles aus dem Ruder gelaufen, aber das hätte niemanden interessiert, wenn sie zur

Polizei gegangen wäre. Oh nein, man hätte Amos als Perversen gebrandmarkt und sie hätten uns aus dem Dorf gejagt. Wir wären ausgestoßen worden.«

»Aber die Polizei hat doch bestimmt nach ihrem Verschwinden alle befragt, auch hier oben ...«

»Absolut. Aber damals war alles noch viel zivilisierter. Wir kannten die Polizisten vor Ort. Manche von ihnen wohnten sogar im Dorf. Amos hat sich manchmal mit dem Chief Inspector auf ein Glas getroffen und deswegen wusste er schon vor allen anderen, was diese neuen arroganten Detectives aus der Stadt vorhatten, und dass sie keine Spuren hatten. Niemand hat je darum gebeten, hier graben zu dürfen. Keiner hat je auch nur an uns gedacht.«

»Hast du je an Amos gezweifelt?«

»Wie meinst du das?« Sie runzelte die Stirn und ich wusste, dass ich vorsichtig sein musste, um nicht über das Ziel hinauszuschießen.

»Hast du dich jemals auch nur für einen Augenblick gefragt, ob Matilda vielleicht die Wahrheit gesagt hat?«

»Nie!«, blaffte sie und ballte die Hände zu Fäusten. »Amos hat mich geliebt. Wir haben einander vergöttert. Er hat es selbst gesagt, irgendetwas an ihm musste diese jungen Frauen dazu gebracht haben, solche Lügen über ihn zu erzählen, um ihn zu ruinieren.«

»Da waren noch andere?«, fragte ich schwach.

»Nur ein paar, soweit ich weiß.« Irene verschränkte die Arme vor der Brust. »Amos hat sie für ihr Schweigen bezahlt und sie sind darauf eingegangen. Sie waren vernünftiger als Matilda Spencer.«

»Also ... wusstest du, dass er junge Mädchen begrabscht hat?«

»Um Himmels willen!« Ihr Gesicht lief feuerrot an. »Natürlich hat er das nie getan! Sie haben alle gelogen, jede Einzelne! Deswegen hat Amos mich um Hilfe gebeten, mich!

Ich war immer die Starke von uns beiden. Ich war immer die, die wusste, was zu tun war.«

Sie begann, vor und zurück zu wippen und dabei die Arme um sich zu schlingen, als würde sie sich von innen heraus auflösen. Ich spürte, dass mir nicht mehr viel Zeit blieb.

»Eine Frage habe ich noch, Irene. Warum hast du die Haarsträhne und die Zeitungsausschnitte behalten? Warum hast du das nicht entsorgt, damit es dir nicht irgendwann rechtlich zur Last fallen würde?«

Sie hörte auf zu wippen und wurde plötzlich ganz still, fast schon besinnlich. Sie antwortete mir nicht direkt und als sie schließlich sprach, war ihre Stimme nur noch ein Flüstern: »Irgendetwas war da wohl in diesen paar Minuten, die ich mit ihr allein war. Ich fühlte mich ihr so nahe, verstehst du. Als ich ihr über das Gesicht gestreichelt und sie als junges Mädchen wahrgenommen habe, war es, als wären wir miteinander verbunden. Amos und ich konnten zusammen keinem Kind das Leben schenken, aber wir haben ihr zusammen das Leben genommen.« Sie schien wieder aus ihren Gedanken aufzutauchen und schüttelte sich. »Es mag ja verrückt klingen, aber das war etwas Besonderes. Etwas ganz Besonderes. Und ich musste ein Erinnerungsstück an sie aufbewahren.«

»Und außerdem hast du die Zeitungsartikel gesammelt.«

Sie nickte. »Das war, als würde sich ein Theaterstück vor uns abspielen, bei dem ich allein hinter die Kulissen sehen konnte. Ein köstliches Geheimnis. Ich konnte ins Dorf runtergehen, wo mir alle ihr Herz ausschütteten, und dann wieder hier hochkommen und Matildas Haar in meiner Hand halten.«

Mir stockte der Atem. Ich stand auf und griff nach meinem Handy.

»Moment mal!« Sie rutschte in ihrem Sessel nach vorn und verzog das Gesicht, als ihre Arthrose sie zwickte. »Du kannst noch nicht gehen. Du musst mir erst alles über Michael und

Suzy erzählen. Was ist passiert? Sie wollte ihn einfach nicht in Ruhe lassen, nicht wahr?«

»Da gibt es nichts zu erzählen«, zischte ich. »Michael hat Suzy nichts getan. Sie ist in Sicherheit und wohlauf und momentan im Gespräch mit der Polizei.« Ich konnte keine einzige Minute mehr mit dieser Frau verbringen und hatte nicht die geringste Absicht, ihr die Geschichte von Suzy und Jakub zu erzählen.

»Was? Wie ... du musst mir sagen, was passiert ist. Du hast es versprochen. Hilf mir hoch«, verlangte sie. Ich schenkte ihr keine Beachtung und ging zur Tür.

»Ich gehe direkt zur Polizei, um ihnen zu sagen, was du mir eben über Matilda erzählt hast. Du kannst dich schon mal darauf vorbereiten.« Ich konnte es kaum ertragen, sie anzusehen.

Irene warf den Kopf zurück und lachte. »Ich glaube nicht, dass die Polizei kommen wird, Kate. All das, was ich dir eben erzählt habe? Das wird dir niemand glauben. Es wird so offensichtlich sein, dass du dir das ausgedacht hast, um Michael zu beschützen, genauso, wie ich immer noch Amos beschütze.«

»Ich hätte Michael nie in diesem Ausmaß beschützt«, sagte ich. Dieser unvermittelte Wandel in ihrem Verhalten drehte mir den Magen um. Diese Schadenfreude in ihrem Gesicht, als sie dachte, gewonnen zu haben. Keine Reue. Kein Mitgefühl mit Donna, mit Matilda, deren Lebenslicht sie, ohne zu zögern, ausgelöscht hatte. »Ich habe ihn geliebt, aber einen gewissen Punkt kann man als anständiger Mensch nicht überschreiten. Ich sehe, wie die Jahre voll Leid und Trauer auf Donna lasten. Das hast du zu verantworten. Es ist an der Zeit, die Wahrheit ans Licht zu bringen, damit Matilda endlich in Frieden ruhen kann.«

Sie richtete ihren dunklen, glänzenden Blick auf mich, das Gesicht verächtlich verzogen.

»Sie werden dir nicht glauben«, zischte sie. »Niemand wird

dir glauben. Mir war schon klar, dass sie Matildas Überreste finden könnten, und ich habe ihnen bereits erzählt, dass ich Michael des Mordes an Suzy und Jakub verdächtige.«

»Oh doch, sie werden mir glauben. Sie werden mir alle glauben, wenn sie das hier hören.« Ich tippte auf mein Handy, spulte die Sprachaufnahme zurück, drückte auf Play und hielt das Gerät hoch.

Irenes Stimme ertönte, glasklar und laut: *Ich hatte zu dem Zeitpunkt einen Schürhaken in der Hand, weil ich das Feuer anfachen wollte. Sie hat das Bewusstsein verloren und ist gegen den gusseisernen Kamin geknallt.*

Ihr Mund klappte auf. »Was hast du getan? Du hinterhältiges kleines …«

»Und das nehme ich auch mit.« Ich bückte mich und griff nach der Schatulle mit Matildas Haarsträhne und den Zeitungsartikeln, klappte den Deckel zu und schloss ab.

»Nein! Die gehört mir, gib sie zurück!«, keuchte sie. Ein Hustenanfall packte sie, sie zog ein Taschentuch hervor und hustete spuckend hinein. Als sie das Taschentuch vom Gesicht zog, sah ich etwas Rotes aufblitzen. Sie hatte Blut gehustet.

Kurz sah ich dort eine gebrechliche alte Dame sitzen, die meine Hilfe brauchte, aber dann geiferte sie wieder los.

»Du hast Michael nicht geliebt, nicht so, wie ich Amos geliebt habe. Ich bin stolz darauf, seine Witwe zu sein, und stolz, dass meine Loyalität nicht mit ihm gestorben ist. Sie wird ewig andauern.« Sie sackte in ihrem Sessel zusammen, die Augen auf einmal ganz stumpf.

Zeit, das hier ein für alle Mal abzuschließen.

»Mir ist egal, was du sagst und womit du versuchst, dich zu rechtfertigen«, sagte ich ruhig. »Es ist Zeit, die Wahrheit zu sagen. Es ist Zeit, Matilda und ihrer Familie den Frieden zu geben, den sie verdienen.«

Und damit verließ ich das Haus.

VIERUNDFÜNFZIG

Eine Woche später: 11. Dezember 2019

Donna und ich saßen mit einer Tasse Kaffee in meiner Küche und sahen durch die Glastüren hindurch unseren beiden Mädchen zu, die in Mänteln, Mützen und Schals gewickelt im Schnee herumtobten und dabei fröhlich quietschten.

Das silberfarbene Lametta, das sie in den Bäumen entlang unseres kleinen Gartens aufgehängt hatten, glitzerte, als sich ein schwacher Sonnenstrahl durch die Wolken kämpfte. Die roten Bäckchen und glänzenden Augen der beiden waren meiner Seele ein Balsam in dieser schwierigen Zeit.

»Das hier, davon brauche ich mehr«, sagte Donna und stellte ihre Tasse ab. »Mehr Momente, in denen wir unseren Mädchen beim Glücklichsein zusehen. Ich möchte Ellie aufwachsen sehen, in Sicherheit und zufrieden, so wie es Matilda nie tun konnte, weil ihr diese Gelegenheit genommen wurde.«

Ich nickte und griff nach ihrer Hand. »Und das wirst du, Donna. Da bin ich mir sicher.«

Nachdem Donna von Pauls Anteil an Suzys Geschichte

gehört hatte, hatte sie mich überrascht, indem sie ihn sofort verließ. »Ellie und ich nehmen uns ein Zimmer in einer Pension oder so, nur so lange, bis ich den Kopf wieder frei habe.«

»Vergiss es. Wir haben mehr als genug Platz zu Hause und Tansy würde mir nie verzeihen, wenn ich dich nicht einladen würde. Für die Mädels erfüllt sich doch damit ein Traum, jeden Tag Pyjamaparty.«

Donna hatte mich zweifelnd angesehen. »Kate, ich möchte dich nicht noch mehr belasten. Ich weiß nicht ...«

»So sehe ich das nicht. Vielmehr *teilen* wir damit unsere Last. Wir schaffen das, gemeinsam. Bald ist Weihnachten und dass du die Feiertage mit Ellie in einer Pension verbringst, kommt gar nicht in die Tüte. Gib am besten gleich auf, jede Diskussion ist zwecklos.«

Und damit war es abgemacht. Wir hatten uns umarmt, ein paar Tränen vergossen und konkrete Pläne geschmiedet. Die Mädchen waren ganz aus dem Häuschen und Donna und ich konnten füreinander Therapeutin spielen. Eines Abends hatten wir uns alles von der Seele geredet, mit einem Gin Tonic und den selbstgebackenen Plätzchen, die wir regelmäßig mit den Mädchen backten.

»Als sie Matilda gefunden haben, war es, als hätte jemand einen Schalter in meinem Kopf umgelegt. Mir wurde klar, dass ich die Verantwortung dafür trage, dass mein Leben und das meiner Tochter zählt. Für Matilda und auch für mich selbst«, sagte Donna. »Es war, als hätte jemand einen Scheinwerfer auf mein Leben gerichtet, und in dem Licht sah ich Paul endlich als den Mann, der er ist. Egoistisch, herrschsüchtig, untreu, mir nichts als ein Dorn im Auge.«

Nachdem ich Irenes Haus vor einer Woche verlassen hatte, war ich direkt zum Polizeirevier gefahren. Suzy und Jakub hatten das Haus erst zwei Stunden zuvor gemeinsam mit DI Price und DS Brewster verlassen, also wusste ich, dass die Chancen gut standen, beide Detectives noch dort anzutreffen.

Ich war auf eine gewisse Wartezeit vorbereitet, hatte der Empfangsdame aber deutlich gemacht, dass ich unbedingt mit einem der beiden sprechen musste. Nur wenige Minuten später war Price aufgetaucht und hatte mich in einen Vernehmungsraum geführt. Dort hatte ich ihr die Wahrheit über Matilda offenbart und ihr eine Kopie der Sprachaufnahme meines Handys geschickt. Außerdem hatte sie Irenes makabre Schatulle in Gewahrsam genommen.

»Dir Irenes Geständnis abzuspielen, war das Schwerste, was ich je getan habe«, sagte ich zu Donna. »Aber ich wusste, dass du das nicht von der Polizei hören solltest. Ich wusste nur nicht, ob es dir Freiheit schenken oder dich in ein tiefes Loch stoßen würde.«

Es hatte uns drei Versuche gekostet, die gesamte Aufnahme anzuhören. Ich musste sie immer wieder anhalten, damit Donna sich sammeln und ihre Tränen mit einem Berg an Taschentüchern trocknen konnte. Der Ausdruck auf dem Gesicht meiner Freundin war unerträglich gewesen. Niemals würde ich den Schmerz vergessen, die Wut und schließlich die zögernde Erleichterung, dass sie nun das letzte Teil dieses schrecklichen Puzzles in der Hand hatte.

»Sowohl als auch«, erwiderte Donna leise. »Aber es war notwendig. Wenn du sie nicht zur Rede gestellt hättest, hätte sie die Schuld an Matildas Tod mit Freude Michael aufgebürdet.«

Ich nickte. DI Price hatte mir gesagt, dass Irene ihn den Detectives gegenüber als jähzornig beschrieben und gemeint hatte, er wäre durchaus dazu in der Lage.

»Michael war nicht perfekt«, sagte ich. »Aber er war ein guter Mann und Krols Tod muss ihn schwer belastet haben. Dieses Geheimnis, das er nicht einmal mir erzählt hat. Er wusste, dass Krols Leiche dort oben in Wadebridge begraben lag, also muss die Suche der Polizei nach Suzy ihn schrecklich unter Druck gesetzt haben.«

All die Zeit, in der ich vermutet hatte, Michael würde seine Schuld über seine Rolle in Suzys »Verschwinden« verbergen. Zugleich hatte ich einen so starken Drang verspürt, die Verantwortung für alles Geschehene auf mich zu nehmen. Genauso, wie ich es als Kind getan hatte, als ich Mums Alkoholismus versteckt und versucht hatte, Unheil von uns fernzuhalten, nur um immer wieder zu scheitern. Ich hatte versucht, die Erwachsene in unserer verkorksten Beziehung zu sein. An dem Tag, als sie mir geschworen hatte, dass sie nüchtern war, und mit dem Auto davongebraust war, war sie frontal gegen eine Mauer gefahren und sofort tot gewesen.

Und ich hatte mir mein ganzes Leben lang die Schuld dafür gegeben. Hatte mich mit Fragen gequält: Warum habe ich ihr geglaubt? Warum habe ich nicht erkannt, was passieren würde? So viele Jahre hatte ich mit dem Glauben verschwendet, verhindern zu können, dass mir und den Menschen in meinem Leben etwas Schlimmes zustieß, wenn ich mich nur genug anstrengte . So viele Jahre, in denen ich mir die Verantwortung für Dinge aufgebürdet hatte, die doch außerhalb meiner Kontrolle lagen.

Nun war mir endlich klargeworden, dass ich eine gute Freundin sein konnte, eine verlässliche, liebevolle Mutter und, falls etwas Schlimmes geschah, darauf vertrauen konnte, dass ich stark genug war, um andere zu unterstützen. Ich konnte die schwere Last meiner Kindheit endlich ablegen und einen neuen Weg einschlagen.

Wir saßen eine Weile friedlich schweigend beieinander, bis Donna wieder das Wort ergriff.

»Ich vermisse Paul gar nicht. Ich hätte erwartet, dass ich ihn vermisse. Mir war gar nicht klar, wie viele Sorgen ich mir darüber gemacht habe, wo er ist, mit wem er sich trifft, bis ich es auf einmal nicht mehr tun musste. Es hat mir geholfen, ihn nicht zu sehen, auch wenn ich mir wünsche, dass er weiterhin eine enge Beziehung zu Ellie hat. Für mich ist er reines Gift.«

Wir hatten gemeinsam eine Abmachung getroffen, laut

derer Paul zu einer vereinbarten Zeit zum Haus kam, wo ich ihm Ellie übergab. Wenn er sie zurückbrachte, empfing ich die beiden wieder vor der Tür. Auf diese Art konnte Donna sich komplett davon fernhalten.

Paul war kaum in der Lage, mir in die Augen zu sehen, aber das war okay. Damit konnte ich gut leben.

FÜNFUNDFÜNFZIG
POLIZEIREVIER NOTTINGHAMSHIRE

Helena stand im Gang der Verdammnis, wie sie ihn im Team nannten, und bereitete sich auf die letzte Besprechung mit Detective Superintendent Della Grey im Wadebridge-Fall vor.

»Bereit, Brewster?« Sie wandte sich ihrem Kollegen zu und ließ den Blick über seine Krawatte, sein Hemd und das Revers seiner Anzugjacke schweifen. Erstaunlicherweise waren keine Flecken zu erkennen.

»Bereit, Chefin.«

Sie klopfte an die Tür und trat ein.

»Morgen, Ma'am«, grüßte sie freundlich.

»Morgen«, erwiderte Grey, die am Fenster stand. »Setzen Sie sich.«

Helena warf einen bewundernden Blick auf den violetten Hosenanzug mit makellos weißer Bluse, dessen extravaganter Stil Grey so hervorragend stand. Außer einem Paar kleiner Diamantohrstecker trug ihre Vorgesetzte keinen Schmuck. Niemand schien zu wissen, ob sie in einer Beziehung oder verheiratet war. Das Einzige, was Helena über sie gehört hatte, war das mit den beiden Hunden. Erneut schoss ihr der unschöne Gedanke durch den Kopf, dass Grey sie und

Brewster möglicherweise darüber hatte lachen hören, woraufhin sie ihn schnell wieder beiseiteschob.

Grey setzte sich und musterte sie beide. »Nun denn. Wo stehen wir mit dem Fall? Alles in trockenen Tüchern?«

»So gut wie«, sagte Helena zuversichtlich. »Wie Sie wissen, haben wir die DNA-Ergebnisse bekommen. Dank Kate Shaws Einsatz als Hobbydetektivin gab es dort keine Überraschungen. Wie erwartet, wurden die Leichen als die von Matilda Spencer und Oskar Krol bestätigt.«

»Und Irene Wadebridge?«

»Da wird es ein bisschen verzwickt«, sagte Helena. »Wir haben sie wegen Mordverdachts verhaftet und hier auf dem Revier in Anwesenheit ihres Anwalts befragt. Nachdem wir gemeinsam Kate Shaws Sprachaufnahme ihres Gesprächs angehört hatten, hat Wadebridge alles gestanden. Angesichts ihres Alters und der vielen Jahre, die seit der Tat verstrichen sind, haben wir sie nicht als Bedrohung eingestuft und bis zum Abschluss unserer Untersuchung gehen lassen.«

»Und wann wird es verzwickt?«, hakte Grey nach.

Helena bedeutete Brewster zu antworten. »Leider hat sich Irene Wadebridges Gesundheitszustand nach der Mordklage im Fall Matilda Spencer rapide verschlechtert. Dass sie an Arthrose und Ischias-Problemen leidet, ist weithin bekannt, aber anscheinend hat sie außerdem fortgeschrittenen Lungenkrebs, von dem sie niemandem erzählt hat.«

»Verstehe.« Grey runzelte die Stirn.

»Unser Team bereitet gerade alles Beweismaterial für die Staatsanwaltschaft vor, um dort wegen möglicher Anklagepunkte anzufragen. Wir hoffen auf Totschlag und Verstoß gegen das Bestattungsgesetz, aber die letztendliche Entscheidung liegt natürlich bei der Staatsanwaltschaft, Ma'am.«

»Hoffen wir im Namen von Matilda Spencers Familie, dass wir den Fall abschließen können«, sagte Grey und überflog ihre Notizen. »Und was machen wir mit Suzy Baros und

Paul Thatcher? Ihr kleines Komplott hat Folgen nach sich gezogen.«

»Scheint, als würden sie mit einer Verwarnung davonkommen, aufgrund mildernder Umstände«, erklärte Brewster. »Gerade auf dem Weg zu Ihnen haben wir von einer neuen Spur in Michael Shaws Tod erfahren.«

Grey hob eine Augenbraue. »Ach ja? Ich bin ganz Ohr.«

»Ein neuer Zeuge hat sich gemeldet, mit Dashcam-Aufnahmen. Er war auf dem Weg zum Flughafen, zu einem Arbeitseinsatz im Ausland, und er hat die Aufnahmen erst durchgesehen, als er wieder zu Hause war und von dem Unfall gehört hat. Sie analysieren und vergrößern die Aufnahmen in diesem Moment, aber es sieht stark danach aus, als wäre Shaw auf dem Gehsteig gestolpert und auf die Straße gestürzt. Er wedelt wild mit den Armen, als wolle er sich auffangen. Es wirkt absolut nicht so, als wäre er mit Absicht auf die Straße getreten, auch wenn es für den heranfahrenden LKW-Fahrer durchaus so ausgesehen haben könnte.«

»Na, so was aber auch. Eine überraschende Wendung«, murmelte Grey. »Sonst noch was?«

»Wir beraten bezüglich des Todes von Oskar Krol mit der Staatsanwaltschaft«, sagte Helena. »Jasinski behauptet zwar, dass es sich um Notwehr gehandelt hätte, als Michael Shaw Krol erschossen hat, aber sowohl er als auch Shaw haben sich deswegen nicht bei uns gemeldet und somit gegen das Bestattungsgesetz verstoßen. Deshalb haben wir mit Jasinski eine Beschuldigtenvernehmung durchgeführt.«

»Auch hier wird die Staatsanwaltschaft das Beweismaterial überprüfen«, fügte Brewster hinzu. »Es kann gut sein, dass sie angesichts seines bis dahin tadellosen Lebenslaufes und seiner Reumütigkeit entscheiden, dass es nicht dem öffentlichen Interesse entspricht, ihn unter Anklage zu stellen. Falls dem so ist, wäre der Fall damit abgeschlossen.«

»Sehr schön. Nun gut, ein paar Details gibt es noch zu klären, aber alles in allem gute Arbeit.«

»Vielen Dank«, antwortete Helena strahlend.

»Danke, Ma'am«, fügte Brewster hinzu.

»Da wird mir richtig warm ums Herz, wenn meine Leute Erfolg haben.« Grey schenkte ihnen ein schmallippiges Lächeln und Helenas Herz setzte einen Schlag aus. Grey ließ den Blick zwischen Helena und Brewster hin und her schweifen. »Entgegen der gängigen Meinung habe ich nämlich ein Herz.«

»Ja, Ma'am«, sagten sie unschuldig im Chor.

SECHSUNDFÜNFZIG

KATE

Weihnachten 2019

Donna und ich waren früh aufgestanden, sogar noch vor den Mädchen, die sich gestern Abend vor lauter Aufregung komplett ausgepowert hatten und immer noch tief und fest schliefen.

Um fünf Uhr dreißig hatten wir bereits ein Feuer angefacht und ganz leise eine weihnachtliche Playlist auf Spotify eingeschaltet. Draußen war es noch dunkel, aber die Lampen verbreiteten ihr sanftes Licht und unser Baum mit den fünfhundert Glitzerlichtern und den selbstgebastelten Paillettenornamenten der Mädchen sah einfach prächtig aus. Zweieinhalb Meter war das Ungetüm groß und wir hatten uns vor Lachen fast in die Hose gemacht, als wir ihn unter massiver Gegenwehr in eine Ecke gezerrt hatten.

»Für Eierlikör ist es noch ein bisschen früh, aber für den Anfang tut's das auch«, sagte Donna lachend und reichte mir eine Tasse Tee. »Prost!«

»Prost.« Wir stießen mit unseren Tassen an. »Auf den Beginn einer neuen Ära«, fügte ich hinzu.

»Darauf trinke ich gern«, sagte Donna. »Kate, dank dir geht es mir heute so viel besser als je zuvor. Ich denke wirklich, dass ich mein Schicksal nun selbst in die Hand nehmen kann.«

»Das freut mich. Aber stell dein eigenes Licht nicht unter den Scheffel. Du hast dir selbst aus einer ungesunden Situation herausgeholfen, indem du gegangen bist. So was erfordert sehr viel Mut.«

Später kamen Suzy, Aleks, Jakub und Pawel zum Weihnachtsessen vorbei. Zum Wohl der drei Kinder hatten Donna und ich einvernehmlich beschlossen, unsere eigenen Gefühle außen vor zu lassen und einfach einen schönen Tag zu planen, um diese unfassbar schwierige Zeit abzuschließen. Suzys Egoismus hatte mich schockiert und wir waren beide weit davon entfernt, ihr zu verzeihen. Aber wir wollten auch nicht, dass Aleks' Weihnachtszeit von Kummer überschattet wurde. Außerdem hatte Suzy darauf bestanden, dass sie uns allen noch ein letztes Stück der Geschichte erzählen wollte.

»Für einen Tag kann sogar ich ein Auge zudrücken«, hatte Donna großmütig gesagt. Und mit diesem frechen Funkeln in den Augen, das ich so vermisst hatte, hatte sie hinzugefügt: »Zumindest kann ich es versuchen.«

Weil wir so viele waren, hatten wir für unser Essen ein Buffet vorbereitet. Pawel brachte ein paar polnische Köstlichkeiten zum Probieren mit und während wir aßen, erhob sich Suzy.

»Ich habe eine Weihnachtsüberraschung für euch«, sagte sie und warf Jakub einen nervösen Blick zu, der lächelte und Aleks zuzwinkerte. »Ich wollte, dass ihr alle wisst, dass Aleks Jakubs Sohn ist. Deswegen war es so wichtig, dass Aleks und ich Jakub finden.«

Nun ergab alles etwas mehr Sinn. Wie weit Suzy bereit

gewesen war zu gehen, um herauszufinden, was wirklich mit Jakub geschehen war. Aleks selbst hatte einen hohen Preis gezahlt, um seinen Vater kennenzulernen, und Suzy war über einige Leichen gegangen, um ihr Ziel zu erreichen. Mein Herz zog sich zusammen. Wir alle hatten von ihrer Suche Narben davongetragen.

Fröhlich fuhr Suzy fort.

»Sobald wir all das hier hinter uns gelassen haben und Jakub freigesprochen wird, gehen wir zurück nach Polen, nach Zalipie, um unser Leben dort wieder aufzunehmen, als Familie.«

Alle klatschten und hoben ihre Gläser. »Jakub, du wusstest gar nicht, dass du Vater bist?«, fragte Donna.

»Nein. Nachdem Ana mich für Oskar verlassen hat, haben wir uns noch einmal heimlich getroffen, als ich Weihnachten 2012 zu Hause zu Besuch war. Ich hatte gehofft, dass sie es sich danach anders überlegen und zu mir zurückkommen würde, aber es hat nicht sollen sein. Meine Mutter hat mir nie erzählt, dass Ana ein Kind bekommen hat. Warum, weiß ich nicht.«

Suzy nickte. »Als ich herausgefunden habe, dass ich schwanger bin, habe ich mir große Sorgen gemacht. Aleks hat Jakub so ähnlichgesehen und ich glaube, Oskar hat geahnt, dass er Jakubs Sohn ist. Er hat mich dazu gezwungen, einen Vaterschaftstest machen zu lassen. Jahrelang hat er mich buchstäblich gefangen gehalten und meinen Jungen schlecht behandelt. Aber all das liegt jetzt hinter uns. Wir drei sind endlich zusammen.«

Wir waren seit zwanzig Minuten in eine Runde Trivial Pursuit vertieft, als es an der Tür klopfte. Ich ließ die anderen weiterspielen und sah durch den Spion, bevor ich aufmachte.

»Hallo, Paul«, sagte ich steif. »Du solltest Ellie erst morgen abholen.«

»Ich möchte zu Donna. Ich habe ihr etwas zu sagen.«

»Warte hier«, sagte ich und fixierte ihn mit einem strengen Blick. »Ellie hat Spaß mit Tansy und Aleks. Verdirb ihr nicht das Weihnachtsfest.«

»Das werde ich nicht. Ich möchte niemandem Ärger bereiten. Ich möchte nur mit meiner Frau sprechen.«

Ich ging wieder ins Wohnzimmer und schaffte es, Donna ein Handzeichen zu geben, ohne dass Ellie und Tansy mich entdeckten und aufsprangen, um nachzusehen, was los war.

Donna trat lächelnd in den Flur. »Ich habe gerade eine Frage beantwortet, von der ich nicht einmal wusste, dass ich die Antwort weiß! Kannst du ...« Sie blieb wie angewurzelt stehen. »Oh. Du bist es«, sagte sie.

»Ich warte im anderen Zimmer«, sagte ich zu ihr. »Lass mich einfach wissen, falls ...«

»Nein! Ich möchte, dass du hierbleibst«, sagte Donna mit Nachdruck. »Was auch immer Paul zu sagen hat, kann er uns beiden sagen.«

Verlegen zuckte ich mit den Schultern, aber ich blieb und zog die Wohnzimmertür hinter mir zu.

Paul holte tief Luft. »Donna. Ich bin heute hierhergekommen, um dir zu sagen, wie sehr ich dich liebe. Ich war so ein Idiot. Ich wusste gar nicht, wie gut ich es hatte, bis ich heute Morgen ohne euch beide aufgewacht bin.«

Donna verschränkte die Arme vor der Brust, sagte aber nichts. Als Paul sie das letzte Mal verlassen hatte, hatte sie mir erzählt, wie er sie mit einer kunstvollen Rede zurückgewonnen hatte. Und hier war sie wieder, fast Wort für Wort.

»Ich weiß, du hast das schon mal gehört, aber dieses Mal meine ich es wirklich ernst. Ich schwöre bei Gott, dass ich ohne dich und Ellie nicht leben kann.«

»Suzy meinte, du hättest zu ihr gesagt, dass du sie liebst wie noch keine andere Frau zuvor. Dass du den Rest deines Lebens mit ihr verbringen willst«, sagte Donna. »Ich glaube, wenn

Jakub nicht zurückgekommen wäre, würdest du immer noch versuchen, ihr Herz zu gewinnen.«

»Das stimmt nicht! Ich habe das nur zu ihr gesagt, damit sie glaubt, dass ich mich von dir scheiden lassen will. Ich wollte mich an Michael rächen.«

Seine Stimme war lauter geworden und ich hatte Angst, dass Ellie ihn hören könnte. Doch dann erklang Weihnachtsmusik im anderen Zimmer und ich konnte die Mädchen lachen und tanzen hören. Irgendjemand dort drüben war schlau genug, das Geschehen hier im Flur zu übertönen.

»Siehst du, das ist es, was ich an dir nicht leiden kann«, sagte Donna. »Das hier fehlt mir kein bisschen. Wie du Menschen für deine Zwecke missbrauchst und manipulierst. Benutzen und dann wieder fallen lassen, wie es dir gerade passt.«

»Gib mir nur noch eine Chance, Donna! Das habe ich doch verdient, oder? Wir sind schon so lange zusammen und ...«

»Du hattest all deine Chancen bereits, Paul. Das habe ich dir schon letztes Mal gesagt, als ich dich wieder zurückgenommen habe, ich Idiotin. Es ist aus. Ich habe genug von deinen Lügen und deinen Spielchen.« Sie wandte sich von ihm ab, um wieder ins Wohnzimmer zu gehen, und er sprang nach vorn und packte sie am Arm.

»Donna, ich flehe dich an. Es ist Weihnachten und ich bin ganz allein! Ich möchte bei dir und Ellie sein. Komm nach Hause. Bitte, komm einfach nach Hause, dann können wir reden.«

Sie schüttelte ihn ab. »Ich habe dir nichts mehr zu sagen, Paul. Wir haben das alles schon tausendmal durchgesprochen. Verschwinde und komm nicht wieder. Ich möchte nicht die Polizei rufen, aber wenn es sein muss, tue ich es.«

»Donna! Das meinst du nicht ernst. Bitte, ich ...« Tränen liefen ihm über die Wangen, aber Donna drehte sich mit einem

Ruck um, ging ins Wohnzimmer zurück und schloss die Tür hinter sich.

Paul wandte sich an mich. »Kannst du mir helfen, Kate? Bitte mach, dass sie mir zumindest zuhört.«

»Ich mische mich da nicht ein, Paul«, sagte ich emotionslos. »Wenn du mich fragst, hätte sie das schon vor Jahren tun sollen. Du hast sie langsam erstickt. Hast ihr alle Lebensenergie ausgesaugt. Hol dir Hilfe. Das wäre mein Rat. Gesteh dir ein, dass du das Problem bist.«

Er wischte sich die Krokodilstränen vom Gesicht und grinste höhnisch. »Weißt du was, ich bin froh, dass Michael fort ist. Er war mir ein Dorn im Auge. Ihr hattet einander verdient.«

Er stürmte aus dem Haus und schlug die Haustür so heftig hinter sich zu, dass der Boden unter meinen Füßen vibrierte.

»Na guck, manchmal bringt sich der Müll sogar selbst raus«, murmelte ich.

Ich trat in den Türrahmen und beobachtete die anderen dabei, wie sie lachten und miteinander plauderten. Erinnerungen an meine Weihnachtsfeste mit Michael und Tansy stiegen in mir auf und ich spürte tiefe Sehnsucht und eine Leere in mir, die sich nie wieder füllen würde. Ich sprach ein stummes Gebet für meinen Mann, von dem ich nun wusste, dass er genau der Mann gewesen war, für den ich ihn gehalten hatte. Treu, gut und der beste Vater der Welt. Die Polizei hatte mir gestattet, die unvermutet aufgetauchte Dashcam-Aufnahme anzusehen. Ich hatte das Video von Michaels Stolpern wieder und wieder abgespielt. Er hatte sich nicht umgebracht. Er hatte versucht, wieder Fuß zu fassen und den Unfall abzuwenden. Michael hatte sich nichts sehnlicher gewünscht, als bei uns zu sein, bei seiner Familie, und nun würde seine Tochter das immer wissen. Sie würde wissen, wie sehr er sie geliebt hat.

Und nun saßen wir hier, trotz allem, und genossen ein

schönes Weihnachtsfest nach einem so traurigen, traumatischen Jahr.

Die besten Zeiten lagen jetzt vor uns. Ich glaubte fest daran.

Ich wusste, wir beide würden Michael stolz machen.

MEHR VON BOOKOUTURE DEUTSCHLAND

Für mehr Infos rund um Bookouture Deutschland und unsere Bücher melde dich für unseren Newsletter an:

deutschland.bookouture.com/subscribe/

Oder folge uns auf Social Media:

 facebook.com/bookouturedeutschland
 twitter.com/bookouturede
 instagram.com/bookouturedeutschland

EIN BRIEF VON KIM

Vielen herzlichen Dank, dass ihr *Die Witwe* gelesen habt. Wenn euch das Buch gefallen hat und ihr über meine neuesten Veröffentlichungen informiert werden möchtet, meldet euch einfach unter nachstehendem Link an. Eure E-Mail-Adresse wird nicht weitergegeben und ihr könnt euch jederzeit wieder abmelden.

deutschland.bookouture.com/subscribe/

Meine Faszination für Moral und Loyalität innerhalb einer Familie haben mich dazu inspiriert, *Die Witwe* zu schreiben. In der Regel wissen wir alle, was die richtige Entscheidung ist und wie wir in einer schlimmen Situation moralisch reagieren können. Aber oft ist das Leben nicht ganz so einfach. Beziehungen und gegenseitige Loyalität kommen uns in die Quere und trüben unseren Blick. Alte Wunden können sich erneut öffnen und uns dazu bringen, uns von Angst, Schuld oder Wut leiten zu lassen.

Wie so viele andere Geschichten begann auch diese mit der Frage: »Was würdest *du* tun?« Was würdest du tun, wenn jemand, den du seit zwanzig Jahren kennst, der Vater deines Kindes, ein liebevoller, fürsorglicher Mann, sich nach seinem Tod als Monster entpuppt? Würdest du es automatisch leugnen? Würdest du Ausreden vorbringen? Würdest du dich selbst belügen, um dein Kind zu schützen? In diesem Dilemma steckt unsere Protagonistin Kate Shaw.

Kate kämpft mit schmerzhaften Erinnerungen an ihre trunkene Mutter, mit Unsicherheit und dem Misstrauen, das ihre Vergangenheit ihr hinterlassen hat. Die Zukunft ihrer Tochter steht für sie über allem und damit die Sorge, wie das Handeln ihres Mannes sich auf das Leben seines Kindes auswirken wird. Lässt sie zu, dass ihre Tochter leidet, damit sie selbst das Richtige tun kann?

Dieses Buch spielt in Nottinghamshire, wo ich geboren wurde und mein ganzes Leben verbracht habe. Leser:innen aus der Region möchte ich darauf hinweisen, dass ich mir manchmal erlaubt habe, Straßennamen oder bestimmte geografische Details zu ändern, um sie an die Geschichte anzupassen.

Ich hoffe inständig, dass euch *Die Witwe* gefallen hat und dass ihr Spaß daran hattet, die Charaktere kennenzulernen. Falls ja, wäre ich euch sehr dankbar, wenn ihr euch kurz Zeit nehmen könntet, um eine Rezension zu schreiben. Ich freue mich darauf, eure Meinung zu hören, und durch Rezensionen können immer mehr Leser:innen auf meine Bücher aufmerksam werden.

Ich höre gern von meinen Leser:innen. Ihr könnt über meine Facebook-Seite sowie auf Twitter, Goodreads und über meine Website mit mir Kontakt aufnehmen.

Vielen Dank an euch alle – ihr seid wunderbar. Bis zum nächsten Mal!

Kim x

https://klslaterauthor.com

facebook.com/KimLSlaterAuthor
twitter.com/KimLSlater
instagram.com/klslaterauthor

DANKSAGUNG

Jeden Tag sitze ich an meinem Schreibtisch und schreibe Geschichten, doch zum Glück habe ich ein ganzes Team talentierter, hilfreicher Leute hinter mir.

Ein riesiges Dankeschön geht an Lydia Vassar-Smith, meine Lektorin bei Bookouture, für ihre Expertise und ihre redaktionelle Unterstützung.

Danke an *alle* aus dem Bookouture-Team für alles, was sie tun – viel mehr, als ich hier je festhalten könnte. Es ist solch eine Freude, mit euch zu arbeiten. Mein besonderer Dank gilt Alexandra Holmes und dem Publicity-Team, vor allem Sarah Hardy.

Wie immer danke ich meiner wunderbaren Literaturagentin Camilla Bolton, die mir stets mit Rat zur Seite steht und mir mit jeder Nachricht, jeder E-Mail, jedem Telefonat ihre unerschütterliche Unterstützung bietet. Ebenfalls danke ich Camillas Assistentin, der wunderbaren Jade Kavanagh, die so hart für mich arbeitet. Danke an den Rest des Teams der Darley Anderson Literary, TV and Film Agency, vor allem an Mary Darby, Kristina Egan, Georgia Fuller und Rosanna Bellingham.

Wie immer gilt mein Dank meiner Schreibpartnerin Angela Marsons, die mir Zeit meiner Karriere eine große Hilfe und Inspiration war. Wir konnten uns sogar gegenseitig während der Renovierung unserer jeweiligen Häuser unterstützen – ganz gleich, was unser Schreiben beeinflusst, wir fassen gemeinsam einen Plan dafür!

Auch dieses Mal möchte ich meiner Familie meinen

tiefsten Dank aussprechen, vor allem meinem Mann und meiner Tochter, die immer bereit sind, Ausflüge auf Eis zu legen und unsere Pläne an meine Deadlines anzupassen.

Ein besonderes Dankeschön an Henry Steadman, der sich solche Mühe gegeben hat, um mal wieder ein umwerfendes Cover zu zaubern. Danke an meine Redakteurin Jane Selley und meine Korrekturleserinnen Becca Allen und Lauren Finger, die mit ihrer Arbeit dafür gesorgt haben, dass dieses Buch die beste Version seiner selbst ist. Außerdem herzlichen Dank an Stuart Gibbon, der seine Erfahrung im Bereich der Polizeiarbeit mit mir geteilt hat. Sämtliche Fehler, die bei der Übertragung dieser Informationen entstanden sein mögen, sind definitiv allein mir zuzuschreiben!

Danke an all die Blogger:innen und Rezensent:innen, deren Arbeit für Autor:innen so unschätzbar wichtig ist. Danke an alle, die sich die Zeit genommen haben, online eine Rezension abzugeben oder die an meiner Blogtour teilgenommen haben. Ich erkenne eure Leistung und weiß sie immer zu schätzen.

Und nicht zuletzt gilt mein Dank euch, meinen lieben Leser:innen. Ich freue mich über all eure Kommentare und Nachrichten und bin jedem und jeder Einzelnen von euch unendlich dankbar für eure Unterstützung.

www.ingramcontent.com/pod-product-compliance
Ingram Content Group UK Ltd.
Pitfield, Milton Keynes, MK11 3LW, UK
UKHW042000230426
12048UKWH00009B/443